茅盾研究
八十年書系

錢振綱・鍾桂松◎主編

唐金海、劉長鼎◎主編

38

茅盾年譜（第四冊）

花木蘭文化出版社

國家圖書館出版品預行編目資料

茅盾年譜（第四冊）／唐金海、劉長鼎　主編 -- 初版 -- 新北市：花木蘭文化出版社，2014〔民103〕

目 4+332 面；19×26 公分

（茅盾研究八十年書系；第 38 冊）

ISBN：978-986-322-728-1（精裝）

1. 沈德鴻　2. 年譜

820.908　　　　　　　　　　　　　　　　103010449

中國茅盾研究會《茅盾研究八十年書系》編委會

主　編：錢振綱　鍾桂松

副主編：許建輝　王中忱　李　玲

特邀顧問：

邵伯周　孫中田　莊鍾慶　丁爾綱　萬樹玉　李　岫

王嘉良　李廣德　翟德耀　李庶長　高利克　唐金海

茅盾研究八十年書系
第三八冊

ISBN：978-986-322-728-1

茅盾年譜（第四冊）

本書據山西高校聯合出版社 1996 年 6 月版重印

編　　者　唐金海　劉長鼎

主　　編　錢振綱　鍾桂松

總 編 輯　杜潔祥

副總編輯　楊嘉樂

編　　輯　許郁翎

出　　版　花木蘭文化出版社

社　　長　高小娟

聯絡地址　235 新北市中和區中安街七二號十三樓

　　　　　電話：02-2923-1455／傳真：02-2923-1452

網　　址　http://www.huamulan.tw 信箱 hml810518@gmail.com

印　　刷　普羅文化出版廣告事業

初　　版　2014 年 7 月

定　　價　60 冊（精裝）新台幣 120,000 元

茅盾年譜（第四冊）

唐金海、劉長鼎　主編

精神存在：文學大師茅盾〔自序〕　唐金海　劉長鼎

第一冊

例　言　唐金海　劉長鼎　張曉雲

目

次

下　卷
（一九五〇年～一九八一年）

第三編

（一九五○年～一九六五年）

　　曾驚秋肅臨天下，敢遣春溫上筆端。——魯迅

　　新中國誕生了，……這是人民力量必然戰勝貪污暴戾的特權集
團的有力證據；這是民主力量必然戰勝反民主力量的有力證據。……
新民主主義的新中國將是一個獨立、自主、和平的大國，將是一個
平等、自由、繁榮、康樂的大家庭。——茅盾

一九五〇年（五十五歲）

一月

一日　發表《充滿了光明與希望》，載《文匯報》。

同日　前往北京飯店，參加中央人民政府舉行的元旦聚會。

四日　前往北京飯店出席全國文聯爲慶祝一九五〇年新年並歡迎新近歸國的著名作家老舍的聯歡茶會，並作簡短致詞。

六日　出席文化部爲北京市文藝幹部召開的大會，並作演講。評述近年來文藝創作上存在的幾個普遍性問題：人物典型、結構與人物之間的公式化、配合政策，以蘇聯的《鐵流》、《夏伯陽》、《青年近衛軍》和《士敏土》爲例來說明不能完全拘泥於眞人眞事，而要進行「人物典型之創造」。又進而論述作家總「希望能夠寫出大型的反映時代全貌的紀念碑式的作品」。

八日　「追記」並「增刪」，「整理」完六日的講話。

同日　作完《文藝創作問題——一月六日在文化部對北京市文藝幹部的講演》（演講），載三月《人民文學》第一卷第三期。

同日　出席北京市大眾文藝講座的報告會，並作《欣賞與創作》的演講。（按：該講話經蕭風記錄並整理）

十一日　發表《欣賞與創作——1950年1月8日在北京大眾文藝講座上講》（演講），署名茅盾講，蕭風記。載天津《進步日報》。認爲「欣賞，也就是，我們對所看到的事物起了美感」，「肯定地說美與欣賞……有鮮明的階級性」；指出「文藝創作……應當表現工農兵的生活」，「寫作的題材，主人公自然是工農兵」，也允許「小市民」及「其他舊社會的人物」作「配角」。

二十二日　發表《關於〈俄羅斯問題〉》（影評），載《人民日報》。云：影片《俄羅斯問題》「用相當輕鬆，富於人情味」的故事，表達了「美帝國主義」「進攻蘇聯」「奴役全世界人民的罪惡陰謀」的「重大政治內容」，具有「絕大的教育意義」。

二十四日　作《致田間》（書信），署名雁冰。載中國現代文學館編《茅盾書信集》，一九八七年十月百花文藝出版社出版。云：長詩《一桿紅旗》「一

氣呵成，有氣魄」，「詩句有渾厚雄壯之感，但也有太粗糙的，不是詩的句子」，「有些地方想像力不豐富，比喻得不好」，有的段落「太概念化了」；又云：「您的長詩都有氣魄，但也都有若干毛病」，望以後「寫得更好」。

二十五日　發表《目前創作上的一些問題》（短論），載《文藝報》第一卷第九期。

本月

美三軍首腦訪日，擬加強在日本本土及沖繩的美軍基地。

二月

五日　出席政務院文教委員會會議，任大會主席，通過該會今年工作計劃草案。（見2月8日《人民日報》）

同日　繼續主持政務院文教委員會會議。

十二日　出席全國文聯第四次常委擴大會，任大會主席。

十五日　出席締結中蘇友好同盟互助條約慶祝會。

十六日　發表《慶祝中蘇友好互助的新紀元》（講話），載《人民日報》，現收《茅盾全集》第十七卷。認為：《中蘇友好同盟互助條約》的簽訂「是近百年來中國歷史上的第一件大事；也是本世紀的世界史上一件頭等重要的大事。」情不自禁地對斯大林、毛澤東，「中蘇兩大民族永恒不渝的友誼」，高呼「萬歲」，表達了激動、興奮之情。

二十五日　發表《敵人所不喜歡的，一定對我們有利》（短論），載《文藝報》第一卷第十一期。現收《茅盾全集》第十七卷。云：《中蘇友好同盟互助條約》以及《關於旅大、長春鐵路的協定》的簽訂，「保障新中國的和平」，「保衛了世界和平」，「全世界保衛和平的人民都一致歡呼擁護，而帝國主義、蔣匪殘餘，都一致造謠詛咒」，證實了「敵人所不喜歡的，一定對我們有利」！

同日　發表《中蘇兄弟同盟萬歲》（短論），載《文藝報》第一卷第十一期。

二十八日　代表中國文學家協會前往現代著名詩人戴望舒靈堂弔唁。

當月

《腐蝕》由柯靈改編為電影文學劇本，由上海出版公司出版。

方紀發表《〈腐蝕〉》，載文化工作社出版《到群眾中去》。

本月

　　十四日　中蘇簽訂《中蘇友好同盟互助條約》。

三月

　　三日　上午，前往團城承光殿參觀青銅器「虢季子白盤」的特展。對該文物的捐獻者劉肅曾頒發了獎狀。同行有董必武，郭沫若等人。

　　四日　晚十時，在北京火車站歡迎毛澤東、周恩來自蘇聯返京。

　　八日　出席中國保衛世界和平大會委員會會議，被選為副主席，通過設立該會的機構及各組工作委員會人選。

　　同日　下午，前往御河橋二號出席保衛世界和平大會委員會歡送作家蕭三赴瑞典出席保衛世界和平代表大會常委會議。

　　同日　發表《中國保衛世界和平大會委員會抗議美帝拒絕和大代表入境》（電報），（按：與郭沫若、劉寧一、蔡暢、廖承志、馬寅初聯署）載十二日《人民日報》。云：「抗議美國國務院拒發簽證給世界和平大會國際代表團」，指出這是美帝蓄意剝奪「美國和全世界愛好和平人民」「應有權利」的「卑鄙行為」。

　　十一日　出席政協全國委員會和各民主黨派歡迎毛澤東主席、周恩來總理歸國的會議，聽取毛澤東的講話。

　　二十六日　發表《讀〈新事新辦〉等三篇小說》（書評），載《人民日報》。現收《茅盾文藝評論集》。云：這三篇小說「內容」「是從平凡的日常生活表現了老解放區人民的思想變化，表現了土改後的農村生活的興旺和愉快」，「結構緊湊，形象生動，文字洗煉」。

　　二十九日　出席中國民間文藝研究會成立大會，並被選為該會理事。

本月

　　麥克阿瑟宣布所有正在服刑的日本戰犯，一律提前釋放。

　　影片《清宮秘史》在北京、上海等地上映。

四月

三日 前往火車站歡迎由滬抵京的宋慶齡。

十日 發表《談〈水滸〉的人物和結構》（論文），載《文藝報》第二卷第二期。認為《水滸》人物描寫有兩大特點，「善於從階級意識去描寫人物的立身行事」、「關於人物的一切都由人物本身的行動去說明，作者絕不下一按語」；認為《水滸》的結構「不是有機的結構」，卻「各自獨立、自成整體」，是「嚴密的」。

十三日 下午七時半，出席中央人民政府委員會第七次會議，聽取了陳雲關於財務狀況和糧食問題的報告，並舉手表決通過了中華人民共和國《婚姻法》（草案）。（15 日《人民日報》）

十七日 下午出席中蘇友協總會理事會議，通過今年工作計劃，同意批准半年工作報告。（18 日《人民日報》）

十八日 出席中國保衛世界和平大會委員會第三次會議，決定用集會廣播等方式傳達世界和大決議。（20 日《人民日報》）

十九日 作《關於反映工人生活的作品》（讀後感），載《人民文學》二卷一期。認為有十來篇反映工人生活的短篇小說有「『千篇一律』的毛病」。

二十日 出席中國保衛世界和平大會委員會舉行的一週年紀念會，出席同時舉行的委員會第二次會議。通過了號召開展簽名反對使用原子武器等三項決議。（22 日《人民日報》）

二十二日 出席文教委員會及中蘇友好協會歡送蘇聯三位教授返國的宴會。（25 日《人民日報》）

二十八日至五月十日 與郭沫若、周揚聯合發佈《中華全國文學藝術界聯合會為響應展開和平簽名運動的號召》，要求全國文藝界人士踴躍簽名，支持世界和平運動。

同月 參加審定頒發 1950 年新年畫創作獎金會議。

本月

> 田漢主編的《人民戲劇》在上海創刊。
>
> 中國保衛世界和平大會委員會通告「五一」展開和平簽名運動。

五月

一日 前往天安門出席中華人民共和國成立後第一個國際勞動節慶祝盛典，觀看了北京二十萬人大遊行。（3 日《人民日報》）

四日 出席首都慶祝「五四」盛會，觀看遊行。

五日 晚，出席歡迎蘇聯青年代表團盛大酒會。

九日 晚八時，前往捷克斯洛伐克駐華使館，出席盛大宴會，慶祝捷解放五週年。

十二日 作《悼念 A‧史沫特萊女士》（散文），載十四日《人民日報》。云：驚悉史沫特萊「逝世」的「惡消息」，「爲之茫然」，「久而不能有所思」；在「塵封的記憶中」回顧了與史沫特萊的相識、相交。表達了「失去了一位熱情的朋友、民主的戰士、進步的作家」的「悲痛、憤慨、哀悼」的心情。

十三日 前往文化部文物局，與郭沫若、周揚等參加鑒定熊述匋捐贈的「郘原鐘」，斷爲春秋吳越時期文物。

十七日 發表《中華全國文聯電唁史沫特萊逝世》（與郭沫若、周揚聯署）（電報），載《人民日報》。云：「驚聞」「一位民主戰士、進步作家」「中國人民」的「好友」史沫特萊女士的逝世，並表示「深切的哀悼」。

十八日 晚，出席文教委員會等單位聯合舉辦的宴會，歡迎蘇聯青年代表團。宴會後觀看了北京人民藝術劇院表演的音樂舞蹈節目。（19 日《人民日報》）

二十日 發表《關於文藝修養》（隨筆），載《中國青年》第三十九期，現收《茅盾文藝評論集》。認爲青年文學修養有十四個字：「多讀多寫多生活，邊寫邊讀邊生活」。

二十八日 上午九時半，在勞動人民文化宮出席北京市文學藝術工作者代表大會開幕式。並致詞云：「北京市文藝工作者的任務是多方面的，我們要配合政府的文藝政策和國家建設的需要，產生表揚翻身工農大眾勞動熱情，積極參加生產的作品」。（29 日《人民日報》）

當月

十九日 大呂發表《怎樣實現茅盾先生的希望》，載《天津日報》。

本月

北京召開文學藝術工作者代表大會，北京市文聯成立，老舍擔任主席。

六月

約月初　參加並籌備成立國際和平獎金、斯大林和平獎金中國作品徵集評選委員會籌備會。

三日　作《科學普及工作如何展開？》（隨筆），載《科學普及通訊》第四期，現收《茅盾全集》第十七卷。認爲「科普工作，首先必須是一種群眾性的運動」；又「必須配合著各地的具體情況和特殊環境」；「普及工作的工具和方式，愈多愈好」。

八日　出席籌備會召開的會議，被推選爲國際和平獎金、斯大林和平獎金中國作品徵集評選委員會委員之一（共三十人），遂積極展開徵集評選工作。（14日《人民日報》）

十四日　下午四時，出席中國人民政治協商會議全國委員會第二次會議開幕式，聽取毛澤東主席致開幕詞及劉少奇關於土改問題的報告。會議至二十三日結束。

同日　列名於《人民日報》刊載的《會議出席人員名單》。

十五日　上午出席大會會議，參加分組討論土改問題；下午，聽取周恩來政治報告。

十七日　繼續出席會議。上午仍參加分組活動，討論土改問題；下午聽取郭沫若和沈鈞儒報告文教及法院工作。

十九日起　大會分九組討論，被任命爲「國徽組」召集人。（20日《人民日報》）

二十日　繼續出席會議，聽取與會代表對國徽的意見及方案。

同日　作《致葛一虹》（書信），署沈雁冰。載孫中田、周明編《茅盾書信集》。云：感謝「惠贈《大眾文藝》全套」，並表示「想抽時間讀一遍」。

二十一日　聽馬敘倫等二十三人發言。

二十二日　繼續出席大會，聽劉少奇等人報告。

二十三日　出席中國人民政治協商會議第一屆全委會二次會議閉幕式，表示通過土改法草案等，負責召集討論的國徽圖案也獲與會代表一致通過。

同日　和與會政協委員們一起在保衛世界和平宣言上簽名。

約月底　出席文化部舉行的晚會，歡送中央西南訪問團代表中央人民政府及各團體前往西南邊遠地區訪問，並「勉勵」訪問團中的文教工作者「通過藝術來促進民族間的團結」。

本月

二十五日　李承晚軍越過「三八線」向北進攻。朝鮮人民抗美衛國戰爭開始。

七月

二日　討論並通過國際和平獎金、斯大林和平獎金中國作品徵集評選委員會《致全國文學藝術工作者書》，號召廣大文藝工作者「發揮高度國際主義和愛國主義精神」，「投身」「參加保衛世界和平簽名運動」。（3日《人民日報》）

三日　《響應保衛世界和平簽名運動》（題辭），載《人民日報》《保衛世界和平》專刊，現收《茅盾全集》第十七卷。云：美帝「妄想征服世界」「瘋狂準備新戰爭」，「中國人民要保衛革命成果」要和「全世界愛好和平及民主的億萬人民共同奮鬥」，「保衛世界和平就是保衛中國的和平」。

九日　出席政務院文化教育委員會舉行的第三次全體委員會，討論救濟失業教師及救助知識分子等問題。

十一日　任中央政府文化部電影指導委員會主任委員，其他委員有周揚、袁牧之、陸定一、鄧拓、丁玲、艾青、老舍、田漢等三十一人。該委員會主要工作是提高國產影片的思想藝術水平。

十四日　作《〈甘肅文藝〉創刊號題辭》（題辭），載一九五〇年八月十日《甘肅文藝》創刊號。

二十三日　作《侵略者將自食其果》（政論），載《文藝報》（「反對美國侵略臺灣朝鮮特輯」）第二卷第九期。現收《茅盾文集》第十七卷。指出「世界和平不容破壞，我們具有保衛和平的決心」和「懲罰那些破壞和平者的準備」，如果「戰爭販子倒行逆施」，必然「自食其果」。

二十四日　發表《敬祝上海市文藝界代表大會題辭》（題辭），載《解放日報》「上海市第一屆文學藝術工作者代表大會特刊」。

二十五日　出席並主持座談會，對到農村、工廠去體驗生活的作家講話。

二十九日　出席上海市第一屆文代會閉幕式，並被選爲剛成立的上海文聯理事會理事。

本月

《人民畫報》、《新觀察》在北京創刊。

美國陸軍開進朝鮮參戰。

八月

九日　前往北京中學國文教員暑期講習會作報告。

同日　發表《怎樣閱讀文藝作品》（演講），載大眾書店版《語文教學講座》，現收《茅盾文藝評論集》。指出閱讀作品必須注意「作品的社會影響」；還要注意「讀者看了以後發生什麼思想上的變化」；還要注意「作品的技巧」；另外談到了「成爲作家」的幾個條件：要有「天賦，具體說來，第一是銳敏的感覺；第二要有概括的能力，第三要有豐富的想像力」；還要「肯苦幹，用心學習」。

二十八日　通過中國人民反對美國侵略委員會中國保衛世界和平大會委員會聯合發表抗議聲明，「抗議」美軍「多次侵略我國東北領空」的「挑釁和殘暴行爲」。

二十九日　發表《擁護周外長對美國的抗議，向美帝國主義討還血債》（按：此標題原係該報專欄題）（短論），載《人民日報》，現收《茅盾全集》十七卷。云：美帝國主義是一條「瘋狗」，「唯一的伎倆只是濫炸和平城市」，結果「血債是要加倍償還的」。

同月　《茅盾選集》被列入新文學選集出版計劃，由中央人民政府文化部藝術局組織出版。

同月　發表《侵略者將自食其果》（短論），載《火星》三十六期，A·柯托夫譯。

本月

侵朝美軍及李承晚軍節節敗退至大丘、釜山地帶。

全國文聯和中央文化部籌備成立文學研究所，培養新文學創作及評論批評幹部，由丁玲等十二人組成籌委會。

九月

十五日　出席第一屆全國出版會議。

十七日　發表《〈俄羅斯問題〉對於我們的教育意義》（劇評），載《人民日報》。對蘇聯作家西蒙諾夫的劇本《俄羅斯問題》在思想內容上對美帝的種種「暴露」給予高度評價，此劇上演則「具有重大政治意義」，能「加強」「中國人民」勝利的信心。

二十七日　晚，出席由「和大」等八個人民團體聯合歡迎世界青聯代表團的聯歡會。報告了中國和平簽名運動開展的情況。（20日《人民日報》）

二十九日　晚，出席周總理為歡迎赴京參加國慶觀禮活動的各民族代表而舉行的盛大宴會。會後觀看電影《中國人民的勝利》。

三十日　出席毛澤東主席舉行的國慶一週年盛大慶祝宴會。

本月

毛主席明令公佈中華人民共和國國徽。

侵朝美軍增援部隊大量在仁川登陸。

十月

一日　發表《感謝蘇聯崇高的友誼和親切的合作——在慶祝〈中國人民的勝利〉攝製完成大會上的講話》（演講），署沈雁冰。載《大眾電影》第一卷第八期，現收《茅盾全集》第十七卷。云：五彩片《中國人民的勝利》「是全面地表現了中國人民勝利的偉大的史詩」，「通過了藝術的形象，全世界人民看到了中國人民站起來了」。

同日　發表《爭取發展到更高階段》（隨筆），載《人民日報》。云：「一年來」「文藝工作」「獲得成績」的「法寶」「是毛主席指示的正確的文藝方向和文藝界同仁的大團結」，指出今後創作要克服「眼高手低」的缺點；文藝批評要「督促」、「盡職」，才能達到「思想和表現藝術之提高」。

同日　前往天安門城樓觀禮台，參加北京四十萬人舉行的慶祝大會，紀念中華人民共和國第一屆國慶節。

二日　出席全國文聯舉行的茶話會，與參加會議的戰鬥英雄、模範人物交談。

五日　下午五時半，出席慶祝中好協會成立一週年招待會。

十日　出席文化部舉辦的聯歡會，對參加聯歡會的各兄弟民族文工團的全體人員講了話。

約上旬　會見了九月三十日向我國遞交國書的保加利亞人民共和國駐我國大使彼得科夫。

十一日　出席文化部召開的全國各大行政區文物處長會議，並致詞。聽取鄭振鐸報告了一年來文物工作情況及今後工作方向的報告。

十九日　上午八時半，前往青年宮出席全國文聯暨北京市文聯舉行的紀念魯迅逝世十四週年大會。

二十日　作《致馬子華》（書信），署名沈雁冰。載百花文藝出版社版《茅盾書信集》。對白族作家馬子華云：「承惠龍子碑拓本，謝謝」，「《雲南民間傳記》已轉交民間文學研究所了」。

二十六日　出席中國保衛世界和平大會委員會與參加中國人民反對美帝侵略臺灣朝鮮運動委員會的各人民團體代表及各民主黨派代表的聯席會議，通過合併改組後成立「中國人民保衛世界和平反對美國侵略委員會」的決議。

同日　被選爲常務委員，列名於中國人民保衛世界和平反對美國侵略委員會全國委員名單及常務委員名單。

二十七日　任弼時同志逝世，列名於治喪委員會成員。

二十八日　上午，前往勞動人民文化宮參加任弼時遺體入殮及送靈、吊唁儀式。

二十九日　下午，出席任弼時治喪委員會會議，討論並決定三十日上午舉行追悼會及殯於人民公墓等善後事宜。

三十日　上午，前往勞動人民文化宮，十時起爲任弼時執紼起靈，前往西郊人民公墓。

同日　下午，前往火車站出席盛會，歡送郭沫若率領的出席出界和大的

中國代表團離京。

　　同月　出席文化部召開的大會，作《在文化部抗美援朝動員大會上的講話》（演講），現據手稿編入《茅盾全集》第十七卷。認爲「美帝一貫地與中國人民爲敵」，目前發動侵朝戰爭，旨在「侵略我東北」，所以「援朝也是自衛，也就是保衛世界和平」，號召文化部的同志們「踴躍報名」參軍。

當月

　　柯靈改編的《腐蝕》自本月至十二月，載《文匯報》。

本月

　　侵朝美軍越過三八線，並向中朝邊境推進，毛澤東發佈命令，中國人民志願軍赴朝參戰，抗美援朝。

　　全國文聯發出《關於文藝界展開抗美援朝宣傳工作的號召》。

十一月

　　六日　致電蘇聯作協及文藝界，祝賀蘇聯十月革命勝利三十三週年。（按：與郭沫若、周揚聯署）

　　十五日　發表《剝落「蒙面強盜」的面具》（雜文），載十二月三日《人民日報》，現收《茅盾全集》第十七卷。從「聽說」美國圖書館裏，進步作家馬克・吐溫的著作突然「失蹤」，聯想到「華爾街大亨們」在發動戰爭「毀滅人們肉體」的同時，還「毀滅人們的精神」；從大肆「讚美女人大腿、歌頌『蒙面強盜』」的美國「文化」現象，指出「美帝國主義就是『蒙面強盜』」，「面具」上畫著「民主」、「和平」，其實「大量製造殺人武器」，其必然「滅亡」。

　　十六日　發表《在京文學工作者宣言》（宣言），（按：與丁玲等一百四十五人聯署）載《人民日報》。號召全國文藝工作者積極行動起來，投入抗美援朝、保家衛國的運動中去。

　　二十七日　出席全國戲曲工作者大會並致開幕詞。云「戲曲工作者」要「團結起來」，「共同推動戲曲工作，創造出新的優良的民族的大眾的文藝形式」，「爲人民服務」。

　　二十八日　作《〈解放五年來朝鮮文教事業的發展〉序》（序跋），載一九

五○年文化部對外文化聯絡事務局出版《解放五年來朝鮮文教事業的發展》，現收《茅盾全集》第十七卷。認爲此書是朝鮮五年來「在文教戰線上」「獲得的輝煌成果」，從而證實了「吃人生番的美帝國主義永遠不能征服具有高度文化的朝鮮人民」，相信，朝鮮人民必將在「廢墟」上「建設更燦爛輝煌的文化」。

同月　發表《在人民的立場》（散文），載北京出版社出版《陶行知先生四週年祭》（上冊），現收《茅盾全集》第十七卷。頌揚了具有「完整教育理論」，「站在人民的立場上」，卻被統治階級「視爲洪水猛獸的教育家」陶行知先生。

同月　發表《在〈北京文藝〉編輯部的講話》，載日本《新日本文學》第十一期。

當月

日本相浦杲發表《茅盾其人與文學》，載《説林》（二）。

本月

美國總統杜魯門發表關於朝鮮局勢的聲明，威脅可能使用原子武器。全國戲曲工作者會議在京舉行。

十二月

三日　作《〈戰鬥到明天〉初版序言》（序跋），載一九五一年一月中南軍區政治部版《戰鬥到明天》（按：白刃著，長篇小說），現收《茅盾序跋集》。認爲白刃的《戰鬥到明天》「描寫抗日戰爭時期敵後游擊戰爭環境中的知識分子」，「這樣一種題材……是整個知識分子改造的歷史中頗爲重要的一頁」，閱後「很受感動」，指出小說「美中不足」之處是「形象性似嫌不足」。

九日　作《由衷的感謝》（隨筆），載《大眾電影》第十三期。簡述自己「爲什麼要寫一部以暴露特務爲題材的小說」，材料均「道聽途說」，「這樣寫出來的東西，其不足觀，自不待言」，現在趁《腐蝕》公映之際，向「改編的柯靈先生、導演的佐臨先生以及各位男女演員」，表示「由衷的感謝」。

十三日　晚六時，設宴招待捷文化代表團。該代表團於十日抵京後，日前已正式接見過。

十六日　主持全國文聯舉行的座談會，歡迎捷文化代表團。並致歡迎詞：

稱代表團團長普實克博士等是「捷克文化界的權威」，對東方文化有「長期研究」；他們這次來訪能「溝通兩國文化的交流」以及「加深友誼」。

二十日　下午出席中國人民保衛世界和平反對美帝侵略委員會召開的第二次工作會議。決定組織各民主黨派、各人民團體等於二十一日上午九時齊集前門車站歡迎出席第二屆世和大歸來的中國代表團。

同日　作《迎一九五一年題辭》（題辭），載一九五一年一月一日《新民報》晚刊，現收《茅盾全集》第十七卷。指出：「必須動員一切力量」，「粉碎」美帝妄想「擴軍備戰」「發動第三次世界大戰」的「陰謀」，要使「美帝及其侵略伙伴」在一九五一年進入「墳墓」！

同日　作《把最高的敬意獻給他們！》（隨筆），載一九五一年一月一日《新民報》（晚刊）。號召「動員一切力量，粉碎美帝的陰謀」，「與侵略者誓不兩立」。

二十五日　發表《巨大的教育意義》（隨筆），署名沈雁冰。載《人民日報》。

二十六日　下午七時，出席中央人民政府委員會第十次會議，通過支持世界和大建議，通過明年度財政總概算。

同月　作《〈中國和平之音〉序》（序跋），載同月文化出版社出版《中國和平之音》，現收《茅盾全集》第十七卷。云：《中國和平之音》一書「代表了中國文藝工作者」和中國人民「正義的呼聲」、「憤怒的呼聲」；「和平之音」是「最有力的聲音」，必將「戰勝」「美帝為首的帝國主義侵略集團」。

當月

黃裳發表《關於〈腐蝕〉》，載十二月二十一日《文匯報》。認為「《腐蝕》是我最喜歡讀的一部小說。《腐蝕》的體裁——日記體，也是我最偏愛的一種體裁」，分析了由於《腐蝕》的啓發和誘導，逐步認清了「誰先在辛勤地正確地領導與執行抗戰的神聖的任務；而誰竟是在那裡掛羊頭賣狗肉做著出賣抗戰的醜事罪行」的現實；總忘不了的是「這本書中女主角的不幸的遭遇」和「對惠明和小昭的悲歡離合的身世的同情」。

石邦書發表《〈腐蝕〉的「排後拍」制》，載《大眾電影》十三期。指出：「這是一部暴露國民黨……誘騙青年入彀，專一以違反人民的意

志，殘酷的虐殺愛國青年」的影片，拍攝前作了「周密的計劃」，採用了「蘇聯的拍片經驗」，採用了「排後拍」的製作方法。

《大眾電影》雜誌發表《〈腐蝕〉座談》（路夫據發言整理），載《大眾電影》十三期：

王厚南、徐英輝：認爲「記住慘痛教訓，努力做好保家衛國工作」；

楊榴英、李偉認爲：「甘心與人民爲敵的特務我們要嚴屬鎮壓」；

魏羽認爲：「美帝的血債要用血來還」；

胡毓秀、陳惠珍、姚永德認爲：「蔣匪的血腥統治，迫害了萬千的純潔青年」；

歐陽安、胡家文、張毓華認爲：「爲了祖國，要以不屈的精神鬥爭到底。」

杜金談發表《〈腐蝕〉的故事》，載《大眾電影》十三期。

梅朵發表《趙惠明該被同情嗎？》，載《大眾電影》第十三期。用對話形式談了對電影《腐蝕》的意見；同時指出「這部影片在今天映起來」，能「激發愛國主義熱情，以及使人憎恨和警惕國民黨反動派特務組織的活動」。

佐臨、柯靈發表《從小說到電影》，載《大眾電影》第十三期。認爲「茅盾先生的小說《腐蝕》是爲廣大讀者所愛好的，……曾發生過廣泛的政治影響」，「《腐蝕》在今天還有很大的教育意義」。並爲電影《腐蝕》參加抗美援朝保家衛國電影宣傳月而高興。

石揮發表《從演〈腐蝕〉談起》，載《大眾電影》第十三期。云：「我看到兩本我最喜歡的小說，一本是老舍先生的《我這一輩子》，一本就是茅盾先生的《腐蝕》；「很榮幸我演了《我這一輩子》，而今天更興奮地又演了《腐蝕》」。

丹尼發表《我所暸解的趙惠明》，載《大眾電影》第十三期。指出「趙惠明是一個性情複雜，心理上有著顯著矛盾人，這是她那特殊環境造成的」，「她是比較單純的」，「最後發生了被反動派利用的悲劇。」

同年

捷文版《子夜》由捷克斯洛伐克自由出版社出版。

當年

　　雅羅斯拉夫・普實克發表《捷文版〈子夜〉序》，載捷克斯洛伐克
自由出版社《子夜》。云：《子夜》「像是一幅大型的色彩濃鬱、富有立
體感的圖畫」，「還不曾有別的什麼書能像這本書那樣，給我們提供了如
此眾多的、富有教益的、並且又十分生動的戰前中國的生活畫面」。在
評介了《子夜》出版前後的時代背景後指出：「茅盾只用了一個遠鏡頭
來描寫國民黨那些大亨們控制的幫派，而將特寫鏡頭對準上海的大資產
階級」，因而「具有最明顯的、真實的文獻價值」；整部作品「結構十分
嚴密」、「故事錯綜複雜」、「佈局」「精湛」、「語言……豐富、明快有力；
精細準確」；儘管作品也「受自然主義的影響」，但「除了魯迅之外，誰
也不曾像他那樣真切地、現實主義地描繪了戰前的中國社會。」（據蔣
承俊譯文摘錄）

一九五一年（五十六歲）

一月

八日　前往中央文學研究所參加開學典禮，並致詞。

二十七日　發表《關於亞非作家會議對〈光明日報〉記者談話》（演講），載《光明日報》。

同日　前往印度駐華使館，出席慶祝印度國慶酒會。

同月　《腐蝕》修訂本初版由開明書店出版。

當月

白原發表《看〈腐蝕〉》，載二十日《人民日報》。認爲《腐蝕》通過「趙惠明所代表的那一部分中國青年的悲慘命運」，勾勒了「一幅在國民黨統治下的中國可怕的縮影」。

范慶麟發表《〈腐蝕〉給了我有力的啓示》，載《大眾電影》十四期。看了《腐蝕》後，決定參加軍事幹校。

愛陽發表《介紹〈腐蝕〉》，載《現代婦女》第二卷第一期。

二月

六日　是日爲舊曆中國春節大年初一，舉國歡慶，由柯靈改編、文華影片公司攝製的電影《腐蝕》，春節期間在京滬等地上映。觀眾踴躍。

九日　爲《光明日報》《文化交流》題寫刊頭，發表於該《文化交流》創刊號。

十二日　前往火車站，迎接史沫特萊骨灰，按其遺囑骨灰落葬中國，遺物交朱德保存並處理。並與郭沫若、許廣平等發起成立追悼史沫特萊籌委會。

十三日　發表《歡笑的中國——爲中蘇互助友好條約簽訂一週年而作》（隨筆），載蘇聯《文學報》。

十四日　出席首都各界及各人民團體舉行的中蘇友好同盟互助條約諦結一週年慶祝會。

同日　前往蘇聯駐華使館出席慶祝會。

二十日　下午，出席中央人民政府委員會會議。

當月

八日　巍奇發表《看〈腐蝕〉》，載《光明日報》。認爲「《腐蝕》是茅盾先生原著，他以一個國民黨女特務的日記的形式介紹了這個女特務的一生的事跡」，「剖析了她一生劇烈的思想鬥爭過程」，同時又看到了「國民黨特務的陰謀殘酷毫無人性地」對青年的迫害。電影《腐蝕》有很大的現實意義，也很必要，但更應多「產生一些歌頌人民的史詩」。

二十七日　北京市文藝處召開了一次《電影〈腐蝕〉座談會》，到會的有北京市團委、市工會、市婦聯、電影局、文化宮等單位及北京文聯副主席李伯釗、文化部王淑明等。

梅令宣發表《看〈腐蝕〉》，載《新電影》第一卷第三期。

三月

七日　出席並主持「國營電影廠出品新片展覽月」開幕式，並致詞。

十五日　出席中華全國文學工作者協會常務理事擴大會。

二十六日　出席中國保衛世界和平委員會會議，出任中國理事和執行局委員。

同月　同意擔任開明版「新文學選集編輯委員會」主編。

當月

一日　谷程發表《險些我和「趙惠明」一樣被腐蝕》，載《新電影》第一卷第三期。

當日　周鐵生發表《我廠工友看〈腐蝕〉》（同上）。

十五日　鳳子發表《評〈腐蝕〉》，載《北京文藝》第二卷第一期。認爲茅盾的小說《腐蝕》「通過趙惠明這個人物，揭露了國民黨反動派反動政治面目，同時也教育了廣大青年提高政治警惕性」，「全書以日記體裁，生動地描寫惠明的內心生活，烘托出整個特務組織的卑鄙、狠毒與醜惡的面目。」但因當時的條件，「地下組織」和「愛國青年的活動」表現不充分，因而對電影《腐蝕》提出新的要求。

本月

麥克阿瑟發表談話，揚言要把朝鮮戰爭擴大到中國去。

中蘇合攝的藝術片《解放了的中國》和記錄片《中國人民的勝利》獲斯大林獎金一等獎。

四月

三日　出席中國戲曲研究院成立大會，並致詞。該院係文化部爲了有計劃地繼承並發揚我國民族藝術的優秀遺產而創設的，講話中勉勵戲曲工作者「以革新精神與嚴肅態度」遵循毛主席的文藝方針，「改進中國戲曲藝術」。

五日　爲山東省文學藝術工作者第一次代表大會題辭。

十日　作《爲〈大眾電影〉題詞》（按：題詞原無標題，此係筆者所加）。載《大眾電影》第二十期。

十四日　出席中蘇友好協會舉辦的茶話會，歡送中國代表團赴蘇聯參加五一觀禮。

十八日　出席中央人民政府委員會第十四次會議。

十九日　作《關於反映工人生活的作品》（文論），載《人民文學》第一期。現收《茅盾文藝評論集》。對最近半年內，發表於各大報副刊的十來篇反映工人生活的短篇小說進行評介。指出存在「千篇一律」的毛病，希望不斷提高。

二十三日　出席上海文藝工作者歡迎會，並發表《目前文藝創作上的幾個問題的講話》（演講），署沈雁冰講，李洛記。載三十日《解放日報》，現收《茅盾文藝評論集》。文中講了三個問題：「一、目前文藝工作者的創作任務」，認爲「文藝服從於政治，文藝創作必須與當時當地的政治運動結合起來」；「二、目前文藝創作上存在的問題」；「三、加強批評與自我批評的問題」。

當月

岳發表《對〈腐蝕〉的幾點意見》，載《新電影》第一卷第四期。

曉瑞發表《關於電影〈腐蝕〉》，載《東北文藝》三卷三期。認爲「《腐蝕》是以一個在舊社會墮落了的人民叛徒爲主角出現在觀眾面前的；攝取這樣一個主角和觀眾見面在今天本已不合適了，而劇情的處理又博得了觀眾的同情，因此電影《腐蝕》的缺點就大於優點了」。

本月

朝鮮人民軍和中國人民志願軍協同作戰粉碎美軍第五次戰役。

中國戲曲研究院在北京成立，梅蘭芳、程硯秋分任正副院長。毛澤東親筆題辭：「百花齊放，推陳出新。」

五月

一日　出席首都各界慶祝五一國際勞動節盛大集會。

六日　上午九時，出席美國作家史沫特萊追悼大會，任大會主席並致詞。追悼大會結束後，前往八寶山，舉行骨灰安放儀式，並「捧史氏骨灰入穴、覆土」，「獻花」。

同日　發表《悼念我們親愛的朋友史沫特萊》（隨筆），載《人民日報》，現收《茅盾全集》第十七卷。云：美國進步作家和記者史沫特萊「是中國人民的忠實友人」，回顧了她和「中國人民運動分不開」的一生，悼念她的「逝世」，堅信全世界善良的人們「將永恆紀念著」她。

八日　晚八時，應邀出席德外交使團團長柯尼希舉行的招待會。紀念民主德國解放日，會後觀看了五彩電影《民主德國》。

九日　下午，應邀出席捷駐華大使魏斯柯普夫爲慶祝捷解放六週年舉行的招待會。

十四日　下午三時，前往歷史博物館代表中央人民政府文化部招待各國駐華使節參觀敦煌文物展覽，主持了參觀活動儀式並致詞：首先簡介了「敦煌文物」「是我國偉大的古代藝術作品」，「充分表現了我國古代勞動人民的藝術天才」；其次揭露了「國民黨統治時期以美國爲首的各國帝國主義者對我國無價的文化遺產進行掠奪和破壞的無恥罪行」。

同日　發表《致常、程二烈士的唱詞》（唱詞），載天津《進步日報》，現收《茅盾全集》第十七卷。悼念因參加第一屆中國人民赴朝慰問團，在朝鮮遇難犧牲的相聲演員常寶堃和琴師程樹棠，爲他們「獻身於祖國」感到「驕傲」，號召「全國的文藝工作者學習他們的熱愛祖國的精神」。

二十三日　出席「和平解放西藏」協議的簽字儀式。

約同月　結識捷克駐華大使魏斯科普夫。在與魏斯科普夫的一次「閑談」中，獲悉「北京西郊有個古廟，大殿裏的壁畫很好」，可是，因爲「廟裏現在

有一個中學」，魏斯科普夫擔心「大殿裏的壁畫，就有被損害的危險」。據魏斯科普夫判斷，這些壁畫可能是明代的作品，要是在捷克早就視爲稀世珍寶了，而中國是文明古國，歷史悠久，這樣珍貴的文物不加保護，太可惜了。譜主聽後，深爲「感動」，當魏斯科普夫聲明，不是用大使身份，而是「用一個熱愛中國的外國人的身份提出『抗議』時，譜主說：「我不得不以中華人民共和國文化部長的身份來鄭重地考慮您的抗議啊！」。事後，在譜主直接關心下，經主管部門處理，學校遷出古廟。在遷出以前，把大殿鎖了起來，使壁畫得以保存。(《中國人民的親熱的朋友》)

本月

美國操縱聯合國通過對中、朝實行「禁運」決定。

《人民日報》發表毛澤東的《應當重視電影〈武訓傳〉的討論》。全國開始了對《武訓傳》的批判運動。

六月

五日　以實際行動投入全國掀起的支持抗美援朝運動。向文聯捐獻一筆稿費。

同日　出席郭沫若以中國人民保衛世界和平反對美國侵略委員會主席的身份舉行的宴會，祝賀「德中友好月」即將在柏林開幕。

七日　前往中國科學院，以政務院文化教育委員會副主任身份出席嘉獎敦煌文物研究所全體工作人員大會。並致詞：勉勵敦煌文物研究所全體人員，充分肯定他們「九年來在艱苦困難的條件下，從事敦煌莫高窟壁畫的摹繪和研究」取得的「成績」，典禮結束後，出席了宴會。

十六日　出席文化部召開的全國文工團會議的開幕式，並作《文工團的方針、任務與分工的報告》。云：「文工團」是「革命宣傳工作中的主要力量之一」，「從事文藝宣傳」及創作作品，「大大提高了」「全國人民的愛國思想」，以後要「鞏固」「成績」，討論如何「大量地展開各種文藝創作」的「方法」，使文工團更好地「爲偉大祖國和人民服務」。(按：會議至 29 日結束，與會人員討論了《沈雁冰部長關於文工團的方針，任務與分工的報告》，譜主也出席了一些有關的會議，聽取代表們的討論意見)

二十一日　下午，前往火車站迎接抵京的朝鮮人民訪華代表團。

三十日　下午六時，前往先農壇體育場出席中國共產黨成立三十週年紀念慶祝大會。毛澤東親臨大會，劉少奇作報告，原定以全國文聯主席身份與各界代表發言祝賀，後因天雨，遂決定將報告改作獻詞發表。

本月

美國五千多名代表集結芝加哥，召開全美反對戰爭、爭取和平大會，通過反戰行動綱領。

《人民日報》、《文藝報》分別發表文章，批判蕭也牧的《我們夫婦之間》。

七月

一日　晚七時，前往中南海懷仁堂出席政協全國委員會及各黨派團體舉行的慶祝「七一」盛大酒會。

二日　發表《在中國共產黨成立三十週年慶祝大會上的獻詞》（獻詞），署沈雁冰。載《人民日報》，現收《茅盾全集》第十七卷。首先表示「最崇高的敬意」和「由衷的祝賀」；繼而表達了文藝工作者在黨領導下「盡其所能，為人民服務」的願望；希望「團結」在毛澤東文藝方針下，「運用文藝的各種形式進行愛國主義和國際主義教育」。

三日　晚六時，前往中南海懷仁堂出席人民政協委員會歡迎人民代表團的宴會及聯歡晚會。

十一日　晚，出席蒙古大使賈爾卡賽汗舉行的招待會，慶祝蒙人民革命勝利三十週年。

十二日　作為中央人民政府的全權代表，經過與匈牙利人民共和國文化部副部長米哈依費的友好談判，於今日簽訂中匈文化合作協定。

十三日　下午，前往蘇聯駐華大使館，參加《中國人民的勝利》、《解放了的中國》電影工作者榮獲斯大林獎頒獎大會，並致詞。云：「冠以斯大林英名的斯大林獎」，「在全世界也是最高的榮譽」，現在中國電影工作者（按：即劉白羽、周立波等人）聯合創作的《中國人民的勝利》、《解放了的中國》獲得了斯大林獎金，是「中國人民莫大的光榮」。

十七日　前往機場歡送匈牙利文化代表團回國。

十九日　出席人民政協第二十五次常委會。

同月　在寓所會見由滬來京的歐陽翠。知她「從青浦參加土改回來就參加了上海文聯研究室工作」，「很高興」，鼓勵她深入生活，寫些東西。(歐陽翠《懷念茅公》，載 1981 年 4 月 12 日《文匯報》)

本月

朝鮮談判開始，但因美機轟炸朝、中談判代表團駐地而中止。

第六屆國際電影節在捷克舉行。我國影片《鋼鐵戰士》獲和平獎；《白毛女》獲特別榮譽獎。

八月

一日　發表《沈雁冰部長講詞》(演講)，載《新電影》第一卷第八期。

十五日　出席朝鮮駐華大使李周淵爲慶祝朝鮮解放六週年舉行的招待會。

二十日　晚七時，出席匈牙利駐華大使爲慶祝匈憲法頒佈兩週年舉行的招待會。

二十三日　晚七時，出席羅馬尼亞駐華大使館舉行的招待會，慶祝羅馬尼亞解放七週年。

當月

發表《〈腐蝕〉電影座談會記錄》，載昆明文聯《詩歌與散文》。

本月

美國與菲律賓簽署《共同防禦條約》。

全國第十五屆學生大會閉幕。

九月

二日　晚，出席越訪華代表團舉行的招待會，慶祝越南民主共和國成立六週年。聽取越大使黃文歡及中央人民政府副主席劉少奇的報告。

三日　出席中央人民政府委員會第十二次會議。

九日　出席保加利亞駐華大使彼得科夫特舉行的盛大國慶招待會。

十五日　下午，前往機場歡迎蘇聯「加強國際和平」斯大林國際獎金委員會委員蘇聯作家愛倫堡、智利作家聶魯達及他們的夫人等一行。

十六日　下午，與周揚、丁玲等同訪愛倫堡與聶魯達。

同日　晚七時，出席由中國人民保衛世界和平反對美國侵略委員會和中華全國文聯聯合舉行的宴會，親自招待愛倫堡夫婦和聶魯達夫婦。

十八日　出席宋慶齡接受「加強國際和平」斯大林國際獎金委員會受獎典禮。

十九日　上午，出席並主持歡迎愛倫堡及聶魯達大會。

同日　下午，主持歡迎愛倫堡和聶魯達的座談會，有一百五十餘名中國作家、文藝工作者參加了座談。

同日　晚，出席宋慶齡舉行的歡迎愛倫堡和聶魯達的宴會。

同日　作《致葉以群》（書信），署名雁冰。載百花文藝出版社版《茅盾書信集》。云「來信」及「匯款」均已收到，並「將外廬之款」「當天就交給他了」；「希望能查到」葉託人帶來的「我們留在香港的最後兩個藤箱」；並請葉向樓適夷催小說稿。

二十日　晚，前往火車站歡送印、緬訪華文化代表團。

二十二日　出席人民政協全國委員會常務委員會議，通過了慶祝中華人民共和國成立兩週年的宣傳口號，以及即將召開全國委員會第三次會議及參加土地改革運動等問題。

二十四日　上午九時許，前往火車站歡送愛倫堡、聶魯達等一行離京赴上海訪問。

同日　下午二時，前往機場迎接羅馬尼亞政府訪華代表團。

同日　下午四時五十分，在機場迎接應我中央人民政府邀請，前來參加國慶典禮的捷克斯洛伐克政府代表團。

二十六日　前往機場迎接德意志民主共和國、匈牙利、印度等應邀參加我國國慶慶典的政府代表團。

二十九日　出席中華全國文聯等七個人民團體舉行的宴會，歡迎應邀前來我國參加國慶盛典的國際友人。

同日　前往機場歡迎蘇聯人民代表團抵京。

三十日　下午，前往機場歡迎保加利亞、羅馬尼亞、波蘭等國政府代表

團抵京。

　　同日　晚七時半，出席毛主席舉行的國慶宴會。

當月

　　　　李瑯發表《趙惠明這個人物同情她還是仇視她？》，載《大眾電影》二十五期。認爲影片《腐蝕》「存在一個嚴重的缺點——用完全同情的態度，來處理一個罪惡重重的女特務趙惠明」。

本月

　　　　朝中（志願軍）聯合作戰，挫敗美國秋季攻勢。

　　　　中共中央召開會議，通過了農業生產互助合作決議草案。

秋

　　在寓所會見赴京參加中蘇友協全代會的作家蹇先艾和列席全國政協會議作家艾蕪。憶及當年在重慶唐家沱和蹇通信之事，並問及蹇和艾的「生活情況及創作情況」，還關心地說：「在舊社會你們寫過不少小說，現在解放了，應當寫得更多更好嘛。」（蹇先艾：《悲痛與回想——悼念茅盾同志》，載《山花》1981 年 5 月號）

十月

　　一日　前往天安門，登上觀禮台，出席歡慶中華人民共和國第二屆國慶節盛大集會。

　　三日　前往機場歡迎因中途停滯趕到北京的巴基斯坦人民觀禮團一行。

　　六日　上午，主持由各國代表團的作家和藝術家與我國文藝界人士共同參加的座談會，並致詞。云：由十五個國家的文藝工作者「聚集一堂」的盛會，在中國、在亞洲都是「空前的」；招待會雖然「形式簡單」但「彼此之間感情是深厚的」，「各位不但是文藝作家，也是和平戰士」，應在「文學事業」和「保衛和平事業上」「獲得更大的成績」。

　　同日　下午，出席捷駐華大使魏斯柯普夫爲慶祝捷建軍節舉行的招待會。

　　七日　晚七時，出席德意志民主共和國駐華外交使團大使柯尼希爲慶祝民主德國成立兩週年國慶招待會。

八日　晚，出席郭沫若為愛倫堡及聶魯達舉行的送別宴會。

九日　上午，前往機場送別愛倫堡及聶魯達等一行。

同日　作為中華人民共和國中央人民政府全權代表，經友好談判後，在中德文化合作協定上簽字。（9日《人民日報》）

十五日　出席中蘇友好協會全國代表大會閉幕式。

十六日　作《魯迅談寫作》（隨筆），載一九五一年十月十九日《人民日報》，現收《茅盾文藝評論集》。從魯迅「散見的遺作」中歸納出一些關於寫作的「法則」；從「論思想與生活經驗」及「論寫作方法的包括人物描寫、鍊字、鍊句」諸方面概括強調了魯迅關於寫作的見解，其核心是「寫作之道，除了老老實實，勤勤懇懇下番功夫，是並無其他捷徑的」。

十九日　出席首都各界隆重紀念魯迅逝世十五週年大會，並致詞。云：「魯迅的打擊敵人，是毫不容情地一次再一次地打，直到敵人投降或者消滅。紀念他要學習他的這種精神」。

二十日　對文化部有關單位發佈《關於加強年畫工作的指示》（與國家出版總署署長胡愈之聯署）。

二十三日　下午三時，出席中國人民政治協商會議第一屆全國委員會第三次會議，並列名於常務委員。會上聽取了毛澤東的開會詞。

二十五日　率出席世界和平理事會第二屆會議的中國代表團部分人員乘飛機抵莫斯科。見到我國駐蘇參贊戈寶權等人，擬從莫斯科轉赴奧地利首都維也納參加大會。

二十七日　晨，由布拉格飛抵維也納。

當月

朱樹蘭發表《記中華全國文學藝術界聯合會歡迎國際文學家、藝術家的盛會》，載十日《人民日報》。文中引述周揚講話內容：「屈原的《離騷》是中國文學的寶貴遺產之一」，「五四運動」「發生了中國文學史上」「第一次的文學革命」，魯迅「奠定了新文學的堅實基石」，「而郭沫若、茅盾就是其中的傑出人物」。

本月

朝鮮停戰談判在板門店復會。

北京人民出版社出版由中共中央「《毛澤東選集》出版委員會」主持編就的《毛澤東選集》第一卷，全黨全國掀起學習「毛選」熱潮。

十一月

一日至六日　在維也納出席世界和平理事會議。

七日　出席世界和平理事會第二屆會議最後一次會議，通過《告聯合國與世界各國人民書》、《關於要求締結五大國和平和約的運動的決議》等。(11日《人民日報》)

九日　發表《鞏固和發展各國人民間的文化交流——在世界和平理事會上的發言》(演講)，載《人民日報》。

同日　離開維也納，經莫斯科後回國。

十五日　在莫斯科，與出席世界和平理事會結束後途經莫斯科的中國、越南、巴基斯坦等國代表一起和蘇聯作家聯歡。

二十日　在莫斯科出席蘇聯擁護和平委員會舉行的招待會。

同日　列名於「北京文藝界學習委員會」委員，丁玲任主任委員，該委員會係全國文聯常委會議決定，統一領導文藝界整風學習的組織。

二十四日　出席北京文藝界舉行的學習動員大會。

本月

朝鮮停戰雙方，就分界線問題達成協議。

全國文聯舉行常委會議，決定在北京首先進行文藝界整風學習，清除文藝工作中的小資產階級思想。

十二月

一日　返抵北京。

二日　出席郭沫若接受羅馬尼亞文化代表團團拜會。

三日　出席郭沫若宴請羅馬尼亞文化代表團的宴會。

七日　出席中國人民保衛世界和平反對美國侵略委員會舉行的歡迎會，繼郭沫若報告了出席大會內容後，作了補充。

十一日　下午，出席首都各界歡迎出席「世和」理事會代表團回國的盛

大集會，報告了維也納會議通過關於各國文化交流問題決議的情況。

十二日 出席中、羅文化合作協定簽字儀式，並作爲中華人民共和國中央人民政府全權代表在協定上簽字。

二十六日 出席我保衛和平反美侵略委員會等團體舉行的大會，慶祝郭沫若獲斯大林和平獎金，並致賀詞。云：「郭沫若先生一直代表中國人民在保衛世界和平的神聖事業中貢獻力量」，其「努力和成就是值得誇耀的」，號召「中國文藝界一定要用文藝作郭先生的後盾」。

二十八日 前往機場歡送羅馬尼亞文化代表團。

同日 晚，出席巴基斯坦駐華大使羅查舉行的招待會。

二十九日 作《爲什麼我們喜愛雨果的作品》（短論），載一九五二年二月《文藝報》第四號。認爲中國人民喜愛這位「十九世紀法國浪漫主義運動的領袖人物」的作品《悲慘世界》等，是因爲雨果所擁護、歌頌和憎恨、詛咒的，與中國人民一致的緣故。

三十日 出席羅馬尼亞駐華使館舉行的慶祝羅國慶招待會。

當月

　　王瑤發表《文學社團》，載上海新文藝出版社出版《中國新文學史稿》（上冊）第一編第一章第三節。認爲茅盾等發起並組成的「文學研究會」是「新文學的歷史上，承繼著《新青年》文學革命的第一個文學團體」；從十二期起由茅盾編輯的《小說月報》「是全部革新了的……新文學運動以來第一個純文學的雜誌」；充分肯定了提倡「爲人生的藝術」的「文學研究會」的作用有三：「一、對封建文化的戰鬥」；二、「對文學批評的注重」；三、「關於翻譯的努力」。而在對文學批評的注重方面「沈雁冰的貢獻最多」。

　　王瑤發表《「透視現實」——〈中國新文學史稿〉》第八章第二節，載開明書店版《中國新文學史稿》。對茅盾 1928 年至 1937 年間創作的小說作了述評。指出《蝕》三部曲的「人物和故事結構都寫得很費心思，特別是女子心理的描繪，是爲許多人所稱道的」；中篇「以《虹》寫得最好」；短篇小說集則表現出作者的「寫作技巧是成功的，形式也是多樣的」。特別推崇長篇小說《子夜》，認爲「《子夜》是《吶喊》以後最成功的創作」，書中「展開了巨大繁多的場面」，「人物很多」，「也有不

少心理描寫」,「結構穿插很巧」,「是這一時期創作中的重大收穫」。由於茅盾「多方面的生活經驗,也善於分析社會現象,又不斷地努力寫作,作品的質量是超過當時一般水平的」。這是解放後,最早以宏觀的視角,對茅盾小說作了獨創而中肯分析評價的文學史專章,對後來的文學史和評論影響很大。

李何林發表《茅盾》,載《中國新文學史研究》。

何求發表《茅盾》,載上海春明書店版《近代中外人名詞典》。

本月

北京市人民政府授予老舍「人民藝術家」榮譽獎狀。

同年

獲悉日文版《深夜中》(即《子夜》)由尾坂德司翻譯,千代書房出版。

當年

蘇聯《火星》雜誌記者發表《必須注意的事實——同世界和平理事會理事、中國作家茅盾的談話》(談話),載《火星》四十九期。

日本尾坂德司發表《日文版〈子夜〉譯後記》,載日本千代書房版《深夜中》。認為《子夜》是「中國人持刀刺入自己的肉體,而用湧出來的鮮血作墨水,在痛苦的呻吟中寫成的」「中國現實社會的解剖圖」。作者「茅盾是中國新文學誕生以來長期處於中國文壇領導地位的作家」。(據錢青譯文摘錄)

竹內好發表《茅盾》,載日本《近代文學》九月卷。

一九五二年（五十七歲）

一月

一日　參加中央人民政府元旦團拜活動。

十八日　出席越南駐華臨時代辦舉行的招待會，慶祝越南外交勝利兩週年。

二十五日　發表《全國各人民團體聯合聲明》（與郭沫若等聯署），嚴重抗議香港當局無理拘捕並將我國愛國電影工作者司馬文森等八人，驅逐出境的非法行為。號召全國人民聲援香港同胞的正義鬥爭。

三十日　作《果戈理在中國——紀念果戈理逝世百年紀念》（隨筆），載二月二十五日《文藝報》第四號。認為果戈理和魯迅「都是偉大的愛國主義者」，「諷刺是他們的風格的共同點」，「然而魯迅的諷刺卻比果戈理的更為辛辣」。

本月

美國在朝鮮北部和中國東北開始使用細菌武器，激起世界人民極大的憤怒。

《劇本》月刊創刊。

二月

八日　出席中、波文化合作計劃會議，並代表中華人民共和國中央人民政府在協定上簽字。

九日　為《光明日報》的《文化交流》專刊題寫刊頭。

本月

中國文字改革委員會在京成立。

英國國王去世，由伊麗莎白二世繼任王位。

三月

三日　作《致蘇聯果戈理逝世百週年紀念委員會電》（電文），與郭沫若

聯署（按：此標題係筆者所加）。載四日《人民日報》。云：充分肯定果戈理是「帝俄」「農奴制度」和「官僚制度」的「無情摧毀者」，他的「天才」的作品「喚醒了俄羅斯民族的革命精神」，「還鼓舞著全世界各國人民努力掙脫鎖鏈的鬥爭」。

十二日　作《〈茅盾選集〉自序》（序跋），載開明書店一九五二年四月出版《茅盾選集》。現收《茅盾全集》第九卷。（按：此文與 1955 年 4 月 14 日作「再記」合成爲《〈茅盾短篇小說選集〉後記》，載 1955 年 12 月人民文學出版社版《茅盾短篇小說選集》，現收《茅盾全集》第 9 卷）。回顧了《幻滅》、《動搖》、《追求》、《三人行》等中篇及長篇《子夜》的「寫作摸索過程」及「思想演變過程」；認爲由於「思想情緒」的「悲觀失望」導致《幻滅》等三部小說「過分強調了悲觀、懷疑、頹廢的傾向」，由於「缺乏」「觀察」「體驗」，造成《三人行》「故事不眞實，人物概念化」等「致命傷」；認爲《子夜》「最大的毛病」是「分析與批判都不深刻」，「未能表現出那時候整個革命形勢」；結集的短篇小說「題材都是小市民的灰色生活」。

十三日　發表《關於爲〈戰鬥到明天〉一書作序的檢討》（檢討），載《人民日報》。

二十一日　發表《亞洲及太平洋區域和平會議發起書》（電文），與宋慶齡、郭沫若等十一人聯署。載五月十四日《人民日報》。電邀亞洲、澳洲、美洲太平洋沿岸各國愛好和平人士共同發起亞洲及太平洋區域和平會議。

同日　以世界和平理事會執行委員身份飛往莫斯科，出席世界和平理事會執行會議，與郭沫若等同行。

二十二日　抵莫斯科。

二十八日　從莫斯科乘飛機前往挪威首都奧斯陸。

三十日　在奧斯陸出席世界和平理事會執行局會議開幕式，大會對美帝擴大細菌戰一事感到震驚和憤怒。

當月

二十八日　湯廷誥發表《從〈子夜〉看中國資產階級》，載《文匯報》。認爲《子夜》是「中國二十世紀三十年代文壇上的一朵奇葩」，「是茅盾先生在文學上的一個偉大貢獻」，「現實主義地製造吳蓀甫、朱吟秋……

等中國資產階級的典型人物」，刻畫了中國資產階級由於「沒有出路」而「值得同情」之處，也揭露了他們的「唯利是圖、損人利己、投機取巧」的特點。

日本千田九一發表《〈子夜〉》（書評），載日本《近代文學》（七）。

本月

美國參議院認可美國與日、菲、澳、新西蘭締結的《太平洋安全協定》。

全國文聯組織第一批作家深入工廠、農村、部隊，體驗生活。

四月

一日　在奧斯陸出席世界和平理事會執行局會議的記者招待會，就有關美國細菌戰的罪行答奧斯陸各報及外國記者問。

二日　與世界和平理事會執行局奧斯陸會議的主席、副主席、全體執行委員、秘書長、秘書以及特邀代表等聯名發表《為反對細菌戰告全世界男女書》。號召全世界人民「立即行動起來制止細菌戰」。

四日　和與會中國代表郭沫若等從奧斯陸飛往莫斯科。

九日　下午二時，前往莫斯科克里姆林宮斯維爾德洛夫大廳，出席郭沫若接受「加強國際和平」斯大林國際獎金典禮。聽郭沫若發言及朗頌。

十日　晨，與郭沫若等一行乘飛機離莫斯科返國。

十二日　與郭沫若等一行五人抵京，彭真、陸定一等在機場迎接。

十五日　出席歡送文幼章宴會。

十七日　出席全國政協學習委員會會議，應邀報告了參加世和會理事會執行局會的經過情況，及有關國際問題。

十八日　出席中央人民政府第十四、十五次會議。

二十六日　出席歡迎緬甸文化代表團宴會。

二十七日　周恩來總理宴請緬甸文化代表團，應邀出席作陪。

二十八日　前往機場歡迎前來我國參加世界四大文化名人紀念會的法國朋友。

二十九日　出席中國人民保衛世界和平委員會等七人民團體舉行的盛大

酒會，招待前來我國參加「五一」觀禮的外賓。

三十日　應邀出席周恩來接見印度文化代表團的活動，以及由周恩來主持的歡迎宴會。

同日　《茅盾選集》（新文學選集二），由開明書店出版。

本月

美國近百萬電訊、鋼鐵工人罷工。

《毛澤東選集》第二卷出版。

五月

一日　上午，登上天安門城樓，與毛澤東等國家領導人檢閱「五一」國際勞動節五萬人遊行盛典。

同日　晚，主持酒會招待以宇呑帕爲首的緬甸文化代表團，並致歡迎詞：表示「中國人民願與各國人民建立友好關係」，「促進交流和瞭解」。

二日　出席並主持歡迎印度文化代表團的酒會，席間致歡迎詞。

三日　上午，出席中華全國藝術界聯合會舉行的茶話會，歡迎應邀來京參加我國紀念世界四大文化名人紀念大會和出席我國「五一」節觀禮的各國文藝界來賓。並代表中國文聯致歡迎詞。

四日　上午，前往北京圖書館，陪同應邀來京參加世界四大文化名人紀念大會的外賓參觀了「世界四大文化名人紀念展覽」。

同日　下午，前往中南海懷仁堂出席世界四大文化名人阿維森納誕生一千週年、達·芬奇誕生五百週年，雨果誕生一百五十週年、果戈理逝世一百週年紀念大會。與郭沫若、吳玉章、李四光等就座主席台，並代表中國文學界致詞，作《雨果的偉大名字鼓舞了我們》的發言。

同日　晚，應邀出席北京市市長彭眞舉行的酒會，招待赴京參加「五一」慶典的各國外賓。酒會後，觀看了中央戲劇學院附屬歌舞團演出的歌劇《王貴與李香香》。

五日　出席蘇聯《眞理報》駐京記者和塔斯社駐華總分社舉行的招待會，紀念蘇聯布爾什維克出版節和《眞理報》創刊四十週年。

同日　晚，出席緬甸文化代表團團長宇呑帕和緬甸駐華大使吳拉茂舉行

的酒會。

六日　作爲中華人民共和國中央人民政府的全權代表，出席中捷文化合作協定簽字儀式，並在協定上簽字。並出席周恩來總理招待出席簽字儀式人員的酒會。

同日　晚，出席印度駐華大使潘尼迦舉行的酒會。朱德副主席及北京文藝界著名人士也應邀出席。

七日　下午，出席周恩來總理舉行的招待會，與前來參加我國世界四大文化名人紀念大會的法國、意大利等國代表歡宴及晤談。

同日　晚，主持招待會，宴請印度文化代表團，並致歡迎詞。希望「加強」「兩國之間的文化交流」，「增進兩國人民的友誼」。

九日　前往懷仁堂，出席文化部舉辦的音樂舞蹈聯歡晚會。

十日　應印度駐華大使潘尼迦邀請，出席由周恩來總理主持的印度藝術展覽會揭幕儀式，並參觀了印度藝術展覽。

同日　晚，出席外交部副部長章漢夫主持的酒會，歡送緬甸文化代表團離京赴各地參觀。

十一日　出席中緬友好協會成立大會。

同日　晚，出席政協全國委員會主持的歡送印度文化代表團的宴會，並觀看了音樂、舞蹈節目。

十五日　出席章漢夫舉行的招待會，爲印度文化代表團送行。

十六日　出席中印友好協會成立大會。

十七日　下午，設宴，爲匈牙利國家人民文工團將赴各地表演送行，並致詞。指出「文工團的表演得到我國人民的歡迎，對於中匈兩國人民的文化交流起了推動作用」。會後，觀看了北京電影製片廠攝製的匈牙利人民文工團演出的紀錄片。

十九日　作《認眞改造思想，堅決面向工農兵》（短論），載二十日《人民日報》。回顧了文藝界「思想混亂狀態」、「嚴重的錯誤或缺點」，指出「加緊」學習毛澤東主席《在延安文藝座談會上的講話》這一「歷史文件」的必要性。

下旬　自三月二十一日與宋慶齡、郭沫若等聯名發出《亞洲及太平洋區

域和平會議發起書》後，近二個月來，經各國廣大愛好和平人士的響應，會議定於一九五二年六月三日在京舉行。下旬，陸續獲悉各國與會代表名單，並歡迎陸續抵京的各國代表，忙於大會籌備會議的有關事宜。

本月

朝鮮停戰談判繼續進行，作停戰的具體安排及部署。

《文藝報》開展「關於塑造新英雄人物形象」的討論。

六月

二日　下午，出席由郭沫若主持的招待會，與出席亞洲及太平洋區域和平會議籌備會議的代表歡晤。

三日　出席「亞洲及太平洋區域和平會議籌備委員會議」開幕式。

本月

美機轟炸鴨綠江發電廠和安東市。

北京舉行亞洲及太平洋區域和平會議籌備會議，通過會議宣言及關於籌備會工作的若干提議。

七月

三日　出席並主持中國文聯召開的文藝整風學習會議。

十四日　出席由中國文聯及北京市文聯聯合召開的會議，討論有關文藝整風學習暫告段落的問題。

二十一日　出席並主持中華全國文學工作者協會召開的關於文藝整風學習的座談會。

本月

美國歷時五十四天的鋼鐵工人大罷工結束。

中國青年出版社出版《絞索套在脖子上的報告》、《卓婭和舒拉的故事》等小說。

八月

六日　出席中華全國文學工作者協會常務理事擴大會。

十日　出席歡迎捷克斯洛伐克軍隊文工團招待會。

十一日　出席中科院考古研究所、文化部文物局和北京大學等單位聯合舉辦的全國首屆考古工作人員訓練班開學典禮並致詞。

十九日　出席匈牙利電影周預演招待會，並致詞。

二十日　出席匈牙利人民共和國展覽會開幕式。

二十一日　晚，主持中央文化部舉辦的歡迎羅馬尼亞部隊歌舞團的宴會，並致詞。

二十二日　代表中央人民政府文化部為羅馬尼亞部隊歌舞團主持歌舞晚會，與毛澤東、朱德、鄧小平等一起觀看了表演。

二十三日　發表《歡迎羅馬尼亞人民共和國部隊歌舞團》（隨筆），署名沈雁冰。載《人民日報》。讚揚了歌舞團的「優秀的現實主義的藝術」及「反映了人民的」「國際主義和愛國主義精神」的深刻內容。

二十九日　作《人民堅決反對戰爭就一定能制止戰爭》（短論），載一九五二年九月十日《文藝報》第十七號。現收《茅盾全集》第十七卷。斥責了美國總統候選人艾森豪威爾公然宣稱「準備發動第三次世界大戰的罪惡企圖」。

三十一日　出席中國人民解放軍總政治部舉辦的招待會，歡宴羅馬尼亞部隊歌舞團。

同日　夜，作《致呂劍》（書信），署名沈雁冰。載百花文藝出版社版《茅盾書信集》。云：因「時間不夠」而「材料太多」，不把「需要看的材料看過」不敢「冒險」「動筆」。「再三考慮，只好知難而退」，願意「另寫一篇」「以表微忱」。（按：呂劍原來約寫關於作家評論一類的文章。現另寫的是《文藝工作者發揮力量，保衛和平》）

本月

政務院公佈《期刊登記暫行辦法》。

九月

一日　出席文化部舉辦的《抗戰的越南》影片預演報告會，並致詞。云：影片「忠實地記錄了越南人民英勇的品質」，歌頌了中越人民「牢不可破」的

友誼。

四日　作《中央人民政府關於1951、52年度年畫創作的評獎》（演講），署名沈雁冰。載五日《人民日報》。云：鑒於「年畫創作中湧現了不少新的作者」，「優秀的作品」，特舉行「評選」「授獎」。

八日　出席中國人民保衛世界和平委員會和中國各人民團體聯席會議，選出參加亞洲及太平洋區域和平會議的中國代表團。被選爲代表團成員之一。

十三日　出席參加亞洲及太平洋區域和平會議的中國代表團會議，選出團長宋慶齡、副團長郭沫若、彭眞。

同日　作《文藝工作者發揮力量，保衛和平》（隨筆），載《人民文學》十月號，現收《茅盾全集》第十七卷。云：快要開幕的亞洲及太平洋區域的和平會議「集中地表現了十六億人民的和平願望」，希望「作家、藝術家以及其它從事文字工作的人」，「有責任去闡明事實的眞相，戳破戰爭販子的彌天大謊，使被欺蒙的人民不再受欺騙」，宣傳「和平必然戰勝戰爭」。

十六日　作《爲迎接祖國的建設高潮而準備好自己》（隨筆），載《中國青年》第九十八期，現收《茅盾全集》第十七卷。在「三週年國慶」到來前夕，回顧祖國「奇蹟」般的發展和變化，鼓勵「年青的朋友們」「加倍努力，學好技術，鑽研學問，精通業務」，擔當起建設祖國的重任。

二十四日　下午六時，前往首都機場歡迎中央人民政府政務院總理兼外交部長周恩來等訪蘇歸國。

二十五日　作《三年來的文化藝術工作》（報告），署名沈雁冰。載二十七日《人民日報》。總結了中華人民共和國建國三年來在電影、戲劇、美術、文學、音樂等方面所取得的成就，指出文藝工作必須在毛澤東文藝思想指導下，才能迅速發展。

二十八日　前往機場歡迎蒙古人民共和國總理澤登巴爾。

二十九日　出席周恩來總理歡迎澤登巴爾的宴會。

三十日　出席毛澤東主席主持的中華人民共和國慶祝國慶晚宴。招待前來我國參加國慶觀禮的各國外賓。

當月

馮雪峰發表《中國文學中從古典現實主義到無產階級現實主義的發

展的一個輪廓》，載《文藝報》第十四、十五、十七號。

本月

中蘇談判公報發表。

毛澤東發表題辭：「百花齊放，推陳出新」。

十月

一日　出席歡慶中華人民共和國第三屆國慶慶典，登上天安門城樓，跟隨毛澤東、朱德等黨和國家領導人閱兵。

二日　出席亞洲及太平洋區域和平會議開幕式，有三十七個國家的一百六十七位代表與會。

同日　下午五時，會議繼續舉行。

三日　上午繼續出席會議，聽取了郭沫若作《團結一心，保衛和平》的報告。

四日　繼續出席會議，聽取了會議關於文化、經濟交流等報告。

同日　前往中南海勤政殿，出席毛澤東主席歡宴蒙古政府代表團的酒會。

五日　繼續出席會議，聽取了關於保衛婦女兒童權利及締結五大國和平公約的報告。

六日　上午，繼續出席會議，聽取各國和平代表的發言。

同日　出席並主持《第一屆全國戲曲觀摩演出大會》開幕式，並致詞。指出大會「主要任務」是「展覽」、「創造」和「改革」的成績，「交流經驗」以便提高藝術水平，推動「雙百」方針的貫徹。

同日　發表《給全國戲曲觀摩演出大會》（題辭、手迹、演講稿），載《人民日報》。希望大會「總結」「經驗教訓」「堅決遵守毛主席的文藝方向」，為貫徹「雙百」方針起「重要作用」。

同日　是日起擔任第一屆全國戲曲觀摩演出大會評獎委員會主任，大會舉行二十三天，結束時根據評獎委員會評定結果，由中央人民政府文化部頒獎。

十二日　深夜 23 時 40 分出席亞洲及太平洋區域和平會議，選舉新成立的亞太區域和平聯絡委員會主席、副主席等。

十三日　前往故宮太和殿，出席會議閉幕式，對爭取和保衛和平各項重要問題作出一致的決議。

十五日　晚，出席蒙古駐華大使賈爾卡賽汗舉行的宴會，招待澤登巴爾總理及蒙古代表團。

十六日　下午，出席周恩來總理舉行的宴會，招待西藏致敬團及各地民族代表，聽取了周恩來關於號召進一步加強民族團結事業的報告。

二十七日　出席並主持文化部舉辦的捷克斯洛伐克影片《鋼鐵的城》預演招待會，並致詞。充分肯定該片的「思想」和「藝術」成就。

同日　下午，出席中國人民政治協商會議全國委員會常務委員擴大舉行的第四十二次會議。動員全國各界參加《中蘇友好月》活動，慶祝蘇聯十月社會主義革命三十五週年。

三十一日　作《一點簡單的說明——歡迎蘇聯影片展覽月》（隨筆），載1952 年 11 月 7 日《光明日報》。

本月

　　蘇聯舉行第十九次黨代表大會。

　　人民文學出版社開始有計劃地進行中國古典文學名著的校勘和重印出版。

十一月

一日　出席全國政協委員會舉行的報告會，聽郭沫若作《關於亞洲及太平洋區域和平會議的報告》。

二日　下午，以中華文聯全國委員會副主席身份前往車站歡迎蘇聯藝術工作者代表團和蘇聯紅旗歌舞團。

五日　晚八時，偕首都文化界人士出席中蘇友協總會舉行的宴會，歡宴蘇聯文化工作者代表團、藝術工作團和蘇聯紅旗歌舞團。

同日　下午，前往機場歡迎蘇聯電影藝術工作者代表團。

同日　下午六時，應邀出席毛澤東接見蘇聯文化工作者代表團團長吉洪諾夫的晤談會。

同日　晚，出席首都各界舉行的盛會，慶祝十月社會主義革命三十五週

年。

七日　凌晨，出席周恩來總理主持的盛大酒會，慶祝蘇聯十月社會主義革命節並歡迎蘇聯文化代表團。

同日　發表《中蘇友好改變了歷史的行程》（政論），載《人民日報》，現收《茅盾全集》第十七卷。通過事實說明「中國革命的勝利」及經濟文化的發展都和蘇聯人民「大公無私」的幫助分不開，而「中蘇友誼」又是「保衛亞洲和平和世界和平的重要因素」，進而強調了即將開展的「中蘇友好月」活動「對於我國人民的巨大教育意義」。

同日　下午，出席蘇聯影片展覽的揭幕儀式並觀看了蘇聯電影《難忘的一九一九》。

同日　晚，與中央人民政府北京市人民政府高級幹部 1500 餘人在懷仁堂觀看了蘇聯藝術工作團的表演。

八日　下午二時，出席中蘇兩國文藝工作者座談會，並致詞，云：「蘇聯文藝工作走過的社會現實主義的道路，就是我國文藝工作要走的道路」。

同日　晚，前往懷仁堂，出席中蘇友好協會全會主辦的蘇聯著名藝術家表演會，並致詞。讚揚了藝術團帶來了「蘇聯人民的友愛」和「先進經驗」，這將「鼓舞」中國的藝術工作者們，「促進」、「鞏固」、「發展」中蘇友誼。會後觀看了節目。

同日　晚，和周揚等設宴招待蘇聯文化工作者代表團團長、蘇聯作協副總書記、詩人吉洪諾夫，並開了座談會。

十日　晚八時，出席人民革命軍事委員會總政治部舉行的盛大酒會，歡迎蘇聯友人。會後觀看了駐京部隊文工團聯合演出的節目。

十四日　前往懷仁堂，出席並主持全國戲曲觀摩演出大會閉幕式，聽取了周恩來總理的報告，宣布了參加觀摩演出的獲獎名單，並頒發了獎狀。

十五日　發表《蘇聯藝術家的表演給了我們寶貴的啓發》（演講稿），載《人民日報》。云：蘇聯藝術家的表演使首都人民「陶醉於崇高、昂揚、雄壯、愉快的精神世界」，「啓發」「教育」中國文藝工作者「體會到毛主席文藝方針的正確」，「更好地爲人民服務」。

同日　下午，出席中央人民政府委員會召開的第十九次會議，聽取了周

恩來總理的報告。

二十八日～二十九日　出席中華全國文學工作者協會召開的學習報告會。

當月

蔡儀發表《現實主義和浪漫主義的對立》，載新文藝出版社版《中國新文學史講話》。指出茅盾是「文學研究會的理論家」，和文學研究會的其它主要人物一樣，「經過了『五四』運動的鍛鍊，也承受了『五四』新文學的傳統，備嚐艱辛，更熟悉社會生活，因此他們的創作傾向是現實主義的」，茅盾發表在《小說月報》上的若干論文，足以「代表」「文學研究會的意見」，推崇「為人生的藝術」的創作態度。

本月

美國爆炸了第一顆氫彈。

首都各界舉行慶祝十月革命三十五週年活動。

十二月

上旬　出席中國保衛和平委員會與各人民團體聯席會議，被選為我國出席世界和平大會代表團成員。

十一日　隨中國參加世界和平代表團離京赴奧地利首都維也納。

十二日　出席在奧地利首都維也納舉行的世界人民和平大會開幕式。會議為期八天。

十六、十七日　出席會議，被選為世界人民和平大會國際委員會委員。會議期間曾受託執行世界人民和平大會的決定，遂將大會通過的關於舉行協商並締結和平公約書送交五大國（按：指蘇聯、美國、中華人民共和國、英國和法國）。

十九日　晚，出席了世界人民和平大會閉幕式，通過五大國政府書和大會宣言。

二十三日　離開維也納，經莫斯科返國。

二十四日　晚七時，抵達布達佩斯受到匈牙利部長會議主席拉科西親切招待。

二十六日　抵達莫斯科。參觀訪問、座談，受到蘇聯文藝工作者的歡迎和接待。

同日　發表《可惡的玩物——無名的病症》（隨筆），載《保衛和平》十二期。

本月

日本發生戰後第二次經濟危機，持續九個月。

全國文協召開「胡風文藝思想討論會」。

同年

獲悉俄文版《子夜》由莫斯科國家文藝出版社出版，B・魯德曼譯。

創作了「一部反映鎮反運動的電影劇本」，未完成。據譜主親屬回憶，該劇本於一九七五年春天銷毀。（韋韜、陳小曼：《茅盾的晚年生活（三）》。）

當年

蘇聯弗・魯德曼發表《俄文版〈子夜〉序》，載莫斯科國家文藝出版社出版《子夜》。認為「沈雁冰的《子夜》」是「革命的中國」「描寫三十年代事件的作品」中「最優秀、最有意義的」。茅盾在「真實地描繪中國的現實」方面，「是魯迅的直接追隨者」。

一九五三年（五十八歲）

一月

一日　《人民文學》經內部人事調整後，仍擔任該刊主編。

四日　率中國代表團前往波蘭訪問。

九日　作《致樓適夷》（書信），署名雁冰。載百花文藝出版社版《茅盾書信集》。對擔任人民文學出版社副社長及副總編輯樓適夷提出具體的意見。指出《家》、《倪煥之》、《子夜》等「封面設計」、「單調」、「不好看」；「正文的行款」「太擠」，建議參照「開明初版本」或「開明後來出版的款式」排印。

十三日　經中央人民政府委員會第二十次會議討論決定通過，列名於中華人民共和國憲法起草委員會委員，毛澤東爲主席。

二十三日　從波蘭各地參觀後返回華沙，會見波蘭部長會議主席貝魯特。

二十六日　代表中華人民共和國，出席中波文化合作協定簽字儀式，並簽字、致辭。

本月

艾森豪威爾就任美國總統。

《人民日報》發表題爲《迎接 1953 年的偉大任務》的社論。

二月

十一日　中央人民政府委員會舉行第二十二次會議，經選舉爲中央選舉委員會委員，劉少奇擔任委員會主席。

同月　返回北京。

同月　作《致裴少華》（書信），署名沈雁冰。載浙江文藝出版社出版的《茅盾書簡》。指出《剝落蒙面強盜的面具》中某一長句的語法結構爲複合句。

本月

美國總統艾森豪威爾宣布撤銷中國臺灣省所謂「中立化」。

北京大學成立文學研究所，鄭振鐸任所長，何其芳任副所長。

三月

三日　從廣播和報紙上證實了斯大林身患重病的消息，深感「震驚和憂慮」。(《斯大林永遠活在我們心中》)

五日　深夜，從廣播中獲悉斯大林逝世的消息，陷於「無限悲痛中」。(《化悲痛爲力量》)

六日　與郭沫若聯名致電蘇聯作家協會主席法捷耶夫，對斯大林逝世表示哀悼。

七日　作《偉大的斯大林永遠活在我們心中！——爲蘇聯〈眞理報〉而作》，(隨筆)，載十五日《文藝報》第五號。現收《茅盾全集》第十七卷。云：斯大林同志的逝世，是中蘇和全世界人民「無可比擬的巨大損失」，但是「他是永遠活在我們心中」。

九日　前往天安門廣場出席首都人民追悼斯大林大會，並與毛澤東、朱德等黨和國家領導人組成追悼會主席團。(三十四人)

約上旬　接吳奔星同志來信，信中附有他執教的師院語文系三年級同學討論《林家舖子》的小結。閱後，認爲同學們對作品中人物的分析、理解有「牽強附會」之處，遂擬覆函，談自己的看法。

十日　作《致吳奔星》(書信)，載吳奔星著《茅盾小說講話》，一九五四年三月泥土社出版。信中就《林家舖子》中「幾個人物」和一些情節發表了自己的意見，認爲壽生「勸林老闆出走」並非「工人階級遠見」，而是「對當時反動集團」「沒有任何幻想」；認爲「林大娘將女兒許配給壽生」並非「小資產階級與工人結合」，而是「表現了舊社會婦女中的『寧願粗食布衣爲人妻，不願錦衣玉食爲人妾』的高貴傳統心理」；林老闆是「懦弱」的，但「出走」也是「反抗」；林小姐「有點嬌慣，但本質是好的」。

十五日　與郭沫若聯名致電捷克斯洛伐克作家協會悼念捷總統哥特瓦爾德逝世。

同日　前往捷駐華使館吊唁哥特瓦爾德逝世。

十六日　作《化悲痛爲力量》(散文)，載《人民文學》第四期，現收《茅

盾全集》第十七卷。號召廣大文藝工作者，在斯大林逝世以後，要「化悲痛爲力量」，以實際行動「表現這個偉大時代的面貌」，要「以這個偉大時代創造者們的崇高精神和高貴的品德來教育人民」，更應加強「自我檢查」和思想改造。

二十四日　出席全國文協常委會第六次擴大會議，通過《關於改組全國文協和加強領導文學創作的工作方案》，與周揚、丁玲、巴金等二十一人組成全國文協代表大會籌備委員會委員，並任主任委員。

同月　任《譯文》主編。

同月　《春蠶》（文學初步讀物）由人民文學出版社出版。

同月　出席第一屆電影劇本創作會議並發言。指出思想、生活和創作之間的關係。

本月

蘇共中央總書記、蘇聯部長會議主席納·維·斯大林逝世。

第一次全國電影劇本創作會議在京舉行。

四月

三日　出席首都各界共同慶祝匈牙利解放八週年盛會。

十四日　出席並主持「捷克斯洛伐克電影周」開幕式，並致詞。會後，觀看了捷參展影片《新戰士站起來》。

同日　下午，代表文化部設宴招待捷克電影工作者訪華代表團。

十五日　發表《中捷人民的友誼就是不可戰勝的力量》（隨筆），載《人民日報》。從八部捷克電影中看到了中捷有「長期革命鬥爭的光榮傳統」，是「共產黨領導的國家」，人民「按照著偉大的蘇聯的榜樣建設自己的幸福生活」，因此兩國人民「相距遙遠」但「思想感情親近」，「友誼」「不可戰勝」。

同日　發表《體驗生活、思想改造和創作實踐——第一屆電影劇本創作會議上發言摘要》（演講），載《文藝報》第七號。現收《茅盾文藝評論集》。論述了生活、思想和創造者三者之間的辯證關係，指出思想上必須努力學習馬克思、列寧主義和毛澤東思想；必須深入生活，加深和提高對生活的認識，堅持通過創作反映生活，檢驗思想改造的成果，不斷得到提高。

同日　發表《出席世界人民和平大會作家們的宣言》（宣言）與郭沫若聯署。載《文藝報》第七號。

二十八日　出席並主持宴會，歡迎波蘭瑪佐夫舍歌舞團全體人員。

二十九日　出席並主持波蘭瑪佐夫舍歌舞團赴華演出開幕式，會後觀看了演出。

三十日　離京，前往瑞典斯德歌爾摩，出席世界和平理事會常務委員會會議。

本月

朝鮮停戰談判雙方簽署遣返病傷戰俘協定。

全國文協創作委員會組織在京作家、批評家和文藝工作領導人學習有關社會主義現實主義理論問題。

五月

五日　與郭沫若等一起，在斯德哥爾摩出席世界和平理事會常務委員會會議。

十四日　偕郭沫若同時返回北京。

二十八日～三十日　在上海，出席華東文學藝術界聯合會籌備委員會舉行的常委擴大會，被選為籌委會委員。

下旬　在上海出席會議前後，與上海及華東地區文藝界著名人士見面，晤談甚歡。

本月

日本反對美軍內灘基地的鬥爭擴大到全國。

六月

五日　出席郭沫若主持的酒會，歡迎以吉科寧夫人為團長的芬蘭文化代表團，會後觀看了演出。

六日　作《〈譯文〉發刊詞》（發刊詞），載 7 月 1 日《譯文》創刊號。

九日　偕郭沫若、蔡廷鍇、劉寧一等乘飛機離京，取道蘇聯前往布達佩斯出席世界和平理事會會議。

十一日　抵莫斯科。

十二日　抵匈牙利首都布達佩斯。

十五日　出席世界和平理事會會議開幕式，聽取郭沫若作「朝鮮停戰及和平解決遠東問題」的演講。

十七日　下午，出席會議，聽取拉斐德詳細說明世界和平理事會的任務及組成。

十八日　出席中國世界和平理事會向匈牙利全國和平理事會獻禮儀式，由郭沫若致感謝詞。

同日　晚，前往布達佩斯國民議會大廈，出席匈牙利人民共和國主席團和匈牙利人民共和國部長會議舉行的招待會。

十九日　前往以匈牙利民族英雄科索特命名的廣場，出席十幾萬人參加的群眾大會，慶祝世界和平理事會在匈召開。（朱子奇：《和平節日裏的匈牙利首都》，載 1953 年 8 月 10 日《人民日報》）

同月　經國際和平獎金與金質獎章評議委員會舉行會議討論，仍繼續當選爲委員。

本月

毛澤東在中共中央政治局會議上提出過渡時期的總路線和總任務。

我國文藝界舉行盛大活動，紀念古代偉大詩人屈原。

七月

七日　「世和」會結束後，抵達北京。

十六日　出席中國保衛世界和平委員會報告會，由郭沫若報告中國和平委員會代表團參加世界和平理事會布達佩斯會議的經過。

十八日　作《致田間》（書信），署名雁冰。載百花文藝出版社版《茅盾書信集》。云：在「清理」「壓在文化部」的信函中，發現捷克大使魏斯柯普夫致田間信，遂「送去」。

十九日　出席並主持由中蘇友協總會和全國文協聯合舉行的大會，紀念馬雅可夫斯基誕生六十週年，並致詞。

二十一日　出席中國人民保衛世界和平委員會舉辦的招待會，歡迎印度

藝術團訪華。

二十六日　出席周恩來舉行的宴會，招待印度藝術團。

同月　擔任主編的《譯文》創刊。

當月

鄭學稼發表《茅盾及其三部曲》，載香港亞洲出版社《由文學革命到革文學的命》。

本月

蘇共中央宣布把貝利亞開除出黨，並解除其內務部長職務。

北京、上海舉行紀念馬雅可夫斯基誕生六十週年。

八月

三日　發表《堅決保衛和平——8月3日在中央人民廣播電臺廣播》（廣播稿），載一九五三年八月十五日《文藝報》第十五號。現收《茅盾全集》第十七卷。云：「《朝鮮停戰協定》終於簽訂了」，我們仍要「提高警惕」、「堅持和平」，「繼續努力，為停戰協定的徹底實施」、為保衛和平而鬥爭。

七日　辭去《人民文學》主編職務。

十一日　前往北京火車站，出席歡迎從朝鮮前線勝利歸國的中國人民志願軍司令員彭德懷的大會。

二十日　發表《人民匈牙利的電影》（影評），載《人民日報》。介紹了匈牙利電影周六部電影的內容，並云：電影的「戰鬥性是很強烈的」「有教育意義」，是匈牙利勞動人民黨「對電影事業的正確領導與深切關懷」以及「匈牙利電影工作者創造性勞動」的結果。

二十一日　出席中國保衛世界和平委員會舉辦的宴會，歡迎印度藝術代表團。

二十二日　觀看「波蘭教育及人民體育活動圖片展覽會」並致詞。

二十六日　出席作陪毛澤東等黨和國家領導人觀看印度藝術家演出。

當月

屈柏發表《〈春蠶〉的讀後感》，載《語文學習》八月號。

霍辛夷發表《茅盾：〈春蠶〉》，載《語文學習》8月號。聯繫作品，

舉行說明作者通過景物描寫、人物描寫來表達「一二八」前後「中國社會受著帝國主義和封建主義的雙重壓迫，廣大的農村一天天地貧困以至大批地破產的」「主題」。

本月

蘇聯爆炸第一顆氫彈。

九月

八日～十一日　出席全國政協常委會第四十九次擴大會議。

十二日　出席中央人民政府委員會第二十四次擴大會議。

十四日　出席中央人民政府委員會第二十五次擴大會議。

十五日　出席中央人民政府委員會第二十六次擴大會議。

十六、七日　出席中央人民政府委員會第二十七次擴大會議。

十八日　出席中央人民政府委員會第二十八次擴大會議。

二十三日　上午，出席中國文學藝術工作者第二次代表大會。九時，與郭沫若等被選爲大會主席團（七十六人）。

同日　下午三時，聽取周恩來總理的重要講話。

二十四日　前往北京機場歡迎日本擁護和平委員會主席、斯大林國際和平獎金獲得者大山郁夫等人。

同日　繼續出席大會。

二十五日　下午，發表《新的現實和新的任務——九月二十五日在中國文學工作者第二次代表大會上的報告》（報告），載二十六日《人民日報》。指出我國「社會階級關係」「產生深刻變化」，「文學的任務不僅要眞實地反映這些錯綜萬狀的變化」，「尤重要」的是要「以藝術的力量推進社會主義改造工作」，「教育」、「改造」和「鼓勵」人民前進，與封建主義、帝國主義、資本主義作鬥爭。

二十六日　獲悉中國著名畫家，中央美術學院院長、中國美協主席徐悲鴻於凌晨二時五十二分因患腦溢血病逝，遂與周恩來、郭沫若、周揚等親往吊唁。

二十七日　晚，前往懷仁堂，出席我國保衛世界和平委員會等五團體舉

辦的紀念四位世界文化名人的盛會。並經大會主席郭沫若邀請，陪同與會的波蘭、法國、古巴的代表登上主席台。聽取了郭沫若報告後，作《紀念我國偉大詩人屈原》的報告。對屈原的「思想」「輝煌的詩篇」作了高度評價的同時，讚美了屈原「熱愛人民」、「詛咒」「倒行逆施」的統治者的「高尚思想和情感」，稱屈原是「正直的、忠實於人民的詩人」，是「偉大的、悲劇的代表人物」，他的作品「有生命力」，現在得到世界人民的紀念是「令人興奮」的。

二十八日　發表《紀念我國偉大詩人屈原——一九五三年九月二十七日在北京紀念四位世界文化名人大會上的演說》（演說），載《人民日報》。

同日　下午，前往中央美術學院禮堂，出席徐悲鴻先生公祭大會。

二十九日　出席中國保衛世界和平委員會等五團體舉行的宴會，歡迎來我國參加紀念四位世界文化名人活動的波蘭、法國和古巴派遣的代表，以及日本、澳大利亞等貴賓。

三十日　晚，前往外交部大樓出席周恩來總理招待各國使節及外賓的大型宴會。

當月

菁明發表《茅盾的〈白楊禮讚〉》，載《語文學習》。

傅魯發表《關於茅盾的長篇小說〈子夜〉》，載《藝術生活》第九、十期。

本月

蘇共中央召開全會，赫魯曉夫擔任蘇共中央第一書記。

毛澤東主席發動全國文化思想界批判梁漱溟思想。

十月

一日　登上天安門城樓參加國慶觀禮活動與毛澤東主席及各國貴賓、各界代表檢閱了部隊和首都四十萬遊行隊伍。

二日　晚七時，出席周總理招待蘇聯專家的宴會。

三日、四日　繼續出席中國文學藝術工作者第二次代表大會。

五日　當選為全國文聯副主席、全國作協主席。

六日　出席全國文藝界代表大會閉幕式，並代表大會主席團致閉幕詞。

總結了大會的「收穫」後，號召全國藝術工作者「把認眞學習、認眞創作、堅持批評與自我批評作爲經常的任務」。

九日　出席作協第一次理事會，出席文聯第二屆理事會。

出席郭沫若招待東德文化考察團，波蘭、捷克斯洛伐克、羅馬尼亞等國文化代表團的宴會。

本月

美日簽署協定，規定擴充日本自衛隊。

田漢任中國戲劇家協會主席、呂驥任中國音樂家協會主席、齊白石任中國美術家協會主席、王尊三任曲藝研究會主席。

十一月

四日　出席「蘇聯電影周」並致辭。

六日　出席首都各界慶祝十月革命勝利三十六週年集會。

七日　晚，出席首都紀念十月革命節晚會。

十日　晚，設宴歡送德意志民主共和國科學文化考察團的全體代表。

十二日　下午三時，在北京火車站歡迎金日成元帥率領的朝鮮民主主義共和國政府訪問中國代表團。出席歡迎儀式的有周恩來、高崗、彭德懷、董必武等黨和國家領導人。

十三日　前往中南海，出席毛澤東主席接見金日成的儀式。

同日　出席周恩來歡迎金日成的宴會。

十六日　晚，出席北京市市長彭眞舉行的歡送大山郁夫教授的宴會。

十七日　作爲出席世界和平理事會中國代表團團長，率團乘飛機離京，前往維也納出席 11 月 23 日到 28 舉行的世界和平理事會會議。

二十一日　在維也納同從華沙趕來開會的鄭振鐸見面。（鄭振鐸《日記》）

二十三日　下午三時，出席在維也納特利公園大廈舉行的世界和平理事會維也納會議的開幕式，並成爲大會主席團成員。

二十四日　上午九時，出席大會，發表《爲進一步爭取國際局勢的緩和而努力》（演講），載一九五四年二月《保衛和平》第一號，現收《茅盾全集》

第十七卷。通過國際關係的發展變化，說明了國際緊張局勢已得到緩和，爲了進一步「審查緩和國際緊張局勢的措施」，堅持中國必須參加五大國的會議的正義立場，呼籲與會代表「促成五大國會議的早日召開，……以爭取國際局勢的進一步緩和。」

二十五、二十六日　繼續出席大會。

二十七日　繼續開會，任大會主席。

二十八日　出席世界和平理事會維也納會議閉幕式，通過了關於號召各國人民加強爲世界和平而鬥爭的總決議等。

三十日　遊覽、爬山。

本月

　　　金日成率朝鮮政府代表團訪華，中朝簽訂經濟、文化合作協定。

　　　全國文聯主席團擴大會議通過組織和推動文藝界學習宣傳過度時期總路線的決議。

十二月

一日　準備行裝回國。

二日　乘火車離開維也納，途徑匈牙利的布達佩斯，稍事逗留。

三日　六時許，進入蘇聯境內。

五日　下午，到達莫斯科，遇前來迎接的戈寶權，在車站上發表演說。下榻蘇維埃旅館，午後去看馬戲。

六日　在莫斯科參觀阿爾亨格爾斯克博物館，晚上觀看芭蕾舞《天鵝湖》。

七日　參觀莫斯科地鐵及革命博物館，晚上觀看芭蕾舞演出。

八日　上午到列寧墓獻花圈，瞻仰列寧、斯大林遺容，下午參觀莫斯科大學。

同日　晚，出席慶祝國際和平獎獲得者的晚會，並致辭。

九日　訪問高爾基文學研究所，公佈第一批回國人員名單。與鄭振鐸陪同前來的費德林交談。

十日　離開莫斯科回國。

十二日　抵京。

十九日　出席周恩來總理舉行的招待會，接見參加世界和平理事會中國代表團成員。

二十三日　出席中國保衛世界和平委員會常委擴大會議，報告了出席世界和平理事會維也納會議的經過。

二十四日　出席中央人民政府政務院全體會議第一九九次會議，報告了一九五三年文化工作情況。

二十五日　晚，設宴歡迎德意志民主共和國國家人民藝術歌舞團，並致辭。對方的來訪促進了「中德文化交流」加強了中德「友誼」和「團結」。

二十七日　出席周恩來舉行的宴會，歡迎德意志人民共和國國家人民藝術歌舞團全體人員。

三十一日　出席首都各界舉行的除夕晚會。

本月

日本發生戰後第二次經濟危機。

中共中央通過《關於發展農業生產合作社的決議》。

同年

獲悉俄文版《春蠶》、《林家舖子》由莫斯科出版，Ｂ・魯德曼譯。

當年

Ｈ・Ｔ・費德林出版《中國現代文學概述》（按：內有茅盾專論），由莫斯科國家文藝出版社出版。

王瑤發表《戰時城市生活種種》，載新文藝出版社出版《中國新文學史稿》第十三章第一節。認為茅盾「在抗戰期間」，「生活艱苦」，「遭受……迫害」的情況下，還「堅持……嚴肅的工作」；認為《第一階段的故事》「不同於一般公式主義的作品」，寫出了上海人抗戰時眞實的生活；《霜葉紅似二月花》「計劃龐大」，但「寫作時作者的寫作態度比較冷靜」，「處理得很適當」，「有幾個人物寫得極生動」；認為《腐蝕》「是可以與《子夜》並列的名作」，「雖用日記體，但並不零亂，結構很嚴密，人物的性格也都躍然紙上」，「不只在主題上有高度的政治性，寫作藝術也是成功的」。

　　王瑤發表《國統區話劇》，載新文藝出版社版《中國新文學史稿》第十九章第四節。認爲茅盾的劇本《清明前後》「在當時有非常豐富的現實意義」，作者「立場是極明顯地」、「憤怒是力透紙背的」，「因此就有力地感染了讀者和觀眾。」

一九五四年（五十九歲）

一月

一日　下午六時半，前往中南海懷仁堂出席中央人民政府舉辦的元旦團拜活動，聽朱德副主席致賀辭。

同日　作《讓我們時時刻刻記著……》（散文），載《中國青年》第九期，現收《茅盾全集》第十三卷。以「感激和報答的心情」，表達「對保衛我們幸福的英雄們」的思念和崇敬。

十四日　出席並主持中華全國文學藝術界聯合會主席團舉行的第二次擴大會議，確定了今年工作計劃要點是根據總路線發展文藝創作。

十八日　出席越南駐我國大使周亮舉行的招待會，周恩來及蘇聯大使同時與會。

同月　發表《迎接一九五四年》（隨筆），載俄文《星火》第一期。

本月

《美術》、《戲劇報》在京創刊。

二月

五日　出席全國政協常委會議，被任為全國人民慰問中國人民解放軍副總團長。

八日　作《致樓適夷》（書信）署名雁冰。載百花文藝出版社版《茅盾書信集》。云：「送上」《幻滅》、《動搖》、《追求》的「校訂本」。「三本都有若干文字上的修改」，「至於思想方面，仍保存原樣」。

十六日　下午，出席首都各界人民舉行的歡送慰問解放軍代表團盛大集會。集會結束後，參加晚會。

二十三日　出席中波文化合作協定一九五四年執行計劃簽字儀式，並簽字。

二十四日　出席全國文聯主席團第三次擴大會議。

同月　作《致麥碩》（書信），署名沈雁冰。載浙江文藝出版社版《茅盾

書簡》。接麥碩來信及材料，懇請譜主爲其父撰碑文。遂覆函曰：「爲子者給
父親立碑，是封建社會的所謂『孝』，與新時代精神完全不符」，「恕不能效勞」。

本月

> 中國共產黨召開七屆四中全會，批判高崗、饒漱石。

三月

十二日　上午，出席政務院文教委員會第五次全體會議。

同日　下午，出席全國文教工作會議開幕式。

十九日　晚，出席周恩來總理舉行的宴會招待朝鮮人民訪華代表團，會
後觀看了文娛節目。

二十日　下午，出席並與周揚共同主持中朝兩國文藝工作者座談會及報
告會，並致辭。認爲中朝兩國是「唇齒之邦」有「深厚」的「友誼」和「在
文化藝術上」「極親密的關係」，要「鞏固」和「更加密切」。

二十三日　下午，出席由毛澤東主席主持的中華人民共和國憲法起草委
員會舉行的第一次會議。聽取毛澤東關於憲法草案初稿的報告，會議決定在
兩個月內對憲法草案進行討論和修正。

二十四日至三十日　出席中央人民政府文化部召開的第四次全國文化工
作會議，大會確定了當前文化工作方針任務和計劃。

二十五日　出席中央人民政府政務院文化教育委員會舉行的第六次全體
委員會會議。

當月

> 吳奔星《茅盾小説講話》由泥土社出版。

本月

> 尼赫魯在印度議會發表演說，指責美國的政策，宣布拒絕美國提供
> 軍事援助的建議。
> 郭沫若《甲申三百年祭》由人民文學出版社出版新一版。

四月

二日　作《致余江》（書信），載浙江文藝出版社版《茅盾書簡》。回答了
對方來信中關於《梯比利斯地下印刷所》中的兩個小細節。又云：譯作「《團

的兒子》」是根據英文的節本轉譯的」，「我始終沒有考慮過請人補綴」，建議「最好有人從俄文另譯」。

九日　發表《致朝霞》（書信）。載《茅盾研究》第二輯。信中回答了讀者關於洛慈墓路的疑問。

十一日　作《致吳茂俊、高南》（書信），署名沈雁冰。載浙江文藝出版社版《茅盾書簡》。對讀者吳茂俊、高南對《梯比利斯地下印刷所》一文中的一個疑問作了簡要說明。

十九日　作《致田間》（書信），載百花文藝出版社《茅盾書信集》。信中表示同意到文學講習所講授《世界文學概論》課程，要求田間對課程的「目的性」及需要講的「內容」等「統希便中示覆」，同時提出三種講授方案。

二十日　出席首都各界聯合舉行的慶祝世界和平運動五週年大會。

同日　作《致周謙身》（書信），署名沈雁冰。載浙江文藝出版社版《茅盾書簡》。就周來信中關於《梯比利斯地下印刷所》一文中的疑問作了簡答。並表示閱讀此文時「不必多作穿鑿」。

下旬　關心文化部召集本部和直屬各司、局、各個協會領導舉行的會議進展情況。

同月　作《致聶繼之》（書信），署名沈雁冰。載浙江文藝出版社版《茅盾書簡》。此係退稿信。指出聶「用了一年時間」寫一個作品「刻苦鑽研精神是好的」，但「寫作水平太差」，只得「原稿退回」。

同月　獲悉日文版《腐蝕》由築摩書房出版，小野忍譯。

同月　開始陸續寫成《夜讀抄》（筆記評論），載《茅盾研究》（5），文化藝術出版社版。（按：自同月 5 日起，譜主對 1953 年、54 年、55 年及此前後發表、出版的小說、劇本、和評改、譯作等作簡短扼要的評論）共三十八則：

認為孫犁作的短篇賦《采蒲台》「文字清麗，其間有敗筆」；長篇《風雲初記》、《風雲二記》「不是佳章」，「氣氛」和「力量」「不夠」。

認為劉溪的中篇《草村的秋天》「故事的穿插，尚不單調」，「文筆平庸，詞匯貧乏」，語言不適合人物「個性」，寫景「呆板拖沓」。

認為羽揚的四個短篇小說（如《三號閘門》私）「平平無特色」，「文筆平庸」。

認為駱賓基的短篇《年假》「文筆相當簡勁，同時亦不枯瘠」。

認為馬烽的短篇《飼養員趙大叔》「作者用力寫，但力竭聲嘶之態可掬。佈局平板拙笨，篇中蕪蔓字句相當多」。

認為西戎的短篇《糾紛》故事「單薄而枯瘦」，「閑文太多，使人必須耐心才能讀下去」。

認為菡子的短篇《松樹下》筆調輕鬆，但欠「雋永」。

認為汪明的短篇《回憶師長同志》「全篇平平」。

認為公浦的短篇《馬店夜宿》「把主題藏到最後方點出手」，「文筆亦有可喜處」。

認為周良沛的短篇《小戰士李二虎》「是速寫……文筆有蕪蔓之處」。

認為勞洪的短篇《父親》「也是速寫」，「筆墨平庸」。

認為王公蒲的短篇《綠色的底層》和史超的短篇《擒匪記》，前者「性格尚鮮明」；後者「筆墨活潑，結構緊湊，正、反人物都寫得有聲有色，在短篇中，此為不易多得之作」。

認為崔星華的報告文學《架起怒江潮》「筆墨簡練」。

認為郭光的短篇《春生》對話生動，描寫細膩，主要寫一家的父與子鬥爭，沒有寫支書出場，避免了「公式化」。

認為公劉的短篇《榮譽》和鍾濤的短篇《防空哨兵》，前者「人物描寫公式化，文筆平庸」，後者「結構凌亂」，「文筆不簡潔」。

認為顧堅的報告文學《東山島》和馮健男的報告文學《東山少年》「平平無特色」。

認為路翎的短篇《你的永遠忠實的同志》，有很細膩的心理描寫，但「刻畫時扭捏作態之處太多，使人作嘔，非有耐心，不能卒讀」。

認為李克、李微的長篇小說《地道戰》，有些人物「相當成功」，「文筆樸素而有力」，有些地方「不符合歷史真實」。全書「只有大時代中的『插曲』的意義」，如能「把地道戰和八路軍在廣大華北戰場上的行動配合起來」寫，「本書就是有『史詩』的意義和價值了」。

認為井岩盾的短篇集《遼西紀事》大部分屬「報紙上的通訊」，作者「天分不高」。

認爲李維可的短篇集《性急的人》「水平」「不高」。

認爲嚴寄洲、鄭洪等的獨幕劇《邊疆小戲》「水平不高」。

認爲孫芋的獨幕劇《婦女代表》「人物個性還突出」。

認爲李赤等的獨幕劇《長海來了》「人物尙有公式化的缺點」。

認爲集體創作的話劇《人往高處走》結構有鬆懈處，「不夠深刻」。

認爲李眞、張蓬的獨幕劇《草苗爭長》「沒有個性」，對話「太多賣弄式的『警句』」，「油嘴」。

認爲章明、梁信的獨幕劇《和洪水賽跑》其可作爲「活報」劇本看。

認爲集體創作的獨幕劇《夫妻之間》「故事有些『人爲』」。

認爲于雁軍的歌劇《鎖不住的人》人物「有點公式化」。

認爲邢路的獨幕劇《開會》「諷刺還不夠辛辣」。

認爲籍華的獨幕劇《技術員來了》「結構巧妙」，但「有點不自然」。

認爲雷加的長篇選載《支持》「就此一部分爲主，寫得相當好」，文字「有可以淘汰之處」。

認爲康濯的短篇《牲畜專家》「選材、佈局、造句等等，都相當拙笨，使人不能卒讀。思想性薄弱」。

認爲朱生豪譯的《莎士比亞戲劇集》「曾下功夫，可讀」，但「譯筆頗多文言」。

認爲曹禺的四幕十場話劇《明朗的天》，劇中時間之長與故事之簡單「不能相稱」；上級人物是「爲了交代而交代」；人物性格，反派人物「較有聲色」，正面人物「公式化」；「從人物本身的言行上是捉摸不到他的性格的」。「總的說來，此劇平淡無疵而已，非可以『傳世』者也」。

認爲胡可的五幕劇《戰線南移》「反朝戰話劇中，此劇是比較好的」。

認爲楊禾的短篇《社務委員》寫婚禮中的主角新娘，「沒有一點公式化、概念化」。

認爲白樺的四幕話劇《海濱激戰》寫「反特鬥爭」，「都還生動而緊張」。

認爲伊兵的評論《也讀〈掃秦〉》，「就『迷信』、『神怪』和『神話』之區別，就『神話』以及『神話手法』何以是現實主義，辯明甚多」。

（按：以上三言五語的筆記短評，時見真知灼見，往往一語中的，不因名作家而護短，不因陌生作者而貶抑，尤為深刻的，是在五十年代中期已注重批評作品中的公式化和概念化，與茅盾幾十年一貫的理論——力求科學、辯證的文藝觀相通。）

當月

日本小野忍發表《日文版〈腐蝕〉的解説》，載筑摩書房版《腐蝕》。認為茅盾的《腐蝕》「在表現手段上」作了「新的嘗試」，「使用了類似『意識流』的手法」，「這部小説對日本人也具有強烈的感染力」，曾被堀田善衛先生「把這部小説的構思採納在他的作品《齒車》裏」。

本月

中印兩國簽署《關於中國西藏地方和印度之間的通商和交通協定》，協定中提出和平共處五項原則。

五月

一日　登上天安門城樓，出席首都舉行的慶祝『五一』遊行大會。

三日　出席中國人民對外文化協會成立大會，被選為理事。

約上旬　接《中國語文》編輯部寄來的刊物及信。看到該刊登了朱伯石的《歇後語是「語言遊戲」嗎？》及張壽康的《歇後語是不是文學語言》。這兩篇文章對譜主《新的現實和新的任務》一文中「關於歇後語的部分，提出了不同的意見」；從編輯部信中獲悉，他們「認為這是一個語言上的問題，擬對此組織一次公開討論」，遂表示「完全擁護」，擬作文表示「響應」。（《關於「歇後語」》）

十二日　下午，前往中山公園音樂堂出席首都各界人士舉行的盛大集會，支持中蘇朝越四國外長正義主張，要求制止美國破壞日內瓦會議的政策。

同日　作《關於「歇後語」》（文論），載《人民文學》六月號，現收《茅盾文藝評論集》。重申了在《新的現實和新的任務》一文中關於「歇後語不是文學語言而是語言遊戲」的觀點。從「歇後語」的形成和「衍變」指出「歇後語」「上下兩截並沒包含什麼生活經驗的內容而只是利用譬喻來達到語言遊戲的趣味」；雖然不否認「歇後語」是「民眾的語言」，也不否認「是可能構成為文學語言的材料」，但這並不「改變語言的遊戲本質」，堅持主張「不能

濫用」。

十四日　出席中國人民保衛世界和平委員會第十八次常委會會議。

十五日　乘飛機離京取道莫斯科轉往柏林，出席世界和平理事會特別會議。

二十一日　下午，抵柏林。

二十四日　出席世界和平理事會特別會議開幕式。

二十六日　出席大會閉幕式，通過關於原子武器和安全問題等項決議。

三十一日　發表在《在世界和平理事會柏林特別會議上關於文化交流問題的發言》（演講），載《人民日報》，（按：後易題爲《和平、友好、文化——在世界和平理事會柏林特別會議上關於文化交流問題的發言》，載 6 月 15 日《文藝報》第十一期。）向與會代表介紹了中國人民近年來在科學、文學、藝術、體育和紀念世界文化名人等方面，與世界各國進行文化交流。同時指出「和平、友好、文化」，「這是美麗而莊嚴的事物——正如陽光和空氣一樣，是人類正常生活所不能缺少的要素」。

當月

尾坂德司（日）編輯《茅盾作品選》（附《茅盾年譜》、譯後記），由東京青木書店出版發行。

本月

中國人民對外文化協會在京成立。

六月

三日　晚，在莫斯科出席蘇聯對外文化協會舉行的歡迎中蘇友協代表團的招待會。

同日　出席蘇聯著名公眾領袖、蘇聯婦女反法西斯委員會主席、國際婦女民主聯合會主席尼娜‧波波娃接受斯大林和平獎金儀式。

十三日　作爲出席緩和緊張局勢國際會議中國代表團成員，暫留莫斯科。

十九日～二十三日　在斯德哥爾摩出席緩和緊張局勢國際會議。

當月

蘇聯國家文藝書籍出版局東方部翻譯和出版中國作品，現已將茅盾

的小說集和屈原的詩集等編好付印。

本月

中緬、中印總理聯合發表「和平共處」五項基本原則聲明。

《文藝報》第十二號發表批評路翎《窪地上的「戰役」》等作品的評論。

七月

二日　自斯德哥爾摩取道蘇聯返抵北京。

五日　出席全國政協第五十六次常委擴大會。

六日　下午，與朱德、劉少奇、宋慶齡前往機場，歡迎周恩來一行結束了與胡志明的會談後，自越南返回北京。

八日　出席全國政協第五十七次常委擴大會，聽取周恩來總理報告。

同日　作《致戈寶權》（書信），署名雁冰。載百花文藝出版社版《茅盾書信集》。請戈寶權對《偉大的現實主義作家契訶夫》一文「審核後提意見」，並請「斟酌」「補充」「列寧、斯大林對契訶夫的意見」，請戈「閱後」交專人翻譯。

九日　上午，前往機場歡送周恩來一行離京出席日內瓦會議。

十三日　前往機場歡送賀龍率中國體育代表團赴蘇聯訪問。

十五日　晚，前往首都青年宮出席並主持紀念契訶夫逝世五十週年紀念會，並致詞。

同日　作題為《紀念契訶夫逝世五十週年》（演講），載十六日《人民日報》。云：「契訶夫精神永垂不朽」，號召大家學習契訶夫的「民主主義、愛國主義的偉大精神」及「反對壓迫、奴役」「妒惡如仇」的精神；學習他「深刻」「樸素」的「現實主義創作方法」。

十六日　作《斯德哥爾摩雜記》（隨筆），載《文藝報》第十四號，現收《茅盾全集》第十三卷。簡述斯德哥爾摩的紫丁香、鬱金香等自然風光以及人口眾多的中國人民受到世界人民稱頌的情況，作者為自己國家的社會主義建設成就而自豪。

十七日　上午十時，前往國立北京圖書館出席「紀念契訶夫逝世五十週

年展覽會」開幕式並剪彩。

同日　出席並主持中國作協主席團第七次擴大會議。

二十一日　出席文化部主辦的「慶祝波蘭國家復興節十週年」盛大集會。

二十二日　晚，出席波蘭駐我國大使基里洛克舉行的盛大招待會，慶祝波蘭國家復興節十週年，會後觀看了節目。

二十三日　下午，出席紀念鄒韜奮逝世十週年大會，並致辭。緬懷了鄒為新聞出版工作「艱苦奮鬥」的一生，號召大家要學習他，特別在社會主義建設時期，「更需要像鄒韜奮那樣優秀的文化工作者」。

同日　晚，出席中國人民世界和平委員會主持的慶祝日內瓦會議關於印度支那停戰和恢復和平問題達成協議的盛會，並就任大會主席團，發表演說。云：「日內瓦會議的成功，再一次證明了和平力量的強大」，為亞洲的「和平」「安全」「開拓了光明的遠景」，對我國的「和平外交政策」「對於世界和平的卓越貢獻」「致以最崇高的敬意」。

二十四日　發表《鄒韜奮和〈大眾生活〉》（短論），載《人民日報》，現收《茅盾全集》第十七卷。介紹了鄒在皖南事變後前往香港創辦《大眾生活》周刊的經過，讚揚了鄒「為祖國、為人民的長期奮鬥的精神和毅力」；「勤勉」「勇往直前」的工作作風；「嫉惡如仇、說幹就幹、充滿信心、極端負責的精神」。

二十九日　獲悉人民文學出版社「根據華夏書店版重行排印」長篇舊作《腐蝕》，並同意作《後記》。

同日　作《〈腐蝕〉後記》（序跋），載一九五四年九月人民文學出版社出版《腐蝕》，現收《茅盾全集》第五卷。簡明地「述說了《腐蝕》寫作的經過」，表示考慮「當時的歷史條件」故「不作任何修改」，更不能「按照今天的要求來修改」。

同月　發表《偉大的現實主義作家契訶夫》（散文），載人民文學出版社出版《紀念契訶夫專刊》。

同月　作《致李啓》（書信），署名沈雁冰。載一九八八年三月文化藝術出版社版《茅盾書信集》。鼓勵李啓從「小型開始」，「在業餘時間練習寫作」。

當月

國立北京圖書館收藏作家、學者的著作手稿，茅盾的原始稿本《清明前後》、《腐蝕（改定本）》已藏於館中。

何家槐發表《子夜》，載《文藝學習》第四期。認為《子夜》「在『五四』以來的所有現實主義作品中，這可以算是規模最大的一部著作，」其優點是：「在人物性格的刻劃上……比較成功」，「組織結構和故事情節……。脈絡分明，條理整然」，「細節描寫……生動」，「有聲有色」；其缺點「農民暴動和工人運動」「寫得不夠深刻」。

文束發表《〈魯迅小說集〉、〈女神〉和〈子夜〉》，載《中國青年》十三期。認為《子夜》是「五四以來新文藝的代表作品」，茅盾「對中國當時社會本質的理解基本上是正確的。這篇小說壯麗的規模表現了作者的非凡的概括能力」，「許多細節的描寫是極為生動的，」使讀者對「昨天」的社會及各階層的關係有認識作用。

本月

胡風向中共中央提出關於文藝問題的三十萬言意見書。

八月

一日　與郭沫若、周揚等三十三位文藝工作者致電獄中的美共總書記丹尼斯，祝賀他五十壽辰，同時致電美國總統艾森豪威爾，抗議美國政府對丹尼斯的政治迫害。

同日　下午，前往機場歡迎周恩來等出席日內瓦會議的中國代表團抵京。

同日　出席瑞士駐華公使館舉行的慶祝瑞士國慶招待會。

二日　下午，前往機場歡迎越南民主共和國范文同總理來華訪問。

同日　晚，出席周恩來總理歡迎范文同總理的宴會。

三日　晚，出席越南駐我國大使館臨時代辦周亮舉行的招待會，歡迎范文同訪華。

四日　晚，前往火車站歡送范文同離京返國。

十一日　出席中央人民政府委員會第三十三次擴大會議，聽取周恩來關於外交問題的報告。

十四日　出席中國人民外交協會主辦的招待英國工黨代表團的酒會。

同日　晚，出席巴基斯坦駐華大使羅查舉行的招待會，慶祝巴基斯坦獨立七週年，會後參加了舞會。

十五日　晚，出席朝鮮駐華大使崔一舉行的招待會，慶祝朝鮮解放九週年。

十六日　前往懷仁堂出席周總理招待英國工黨代表團的宴會，會後觀看了京劇演出。

十七日　出席印度尼西亞駐華使館舉行的酒會，慶祝印度尼西尼獨立九週年。

十八日　上午，前往中山公園水榭，出席並主持中央人民政府文化部舉辦的「印度尼西亞藝術展覽會」的開幕儀式，並致辭。「感謝藝術團」帶來的「精美的藝術品」，使中國人民「瞭解豐富的印尼藝術」；這次訪華「加深了」中印「文化交流」和增進了「瞭解」「友好團結」。

同日　下午六時，出席中國政協全國委員會舉行的招待會，宴請英國工黨代表團。

同日～二十五日　出席中國作家協會召開的全國文學翻譯工作會議。

十九日　出席全國文學翻譯工作者會議並致辭。

同日　發表《爲發展文學翻譯事業和提高翻譯質量而奮鬥——1954 年 8 月 19 日在全國文學翻譯工作會議上的報告摘要》（演講），載二十九日《人民日報》，現收《茅盾文藝評論集》。云「介紹世界各國的文學是一個光榮而艱鉅的任務」，它「對於我國現代文學的發展，具有極重要的意義」；建議「擬定統一的翻譯計劃」，必須「對原著進行嚴格的科學研究」，「把原作的內容和形式正確無遺地再現出來」，堅持「批評和自我批評」，「改進和提高」翻譯的「功力」，「把文學翻譯工作提高到藝術創作的水平」。（按：本文曾被譽爲我國翻譯工作的「綱領性的報告」）

同日　晚，前往首都青年宮出席印度尼西亞藝術團在京演出開幕式，並致辭。讚揚印尼藝術是「人民辛勤勞動和智慧的結晶」，「具有鮮明的民族特色」，「是東方藝術中獨具風格的一個部分」。

二十日　出席匈牙利民間藝術展覽會開幕式，並致辭。

同日～二十二日　出席中國人民政治協商會議全國委員會第五十八次擴大會議，聽取周恩來總理關於國際局勢、外交政策和解放臺灣等任務的報告，並發言。

二十三日　晚，出席羅馬尼亞駐華大使郭佐文舉行的盛大招待會，慶祝羅馬尼亞解放十週年。

同日　發表《在中國人民政治協商會議常委會第五十八次擴大會議上的發言》（講話），署名沈雁冰。載《人民日報》。

二十四日　出席英駐我國代辦舉行的招待會，宴請英工黨代表團。

二十六日　出席周恩來總理舉行的酒會，招待印尼藝術團。

同日　晚，六時半，前往懷仁堂出席印尼藝術團舉行的晚會，觀看演出。

當月

戴青田發表《分析〈春蠶〉裏的幾個人物》，載《語文學習》八月號。認爲「《春蠶》是一篇很好的短篇小説，它深刻地描寫了『一二八』之後江南蠶農走向破產的情景」。《春蠶》是通過「善良」、「對現實不滿」，「頑強」而「脆弱」的老通寶，「活潑樂觀」、「堅定」的新一代農民阿多、具有「反抗」精神的荷花等人物的描寫「來揭示社會生活的本質和事物發展的歷史意義的」。

本月

全國文學翻譯工作會議在京召開。

杜鵬程的長篇小説《保衛延安》出版。

九月

二日　前往北京飯店出席越南駐華大使黃文欣舉行的招待會，慶祝越南民主共和國成立九週年。

三日　出席中央選舉委員會第五次會議。

同日　晚，前往和平賓館出席文化部和軍委總政治部聯合舉行的宴會，招待保加利亞人民軍迪亞科夫中將和歌舞團，並致歡迎詞。讚揚歌舞團的表演「繼承了優秀的民族藝術傳統」，表現了保加利亞人民「勇敢、勤勞的特性」。

四日　陪同朱德副主席接見保加利亞人民軍歌舞團全體成員。

五日　出席保加利亞人民軍歌舞團訪華演出開幕式，並致辭。

八日　晚，陪同周恩來總理接見保加利亞人民軍歌舞團迪亞科夫中將。

同日　晚，出席並主持文化部舉辦的慶祝保加利亞解放十週年大會。

九日　下午，出席中央人民政府委員會第三十四次會議，參加討論和修正通過了憲法草案，通過了各項任免名單。毛澤東、朱德、宋慶齡等四十八位黨和國家領導人出席了大會。

十二日　下午，出席中華人民共和國憲法起草委員會第九次會議，討論通過了劉少奇委員所作關於憲法草案的報告。

十四日　出席中國人民政治協商會議全國委員會歡宴達賴喇嘛和班禪額爾德尼酒會。

十五日　前往中南海懷仁堂出席由毛主席主持的第一屆全國人代會第一次會議開幕式，被選入主席團成員之一（共有九十七人）。

十六日　上午參加分組討論。

同日　下午繼續出席大會，討論憲法草案和報告。

十七日　繼續出席會議。

十八日　繼續出席會議，結束了關於憲法草案的討論，聽取了關於代表資格審查的報告。

十九日　休會。出席保加利亞人民軍歌舞團舉行的招待晚會。晚會開始前，出席毛主席接見保加利亞迪亞科夫中將的儀式。

二十日　繼續出席大會。

同日　下午三時，和與會代表一致通過中華人民共和國憲法和全國人代會的組織法。

二十一日　繼續出席大會。

二十四日　前往機場迎接來我國參加國慶盛典的羅馬尼亞、捷克政府代表團。

二十五日　出席並主持文化部舉辦的歡迎蘇聯國立民間歌舞團的宴會。

二十六日　出席大會並發言。認為文化藝術工作「首先是提高文藝作品的質量問題」，要克服「說教」、「脫離群眾」、「用行政方法去組織創作」的傾

向，主張貫徹「雙百」方針，提高作品的思想性和藝術性；另外提出要「反對急躁冒進」、「反對保守思想」，努力「藝術實踐，逐步提高質量」。

二十七日　發表《在第一屆全國人民代表大會第一次會議上的發言》（講話），署名沈雁冰。載《人民日報》，現收《茅盾全集》第十七卷。

同日　出席大會，和與會代表們選舉和通過國家領導工作人員，毛澤東當選爲中華人民共和國主席，朱德當選爲副主席，劉少奇當選爲全國人代會常務委員會委員長。

二十八日　出席大會閉幕式。會議根據周總理提名，通過各部部長人選，被提名爲文化部部長。

同日　陪同毛澤東接見波蘭代表團。

二十九日　前往機場歡迎前來我國參加國慶典禮的蘇聯政府代表團，聽取赫魯曉夫在機場的發言。

同日　出席周總理舉行的招待各國外賓的酒會，毛澤東到會向外賓祝賀。

同日　晚，出席招待羅馬尼亞、蒙古人民共和國等八國政府代表團的越劇晚會，觀看了《西廂記》。

同日　毛主席根據第一屆全國人民代表大會第一次會議決定，任命國務院副總理及各部部長，被正式列名爲文化部部長。

三十日　發表《夢想變爲現實》（隨筆），載俄文版《文學報》。

同日　出席周總理主持的國慶外賓招待會。

當月

　　H・T・費德林發表《會見中國作家》，載《新世界》第九期。

本月

　　美國同英、法、泰、菲、澳、新（西蘭）、巴基斯坦簽署馬尼拉條約，組成「東南亞集團防禦條約組織」。

　　《文史哲》發表李希凡、藍翎《關於〈紅樓夢簡論〉及其他》的批判文章。

十月

一日　登上天安門城樓，出席慶祝中華人民共和國建國五週年盛典，觀

看了閱兵式和示威遊行隊伍。

二日　中午，代表中央文化部與解放軍總政治部副主任蕭華共同主持酒會，歡宴保加利亞人民軍迪亞科夫中將及歌舞團，並致辭和贈送了禮品。

同日　晚，前往北京飯店出席周恩來總理招待各國代表團的盛大宴會。

四日　下午，出席周總理招待蘇聯專家的宴會。

同日　晚，前往懷仁堂出席蘇聯國立民間舞蹈團舉行的表演會。毛澤東、劉少奇等出席觀看節目並接見舞蹈團負責人。

七日　發表《天安門的禮炮》（散文）。載《人民文學》十月號。現收《茅盾全集》第十三卷。通過天安門莊嚴的禮炮聲讚美中國人民和「領導中國人民走向勝利和幸福的中國共產黨和毛主席」。

同日　出席德意志民主共和國駐華使館舉行的宴會，歡慶德國國慶五週年。

八日　出席由全國文聯和作協主席團聯合召開的會議。

十日　前往機場歡送波蘭政府代表團回國。

十三日　前往機場歡送前來我國參加慶典的蘇聯政府代表團回國。

十四日　和農業部部長廖魯言代表中華人民共和國政府分別在中阿文化合作協定、中阿技術和技術科學合作協定上簽字。

十五日　前往機場歡送前來我國參加慶典的波蘭政府代表團回國。

十六日　出席第一屆全國人民代表大會常務委員會舉行的第一次會議，並作報告，通過了批准中阿文化合作協定的決議。

十九日　十二時二十分在機場迎接印度總理尼赫魯總理等一行。

同日　下午，前往紫光閣出席周恩來總理歡迎尼赫魯總理的酒會，和印度外交部秘書長皮萊交談，談及「中國藝術團和印度藝術團互訪之事」。

二十日　上午，接總理辦公室電話通知，約定二十三日下午同郭沫若一起與印度總理尼赫魯談科學、文化方面的問題。（同上）

同日　作《致周恩來》（書信），署名雁冰。載百花文藝出版社版《茅盾書信集》。信中就二十三日下午將與尼赫魯會談的內容作了具體匯報。並請示欲與尼赫魯談及中印電影互相交流事宜，認為「如果交換影片成為事實，對

於我方影片在印度擴展放映圈一事，當可有所稗益」，對於是否能向尼赫魯提及此事，「敬請指示，以便遵行」。

同日　晚，出席周恩來總理舉行的招待尼赫魯的盛大酒會。

二十一日　晚，出席印度駐我國大使爲尼赫魯總理訪華舉行的招待會。

二十三日　下午，與郭沫若一起與尼赫魯晤談科學、文化及中印文化交流等問題。

同日　晚，前往中南海出席毛澤東主席歡迎尼赫魯總理的宴會。

二十六日　下午，出席北京市市長彭眞舉行的歡送尼赫魯總理的盛大酒會。

同日　晚，出席尼赫魯總理舉行的臨別宴會。

二十七日　前往機場歡送尼赫魯總理。

同日　晚，前往首都青年宮出席中國人民保衛世界和平委員會主辦的紀念世界文化名人菲爾丁逝世二百週年紀念會。

同日　晚，主持宴會，歡迎莫斯科音樂劇院全體訪華人員，並致辭，預祝訪華演出成功。

二十八日　晚，出席蘇聯駐我國大使尤金舉行的招待會，歡送蘇聯文化代表團。

三十日　晚，出席蘇聯國立莫斯科音樂劇院在京舉行的表演會，觀看演出，並參加了在劇場休息期間，周恩來、朱德、宋慶齡對音樂團演出人員的接見。

三十一日　出席中國文聯和作協主席團聯合召開的第八次擴大會議，會議決定結合毛澤東於十六日給中央政治局委員和其它有關同志發出的《關於〈紅樓夢〉研究問題的信》，對俞平伯在《〈紅樓夢〉研究》中的觀點、方法開展批判。

同月　作《致查辛人》（書信），署名沈雁冰。文化藝術出版社版《茅盾書信集》。信中對業餘作者查辛人介紹了幾本關於寫作的參考書，建議「先從小型寫起」，寫作時「必先確定主題」，「寫後要反覆修改」。

本月

　　我國舉行世界文化名人、英國著名作家亨利‧菲爾丁逝世二百週年

紀念會。

十一月

三日　晚，前往北京天橋大劇場出席莫斯科音樂劇院訪問演出開幕式，並觀看了《天鵝湖》。

五日　晚，出席並主持爲慶祝十月社會主義革命三十七週年，我文化部舉辦的「蘇聯電影周」開幕式，並致辭。云：「蘇聯文化」「巨大鼓舞了中國人民」，「蘇聯的電影」是中國人民「重要的精神食糧」；電影周將爲「中蘇友誼」和「文化交流」作出貢獻。

十三日　陪同陳毅接見波蘭文化代表團。

十五日　晚，出席北京紀念世界文化名人——古希臘偉大喜劇家阿里斯托芬誕生二千四百週年大會。

二十四日　發表《祝你們成功——寫於第二次蘇聯作家代表大會之前》（演講），載《眞理報》。

二十五日　發表《致亞・特拉登堡七十壽辰賀電》，載《文藝報》第二十二號。

二十八日　晚，出席並主持文化部舉辦的首都各界慶祝阿爾巴尼亞解放十週年大會，會後觀看了電影。

三十日　晚，出席周恩來總理招待蘇聯民間舞蹈團和莫斯科音樂劇院全體人員的酒會。

當月

　　日本小野忍發表《茅盾——人和作品》，載《東洋文化》〔東京大學〕（17）。

本月

　　杜勒斯在 16 日記者招待會上公然表示，要使用軍事力量阻撓中國人民解放被蔣介石集團暫時盤踞的我國領土臺灣。

　　馮雪峰在《人民日報》上發表《檢討我在〈文藝報〉所犯的錯誤》。

十二月

一日　下午，前往首都機場歡迎應我國政府邀請來華訪問的緬甸總理吳

努等。

二日　出席中國科學院和中國作協主席團聯席會議，與郭沫若、周揚等九人被推選爲批判胡適思想討論會委員會成員。

同日　晚，出席周恩來歡迎吳努的盛宴。

四日　晚，出席緬甸駐華使館爲吳努總理訪華舉行的招待會。

八日　出席中國文聯主席團、中國作協主席團聯席擴大會議，在郭沫若、周揚總結對俞平伯及《〈紅樓夢〉研究》的批判情況後，作了《良好的開端》的發言。

九日　發表《良好的開端——1954 年 12 月 8 日在中國文學藝術界聯合會主席團、中國作家協會主席團擴大聯席會議上的結束語》（演講），載《人民日報》，現收《茅盾評論文集》。指出這次大會「爲展開對資產階級唯心論的思想鬥爭，樹立健全的自由討論的風氣，作了個良好的開端」。對自己「青年時代」接受過莊子和無政府主義思想的影響，對曾做過「胡適思想的俘虜」作了「反躬自省」；對郭沫若和周揚的講話表示「擁護」、「贊成」；應當把郭主席的有關講話內容「深切銘記，奉爲行動指南」。

十日　晚，出席吳努總理舉行的臨別宴會。

十一日　出席並主持中國作協舉行的紀念吳敬梓逝世二百週年紀念會，並致開幕詞。

同日　晚，前往中南海出席毛主席歡宴吳努總理的盛會。

十二日　發表《吳敬梓先生逝世二百週年紀念會開幕詞》（演講），載《光明日報》，現收《茅盾文藝評論集》。對吳敬梓用白話寫的長篇小說《儒林外史》作了高度評價，認爲「這是一部中國古典的現實主義作品」，指出該書「卓越的藝術成就」在於「暴露矛盾，鞭撻腐化的和落後的，讚美人民的高貴品質」，「創造典型和文學語言的洗煉優美以及獨特的風格」。

同日　上午，前往機場歡送吳努總理離京去華東等地參觀訪問。

十六日　發表《給「第二次全蘇作家代表大會」的賀電》（電文），載《人民日報》。

同日　出席中國作協主席團第四次常務辦公會議。

二十一日　下午，出席政協全國委員會會議開幕式，被選爲由五十七人

組成的主席團成員。

二十二日　下午，出席政協第二屆全國委員會第一次全體會議，聽取大會發言並討論各項報告。

二十三日　下午，繼續出席會議並發言。云：聽了周恩來副主席的政治報告後「十分興奮」，有「很大啓發」、「提高了認識」，要「加緊經濟建設、國防建設、壯大自己的力量」；肯定了文化戰線取得的成績，指出了缺點，表示要正視現實，向胡適等的封建主義、資產階級思想進行鬥爭。

二十四日　發表《在中國人民政治協商會議第二屆全國委員會上的發言》（演講），載《人民日報》，現收《茅盾全集》第十七卷。指出在學術研究領域中要清除資產階級唯心主義思想的影響。

二十五日　出席全國政協第二屆第一次會議閉幕式，被選爲常務委員。

二十八日　出席中蘇友好協會第二次全國代表大會，與劉少奇、宋慶齡等被選入大會主席團。

同日　出席蘇聯駐華大使尤金和蘇聯駐華商務代表米古諾夫舉行的招待會，慶祝蘇聯展覽會閉幕和音樂劇院演出結束。

二十九日　繼續出席會議。

同日　下午，出席大會閉幕式，被選爲中蘇友好協會總會的二十一位副會長之一。

同日　出席莫斯科音樂劇院在華舉行演出的閉幕式，並致辭。云：演出團「展示了」「社會主義現實主義藝術的豐富寶藏和無比成就」，使「我國文藝工作者」得到「指點」和「益處」。

三十日　下午，出席中蘇友協總會會長宋慶齡舉行的宴會，歡送莫斯科音樂劇院人員和蘇聯對外文協代表團。

三十一日　出席駐華使館舉辦的宴會，招待中蘇友好協會各地代表。

當月

日本佐藤一郎發表《中國近代長篇小說的起點——圍繞茅盾的〈蝕〉》，載《北斗》（1）。認爲「茅盾文學所能達到世界高度和作爲一個有代表性的長篇小說作家而具有的重量感」，以及「在文學方法上所進行的摸索與反省」的「突出」，使其成爲「現實主義潮流的中心」；全文詳

盡地評介了《蝕》創作的社會背景以及思想藝術成就。（據何乃英譯文摘錄）

本月

中國科學院和中國作家協會二日聯合召開批判胡適思想討論會。

同年

獲悉人民文學出社「打算重排」《幻滅》、《動搖》、《追求》「三部小說」，並「曾建議我修改其中的某些部分」，心情處於「矛盾」之中；「不改呢，讀者將說我在把『謬種流傳』，改呢，那就失去了本來面目，那就不是 1927～1928 年我的作品，而成爲 1954 年我的『新作』了。這『矛盾』似乎頗不易解決。當時我主張乾脆不用重印，但出版社又不以爲然。結果我採取了折衷方法，把三本舊作，字句上作了或多或少的修改，而對於作品的思想內容，則根本不動」。（《寫在〈蝕〉的新版的後面》，載 1958 年 3 月人民文學出版社出版《茅盾選集》第 1 卷。）

獲悉俄文版《茅盾短篇小說選》由莫斯科國家文藝出版社出版，Б·魯德曼譯。

當年

蘇聯 Б·魯德曼發表《俄文版〈茅盾短篇小說選〉序言》，載莫斯科文藝出版社版《茅盾短篇小說選》。指出茅盾是一位「現實主義的作家」，他在短篇小說裏「鮮明生動並令人信服地描寫出中國的現實」，「描繪了一系列社會各階層的典型代表人物」；「茅盾是一位偉大的評論家」，「熱情地從事評論工作」，要求作家們「創作眞正的大眾的人民文學」；「茅盾是一位熱烈的和平戰士」，被「世界公眾選舉爲世界和平理事會理事」，所以「茅盾深受中國人民愛戴」。（據高韌譯文摘錄）

一九五五年（六十歲）

一月

一日　出席國務院元旦團拜活動。（2日《人民日報》）

五日　下午，在首都機場歡迎聯合國秘書長達格·哈馬舍爾德。五時半，出席周恩來總理舉行的歡迎酒會。（6日《人民日報》）

六日　作《致周恩來》（書信），署名雁冰。載百花文藝出版社版《茅盾書信集》。自云是「魯鈍而又衰朽的人」，目前因即將被「領導上」「要求」出席世界保衛和平理事會；而同時要開展「全面地批判胡適思想」，「要補寫批判胡適《紅樓夢》研究」的「文章」；按「領導上」要求，在本月內開展「批判胡風的文藝理論」；「要寫文章——在討論展開時發表」；「要參加文化部正在討論的各局、司工作計劃」，感到「顧此失彼，惶恐萬狀」。又云：「笨嘴笨舌，政策水平又低」，出席「世和」會「並不會把工作做得更好，故不出國」，因「世和」會經常舉行，「我佔了常委名額，實不相宜」，建議「另提一人替換」。最後向總理提出：因「事雜」，五年來「不曾寫作，不做研究工作」，「精神上既慚愧且又痛苦」，打算請假「專心寫作」。因不願「隱匿不報」，故「直捷陳情」，「打擾」總理。

十日　下午八時，出席周總理為哈馬舍爾德餞行的宴會。（11日《人民日報》）

同日　作《致寶權》（書信），署名雁冰。載百花文藝出版社版《茅盾書信集》。將羅念生來信中要求「代購」或「代借」有關希臘悲劇索福克勒斯全集等事「抄轉」給戈，請其「向蘇聯VOKS設法幫助解決」。

本月

蘇聯承認聯邦德國的主權。

「胡適的政治思想批判」討論會在京召開。

《人民日報》等報刊發表批判胡風文藝思想的文章。

二月

五日至七日　出席中國作家協會主席團召開的擴大會議，決定組織關於

全蘇作家代表大會的傳達和學習；並決定展開對胡風的資產階級唯心主義文藝思想的批判。（12 日《人民日報》）。

十二日　上午，出席中國人民政治協商會議全國委員會常務委員和中國人民保衛世界和平委員會常務委員聯席擴大會議。參加大會發起的反對使用原子武器的簽名運動，並被選為中國人民反對使用原子武器簽名運動委員會委員。（13 日《人民日報》）

十三日　出席在北京舉行的紀念中蘇友好同盟互助條約簽訂五週年慶祝大會。（14 日《人民日報》）

十四日　出席蘇聯大使館舉行的盛大宴會，慶祝中蘇友好同盟互助條約簽訂五週年，聽取毛澤東主席致詞。（15 日《人民日報》）

同日　出席中國科學院和中華全國文學藝術界聯合會共同召開的「胡適的政治思想批判」討論會。（15 日《人民日報》）

十七日　出席並主持首都文學藝術界舉行的反對使用原子武器簽名大會，並講話：指出美國「壟斷」原子武器的時代已經過去了，蘇聯已掌握了「足可防禦侵略的原子武器」；號召文藝界用「筆」、「畫」、「音樂戲劇」為武器來反對使用原子彈。（18 日《人民日報》）

十九日　出席中國作協主席團第七次常務辦公會議。

二十三日　出席蘇聯大使館代理武官舉行的招待會，慶祝蘇聯建軍三十七週年。（24 日《人民日報》）

二十四日　出席達賴喇嘛和班禪額爾德尼舉行的宴會，慶祝藏曆木羊年新年佳節。（25 日《人民日報》）

同日　出席中國政協主席團第八次常務辦公會議。

二十八日　發表《必須禁止原子武器》（政論），載《文藝報》第四號，現收《茅盾全集》第十七卷。云：「世和」會「號召在全世界發動大規模的簽名運動，反對用原子彈」是「符合全世界人民利益的」，希望全體文藝工作者「熱烈響應」「通過文藝」宣傳「禁止原子武器」。

同月　《必須徹底地全面地展開對胡風文藝思想的批判》被譯成俄文發表，載《外國文學》第二期。

當月

日本高田昭一發表《茅盾的小説（一）》，載《岡山大學法國文學系學術紀要》（4）。

李永壽發表《評吳奔星的〈春蠶分析〉》，載《文藝月報》二月號。

本月

馬林科夫八日被免除蘇聯部長會議主席職務，由尼克拉·布爾加寧繼任。

三月

三日　出席中國政協主席團第九次常務辦公會議。

四日　前往車站歡迎蘇聯作家考涅楚克訪華。（5日《人民日報》）

五日　出席中國科學院和中華全國文學藝術界聯合會共同召開的「胡適的政治思想批判」的討論會。

七日　下午，會見了蘇聯著名作家考涅楚克，晤談了兩個多小時。概括地介紹了中國文藝界展開批判資產階級唯心主義思想的情況，聽取考涅楚克分析了偽裝馬列主義文藝「理論家」的幾個特點。（《文藝報》第6號）

同日　作《致黃治平》（書信），署名沈雁冰。載浙江文藝出版社版《茅盾書簡》。簡覆黃治平對《新事新辦》的批評，認爲只「可能是作者寫作時的疏忽」，而不是像黃指出的是「不合情理」和「很大的缺點」。

八日　發表《必須徹底地全面地展開對胡風文藝思想的批判》（短論），載《人民日報》。現收《茅盾文藝評論集》。指出胡風的「主觀戰鬥精神」是「反對作家要有共產主義世界觀」；胡風的「到處有生活」是「反對作家們深入工農兵群眾，深入實際鬥爭」；胡風的「通過創作實踐，作家就達到了思想改造」是「不要思想改造」；指出胡風的文藝理論是「披了馬克思主義外衣的資產階級唯心論」，胡風的文藝路線是「反對毛主席的文藝路線」，因此，對胡風文藝思想的批判「是對文藝工作者的一次深刻的思想教育」。

十日　出席中國文聯主席團擴大會議，通過了中國文聯一九五五年工作計劃，決定在文藝領域內開展反對資產階級唯心主義思想的鬥爭；開展在社會主義現實主義原則指導下的創作競賽活動。

同日　下午，前往中南海出席周總理爲歡送達賴喇嘛和班禪額爾德尼舉

行的盛大宴會。

同日　發表《關於人物描寫的問題》（文論），載《電影創作通訊》第十六期。現收《茅盾文藝評論集》。認爲應該從「人物的舉動和聲音笑貌」和所處的「環境」來「突出人物性格和描寫人物內心世界」；並聯繫《水滸》、《紅樓夢》及托爾斯泰的《戰爭與和平》的具體內容剖析了刻劃人物的有關「技術」問題。

同日　發表《關於文藝創作中的一些問題的解答》（文論），載《電影創作通訊》第十六期。現收《茅盾文藝評論集》。一、關於文藝作品中如何創造故事的問題，認爲必須「根據自己的生活經驗創造出來」；二、關於創造人物形象時應該注意哪些問題，認爲「主要是在鬥爭中」、「用具體行動來說明」；三、關於創造中如何接受民族遺產的問題，認爲對外國和古典名著要閱讀得「越多越好」，要「溶化」、「領略」其「奧妙」之處；四、談到了《子夜》創作的動機及經過；五、對目前創作現狀的評論是「不夠大膽、不敢放手去寫」；六、關於怎樣抓住人物特徵的問題，認爲「應該投身到火熱的鬥爭中間去」，「熟悉」人物；最後，聯繫《春蠶》剖析了關於「虛構」故事的問題。

十一日　出席全國各人民團體負責人聯席會議，成立亞洲國家會議中國籌備會，被選爲中國籌備委員會委員。與全體委員名單一齊送交國際籌備秘書處。

十二日　下午，前往火車站歡送達賴喇嘛和班禪額爾德尼離京。（13日《人民日報》）

同月　《林家舖子》列爲文學初步讀物，附王琦插圖，由人民文學出版社出版。

同月　出席由文化部召開的全國文化局局長會議。

本月

美國鐵路工人大罷工。

中國文聯舉辦辯證唯物主義和歷史唯物主義講座，郭沫若主持，由楊獻珍、艾思奇、周揚主講。

四月

三日　晚，出席並主持慶祝匈牙利解放十週年大會。（4日《人民日報》）

四日　作《致赫德利奇卡和赫德利奇柯娃》（書信），署名沈雁冰。載浙江文藝出版社版《茅盾書簡》。稱讚對方爲中捷文化交流做了「有意義的工作」，同意他們在《茅盾短篇小說選》中「擬定」的篇目；寄去「最近版本的《腐蝕》一本」。

十日　作《〈茅盾短篇小說選集〉再記》（序跋），載一九五五年十二月人民文學出版社出版《茅盾短篇小說選集》。現收《茅盾全集》第九卷。說明這次重排本選入的十八篇小說「不是因爲它們寫得好，而是它們的題材還勉強能夠反映當時生活的幾個方面罷了」。

十一日　出席首都文藝界紀念梅蘭芳、周信芳舞臺生活五十年大會，並代表文化部向兩位京劇藝術家頒發了榮譽獎狀。（12 日《人民日報》）

同日　作《致晁眞》（書信）。表示很願意「傾聽讀者的意見」，但不打算就《子夜》中吳老太爺這個人物發表具體意見，因爲「某一作品的成功或失敗，不決定於作者的主觀意圖，而決定於作品的客觀效果。」（載 1984 年 12 月版《茅盾研究》第 2 輯）

十六日　列名於石志昂（按：石志昂等烈士於 4 月 11 日赴亞非會議期間因飛機失事而犧牲）追悼大會籌委會委員。（17 日《人民日報》）

十七日　出席首都各界五千多人追悼石志昂等「四·一一」遇難烈士大會。（18 日《人民日報》）

十八日　作《致馬旺》（書信），載浙江文藝出版社版《茅盾書簡》。逐條簡覆馬旺來信中關於《梯比利斯地下印刷所》一文中的六個問題。

二十日　代表文化部設宴招待捷克斯洛伐克國家歌舞團。

二十二日　作《致費德林》（書信），載百花文藝出版社版，載《茅盾書信集》。針對蘇聯外交部副部長、作家費德林三月十九日寄來信和一份《茅盾作品》的書目，覆函提出具體意見：「《三人行》是一部寫失敗了的書，我自己不喜歡這本書」，「建議翻譯《動搖》」；選譯書目中的《獎賞》一篇「原題」爲《中國神話》，只同意「摘譯」，因爲「寫這書時」「亡命日本」，故「材料不充分」；答應「將在最近期內」「爲俄文版《茅盾作品選》撰寫序文」。

二十七日　出席捷克斯洛伐克國家歌舞團訪華演出開幕式。

二十九日　晚，出席中國人民保衛世界和平委員會副主席陳叔通舉行的宴會，招待來華訪問的世界和平理事會副主席歐仁妮·戈登夫人等一行。（30

日《人民日報》）

本月

　　亞非二十九個國家舉行萬隆會議。周恩來總理發表聲明中國願和美國政府就緩和臺灣地區緊張局勢進行談判。

　　北京舉行紀念馬雅可夫斯基逝世二十五週年大會。

五月

　　一日　出席首都舉行的慶祝五一國際勞動節大會。（2 日《人民日報》）

　　五日　晚，出席中國文聯和對外文協等單位聯合舉行的世界文化名人紀念大會，並作《爲了和平、民主和人類的進步事業》的演講。介紹了席勒、密茨凱維支、孟德斯鳩、安徒生等四位世界文化名人的生平及創作。指出「全世界人民永遠紀念著他們的不朽的勞績」，中國人民對這些「文化巨人」「懷有崇高的敬意和誠摯的友誼」。（6 日《人民日報》）

　　同日　作《致徐堯輔》（書信），載文化藝術出版社版《茅盾書信集》。此係退稿信。提出退稿理由：「性格不明顯」，「環境」「模糊」，文字「拖沓」，素材「概念化」。

　　同日　作《致王奉瑜》（書信），載浙江文藝出版社版《茅盾書簡》。就王奉瑜對舊譯作《蠟燭》提出的問題，作了簡單回覆。指出分析閱讀作品時「不要硬找什麼象徵」意義。

　　六日　下午，在文化部接見了應邀訪華的捷克斯洛伐克木偶劇團領導人。（7 日《人民日報》）

　　同日　晚，出席並主持了北京舉行的德國解放十週年慶祝大會，觀看了精彩節目。（同前）

　　七日　前往機場歡迎出席亞非會議和訪問印度尼西亞後返京的周恩來總理一行。（8 日《人民日報》）

　　同日　晚，出席並主持北京各界慶祝捷解放十週年盛會。（同前）

　　同日　發表《爲了和平、民主和人類的進步事業——在世界文化名人紀念大會上的講話》（演講），載《人民日報》。

　　九日　晚，出席捷駐華大使舉行的解放十週年招待會。（10 日《人民日報》）

二十一日　出席各人民團體負責人聯席會議。

二十五日　出席全國文聯主席團和中國作協主席團聯席擴大會議，討論「胡風集團」問題。郭沫若在開幕詞中指出胡風集團「不僅是我們思想上的敵人，而且是我們政治上的敵人，」會議有二十六人發言，最後通過決議，開除胡風中國作家協會會籍，撤銷其作家協會理事、《人民文學》編委、文聯全國委員會委員等職務。

本月

蘇聯東歐八國政府在波蘭首都華沙簽定《友好合作互助條約》（簡稱《華沙條約》）

《人民日報》公開發表三批《關於胡風反革命集團的材料》。

六月

一日　上午，出席中國科學院學部成立大會，經國務院第十次全體會議批准，與郭沫若、周揚、鄭振鐸等爲哲學社會科學學部常務委員會委員。

同日　晚，前往中南海，出席毛主席舉行的宴會，歡宴印尼總理沙斯特羅阿米佐約，宴會後觀看了京劇。（2日《人民日報》）

二日　晚，出席沙斯特羅阿米佐約舉行的臨別宴會。（3日《人民日報》）

四日　上午，出席中國人民保衛世界和平委員會和其它各人民團體舉行的聯席會議，被選爲中國代表團團長。（9日《人民日報》）

九日　出席中國科學院學部成立大會閉幕式。（11日《人民日報》）

十三日　作《紀念秋白同志，學習秋白同志》（散文），載十八日《人民日報》。現收《茅盾文藝評論集》。文中以「沉痛」心情悼念瞿秋白「就義」二十週年，雲瞿「戰鬥的一生，是我們的典範」；瞿的遺作《俄鄉紀程》、《赤都心史》和一些論文對「當時的文藝界起了非常大的指導作用」；他的「革命樂觀主義」、堅持「文藝同當前政治任務的密切結合」均是大家學習的榜樣。

同日至十四日　出席中國人民保衛世界和平委員會舉行的全體工作人員大會，聲討胡風

十五日　率領中國代表團乘飛機離京，取道莫斯科，前往赫爾辛基出席

世界和平大會。陳毅、彭眞等到機場歡送。（16 日《人民日報》）

　　同日　發表《提高警惕，挖盡一切潛藏的敵人》（短論），載《人民日報》。云：通過《人民日報》公佈的胡風反革命集團的三批材料和《按語》，提高了對胡風的認識，在「鐵一般的事實前面」，看到「這不僅是文藝界的事，這是複雜尖銳的階級鬥爭」，要「提高警惕」，不能用「思想批判」來轉移「階級鬥爭」的火力。

　　十六日　抵達莫斯科。

　　二十二日　下午，在赫爾辛基麥斯哈里廳出席世界和平大會開幕式。（24 日《人民日報》）

　　同日　晚，出席大會主席團會議，當選爲執行委員。（25 日《人民日報》）

　　二十三日　繼續出席大會，聽了郭沫若《爲消除新戰爭的威脅而奮鬥》的演說。（25 日《人民日報》）

　　二十六日　繼續出席會議。

　　二十四日　出席中國代表和日本代表團的聯歡活動。

　　二十八日　與出席世和會的印度代表團聯歡，慶祝中印兩國總理發表五項原則聯合聲明一週年。（30 日《人民日報》）

　　二十九日　出席世界和平大會閉幕式。

　　同日　發表《茅盾在世界和平理事會上的講話》（演講），載蘇聯《眞理報》。

本月

　　美英在華盛頓達成和平利用原子能進行合作的協定。

　　瞿秋白同志遺骨於 18 日安葬於北京革命烈士公墓。

七月

　　一日　出席世界和平理事會會議，選舉新領導人，被選爲世界和平大會五十一名常務理事之一。（3 日《人民日報》）

　　二日　出席會議，聽取各國理事關於裁軍、安全問題、民族主權、和平問題等建議。（4 日《人民日報》）

三日　作《致音協理論創作委員會》（書信），載百花文藝出版社版《茅盾書信集》。對音協理論創作委員會提供的塞克創作的《烈士頌》大合唱歌詞提出了具體意見，認爲「烈士」應該指「從鴉片戰爭直到解放戰爭勝利爲止的爲民族獨立、爲民主、爲社會主義鬥爭的烈士」，如果只理解爲「從中國共產黨成立後」算起，「是不夠全面」「和紀念碑的主題不相符的」；覺得「整個歌詞」「轟轟烈烈，但空空洞洞」，「有不少標語口號的味道」「一瀉到底……雖似雄壯，其實虛弱；雖似豐富，其實貧乏」，爲了大合唱「莊嚴神聖」的主題，「不得不有嚴格的要求」。

五日　上午，偕代表團一行返抵北京。

七日　晚，前往中南海出席毛主席招待胡志明主席和越南代表團的盛大宴會。（8日《人民日報》）

八日　晨六時，趕往北京西郊機場歡送胡志明和越南政府代表團離京。（8《人民日報》）

二十日　與郭沫若等歡宴日本和平人士及日本、智利、澳大利亞、越南等國和平代表團團長。

二十一日　出席全國人大第一屆二次會議。

二十三日　繼續出席大會討論並發言。云：「胡風反革命集團事件對於文化藝術界有特別嚴重和深刻的教育意義」，今後要「大力發展具有正確思想內容和一定藝術水平的文學藝術創作」，特別是「發展」「人民群眾喜聞樂見的文藝創作」，「提高文化工作的戰鬥性和思想性」。（24日《人民日報》）

二十五日　發表《在第一屆全國人民大會第二次會議上的發言》，署名沈雁冰。載《人民日報》。

同日　繼續出席大會。

同日　晚，出席周恩來總理招待各國和平代表的宴會。（26日《人民日報》）

二十六日　繼續出席大會。

二十七日　繼續出席大會。

同日　晚，出席首都各界舉行擁護世界和平大會宣言和建議的大會，並登上主席台。發表《向持久和平友好合作的道路前進——關於赫爾辛基世界和平大會的情況和成就的報告》（報告），載二十八日《人民日報》，現收《茅

盾全集》第十七卷。分析了大會召開的國際形勢，介紹了大會召開的經過和成就，表示要「和世界人民一起堅決消除新戰爭威脅」，爭取「世界持久和平」。

三十日　出席第一屆全國人代會第二次會議閉幕式。

三十一日　和與會代表參觀官廳水庫。

當月

陳伯吹發表《讀〈白楊禮讚〉》，載《文藝學習》第七期。認為茅盾的「白楊禮讚」是一篇美麗的詩樣的散文，它以「思想性藝術性高度結合」而具有「巨大的感染力量」，能用「象徵」手法，「加強了文學作品的現實意義，更富有感染的力量，更具有教育的價值，自然也更發揮了戰鬥的作用」。

丁易發表《魯迅對於這一時期的文學革命運動的領導以及文學研究會和創造社的文學主張》，載作家出版社出版《中國現代文學史略》第一章第三節。指出沈雁冰等十二人「發起」組成的文學研究會，雖然提出「反對舊時代的文學」，「但組織很散漫，對文學的意見，大家也不一致」，不過在文學研究會中「起著領導作用的」沈雁冰的文學主張是「明確」、「系統」的。他主張「文學應當反映時代反映社會」；「表現社會生活的文學是真文學」；對「被迫害的國度的被損害者與被侮辱者」的反映「不應該是純客觀的」；論文認為「沈雁冰的意見是可以代表文學研究會一部分進步會員的意見的」，「是現實主義的文學主張」。

丁易發表《茅盾的文學創作》，載作家出版社出版的《中國現代文學史略》第九章第一節。評介了茅盾初期的長篇小說和短篇小說時指出：《蝕》三部曲對青年女性的性格「分析得非常精細，解剖得也極為深入」，儘管流露出「悲觀情緒」，但仍有教育作用和「歷史意義」；認為《虹》「悲觀失望的情緒已經基本上肅清了」，「《三人行》……仍是一部不壞的革命文學作品」；至於這時期茅盾的短篇小說「無論在思想內容，表現方法或寫作技巧上，都是極成功的優秀作品」。對長篇小說《子夜》則作了專節分析和評介。認為「茅盾的《子夜》是一部革命文學巨著，在中國現代文學史上，是一部出色的作品」，其「偉大」的「歷史意義」在於：「大規模地描寫中國社會現象」，「完全適合了當時革命鬥爭的要求，盡了宣傳革命和教育群眾」，從而「推動革命」的作用；另

外《子夜》「成功地寫出了一系列有歷史意義」、「不能在別的作品中找到的」「活在作品中的」人物；認爲「《子夜》在中國現代文學史上就有著不可磨滅的光輝」。

丁易發表《沙汀和茅盾的小說》，載作家出版社出版的《中國現代文學史略》第十章第三節。評介茅盾在抗戰期間寫的三部長篇小說：「《霜葉紅似二月花》是寫民國初年城市士紳的思想生活」；《第一階段的故事》「是適應當時香港讀者水平的通俗小說」，但在「內容上切不讓步」，在形式上「越寫下去就越恢復了作者原來的風格」；《腐蝕》在揭露「特務的血腥罪行」、「內部矛盾重重」、對「失足青年」指出「新生的道路」等方面，都不失爲在當時是「有著一定的政治作用和教育意義的」作品。

本月

越南民主共和國同中華人民共和國簽署協定，由中國提供價值三億八千萬美元的經濟援助。

《人民日報》三日發表《肅清一切暗藏的反革命分子》的社論。

八月

一日　出席中國文聯主席團和中國作協主席團聯席會議，並講話。

十日　作《致戈寶權》（書信），署名雁冰。載百花文藝出版社版《茅盾書信集》。告訴戈寶權，「留俄多年」「歸國」的稽直同志，「校譯俄文的」《子夜》「發現俄譯錯誤甚多」；因考慮到東歐各國均按俄文本「轉譯」，故建議戈「研究」「處理」，是否能中俄合譯，使俄譯本《子夜》提高準確性。

十二日　作《把鬥爭進行到底在鬥爭中獲得鍛鍊》（短論），載《人民文學》九月號。云：看了「胡風反革命集團的材料」，認爲他們「擺著一副『進步作家』的面孔，長期欺騙青年」，胡風反革命集團的「危害性和破壞作用」，比「殺人放火的罪犯」「要大得多」，因爲他們玩弄兩面派的手法。他們是一群「暗藏的反革命分子」。

十五日　致電德國作家托馬斯·曼夫人，對托馬斯·曼的逝世表示哀悼。

二十三日　下午，出席北京各界支持印度人民收復果阿的大會，並致辭。云：決不允許葡萄牙殖民地「繼續佔領印度領土」果阿、曼達和第烏，「正義」「勝利」屬於「印度人民」。（24 日《人民日報》）

同日　晚，出席羅馬尼亞駐華大使舉行的招待會，慶祝羅解放十週年。（同上）

二十八日　前往天橋劇場，出席青年團北京市委等單位聯合舉辦的大中學生文藝創作演出觀摩會。

二十九日　下午，對外文化聯絡局局長、中國人民對外文化協會副會長、中國戲劇家協會副主席洪深去世，前往弔唁，並列名於治喪委員會委員。（30日《人民日報》）

當月

何家槐發表《〈春蠶〉分析》，載《語文學習》八月號。認爲茅盾以「主題的明確、題材的現實、人物的生動、結構的嚴密、語言的洗煉」使《春蠶》成爲「一篇思想內容和形式技巧都很完整的作品」。

本月

禁止原子彈氫彈世界大會開幕，我代表團克服困難，九日抵東京與會。

九月

一日　上午，出席洪深同志追悼會。（2日《人民日報》）

十四日　主持宴會歡迎越南人民歌舞團，並致辭。云：中越兩國自古以來「休戚相關，利害與共」，這次看到越南人民「優美的藝術」，表示要學習越南人民的「英雄氣概」。（15日《人民日報》）

十九日　出席郭沫若、沈鈞儒舉辦的宴會，招待兩位斯大林獎金獲得者：國際民主法律工作者協會主席、英國和平委員會會長普里特和世界和平理事會常委兼書記處書記、比利時的布倫姆夫人。

二十二日　晚，出席陳毅副總理招待越南人民歌舞團的宴會，觀看了精彩節目。（23日《人民日報》）

二十六日　作《致潘尼迦》（書信），載浙江文藝出版社版《茅盾書簡》。云：獲悉《印中季刊》刊行「極爲令人興奮」；「邀約」爲季刊「寫一篇小說」，「既感榮幸」也「極願效勞」，但因「忙於寫一個緊要的東西」，故「短時期內」「無法應命」。

二十七日　出席中華人民共和國主席毛澤東授銜、授勛典禮。（28 日《人民日報》）

二十九日　前往飛機場迎接世界和平理事會副主席、意大利和平理事會主席、意大利社會黨總書記南尼和夫人等一行。

三十日　陪同周恩來總理同南尼會晤。

本月

聯邦德國總理阿登納訪蘇，和蘇聯決定建立外交關係。

北京舉行印度阿旃陀壁畫一千五百週年紀念。

十月

四日　出席緬甸駐華大使吳拉茂舉行的盛大招待會，歡迎緬甸代表團訪華。（5 日《人民日報》）

同日　出席並主持中國文聯和中國作協舉辦的座談會，與會中國作家與蘇聯文化代表團團長蘇爾科夫座談。

同日　晚，設宴招待蘇爾科夫。

五日　出席並主持中國文聯和中國作協聯合舉行的盛會，歡迎蘇爾科夫，並致歡迎詞。（6 日《人民日報》）

同日　晚，出席日本歌舞伎劇團赴華演出開幕式，並觀看了演出。（6 日《人民日報》）

六日　晚，出席觀看了緬甸文化代表團的演出。

十二日　作《致教育部幹部文化教育局語文編研組》（書信），載浙江文藝出版社版《茅盾書簡》。針對編研組來信中「猜度」舊作《雷雨前》中的「蚊子」「蒼蠅」暗指什麼的問題，提出批評。云：這種「索引式的研究方法，只能鑽牛角尖，無補於認識作品的基本意義」，這種「把一篇散文當作政策性的文章」的「風氣」有害於欣賞、理解作品，「希望」「糾正」此風。

十五日　出席全國文字改革會議開幕式，發表《文學藝術上作者必須把自己的創造勞動和文字改革工作相結合》（演講），初收《中國文字改革的第一步》，一九五六年人民文學出版社出版。

二十七日　出席中國作協主席團舉行的第十四次擴大會議，討論加強領

導，調整機構以及發展少年兒童文學創作等問題。

當月

小西升發表《早期的茅盾》（一），載《中國文藝座談會備忘錄》（6）。

本月

北京舉行轟耳逝世二十週年、冼星海逝世十週年紀念會。

十一月

十二日　作《致新文藝出版社編輯室》（書信），載浙江文藝出版社版《茅盾書簡》。云：舊譯作《戰爭》係「二十多年前」「根據英文譯文轉譯的」，因「似非吉洪諾夫代表作」，「不需要」「費大力根據俄文原本校訂補譯重版」。請編輯「先弄清《戰爭》現在是否仍在蘇聯印行」，如仍在印行，則「建議」找俄文本對照一下，「仍以節本形式重版」。

二十五日　出席並主持首都各界舉行的紀念世界名著《草葉集》（〔美〕惠特曼著）出版一百週年、《堂吉訶德》（〔西班牙〕塞萬提斯著）出版三百五十週年大會，並致詞。

二十九日　作《致斯・丹古洛夫》（書信），答應為《外國文學》撰寫一篇關於中國文化工作的現狀及前景的文章。（載 1984 年 12 月版《茅盾研究》第 2 輯）

當月

張白山發表《談茅盾〈蝕〉》，載《文藝學習》第十一期。認為《蝕》是茅盾曾經「轟動一時」的作品，也是「『五四』以來的優秀作品之一」。「作者運用了現實主義的創作方法，純熟的藝術技巧，通過錯綜複雜的矛盾關係，細緻生動地刻劃了城市小資產階級知識分子的追求光明，傾向革命卻又表現了脆弱動搖的階級特性」。雖然作品流露出作者「執筆時的悲觀情緒」，但《蝕》在相當程度上是一部文獻性的長篇」，「是一部優秀的現實主義作品」。

日本飯田吉郎發表《茅盾自覺創作的形成過程》，載《中國文化研究會會報》〔東京文理科大學〕（5）

本月

赫魯曉夫訪問印度、緬甸和阿富汗。

中國作協和中國美協分批組織作家、美術家參加農業合作化運動。

十二月

九日　晚七時，出席周總理歡迎民主德國政府代表團的盛大宴會。（10日《人民日報》）

十一日　前往天橋劇場，出席蘇聯莫斯科「小白樺樹」舞蹈團演出的開幕式，並致辭。云：舞蹈團以「高度的思想性」、「出色的藝術創造」、「音樂與舞蹈的完美結合」，「爲我國舞蹈藝術樹立了榜樣」。（12日《人民日報》）

十二日　晚，出席北京市市長彭眞歡送「小白樺樹」舞蹈團的宴會。（13日《人民日報》）

二十三日　出席周總理接見香港大學英籍教授布蘭敦等的儀式。（24日《人民日報》）

二十六日　隨周恩來、賀龍等前往機場歡送民主德國政府代表團離京。（27日《人民日報》）

二十九日　出席中國人民保衛世界和平委員會等團體舉行的招待會，宴請西班牙保衛和平委員會主席、世界和平理事會常委希拉爾。

同月　出版《茅盾短篇小說選集》，人民文學出版社出版。

本月

美國勞聯——產聯於五日召開第一次聯合代表大會。

二十七日至三十日　中共中央宣傳部召集關於「丁·陳事件」傳達報告會，報告本年夏作協黨組擴大會對丁玲、陳企霞「批判幫助」的情況。

同年

同年　作《致魏斯可普夫》（書信），載文化藝術出版社版《茅盾書信集》。信中對捷克斯洛伐克優秀散文家基希的逝世表示「哀悼」，對其「內容豐富」、「形式別致」的散文集《秘密的中國》和創作予以充分肯定。

獲悉匈牙利文版《子夜》由布達佩斯匈牙利出版社出版。

獲悉俄文版《茅盾選集》由莫斯科國家文藝出版社出版，B·魯德曼等。

　　獲悉俄文版《林家舖子》、《春蠶》、《秋收》、《第一個半天的工作》、《兒子開會去了》由莫斯科出版，Ｂ‧魯德曼譯，收入《中國作家短篇小說集》。

　　獲悉日文版《茅盾選集》由尾坂德司譯，列入青木文庫《新中國文學選集》初版。

　　創作了「一部反映資本主義工商業社會主義改造的長篇小說」，未完成。據譜主親屬回憶，該長篇小說原稿已於一九七三年春銷毀。（韋韜、陳小曼：《茅盾的晚年生活》（三））

當年

　　　　張畢來發表《茅盾的「三部曲」所反映的知識分子》，載作家出版社出版《新文學史綱》第二章第二節。認爲茅盾的「《幻滅》反映了處於大革命狂潮到來前夕和初期的小資產階級知識分子們」從「亢昂興奮」到「理想幻滅」的生活；「《動搖》反映了一批庸俗無聊的小資產階級知識分子」的生活；《追求》中的知識分子「都追求著，也都一一失敗」。「茅盾《三部曲》中所寫的知識分子及其命運，在當時是很普遍的」。另外，茅盾當時的「思想，創作方法，正處於轉變的前夕」，所以「先認識到革命中的一切醜惡，往往是很自然的」，不必去苛求茅盾的作品中必須出現「在黨的正確領導下進行革命工作的知識青年」。

　　　　日本尾坂德司發表《日文版〈茅盾選集〉譯後記》，載青木文庫《新中國文學選集》叢書《茅盾選集》。評介了《茅盾選集》收輯的主要作品，深爲「茅盾憑個人的力量一步一步地前進在文學上獲得了如此成就」而欽佩。（據錢青等譯文摘錄）。

　　　　Ｈ‧Ｔ‧費德林發表《茅盾》，載莫斯科出版《林家舖子》（俄文版）。

　　　　Ｈ‧Ｔ‧費德林發表《中國札記》（按：關於茅盾部分見 P.385-P.410），載莫斯科蘇聯作家出版社版《中國札記》。

一九五六年（六十一歲）

一月

一日　出席元旦團拜活動。

三日　出席中捷文化合作協定簽字儀式，簽字並致辭。

八日　發表《迎第一次全國青年文學創作者會議》（演講），載《文藝學習》第一期。現收《茅盾文藝評論集》。認為這次會議「在我國歷史上是創舉」，「檢閱」了「文藝的新生力量」。

十日　作《致黃世瑜》（書信），載浙江文藝出版社版《茅盾書簡》。具體分析了《水滸》中《智取生辰綱》的結構，指出黃來信中的「看法是不對的」。

十九日　作《致杜綱》（書信），載浙江文藝出版社版《茅盾書簡》。對青年學生杜綱「打算寫反映」「先進人物光輝事蹟」的作品，表示支持，建議他將寫成的部分作品「寄到」中國作協創作委員會去。

二十五日　下午，出席毛澤東主席召集的最高國務會議，討論中共中央提出的一九五六年到一九六七年全國農業發展綱要草案。（26日《人民日報》）

二十八日　出席全國政協第二屆全國委員會常委會議。

三十日　出席全國政協第二屆全委會第二次會議開幕式。

本月

十四至二十日　中共中央召開關於知識分子問題會議，周恩來作了《關於知識分子問題的報告》。

二月

一日　列名於中國人民政治協商會議第二屆全國委員會第二次全體會議委員名單。上午分組討論，下午出席大會討論。（2日《人民日報》）

同日　晚，出席政協舉行的宴會，毛主席親臨宴會。

三日　上午，參加分組討論。晚，出席政協舉行的宴會。

四日　繼續出席大會，並發表《在中國人民政治協商會議第二屆全國委

員會第二次會議上的發言》（演講），載6日《人民日報》。

七日　下午，出席政協全國委員會第二次會議閉幕式。

同日　晚六時半，出席中國亞洲團結委員會成立大會，並列名於委員會委員名單，受任爲副主席。（8日《人民日報》）

十日　經國務院批准成立中央推廣普通話工作委員會，受任爲委員。（12日《人民日報》）

十五日　晚，出席周總理主持的宴會，招待柬埔寨王國國家代表團西哈努克克親王等一行。（16日《人民日報》）

十八日　晚，出席毛主席歡迎柬埔寨王國國家代表團宴會。（19日《人民日報》）

二十七日　出席中國作協第二次理事擴大會開幕式。會議至三月六日結束。

當月

十六日　羊思發表《〈子夜〉出版前後》，載《新民報》（晚刊）。回顧了《子夜》初版時「有精裝本，道林紙，花布面，比較美觀」，但因寫了農民暴動和工人運動而遭到禁止的厄運，出版社只得讓作者刪去有關章節，才得以發行；以及後來被愛國人士恢復了被刪去的章節，以救國出版社名義公開宣稱「盜版翻印」，讓《子夜》全本重新發行的經過。並引用了瞿秋白的觀點，說明《子夜》的卓越成就。

十九日　羊思發表《吳蓀甫的命運》，載《新民報》晚刊。通過吳蓀甫從「一個實力雄厚，手腕潑辣的資本家」到最後「預備自殺」的命運，揭示了在舊中國，他終以悲劇結束的必然性。

二十日　羊思發表《「大魚吃小魚，小魚吃蝦米」》，載《新民報》晚刊。指出「在帝國主義和反動官僚壓力下」，大資本家吳蓀甫成了「小魚」，而小資本家朱吟秋等則成了「蝦米」，出現「大魚吃小魚，小魚吃蝦米」的社會歷史現象。

二十六日　羊思發表《〈子夜〉裏的南京路》，載《新民報》晚刊。云：「在《子夜》裏，也揀了這個有歷史意義的『五卅』紀念日來描繪南京路的景色」，「一方面寫了南京路上的示威遊行，一方面也寫出了一些

知識分子的動搖、怯弱」。

本月

蘇共第二十次代表大會二十五日閉幕，赫魯曉夫繼任蘇共中央第一書記，會上發表了反對斯大林的「秘密報告」。

朱德率領中國共產黨代表團出席蘇共二十大。

三月

一日　出席全國第一屆話劇觀摩演出大會，並致辭。

二日　出席中國作協第二次理事會擴大會議，和與會者受到毛澤東主席接見。

三日　上午，繼續出席中國作協理事會擴大會議，聽取陳毅副總理關於發展文藝問題的報告。

四日　代表文化部出席和主持宴會，招待來自十一個國家的戲劇家和藝術家，並致辭。

五日　出席全國政協第十八次常委擴大會，聽取吳玉章作關於漢語拼音（草案）的報告。

十一日　作《致安烈》（書信），載文化藝術出版社版《茅盾書信集》。對安烈的詩稿《永定河的歌聲》提出四點具體意見，肯定其創作意圖是好的，同時指出詩稿「嚴格」說來只是「分行的散文」；「抒情」「乾巴巴」；「敘事」「缺乏形象的描寫」；「有生活」但「缺乏想像力」，強調「文學創作」是「艱辛的精神勞動」，「要千錘百鍊」。

十三日　出席中國作協主席團會議，討論通過《關於加強電影文學劇本創作的決議》。

十四日　前往波蘭大使館吊唁波蘭統一工人黨中央委員會第一書記貝魯特逝世。（15日《人民日報》）

十五日　出席中華人民共和國全國掃除文盲協會成立大會，被選任為協會委員，陳毅副總理任會長。（15日《人民日報》）

同日　下午，出席全國青年文學創作會議開幕式。（同上）

十八日　發表《關於藝術的技巧——在全國青年文學創作會議上的演

講》（演講），載《中國青年報》。現收《茅盾文藝評論集》。認爲藝術創作的「技巧」與「技術」是不同的。「技巧」與作者的「人生觀的深度和他生活經驗的廣度」有關。指出「典型性格的刻畫，永遠是藝術創造的中心問題」。

同日　作《致張範》（書信），載浙江文藝出版社版《茅盾書簡》。就張範來信中對地下印刷所的構造和細節提出的問題，作了簡覆。云：「《第比里斯地下印刷所》是一篇記敘文，而不是地下印刷所的構造說明書」，閱讀它，不能「只注意」「構造方面的細節」而「不去認識」「主要的教育意義」。

二十一日　作《致陳吉輝》（書信），署名沈雁冰。載文化藝術出版社版《茅盾書信集》。針對陳吉輝來信中「空話多」的弱點，建議「擬定」「閱讀」和「寫作計劃」，提高「寫作」、「思考」和「分析」的能力。

二十五日　發表《培養新生力量擴大文學隊伍——在中國作家協會理事會議（擴大）上的發言》（演講），載《文藝報》第五、六號。指出文學新人「潛在的力量是雄厚的」，要「克服粗暴的批評」和「努力培養文學接班人」，但不能「拔苗助長」；希望青年作者要多讀書，要有「好的創作態度」；指出要「繼續在文學藝術領域內進行反對資產階級思想的鬥爭」，「加倍努力完成黨和人民交給我們的任務」。

同日　發表《開幕詞——在中國作家協會第二次理事會（擴大）上》（演講），載《文藝報》第五、六號。指出這次會議討論兩個問題：「文學創作的思想性和藝術性的更進一步的提高」、「爲進一步繁榮創作樹立必要的條件」。

二十九日　前往機場，歡送中國代表團前往瑞士參加世界和平理事會特別會議。

三十日　出席全國青年文學創作者會議閉幕式。

同月　作《致中國作協創作委員會》（書信），載《新文學史料》一九八五年三期。對作協創作委員會來信要求「在 1956 年 6 月以前，寫出或翻譯出一篇（部）少年兒童文學作品」之事，予以回答。云：「我確有困難。自去年四月後，我有過大小兩計劃，大的計劃是寫長篇，小的計劃是寫短篇及短文，兩者擬同時進行。不料至今將一年，自己一檢查，大、小計劃都未貫徹，原因不在我懶，——而是臨時雜差，打擾了我的計劃。我每天伏案在十小時以上，星期天也從不出去遊山觀水，從不逛公園，然而還是忙亂，眞是天曉得！這些雜差少則三、五天可畢，多則須半個月一個月。這是我的困難所在，我

自己無法克服，不知你們有無辦法幫助我克服它？如能幫助，不勝感激」。

本月

十五日至三十日全國青年文學創作者會議在京舉行。

四月

一日　發表《贊成世界作家的「圓桌」會議》（發言），載《譯文》四月號。（按：1955 年 8 月，前蘇聯作家蕭洛霍夫在給前蘇聯「外國文學」雜誌編輯部寫的一封信中提出：「世界各國作家應該有自己的一張圓桌。」又說：「我們可能有不同的觀點，但是造福人類的願望會把我們團結在一起的。」）譜主認爲，這一封信「表達了世界各國作家的心情」，呼籲「愛人民、愛自由、愛文化的作家們，讓我們歡聚一堂吧」。（按：發表時無標題，此標題係編者所加）

五日　出席第一屆全國話劇觀摩演出閉幕式。

七日　出席並主持文化部主辦的宴會，歡送來中國觀摩話劇會演的十二個國家的戲劇家。並致辭：感謝各國戲劇家在會演中給予中國話劇工作者的熱情幫助。在會上，還代表中國戲劇家，接受了蘇聯戲劇代表團團長尼・阿・斯特列里佐夫贈送的禮品：蘇聯著名演員演出莎士比亞、果戈理等世界名著的錄音帶、唱片及劇照等。（9 日《人民日報》）

八日　作《致毛丹、黃治正、施大鵬同學》（書信）。簡略地回答這些同學提出的有關茅盾創作的一些問題。並告訴諸位同學「所謂向前人學習，以我看來，無非是『博覽群書』，貴有自己的眞知灼見，不人云亦云而已。」（載1984 年 12 月《茅盾研究》第 2 輯）

九日　出席中國和蘇聯社會科學工作者共同舉行的社會科學問題報告會閉幕式。

十七日　獲悉現代劇作家宋之的病逝，向遺體告別。

十九日　出席宋之的追悼會，並在幕前告別儀式上致詞。簡介宋之的「爲民族解放、爲社會主義」光榮的劇作家生涯，稱宋之的是「毛澤東主席的好學生」、「是我們的光輝榜樣」。

二十三日　出席全國文化先進工作者會議開幕式，並致辭。

二十四日　出席中國保衛世界和平委員會擴大會議，歡迎陳叔通自瑞士出席世界和平理事會特別會議勝利返回。

同日　與參加全國文化先進工作者會議的全體代表一起，被毛主席接見，並合影。

二十六日　發表《在全國文化先進工作者會議上的開幕詞》（演講），署名沈雁冰，載《光明日報》。

二十八日　作《中、日文化交流的進一步發展》（隨筆），署名沈雁冰。載《大眾電影》第十期。

當月

劉綬松發表《文學研究會創造社的主張與革命文學的提出》，載北京作家出版社出版《中國新文學史初稿》第二編第三章。認爲「茅盾（沈雁冰）是文學研究會的主要人物之一」，「他的文學主張，在文學研究會中，是最有代表性的」。茅盾當時對文學的見解和主張「是屬於現實主義的，而且其中含有比較顯著的社會主義思想的影響」，是「繼承和發展了五四時代文學革命的現實主義傳統」，把文學當作「鬥爭的武器」，「曝露和抨擊了舊的不合理的社會，在當時起了相當巨大的作用。

本月

赫魯曉夫訪問英國，宣稱蘇聯將造氫彈頭導彈。

《人民日報》發表《關於無產階級專政的歷史經驗》和《再論無產階級專政的歷史經驗》。

五月

一日　出席首都人民歡慶「五一」國際勞動節大會。

二日　出席郭沫若主持的宴會，招待世界和平理事會副主席戈登夫人等一行。

十四日　晚，歡送即將離京赴我國各地參觀的緬甸電影代表團團長吳仰拿及全體成員，並致辭。云：緬甸電影代表團的來訪「促進了中緬兩國的文化交流」，希望今後繼續互相交流經驗。（15日《人民日報》）

十六日　作《電唁法捷耶夫逝世》（唁電），載《文藝報》第十號。

十八日　作《悼亞·法捷耶夫——文藝戰士與和平戰士》（論文），載《文藝報》第十號。簡述法捷耶夫在譯介魯迅作品、創作長篇小說及保衛世界和平事業上的業績。

二十四日　作《致黃繼生》（書信），載浙江文藝出版社版《茅盾書簡》。簡覆有關《雷雨前》中的若干細節。

二十五日　作《致孟繁瑤》（書信），載文化藝術出版社版《茅盾書信集》。指出孟來稿的主要缺點是「平舖直敘」、「造句不免濫調」，建議從結構、人物上「下功夫」。

二十六日　晚，前往首都劇場，出席由中國人民保衛世界和平委員會等六單位聯合舉辦的世界文化名人迦梨陀婆、海涅、陀思妥也夫斯基紀念大會，並發表《不朽的藝術都是爲了和平與人類的幸福的！》（演講），簡介了三位世界文化名人的生平及創作，充分肯定了他們代表作中的思想內容及藝術表現手法，他們及他們的作品「在世界文化史中永垂不朽」。（28 日《人民日報》）

約二十五日　接《文藝學習》編輯部轉來的信及讀者金雁痕對《關於藝術的技巧》一文的批評稿。閱後，覺得金的「責難」，沒有「堅實的論據」和「精闢的分析」，無法「使我改變原來看法」，逐考慮覆函《文藝學習》編輯部，針對金雁痕批評稿中的三個問題，談自己的看法。（《致〈文藝學習〉編輯部》）

二十七日　作《致〈文藝學習〉編輯部》（書信），載《文藝學習》七月號。指出金雁痕提出的「第一個問題和第二個問題，其實是一個問題」，而且「都沒從原則上提問題，而是只在用字上推敲」；並婉轉地指出金「教條主義」地理解了列寧對托爾斯泰的批評；對金來稿中提出的第三個問題也即對白居易的《上陽白髮人》和元稹《鶯鶯傳》的比較，重申了自己的觀點，並認爲「白較元進步」。最後表示「主張自由討論」，「歡迎不同意見」；但如果沒有「堅實的論據」、「精闢的分析」，則不能「使我改變原來看法」，「只好仍然站在原地不動了。」

當月

鍾子芒發表《與工商業者談〈子夜〉》，載 27 日《新聞日報》。云：「在『五四』以來的著名文學作品中，茅盾的《子夜》對上海的工商業

者應該是最親切的。」「《子夜》是工商業者值得一讀的文學作品，它對工商業者有深刻的教育意義」。「讀讀《子夜》從而進一步加強改造自己的決心」。

何家槐發表《讀〈林家舖子〉》，載《長江文藝》五月號。認為「茅盾的《林家舖子》是一個很優秀的現實主義作品。」「雖然只是一個短篇，但內容卻非常豐富」，作品成功地刻劃了林先生、林大娘、林小姐及壽生幾個人物，展示了他們「鮮明的個性」。《林家舖子》「真實地、具體地反映了舊中國小商人的命運，以後也將仍然保持著它的意義和價值」。

日本小西升發表《早期的茅盾——（二）》，載《中國文藝座談會備忘錄》（7）。

本月

蘇聯優秀作家、蘇共中央候補委員、蘇聯作家協會書記法捷耶夫自殺身亡。

毛澤東在最高國務會議上，提出「百花齊放、百家爭鳴」的文學藝術和學術研究的方針。

六月

二日　作《盲從和「起鬨」》（雜感），署名玄珠。載《新觀察》第十二期。現收《茅盾全集》第十七卷。由「盲從」和「起鬨」的關係，談到「現在開始要大力糾正『盲從』了，但尤其要大力譴責『起鬨』！」

同日　作《致孟繁瑤》（書信），載文化藝術出版社版《茅盾書信集》。指出孟來稿雖然「文字通順」、「故事清楚」，但「平舖直敘」，「沒有寫出人物性格」，沒有「表現力」；又云：「寫作沒有秘訣」，「要多讀多寫」。

五日　作《為〈志願軍一日〉而歡呼》（讀後感），載《解放軍文藝》九月號。讚《志願軍一日》的出版，是「進行國際主義、愛國主義教育的生動燦爛的形象教材」，有「英雄人物的生動的形象」和「樸素而真實的聲音」，是風格獨特的紀實文學。

十五日　前往懷仁堂出席第一屆全國人民代表大會開幕式。（16日《人民日報》）

十六日　作《致劉或》（書信），署名沈雁冰。載文化藝術出版社版《茅

盾書信集》。針對業餘作者劉或信中提到的問題，作了簡覆。云：寫作不能「機械地」「配合當前中心工作」；「小說」不能「變成政策的圖解」。

十八日　上午，出席大會，參加分組討論。

同日　下午，出席全體會議。

十九日　下午三時，出席全體會議並發表題爲《文學藝術工作中的關鍵性問題》的發言，認爲「文學藝術工作中的主要問題是質量問題」，「概念化」造成「乾巴巴」；「公式化」造成「千篇一律」；整理民族遺產方面則「清規戒律太多」；認爲「百家爭鳴」「應當允許文藝上有不同派別」；堅決主張作家們對「創作方法」有「選擇自由」，指出文藝批評不能「簡單」、「粗暴」和運用「庸俗社會學觀點」；呼籲代表們「造成新風氣」，「使人人有取精用宏成一家言的抱負。」

二十日　發表《文學藝術工作中的關鍵性問題——在第一屆全國人民代表大會第三次會上的發言》（演講），署名沈雁冰。載《人民日報》。現收《茅盾文藝評論集》。

二十七日　出席並主持文化部舉行的宴會，招待日本亞洲團結委員會文化代表團及日本電影界代表。

同月　作《關於要求培養》（隨筆），署名玄珠，載《新觀察》第十三期，現收《茅盾全集》第十七卷。針對目前許多青年來信中隱瞞眞實情況或不切實際的「要求培養」的風氣，嚴肅指出：必須在「培養」之前先「教育」，「去掉他的浮囂揣摩的習氣，糾正他的依賴思想」，「糾正這股『歪』風」。

同月　出席多次中國作協連續舉行的會議，研究在文學領域內如何貫徹雙百方針。與周揚、老舍、馮雪峰、邵荃麟等作了發言。（7月16日《人民日報》）

當月

高田昭二發表《關於茅盾的〈子夜〉》，載《東京支那學報》（2）。

本月

北京舉行高爾基（1868-1936）逝世二十週年紀念會。

七月

一日　發表《關於田間的詩》（評論），署名玄珠。載《人民日報》。

二日　作《致趙宗藻》（書信），署名沈雁冰。載浙江文藝出版社版《茅盾書簡》。針對中央美術學院華東分院趙宗藻來信中提出的要求，欲瞭解當年譜主與魯迅「給紅軍賀長征勝利電」的「時間」、「地點」、「場合」、「衣服」等情況，遂覆函曰：關於當時的情況「我現在都已經記不起來了」；表示「反對」也「不配」「把我和魯迅畫在一處」；如果趙決定「要用這題材，只畫魯迅一人」。

三日　發表《談『獨立思考』》（隨筆），署名玄珠，載《人民日報》。現載《茅盾全集》第十七卷。認爲「教條主義」、「個人崇拜」是「獨立思考的敵人」；只有「廣博的知識」能「孕育」獨立思考，只有「民主精神」能「哺養」獨立思考，反對「把兒童放在抽出了空氣的玻璃罩內」的「培養方法」。

同日　晚，前往首都劇場出席世界文化名人莫扎特誕生二百週年紀念會，擔任紀念會主席團成員，並致開幕詞。云：「莫扎特之所以成爲古典樂派不朽的大師」，是由於他不僅「創作了形式完美、明朗歡快的曲調，更重要的是表達了法國大革命前夕一般人民的思想感情」。（4 日《人民日報》）

四日　作《致澤榮》（書信），載浙江文藝出版社版《茅盾書簡》。對青年學生澤榮簡覆出生年份及現任職務。

同日　作《致李長祥》（書信），載浙江文藝出版社版《茅盾書簡》。指出李來稿雖是「不算成功」的「小品文」，但「文字相當活潑」，人物「相當生動」，具有「諷刺」、「潑辣」的筆調；希望「時時練習」，「不要染上八股的文風」；進而表示：現在「要寫生活的主方面」，「也可寫非主要的方面，尤其是小品文」。

十日　下午三時，前往機場歡迎尼泊爾訪華文化代表團，並代表文化部致辭：中、尼「友好聯繫可追溯到一千五百多年以前」，這次訪華將會「增進瞭解和傳統友誼」。（11 日《人民日報》）

約上旬　接見了應國際書店邀請訪華的日本出版交流代表團。（12 日《人民日報》）

同旬　連續出席中國作協舉行的多次會議，研究文學領域內如何貫徹雙百方針等問題。（16 日《人民日報》）

十一日　出席了周總理接見阿富汗王國文化代表團團長阿帕爾博士的會談（12 日《人民日報》）

　　同日　中午，出席歡迎尼泊爾文化代表團的宴會，並致辭：贊揚了尼泊爾人民在文化、藝術、哲學方面的偉大貢獻，介紹了中、尼在文化方面的「相互影響」。（同上）

　　十二日　中午，出席並代表文化部舉辦宴會，歡送埃及文化使團團長及夫人。（13 日《人民日報》）

　　十三日　作《致聞震初》（書信），署名沈雁冰。載浙江文藝出版社版《茅盾書簡》。針對青年學生聞震初來信要求譜主「畫一張第比利斯地下印刷所的地點」。遂覆函云……「我不會畫這樣的地圖」，認為讀《第比利斯地下印刷所》，注意體會革命工作的「艱苦」和工作方法的「巧妙」，而不應「舍本求末」「爭論房屋的位置等細節」。告誡中學生要「珍視」「前一代的人們流血流汗換來的」「幸福」生活，「應當努力學習」。

　　十四日　下午，出席毛主席、周總理接見尼訪文化代表團的儀式；並出席了周總理在中南海舉行的招待代表團的酒會，觀看了演出。（15 日《人民日報》）

　　同日　發表《對於「鳴」和「爭」的一點小意見》（隨筆），載《人民日報》。現收《茅盾文藝評論集》。認為學術研究工作者應該「各就其所見，展開自由討論，這叫做『百家爭鳴』」，希望「已經成為『家』的，和尚未『成為家』的都踴躍爭鳴」，另外，希望「凡有所『鳴』，應『言之成理，持之有故』」，要有「嚴肅的責任感」和「實事求是」。

　　十五日　晚，代表文化部設宴歡送阿富汗王國文化代表團。（17 日《人民日報》）

　　同日　作《從「找主題」說起》（短論）。載《人民文學》八月號。現收《茅盾文藝評論集》。認為只有克服「教條主義和片面性」的「病根」，才能認真貫徹「百花齊放，百家爭鳴」的方針。

　　同日　作《致畢成章》（書信），載文化藝術出版社版《茅盾書信集》。對畢的來稿《蘇小小》提了具體意見：認為「寫歷史小說」或「傳說」的主要情節「不能杜撰」，指出來稿「結構上缺少剪裁」，建議寫「最熟悉的生活」。

　　十七日　晚，出席了尼泊爾訪華文化代表團團長巴・夏爾馬舉行的招待會，並致辭：祝賀兩國「中斷了半個世紀的友好關係」「在新的基礎上恢復起來」，希望今後能促進交流和增進傳統友誼。（18 日《人民日報》）

同日　晚，前往天橋劇場，觀看了南斯拉夫藝術團在京的首次演出。演出結束後，與陳毅副總理上台向藝術家祝賀演出成功。（同上）

十八日　作《玫朱洪祥》（書信），署名沈雁冰。載一九八八年三月文化藝術出版社版《茅盾書信集》。鼓勵青年朱洪祥「投入到火熱的鬥爭中去」「體會」和「感受」，不能趨於「幻想」，要克服「消極情緒」。

十九日　傍晚，前往中山公園音樂堂，出席北京文藝界歡迎尼泊爾文化代表團的集會。（20日《人民日報》）

同日　晚，前往南斯拉夫駐華大使館，出席南臨時代辦米里切維奇為南藝術家訪華舉行的晚會。觀看文娛節目後，還參加了舞會。（同上）

二十日　作《揭露矛盾時的「矛盾」》（隨筆），署名玄珠。載《新觀察》第十五期。現收《茅盾文藝評論集》。云：讀者認為作家「沒有干預生活的足夠勇氣」，而作家和編輯是害怕「領導者」讀了「稍稍揭露了矛盾的作品」會「怫然拍案」，責令「必須查究」。

同日　出席紀念世界文化名人倫勃朗（1606～1669）誕生三百五十週年大會。

二十二日　作《致張文英》（書信），署名沈雁冰。載文化藝術出版社版《茅盾書信集》。鼓勵有點「苦悶」的農村青年張文英必須「堅韌不拔」的努力，「反覆琢磨」，才能在文學上「有所長進」。

二十七日　出席並主持中國文聯、中國劇協等單位舉行的蕭伯納誕生一百週年、易卜生逝世五十週年紀念大會，並致辭。

同日　下午，出席對外文協、中國文聯、中國劇協舉行的酒會，歡宴訪問歸來的梅蘭芳和赴港訪問演出歸來的譚富英等。同時歡送即將出國訪問的中國藝術團，並代表舉辦酒會的三團體致辭，預祝中國藝術團在國外訪問演出成功。

同月　發表《祝中國兒童劇院成立》（隨筆），署名沈雁冰。載《戲劇報》第七期。認為中國兒童藝術劇院的成立「是一件令人興奮的、富有意義的大事」；呼籲文藝工作者要「盡一切努力來滿足少年兒童對文化藝術的迫切要求。」；認為「兒童戲劇是一門高深、艱難的學問」、「兒童文藝比任何種類的文藝更要求藝術性和技巧」，「要把豐富的生活內容和深刻的真理，通過最淺顯易懂的有趣的形式表現出來。」

當月

汪承隆發表《茅盾的〈林家舖子〉》，載《語文學習》七月號。認為《林家舖子》是茅盾「描寫農村生活的第一次嘗試」，是「成功的」，「因為它能夠真實地歷史地反映了當時的社會面貌」。並從主題、人物、結構等方面詳細分析，挖掘了作品的「可貴的藝術價值和思想意義」。

十四日　王主玉發表《讀「關於田間的詩」》，載《光明日報》。對玄珠《關於田間的詩》一文中的某些論點進行「商榷」。認為玄珠原文中批評田間「沒有找到得心應手的表現方式」的觀點是「武斷」，是「捨本逐末的誤解」；認為玄珠文中肯定田間抗戰期間詩歌成功在於模仿馬雅科夫斯基的詩創作形式的觀點，是「否定了田間同志自己的巨大勞動」。

二十日　陶陽發表《讀「關於田間的詩」》，載《人民日報》。認為「玄珠先生」「對一切沒有寫好近作的作家身上貼同一個標籤」的批評「是對的」，能「指出田間近年來沒有得心應手的形式，因而經歷著創作上的『危機』」的批評也是對的；但不同意玄珠認為田間模仿馬雅可夫斯基的做法是「十分牽強」的觀點，認為在模仿馬雅可夫斯基方面，別的詩人「在藝術上的完美很少有人超過田間」。

二十日　《人民日報》發表《編者按》，載《人民日報》云：「我們發表玄珠先生的《關於田間的詩》後，陸續收到三十二位讀者的信和稿件。有些同意這篇文章的看法，有的不同意。」「我們認為玄珠先生的文章所反對只是那種不問具體情由一概貼上同樣標籤的文藝批評罷了」。「他所提出的詩人比散文家多一重任務，即是詩的形式創造的問題，恐怕誰都難以否認」。

金雁痕發表《致〈文藝學習〉編輯部》，載《文藝學習》七月號。認為茅盾《關於藝術的技巧》一文中的「有些論點還不能令人信服」：第一：「原文中『沒有一個作家是純然客觀地觀察生活的』這句話，似乎是不妥當的」；第二，認為茅盾文中所用「操縱」一詞是「過分」的；第三，認為玄珠文中以元稹和白居易作品為例來「說明……世界觀影響了作品的技巧」的論點是「不能完全肯定的。」。

B・黎希岑發表《茅盾》，載《外國文學》4 期。

本月

喀麥隆舉行反法武裝起義。

文化部五日至十三日召開全國圖書館會議。

八月

十二日 作《把鬥爭進行到底並在鬥爭中獲得鍛鍊》（隨筆），載《人民文學》九月號。

當月

樂黛雲發表《「春蠶」中農民形象的性格描寫》，載《文藝學習》第八期。認爲：「《春蠶》並不是一般地、自然主義地描寫生活現象，而是選擇了最能夠表現社會矛盾本質的東西」；認爲「《春蠶》中的農民形象顯然不但概括了一部分農民的本質特徵，而且有著鮮明的個性」。作者是「通過人物的具體行動和支配這種行動的思想情緒」、「細節」、「故事」、「人物之間複雜的關係」、「語調」等來刻劃人物的個性。

本月

毛澤東於二十四日與部分音樂工作者談話，主要涉及古爲今用、洋爲中用、推陳出新等問題。

九月

一日 下午，出席授予齊白石世界和平理事會國際和平獎金儀式，代表世界和平理事會國際和平獎金評議委員會向齊白石授獎並致辭。云：向齊白石頒獎的原因「不僅」是他藝術上的「高度成就」，「更重要的是由於他畢生頌揚美麗和平景界、以及人類追求美好生活的善良願望，在全世界得到了共鳴」；讚揚了齊的作品「繼承發展了民族繪畫的傳統」，表達了世界人民心中「優美的感情」。（2日《人民日報》）

四日 作《致〈文藝學習〉編輯部同志》（書信），載《文藝學習》十月號。對《文藝學習》編輯部轉來施宗燦和金雁痕兩人對《關於藝術的技巧》一文的意見，作了回答。一、認爲施宗燦文中的材料「不能說明他的論點，反而自破其論點」，並重申了自己的觀點，即「作家應當使自己對於生活的觀察符合於客觀現實的眞實……，但這並不等於說，具備了共產主義世界觀的

作家就必然能夠達到這個目的」；二、指出金雁痕的來信「表明我們兩人的意見沒有多大分歧」；但不同意金文章中對《太眞外傳》和《長生殿》的分析。指出《太眞外傳》「因襲了女人是『禍水』的陳腐觀念」，而《長生殿》卻「把明皇和貴妃的戀愛寫得那麼眞摯」，故《太眞外傳》「不及《長生殿》之爲大家所喜愛」的原因在於作家具有「不落陳套的觀點」。

六日　作《致魯谷楓》（書信），載浙江文藝出版社版《茅盾書簡》。云：自己的「舊稿無剪存」，也「向來不出論文集」，「無法滿足」對方的「要求」。

七日　作《致兆文鈞》（書信），載浙江文藝出版社版《茅盾書簡》。云關於《詩的起源》的討論稿，可以「直接寄給游國恩同志」先進行「私人通訊討論」，這樣對雙方「都有好處」。

十二日　作《致王飛鵬》（書信），署名沈雁冰。載文化藝術出版社版《茅盾書信集》。指導王飛鵬可讀巴人的《文學論稿》，獲得「初步的文學知識」，還要「多讀文藝作品，多練習寫作」。

二十一日　作《如何更好地向魯迅學習？》（隨筆）。載《文藝月報》十月號。現收《茅盾文藝評論集》。主張「排除任何把魯迅作品『神秘化』、『深奧化』的做法」，「批判庸俗社會學的觀點」。

二十八日　出席中國尼泊爾友好協會舉行的成立大會。

約同月　自何直發表了《現實主義——廣闊的道路》一文後，引起了爭論，在這段時期內，「晚上」把刊載在「國內八種主要文藝刊物上的討論這一問題的文章「陸續都讀過了」，「對於那三十多篇文章的論點，我有同意的，也有不同意的」，作了讀後感。（按：後來將這些「偶有所感」整理成《夜讀偶記》，1958 年 8 月由百花文藝出版社出版）。

當月

Л·艾德林發表《茅盾——〈茅盾選集〉第 1 卷出版》，載九月十一日《文學報》。

Б·羅果夫發表《茅盾》，載《旗幟》7 期。

本月

中國共產黨第八次全國代表大會在京召開。

十月

一日 出席首都各界歡慶國慶大會。

二日 出席文化部舉行的京劇晚會，招待蘇加諾總統等印尼貴賓。（3 日《人民日報》）

九日 上午，前往蘇聯展覽館文化館，出席了埃及藝術展覽會開幕式，並致開幕辭：讚揚了埃及人民「創造了高度輝煌的文化」，展覽會「反映了埃及人民的眞實生活」、「美麗的希望」和「戰鬥精神」，「爲正義的鬥爭」必將取得「支持」和「勝利」。（10 日《人民日報》）

十四日 在上海，出席魯迅遺體遷葬儀式。先到萬國公墓「起靈」，上午九時舉行遷葬儀式，由柯慶施、周揚、許廣平、巴金等十一人扶著靈柩從虹口公園大門向墓地進發。繼巴金報告了遷葬經過後，與許廣平先後致詞。云：「二十年前，我們許多人，都希望把魯迅墳墓改建得和他的崇高人格相稱。現在這願望成爲現實了。」號召學習魯迅精神。

十五日 發表《在魯迅遷葬儀式上的講話》（演講），載《解放日報》。

十六日 作《研究魯迅、學習魯迅──魯迅逝世二十週年紀念報告會開幕詞》（演講），載 22 日《人民日報》。

十九日 前往北京政協禮堂，出席魯迅逝世二十週年紀念大會，並作報告。

同日 發表《〈魯迅──從革命民主主義到共產主義〉──魯迅逝世二十週年紀念大會上的報告》（演講），載《文藝報》第二十期附冊，現收《茅盾文藝評論集》。全文通過對魯迅的創作和革命實踐的具體分析，深刻地論述了魯迅作爲中國偉大的文化先驅者的思想和文學發展道路。並在肯定近幾年來魯迅研究取得成績的前提下，指出要警惕研究工作存在的教條主義傾向。號召要繼承發揚魯迅精神，爲人類的文化繁榮作貢獻。（20 日《人民日報》）

二十日 晚，出席了電影晚會，觀看了《祝福》。

二十一日 出席並主持紀念魯迅逝世二十週年報告會，並致開幕詞。（22 日《人民日報》）

同日 晚，與郭沫若、周揚共同宴請前來參加魯迅逝世二十週年紀念活動的各國作家。（22 日《人民日報》）

二十三日　晚，舉行宴會歡迎朝鮮民族藝術劇團全體人員。

同日　作《致胡興桃、葉子銘》（書信），載文化藝術出版社版《茅盾書信集》。簡覆胡、葉來信中問及創作之事，云：「我寫過的東西，並無單子」，認爲除了在開明書店出版的書以外，其它「不很重要」；二、「從來沒出過論文集，我也不留底稿或剪報」；三、「你們的論文題目」「我是沒有發言權的」。

二十五日　晚，設宴招待前來參加魯迅逝世二十週年紀念活動的印度、危地馬拉和德國作家（因交通不便，在紀念大會結束後才到達），並致詞：希望通過互相「接觸」，增進「瞭解」和「友誼」。（26日《人民日報》）

二十六日　出席晚會，觀看朝鮮民族藝術團的演出。

二十八日　晚，出席並主持宴會，招待蘇聯馬戲團的全體人員，並致辭：代表文化部和我國文藝界「歡迎」馬戲團藝術家們，演出「不僅豐富了我國人民的文化生活，也對我國雜技藝術的提高起促進作用」。（29日《人民日報》）

同月　作《致胡廣達》（書信），載孫中田、周明編《茅盾書信集》，1988年3月文化藝術出版社出版。云：胡的「故事」「很使我感動」；認爲「寫出來，有教育意義」。建議「先讀些小說，學點人物描寫的技巧」，提高寫作能力，而不要想「馬上成功，限期完成」。

同月　出版《憶魯迅》（與巴金等著），人民文學出版社出版。

當月

《文藝月報》繼續發表《〈關於藝術的技巧〉的通信》，載《文藝月報》九月號。有茅盾《致〈文藝月報〉編輯部》；有金雁痕和施宗燦的信。

施宗燦信中表示：認爲金雁痕刊於《文藝月報》第7期信中的觀點是「正確」的；同意「沒有一個作家是在純然客觀地觀察生活的」，文末卻又認爲「我以爲作家是需要純然客觀地觀察生活的。」

金雁痕信中表示「現在我還不同意茅盾先生所說『這種屬於技巧範圍的本領不可能是游離自在的』這一論點」。並引用《楊太眞外傳》和《長生殿》等進行比較，說明「藝術技巧在很大程度是與作家的世界觀聯繫著的，但卻不是絕對分不開的」，可「依賴」作家世界觀，又可在「藝術實踐」中「求得」。

本月

布達佩斯發生「匈牙利事件」，納吉·伊雷姆出任匈牙利總理。

《文匯報》在上海復刊。

十一月

二日 作《我們全力支持埃及人民的鬥爭》（短論），載《人民文學》十一月號增頁，現收《茅盾全集》第十七卷。云：爲英、法的海軍進攻埃及而「憤怒」，譴責了侵略者的「卑鄙」、「毒辣」；中國人民的經驗證明「帝國主義是紙老虎」，全力支持埃及人民的正義鬥爭！

三日 出席首都四十多萬人大示威，支持埃及反抗英法侵略，並發表演說：表示「憎恨」英法帝國主義對埃及的「侵略」，「堅決反對」這種「破壞世界和平的行爲」；「全力支持」「埃及人民」和「文藝界」的鬥爭。

同日 作《致陳端杰》（書信），署名沈雁冰。載文化藝術出版社版《茅盾書信集》。針對陳信中表示「立志」從事文學創作，遂覆函曰「不要太感情衝動」，不要「急於」「立志」，要安心學習。

四日 發表《在首都各界人民支持埃及反抗英法侵略大會上的講話》（演講），載《人民日報》。

五日 出席全國文聯舉行的主席團擴大會議，就改進工作，促進文藝創作繁榮交換意見。（6日《人民日報》）

十日 作《致馬煥敏》（書信），署名沈雁冰。載文化藝術出版社版《茅盾書信集》。建議「喜歡文字」的馬煥敏，製定一到二年的「閱讀計劃」。

約上旬 請散文家楊朔轉告張畢來，可參看將要在新德里召開的亞洲作家代表大會上茅盾的講話，寫一部分「全面地介紹當前我國的文學情況」。後張與茅盾「商量好了」，茅盾「說了他的看法」，由張執筆，「文章的主要內容和根本觀點誠然是茅盾和我共同的」（按：五十年代末「拔白旗」運動時，大字報也批判這個報告是「白旗」。主要指文中的兩處：「我們的文學情況仍然是不能令人滿意的」，「這一切，同文學理論批評和創作方法上的教條主義的傾向是有關係的」）（張畢來《回憶與茅盾同志有關的幾件事》，載《貴州社會科學》1981年第4期）

十一日 前往政協禮堂出席紀念孫中山誕辰九十週年紀念大會，並列名於紀念大會主席團成員。會後觀看了電影《偉大的孫中山》。（12日《人民日報》）

同日　下午一時半，出席孫中山誕辰九十週年紀念籌備委員會招待各國外賓的酒會。

同日　列名於中國人民支持埃及反抗侵略委員會委員（共 167 人）和常務委員（39 人），出席第一次全體會議。

同日　作《致胡興桃》（書信），載浙江文藝出版社版《茅盾書簡》。針對胡在畢業論文中涉及到譜主舊作的某些觀點，遂覆函云：「不同意」「正派人物沒有缺點，反派人物一無是處」的觀點；認為《官艙裏》這篇舊作「算小說」或「不算小說」都沒關係，因為「不大贊成」「學院派」所定的，關於小說的「規格」。

十二日　上午九時四十分，和首都各界人士齊往碧雲寺參謁孫中山紀念堂。（13 日《人民日報》）

十三日　作《致艾・馬爾滋》（書信），載《世界文學》一九九六年第三期。對美國著名作家馬爾茲在九月二十一日來信中給予《春蠶集》的「很高的評價」表示「感謝」，認為這是「對於我的鼓勵⋯⋯鞭策」；又云「幾年來，對於社會主義現實主義的理論或解釋，有一些是存在著簡單化和教條主義的毛病的；有時甚至不能自圓其說。⋯⋯我個人意見，以為這個術語既然用了許多年了，也不似廢掉，重要的倒是停止那些對於這一術語的簡單化的因而也是錯誤的解釋。而需要考慮到現實主義的歷史發展和馬克思主義者的現實主義的特點，重新給它一個更好的解釋和更圓滿的理論。

同日　作《致陳冰夷》（書信），署名雁冰。載《世界文學》一九九六年第三期。對《譯文》副主編陳冰夷說：「馬爾茲的來信⋯⋯我認為不宜給《外國文學情況》發表；因為，⋯⋯一則這是談中國的一些小說；⋯⋯二則把我誇獎得過分了。」

十六日　出席全國人大常委會第五十一次會議和全國政協常委會第三十一次會議舉行的聯席會議。

二十七日　晚，代表文化部設宴招待南斯拉夫第一個訪華電影代表團，並致辭。云：南斯拉夫電影「有著豐富的思想內容及藝術特點」；希望這些「讓中國觀眾高興」的電影，「對兩國人民的友誼和共同事業作出貢獻」。（28 日《人民日報》）

同日　作《致葉子銘》（書信），署名沈雁冰。載文化藝術出版社版《茅

盾書信集》。就葉子銘來信中關於茅盾生平及創作的五個問題，逐條作了修定和補充。

二十八日 晚，宴請埃及文化專員巴德朗，致歡迎辭。云：中埃的「文化交流從遠古以來就有了，西方文化曙光首先來自尼羅河，在東方，首先來自黃河流域」；中埃人民同時進行過反侵略鬥爭，所以不僅是「朋友」，還是「兄弟」。（29 日《人民日報》）

當月

王積賢發表《茅盾的〈子夜〉》，載《文學研究集刊》第四冊。認為「《子夜》是一部大規模地反映了當時的社會生活的長篇小說，一部在現代文學的歷史上佔有顯著地位的作品」。《子夜》在總體上反映了茅盾「思想和藝術上的進展」，刻劃了「有魄力、有手腕，以全副精力進行著企業活動」、「振興民族工業」的主人公吳蓀甫，以及充分展示他「本身在經濟上、政治上的先天不足，而隨時遭到帝國主義的打擊和排擠」的必然性；作品還刻劃了許多人物，體現出茅盾「描繪人物的優異的才能」，以及「廣泛地描寫社會生活」的功力。

樊駿發表《茅盾的〈蝕〉和〈虹〉》，載《文學研究集刊》第四冊。認為「《蝕》由《幻滅》、《動搖》、《追求》三個中篇組成」，「合起來又是一個完整的統一體」；小說細緻地描寫了小資產階級知識分子「反抗現實」但「往往有不少和革命不相符合甚至對立的東西」，小說中的「人物具有一定的歷史真實性，……具有豐富的時代色彩和生活氣息」，同時指出《蝕》流露出作者的「悲觀情緒」。

認為《虹》「體現出來的是茅盾對於知識分子正確道路的認識和肯定」，「在克服悲觀消沉的情緒、開始反映現實中的肯定因素等方面……都是茅盾創作中一個可喜的進步」。

劉柏青發表《〈子夜〉的成就》，載《東北人大學報》第四期。

本月

周恩來總理十八日起訪問亞、歐十一國。

毛澤東在中共八屆二中全會上講話，批判赫魯曉夫為首的蘇共領導把列寧和斯大林這兩把「刀子」丟掉了。

十二月

約月初　接由《人民日報》轉來的業餘作者的信。獲悉該作者因短篇小說《馬老大夫》投稿後到處碰壁」，信中對編輯的退稿而「不說明理由」的作法「表示抗議」，並在信中指責編輯部的「官僚主義作風和崇拜權威」。

八日　作《致一個餘業作者》（書信），載《文藝學習》第十二期，對這位業餘作者在信中「指責」的事，作了答覆。表示「同情」對方屢遭退稿的「苦悶」，並實事求是地說明了編輯既要每天「閱讀大量的來稿」而又不能「擴大編制」；既沒有「讀書讀報提高自己業務能力的時間」又要「受到各方面的責備」、「漫罵」的實際情況。

十二日　作《漫談編輯工作》（隨筆），署名玄珠。載《文藝月報》一九五七年一月號。現收《茅盾文藝評論集》。從實際出發談編輯工作的「快樂」和「煩惱」。

同日　發表《文藝雜談》（隨筆），署名玄珠。載《文藝月報》一九五七年一月號。

十三日　出席文化部召開的全國文化局長會議，並講話。

十四日　作《致瑪莎·米勒》（書信），載《世界文學》一九九六年第三期。告之美國黑人女詩人瑪莎·米勒，她的詩集《米列詩選》將由我國新文藝出版社出版。詩作《密西西比》將在《譯文》上發表。

十七日　偕周揚、老舍、葉聖陶乘飛機離京赴印度。

二十三日　在新德里出席亞非作家代表會議。

二十五日　發表《進一步加強中德文化合作——爲慶祝中德友好合作條約簽訂一週年而作》（隨筆），載《人民日報》。

二十九日　亞非作家代表會議結束，率中國代表團回國。

同月　經全國作協主席團會議通過，擔任改組後的作協書記處第一書記。

當月

日本高田昭一發表《茅盾的小說（二）》，載《岡山大學法國文學系學術紀要》（7）。

日本飯田吉朗發表《關於茅盾的創作》，載《中國文化研究會會報》

〔東京文理科大學〕（6）

本月

日本加入聯合國。

《文藝報》發表鍾惦棐的《電影的鑼鼓》。

同年

獲悉《春蠶集》用英、法、西、阿拉伯四種文字由北京外文出版社編選出版。

獲悉俄文版《茅盾文集》第一卷由莫斯科國家文藝出版社出版。尼·特·費德林譯。

獲悉俄文版《茅盾選集》（三卷本）由莫斯科文藝出版社出版。

作《張元濟九十壽辰祝辭》（祝辭），署名沈雁冰。（按：此標題係《茅盾全集》編者所加）現據手稿收入《茅盾全集》第十七卷。稱頌菊生（即張元濟先生）先生「創辦商務印書館」對中國的「文化事業」、「出版事業」，「介紹西洋的科學、文學，在保存和傳播中國古典文學和其它學術著作方面」的「重大貢獻」。

同年　茅盾的表叔盧學溥先生逝世於上海公寓中。（鍾桂松《茅盾文學道路上一個不可忽視的人物——茅盾與盧學溥的交往》，載《茅盾研究》第 2 輯）

當年

萬曼發表《茅盾的生活和創作》，載一九五六年湖北人民出版社出版《現代作品選講》。

張靜盧發表《茅盾先生著譯目錄》，載一九五六年版《中國現代出版史料》丙編。

張畢來發表《春蠶》，載人民教育出版社出版《初中文學教學參考書》。

萬曼發表《春蠶》，載湖北人民出版社出版《現代作品選講》。

張畢來發表《白楊禮讚》，載人民教育出版社出版《初中文學教學參考書》。

張畢來發表《〈當舖前〉》（出處同上）。

　　丁易發表《沙汀和茅盾的小說》，載作家出版社出版《中國現代文學史略》第九章第三節。

　　丁易發表《茅盾的文學創作》，載作家出版社出版《中國現代文學史略》第九章第一節。

　　丁易發表《革命文學巨著──〈子夜〉》，載作家出版社出版《中國現代文學史略》。認爲「茅盾的《子夜》是一部革命文學巨著」，作品從思想意義上「顯示了左聯的業績」，通過「巨大、矛盾、複雜、繁多的人物事件」把「大規模地描寫中國社會現象的企圖」表現出來；另外從藝術上來說「很成功地寫出了一些具有歷史意義的人物」，「這是作者對中國現代文學的一個貢獻」，儘管還有一些「概念化」的地方，但對《子夜》的成就來說，僅是「白圭之玷」，《子夜》仍然是「中國現代文學史」的巨著。

　　符家欽、廖旭和發表《英、法、西、阿拉文版〈春蠶集〉序言》，載北京外文出版社版《春蠶集》。評介了收於集中的十三篇作品，茅盾生平及創作道路。指出「茅盾是 1919 年『五四』新文學運動以來傑出的革命現實主義作家」，這十三篇作品「以圓熟的技巧，細膩的筆觸，眞實地生動地反映出了 30 年代的中國歷史社會。」

　　蘇聯尼·特·費德林發表《茅盾》，載俄文版《茅盾文集》第一卷，莫斯科國家文藝出版社版。評介了茅盾的創作道路及作品後指出：茅盾是「屬於中國老一輩最富有才華的作家之列」，是魯迅的「戰友」，多年來「與之攜手並肩，致力於中國現實主義文學的創建」並成爲「中國的語言藝術家、最富有才賦的現實主義藝術大師之一。」（據王富仁譯文摘錄）

　　Ｈ·Ｔ·費德林發表《茅盾》，莫斯科知識出版社版。

　　Ｈ·Ｔ·費德林發表《中國文學》，莫斯科國家文藝出版社版。全書七百三十頁，茅盾專章爲三十三頁。

一九五七年（六十二歲）

一月

一日　出席元旦團拜活動。

十日　作《致林其禎》（書信），載文化藝術出版社版《茅盾書信集》。此係一封退稿信。指出「最大的毛病是主題思想不明確」，另外，「字跡實在太潦草」；建議多看優秀作品，學會用「簡練的筆墨」，「把握寫小說的基本功夫」。

十八日　從印度返回北京。

二十日　作《致趙珠》（書信），載文化藝術出版社版《茅盾書信集》。此係一封退稿信。指出來稿雖較有「想像力」，但詞匯貧乏，句子「贅疣」，建議多讀「前人的傑作」和「修辭」「作文」的書。

二十一日　出席全國政協第三十三次常委會。

二十五日　上午，接見國際著名電影藝術家、國際和平獎金獲得者荷蘭約里斯、伊文思先生和夫人。

三十一日　作《致李波》（書信），載文化藝術出版社版《茅盾書信集》。指出李波來稿中的缺點：「缺乏想像力」，「沒有藝術『味兒』」，建議「多寫自己熟悉的生活」。

同月　蘇聯將出版一百種中國書籍，《茅盾作品選集》（附照片）已出版。（12 日《人民日報》）

當月

宋漢濯發表《談談茅盾的〈子夜〉》，載《西北大學學報》第一期。認為 1919 年新文學運動開始，到抗戰爆發的二十年中，「就新文學創作的成就說，魯迅的《阿Q正傳》之後，要算茅盾的《子夜》了」；「現在看來，《子夜》的主題思想還是正確的」，「《子夜》的鮮明的單純性、以及豐富的故事性與行動性，形成了它強烈的藝術魔力」，雖然，作者對工人群眾、革命者不太熟悉，並以「『性的苦悶』在人物描寫上佔了重要成分」，但「畢竟其優點是主要的」。

本月

　　陳其通等四人在十七日《人民日報》發表《我們對目前文藝工作的幾點意見》。

二月

　　一日　作《致鄒蘭義》（書信），署名沈雁冰。載 1988 年 3 月文化藝術出版社版《茅盾書信集》。肯定了《處女地》編輯部對鄒退稿的意見是「正確」的，建議「多寫」、「多讀」，提高寫作和欣賞能力。

　　八日　作《致徐正華》（書信），載文化藝術出版社版《茅盾書信集》。云：來稿並非「文學創作」，但「不要恢心」，也不要「到處去投稿」，要「提高使用文字的本事」。

　　九日　作《致單演義》（書信），載百花文藝出版社版《茅盾書信集》。云「來信及附件均悉，你從許多資料中摘取魯迅先生和我有關的事情，大致都還正確」，「缺點是零零碎碎，都是些瑣事。沒有對於文學運動某些問題的討論」；又云因「不記日記」，「若干細節」記不起了，「也沒有什麼可以添補」。

　　十六日　下午二時半，在寓所與鄭振鐸等開碰頭會，四時許，文化部副部長錢俊瑞到寓所，「傳達毛主席」談話，「有關百家爭鳴」等內容。（陳福康：《鄭振鐸年譜》）

　　二十日　《致朱雄夫》（書信），署名沈雁冰。載文化藝術出版社版《茅盾書信集》，告之青年學生朱雄夫要「先讀中國古典文學作品」，還要「讀歷史」、「自然科學」等，具備「相當多的常識」，才能「欣賞、瞭解、分析作品」。

　　二十一日　出席中國羅馬尼亞文化合作協定一九五七年執行計劃簽字儀式，並代表文化部簽字。（22 日《人民日報》）

　　同日　作《致葉子銘》（書信），載文化藝術出版社版《茅盾書信集》。針對葉寄來的《茅盾的著作與研究資料目錄》，表示「不能補充什麼」，「現在我也沒有興趣去炒那些『冷飯』」；「我覺得我的一些論文都是『趕任務』的，理論水平不高，沒有編集子和出單行本的必要」。

　　二十六日　作《致 E・舒馬赫》（書信），載浙江文藝出版社版《茅盾書簡》。收到德國作家 E・舒馬赫的信及照片，遂覆函曰：「看了來信和照片」，

「溫習了去年夏天」「愉快而有益的談話」，感到快樂。

二十七日　出席最高國務會議第十一次擴大會，聽取毛澤東主席作《關於正確處理人民內部矛盾的問題》的報告。

當月

日本高田昭二發表《茅盾和自然主義──以左拉為中心》，載《東洋文化》第 23 號。從茅盾的小說及有關論文和左拉的自然主義創作理論進行比較研究，指出「茅盾是中國文壇上唯一再現左拉及自然主義的作風的作家」。（據何少賢譯文摘錄）

本月

蘇加諾宣佈在印度尼西亞，將以一種互助制度替西方民主。

《曲藝》雜誌創刊。

三月

一日　繼續出席最高國務會議第十一次擴大會議。討論《關於正確處理人民內部矛盾的問題》。

同日　作《致陳泯》（書信），載浙江文藝出版社版《茅盾書簡》。針對陳泯打算把《虹》改編為電影劇本一事，覆函表示：「對於《虹》，我自己很不滿意」，「不值得」「改編」；另外，如陳已著手編，則表示「對來信中所提的問題不參加意見」，因為「改編」「是一種再創造」，可以「發揮創造力」。

二日　出席全國政協第二屆全委會第三次會議預備會議。

三日　前往吊唁葉聖陶夫人胡墨林。

五日　是日起出席全國政協第二屆全委會第三次會議。會議二十日結束。

八日　作《致陳冰夷》（書信），署名雁冰，載浙江文藝出版社版《茅盾書簡》。囑陳安排打印德文信。

十日　陪同周恩來總理與捷克總理晤談。（11 日《人民日報》）

同日　出席周恩來舉辦的宴會，招待捷總理西羅基。

同日　晚，偕文化部副部長夏衍接見日本電影界訪華代表團。（12 日《人民日報》）

十一日　作《致白華》（書信），署名沈雁冰。載文化藝術出版社版《茅盾書信集》。談「自己的經驗」，閱讀時「摸索書中的意義」，旨在「辨味」和「欣賞」；「用像小說上描寫的筆調」，「練習寫作，記日記」。

十二日　陪同周恩來總理與捷總理西羅基進行第二輪晤談。（13 日《人民日報》）

同日　晚，出席文化部舉辦的歌舞晚會，招待捷政府代表團。

十八日　發表《貫徹「百花齊放、百家爭鳴」反對教條主義和小資產階級思想》（論文），載《人民日報》。現收《茅盾文藝評論集》。認為「雙百」方針提出已有八個月了，但「『放』和『鳴』還是未見大暢」，進而指出，目前文學批評出現了「色情氣味相當嚴重的作品」，也指出陳其通等四人在《我們對目前文藝工作的幾點意見》一文中的觀點是「教條主義的」，是「一瓢冷水」，從而提出認真學習《講話》，反對教條主義，反對右傾思想。

十九日　作《雜談短篇小說》（短論），載五月五日《文藝報》（周刊）第五期。現收《茅盾文藝評論集》。云：「短篇小說不短的問題，由來已久」，本文從短篇小說的篇幅，取材以及發展概況等三方面作了闡述。著重指出了「短篇小說取材於生活的片斷，而這片斷不但提出了一個普遍性的問題，並且使讀者由此一片聯想到其它的生活問題，引起了反覆的深思。」

二十日　出席全國政協第二屆全委會第三次會議閉幕式。

同日　出席全國文聯主席團擴大會議，討論召開第三次文代會的有關事宜。

二十五日　作《致樊榮華》（書信），署名沈雁冰。載文化藝術出版社版《茅盾書信集》。勸導青年學生樊榮華，先不必「立志做文學家」，「首先要學好專業」，「業餘時間看文藝書，練習寫作」。

二十七日　下午六時二十分，出席中捷友好合作條約的簽字儀式，並在中捷文化合作協定上簽字。（28 日《人民日報》）

同日　出席首都各界歡送捷總理西羅基大會。

同日　晚，前往天橋劇場，出席並主持紀念俄羅斯作曲家格林卡逝世一百週年集會，並致詞。云：「格林卡的音樂作品是全世界人民寶貴的精神食糧」，紀念活動表達了「對格林卡的熱愛」，對各國的「文化傳統」的「尊重

和熱愛。」（28日《人民日報》）

同日　晚，出席由朱德副主席、周恩來總理舉行的宴會，歡送捷總理西羅基。

二十八日　前往機場，歡送捷總理西羅基。

二十九日　晚，前往政協禮堂觀看印度舞蹈家卡瑪拉·西曼拉克姐妹的首場演出。（30日《人民日報》）

三十一日　出席全國人民代表大會常委擴大會議。

當月

吉蒂發表《茅盾的〈當舖前〉》，載《語文學習》三月號。

本月

匈牙利總理卡達爾與蘇聯簽署協定，規定蘇聯對匈牙利提供經濟援助，蘇軍繼續留駐匈牙利。

文學研究所編輯的刊物《文學研究》創刊。

四月

二日　接見瑞士日內瓦教授安·巴貝爾和亨·齊格萊。

三日　出席印度駐華大使為印度著名舞蹈家卡瑪拉·希拉克曼訪華演出的盛大酒會。

同日　作《致李存泰》（書信），載文化藝術出版社版《茅盾書信集》。表示「實在無法」將李寄來的長篇看完；建議對方「努力先把文字弄通」，提高寫作水平。

五日　出席周恩來總理舉行的宴會，歡送印度著名舞蹈家卡瑪拉·希拉克曼姐妹等一行。並在酒會前觀看了她們的告別演出。（6日《人民日報》）

七日　前往機場歡迎波蘭政府代表團。

八日　晚，出席了文化部舉辦的京劇晚會，歡迎波蘭部長會議主席西倫凱維茲主席。周恩來，賀龍等均出席。

同日　作《致顏廷德》（書信），載文化藝術出版社版《茅盾書信集》。直接指出來稿「毫無選擇地把你所想到的、看到的，統統寫下來，這是小說的大忌」。

九日　出席首都各界歡迎波蘭政府代表團大會。

同日　出席周恩來總理和波蘭總理的晤談會，參加周總理舉行的招待會，歡宴波蘭政府代表團。

同日　出席波蘭政府代表團舉行的答謝宴會。

十一日　出席中國、波蘭兩國政府聯合聲明的簽字儀式。（12 日《人民日報》）

同日　出席文化部隆重舉行的「1949 年～1955 年優秀影片授獎大會」，並發表講話，肯定新中國「建立七年來」「電影事業獲得了很大的成績」，「發揮了最偉大的教育作用」，應該「獎勵」；指出了仍存在著「嚴重缺點」，「產量」、「質量」均不夠高；總結了產生這些問題的原因是「藝術上存在著公式化、概念化」、「管理過於集中，行政干涉過多，教條主義的影響，創作人員脫離生活等」。（12 日《人民日報》）

同日　作《致柴爾尼雪夫》（書信），載浙江文藝出版社版《茅盾書簡》。云：因「身體不好」、「力不從心」，「不能應命」為「『五一節』紀念」撰文。

十二日　發表《在 1949～1955 年優秀影片授獎大會上的講話》（演講），署名沈雁冰。載《人民日報》。

十四日　發表《關於創作規劃及其他——在中國作家協會創作規劃座談會上的結束語》（演講），載《文藝報》（周刊）第一期。

同日　作《在已有的基礎上繼續努力》（文論）。載《人民文學》五、六月合刊。現收《茅盾文藝評論集》。認為毛澤東《在延安文藝座談會上的講話》，「是馬克思主義的普遍真理和我國的具體情況相結合的」「範例」，《講話》的指示的原則，不但在今天，即使在今後，也是我們必須遵循的。

十五日　作《致張光年》（書信），署名玄珠。載《文藝報》（周刊）第三期。認為改版後的《文藝報》「比試版好多了」，但有「誤植」數處，建議「校對還須改進」；對第一期刊出的《談紙》一文中涉及的史實，提出了兩條具體的修改「小意見」。

同日　與毛澤東等黨和國家領導人前往機場迎接蘇聯最高蘇維埃主席伏羅希洛夫。（16 日《人民日報》）

十六日　出席毛澤東主席舉辦的歡迎宴會，招待伏羅希洛夫一行。

十七日　出席歡迎伏羅希洛夫的盛大宴會。

十八日　出席首都各界歡迎伏羅希洛夫大會。

二十日　出席北京文藝報刊編輯座談會第一次會議，並就若干問題表達了自己的觀點：認為目前主要是「克服教條主義和宗派主義」，而這種批判的「顧慮」在於「教條主義常和某些『領導思想』有關」；認為「要求先鑒別了香花毒草之後才『放』，就是『半開門』，而不是『大開門』」，「我看還是大開了再說」；認為編輯工作「對原稿的修改是必要的，修改要商得作者同意」。（22日《人民日報》）

同日　晚，前往劇場聽哈薩克斯坦民間樂團首次演出。音樂會結束後，與章漢夫、賀綠汀等上台向演員祝賀演出成功。（21日《人民日報》）

約中旬　接浙江桐鄉縣「文學藝術愛好者聯誼會」信，獲悉該會要求題詞。遂「很高興」地答應了，題辭為：「努力學習，貫徹百花齊放，百家爭鳴——敬祝桐鄉文藝創刊」。

二十四日　作《致桐鄉縣文學藝術愛好者聯誼會》（書信），載百花文藝出版社版《茅盾書信集》。云：「我很高興聽到你會的成立和《桐鄉文藝》將要創刊。」「相信」該刊「能逐步提高業餘文藝愛好者的興趣和寫作水平。」

同日　作《致李東海》（書信），署名沈雁冰。載文化藝術出版社版《茅盾書信集》。云：「費了很大勁」才讀完李東海「字跡太遼草」的信。認為「練習寫作，不是一朝一夕所能奏效」，要「一面讀，一面練習寫，日子久了，就會有進步。」

同日　作《致程術安》（書信），署名沈雁冰。載文化藝術出版社版《茅盾書信集》。指出對方信中「極潦草」的、「自己創造的只有自己認識的草體字」是「寫作態度不嚴肅」的表現；建議多讀作品和巴人的《文學論稿》。

二十六日　出席中國人民保衛世界和平委員會擴大會議。

同日　作《致郝登岳》（書信），載浙江文藝出版社版《茅盾書簡》。云：「感謝你所提的意見。作為一個作家，當別人對他的作品提意見時，他是一例感謝而且誠懇地記下來的。不過，他自己不一定要發表意見。文學描寫這件事，各人各歡喜，未易一言而定也」。

二十八日　發表《創造出更多更好的社會主義的民族新電影——文化

部，沈雁冰部長在優秀影片授獎大會上的講話》（演講）。載《中國電影》第四期。

二十九日　作《致襲劍》（書信），載浙江文藝出版社版《茅盾書簡》。云：「你要找一份我的文章的目錄」，「可以和南京大學中文系現代文學教研組聯繫。」

同日　下午，接見英國文化代表團。

三十日　出席中國作家協會書記處召開的北京文學期刊編輯座談會，並講話。

同月　因身體不好「經常只工作半天，而仍然不能支持」。（《致柴爾尼雪夫》）

當月

方白發表《〈春蠶〉中的幾個人物》，載《語文學習》第四期。分析了「勤儉忠厚」但又用「懷疑眼光看待周圍一切」的「過了時」的保守的老通寶，以及「善良、勤勞」、「爽直」而「頭腦簡單」的四大娘等老一代農民的性格；又分析了「樂觀」、「單純……愛勞動」、「沒什麼憂愁」的阿多這一類「新的一代」農民性格，還分析了荷花「受人歧視」，但對「命運並不屈服」的農村年輕婦女的潑辣性格。

金申熊發表《略論〈子夜〉》，載《新建設》四月號。指出《子夜》是「緊緊配合著革命任務的一部具有重大意義的作品」，「《子夜》是以一部藝術作品」參與了當時「正進行著的規模浩大的關於中國社會性質問題的論戰」。全書「有層次」地刻劃了許多生動的人物形象，「在運用語言上有很高的技巧」。但是在創作上還存在一些「理論分析的痕迹」，不失為一大「缺陷」；另外，在「主要人物的發展和聯繫」方面，「具有真實的生活基礎」，而次要人物的發展和聯繫則「依靠了概念來制定了」。

樂黛雲發表《茅盾的短篇小說〈林家舖子〉》，載《文藝學習》第四期。認為「《林家舖子》是一個優秀的短篇，它的最基本的成功之處正在於它的內容與短篇的形式是相稱的、恰當的」，分析了作品在題材選擇方面的「精鍊、突出、清晰」，在人物刻劃上，善於給人物「配置」「逆境」，讓人物「內心的各方面都曝露無餘」的才能等等。

公蘭谷發表《〈子夜〉分析》，載《現代作品論集》，中國青年出版社

出版。認為《子夜》的價值和成就體現在四個方面，一，「題材的宏大與廣闊」；二，「成功地寫出了工業資本家和買辦資本家吳蓀甫和趙伯韜等的形象」；三，作者是「站在革命的無產階級立場」來寫這部作品的；四，表現手法方面的優點是「筆力宏偉和善於寫群眾場面」。

本月

中共中央二十七日發出《關於整風運動的指示》。

五月

二日　作《致郭小川》（書信），署名雁冰。載浙江文藝出版社版《茅盾書簡》。云：「蘇聯《文化與生活》約我寫紀念十月革命四十週年的稿子，我覺得這樣的應景文章很難寫。但不寫也不好」，另外「蘇聯朋友徵文的方式也很呆板」。遂提議「組織三四人」「每人各寫一段（長短不拘），一總送去，也顯得熱鬧一點」，「而且……文章也可在我們的刊物上發表，在紀念十月革命四十週年的時候」。

三日　作《致蕭波、張越》（書信），載浙江文藝出版社版《茅盾書簡》。云：「我本人不以為《子夜》值得改編為電影，因此，對於來信中的那些改編上的問題，恕我不提意見。」

六日　出席中國作家協會書記處召開的北京文學期刊編輯座談會，並講話。（9日《人民日報》）

八日　發表《在4月30日、5月6日中國作家協會書記處召開的北京文學期刊編輯座談會上的發言》（摘要）（演講）。載《人民日報》。

十日　發表《在中國作家協會書記處召開的北京文學期刊編輯座談會上的結束語》，載《人民日報》。指出要貫徹「雙百」方針，才能辦好文學刊物。

十四日　出席北京中國畫院成立大會，與周恩來、郭沫若、周揚等前往，並致祝詞。云：「中國畫院的成立是中國畫家們自強不息，拿出貨色為人民服務的結果，是和教條主義宗派主義鬥爭的結果。」希望「永遠保持這個傳統」。

十五日　發表《中國國畫院成立祝詞》（演講），署名沈雁冰。載《人民日報》，現收《茅盾文藝評論集》。

同日　作《致寒紹梅》（書信），署名沈雁冰。載文化藝術出版社版《茅盾書信集》。云：「水平低的作品是廢品或次品」，編輯部有權不出版；爲了貫徹「雙百」方針，要求「採用水平高的作品」；建議對方將詩稿寄《詩刊》，由編輯部決定。

十七日　發表《關於〈世界短篇小說大系〉體例問題的信》（書信），載《人民日報》。

十八日　作《毛主席〈在延安文藝座談會上的講話〉發表十五週年紀念會上的發言》（演講），載二十三日《人民日報》。

二十日　發表《在編輯工作座談會上的發言》（演講），載《作家通訊》第一期。現收《茅盾文藝評論集》。「根據各編輯部提出的問題，談談個人的意見」；認爲《文藝報》目前應把「反對教條主義」看得「重一點」；提出應把「雜文」「當作一種花」而不要「當作一朵花」，這樣就能有不同的「色彩」和風格；認爲「小品文」、「雜文」都是「很短的文章，」不能具體地要求它們每篇能通過「批評」立刻達到「團結」的目的，而只能從「整體上」來看，對於翻譯外國文學作品，認爲要「不以人廢言」，要考慮作品的藝術性；刊物不必根據新老作家來選登稿子，而要「先看它是否有藝術性」，「是否言之成理」；認爲「詩可以有時代感，也可以沒有時代感，如果強求時代感，又可能陷到公式化、概念化中去」；最後談到編輯工作要「任勞任怨」，要「謙虛」，但不要「自卑」，對「蠻不講理的」「投稿人」，也要敢「批評」。

中旬　陸續出席中國作家協會黨組召開的黨外作家座談會有關問題的討論，並發言。座談會至六月上旬結束。

二十一日　出席中國人民保衛世界和平委員會常委擴大會。

二十三日　出席中國科學院學部委員會第二次全體會議開幕式。

同日　出席首都各界紀念毛澤東主席《在延安文藝座談會上的講話》發表十五週年大會，並發言。

三十日　出席中國科學院學部委員會第二次全體會議閉幕式。

約同月　接《中國青年》編輯部約稿，希望能「參加《中國青年》的『青年怎樣對待百花齊放』的討論」。閱後「很覺興趣」，遂按期讀《中國青年》上發表的有關討論文章，「想要提供一點粗淺的意見」。（《致〈中國青年〉編輯部》）

本月

英國十五日在太平洋聖誕島爆炸一枚氫彈；三十日宣布放寬對中國禁運政策。

錢谷融在《文藝月報》發表《論「文學是人學」》。

文化部兩次發出通知，開禁京劇《探陰山》、《殺子報》、《大劈棺》等劇目。

六月

一日　出席首都各界支持世界和平理事會將在科倫坡召開的集會。

三日　出席中國與南斯拉夫關於文化合作協定有關內容的會談，並代表中方致詞。

同日　作《致葉子銘》（書信），載文化藝術出版社版《茅盾書信集》。指出葉的論文「實事求是，客觀分析」；但鑒於自己是「被研究的作家」，故「不能提供什麼具體意見」，也「不便」「介紹書出版」。囑葉對某篇文章的署名再查一下，以免「鬧笑話」；最後表示「我的有些作品，可以一筆帶過，不必詳細述評」。

七日　出席「中南文化合作協定」簽字儀式，簽字並致辭。

上旬　繼續出席中國作家協會黨組召開的黨外作家座談會有關問題的討論，並發言。

十三日　作《兩個問題》（書信）。署玄珠。載《中國青年》第十四期。現收《茅盾文藝評論集》。針對近年來青年培養中的教條主義思想，主張對青年要「放手」培養，也可以看一些《紅樓夢》、《儒林外史》等名著。（按：本書以《致〈中國青年〉編輯部》為題，收入孫中田、周明編《茅盾書信集》，1988 年 3 月文化藝術出版社出版。）

同日　作《致葉子銘》（書信），署名沈雁冰。載文化藝術出版社版《茅盾書信集》。云：「已借到《文學週報》」，查證了舊作《論無產階級藝術》一文的署名，「想起來」，「那是赴廣州以前……陸續寫的。」

十六日　發表《在作協整風會上的發言》（演講），載《文藝報》（周刊）第十一號。

十七日　發表《「放」、「鳴」和批判》（論文），載《人民日報》。

　　同日　作《從「眼高手低」說起》（文論）。載《詩刊》第七期，現收《茅盾文藝評論集》。談「眼高」和「手低」的關係。認爲作家不一定同時是文藝評論家，但「一定同時是修養很高的鑒賞家」。寫作，「不怕『手低』，只怕『眼』不『高』」，而「眼高」包括「技巧」，「也包括思想性」。

　　十九日　作《〈子夜〉蒙文版序》（序跋），原載一九五七年七月蒙古國家出版局版蒙文本《子夜》，現收《茅盾全集》第三卷。云：「小說《子夜》譯成蒙文，使我感到無限喜悅」，認爲「中蒙兩國的文化合作，對繁榮和發展我們兩國社會主義文化事業，也具有重要的作用。」

　　二十日　作《致拉·古爾巴扎爾》（書信），載浙江文藝出版社版《茅盾書簡》。云：「《子夜》蒙你翻譯，能與蒙古人民見面，甚感光榮。」並「隨函附上」蒙文譯本《子夜》序文。

　　同日　作《致王錫齡》（書信），載浙江文藝出版社版《茅盾書簡》。作爲《子夜》的作者「我以爲不值得花費精神時間把《子夜》改編爲劇本，但我也並無權力禁止你們這樣做」，表示對改編不參加意見。

　　二十六日　下午二時半，前往懷仁堂，出席第一屆全國人民代表大會第四次會議開幕式，聽取周恩來總理作《政府工作報告》。是日起至七月十五日出席會議，任主席團成員。

　　同日　發表《百花齊放、百家爭鳴和知識分子的思想改造》（論文），載《文匯報》。現收《茅盾文藝評論集》。指出「思想改造的長期性和艱鉅性」，要求知識分子「隨時隨處進行思想改造」，才能把「百花齊放、百家爭鳴」的精神貫徹，「促進藝術的發展和科學的進步」。

　　約同月　作《我的看法——在中共中央統戰部召開的民主黨派負責人士座談會上的發言》（演講）（按：本文未發表，現據手稿收入《茅盾全集》十七卷。）認爲「問題太多，一部二十四史不知從何說起」；認爲「宗派主義、教條主義和官僚主義」「三者是互相關聯，互爲因果的。」尖銳地批評了使專家「不務正業」，忙於三會（冗長的會議、宴會和晚會），業務上「掛名」的人事安排；指出了某些領導「不懂裝懂」，亂扣帽子，「強辭奪理」的惡劣作風；特別對出版事業「統得那麼死」的現象，十分反感，指出「問題十分複雜，牽掣到別的部、牽掣到制度、體制」等等。認爲：「如果要改弦更張」，「決心必須來自最高方面」。

當月

丁爾綱發表《試論茅盾的「農村三部曲」》，載《處女地》六月號。認爲《農村三部曲》是茅盾短篇小說中「最傑出的作品」。《三部曲》的「人物塑造得是那樣的成功」，在於「作家駕馭了多種多樣的刻畫人物的方法和技巧」。

耳東發表《茅盾——「五四」以來傑出的現實主義作家》，載《遼寧文學》第六期。

本月

蘇共二十日中央全會決議，將莫洛托夫、馬林科夫、卡崗諾維奇開除出中央委員會和主席團。

八日　中共中央發出《關於組織力量準備反擊右派分子進攻的指示》；同日，《人民日報》發表社論《這是爲什麼？》

七月

五日　作《前言》（序跋），載《譯文》八月號。此爲《譯文》「亞洲文學專號」而作，旨在促進「文化交流」。

十二日　作《中國文學的過去、現在和未來》（文論）（按：後易名爲《一幅簡圖——中國文學的過去、現在和遠景》），載十一月俄文版《外國文學》的「中國文學專號」。現收《茅盾文藝評論集》。全文勾勒了「中國文學思想的主要潮流」的「簡圖」，旨在「使得蘇聯讀者以最經濟的時間對於中國文學獲得比較全面的瞭解」。

十四日　出席由中宣部、文化部、全國文聯邀集的在京文藝界人士座談會。周恩來總理到會講話，希望文藝界人士站穩立場，明辨是非。會後應邀與周恩來、陸定一等共進晚餐。

十五日　出席第一屆全國人民代表大會第四次會議閉幕式。

同日　發表《關於文化工作中的幾個問題——在第一屆全國人民代表大會第四次會議上的發言》（演講），署名沈雁冰。載《人民日報》。

同日　發表《談青年業餘創作——在瀋陽市青年業餘作者大會上的講話》（演講）。載《文學青年》七月號。充分肯定創作積極性。同時，指出業餘作者的三個問題：發表作品後驕傲自負、粗製濫造、一逢退稿就罵編輯；立即

想寫長篇，遇到困難就灰心；抄襲、剽竊、一稿多投。

十九日　作《必須加強文藝工作中的共產黨的領導》（論文），載二十八日《文藝報》（周刊）第十七號。

二十四日　作《致劉瑩朗》（書信），載浙江文藝出版社版《茅盾書簡》。接到劉瑩朗的來信及《子夜》話劇本稿，遂覆函云：「《子夜》這樣的書，不值得花功夫去改編為話劇」，「來稿附還」。

同日　出席並主持宴會，歡送蘇聯對外文委負責人茹可夫，並致詞。

二十六日　前往蘇聯駐華使館，出席歡送茹可夫宴會，並致詞。

同日　與周揚、邵荃麟商談關於中國作家協會黨組擴大會的具體事宜。

三十日　是日起至九月十七日，出席中國作家協會黨組擴大會議。

同月　蒙文版《子夜》由蒙古國家出版局出版。

當月

楊啓明發表《茅盾寫熱鬧場面的經驗》，載《春雷》七月號。

《茅盾小傳》載於《讀書周報》第七期。

本月

南斯拉夫與蘇聯在莫斯科舉行會談，蘇聯恢復對南斯拉夫二億五千萬美元貸款。

九日　毛澤東在上海幹部會上作《打退資產階級右派的進攻》的講話。

費孝通、儲安平、章伯鈞、羅隆基、章乃器等人在全國人代第四次會議上分別作檢討。

《人民日報》十二日發表《扭轉〈文藝報〉的資產階級傾向》及《文藝報》編輯部的《我們的自我批評》。

夏

出席統戰部召開的各民主黨派和無黨派人士向共產黨提意見的座談會，作了《我的看法》的發言。結果，這篇文章未予刊載。妻德沚不安，「懷疑出了問題」。事隔不久得到有關方面「暗示」，「那個發言有錯誤，現在不公開發表是對你的愛護，你要汲取教訓」。事後「心情不好，一直稱病在家」，「心裏

是不服的」。

　　接連得到《中國青年》和《人民日報》的催稿電話，要求撰文「指名道姓地批判文藝界的『右派分子』」。不得已，「給作協黨組書記邵荃麟寫了一封『訴苦』信」，推稱有「腦子病」。「用腦（開會、看書、寫作──包括寫信）過了半小時，就頭暈目眩」，「我今天向你訴苦，就是要請你轉告《人民日報》八版和《中國青年》編輯部，我現在不能替他們寫文章⋯⋯一旦我腦病好了，能寫，自然會寫。」信起了作用，清靜了一陣，但後來「參加了兩次批判會，並發了言，也寫了點名批判一位青年作家的文章」。（韋韜、陳小曼《茅盾的晚年生活》，載《新文學史料》1995 年第 2 期）

八月

　　九日　　出席國務院第五十六次全體會議，並匯報了關於「中南文化合作協定」簽字的經過情況。

　　十二日　　作《關於寫真實和獨立思考》（書信），載十六日《中國青年報》。此係用致《中國青年》編輯信的形式寫的政論文。闡述了「怎樣有效地幫助文學青年」、「怎樣幫助青年作家鞏固他們的初步成就並繼續發展」兩大問題。指出：今天的真實是⋯⋯一片光明⋯但是我們也不否認光明中有些黑點」，並強調「凡是有黑點的地方，同時必然有光明勢力和它鬥爭；」另外又指出：要先進行「思想改造」才能做到「獨立思考」，寫出好作品。

　　十六日　　出席並主持中國作協召開的黨組擴大第十八次會議，對所謂「洋奴政客」蕭乾作了批判。批判了蕭乾「在整風前後的反黨反社會主義言行」，並指出「蕭反蘇反共及反人民是有歷史性的」，號召大家對蕭進行說理鬥爭，不要讓其蒙混過關。（17 日《人民日報》）

　　十八日　　發表《洗心革面，過社會主義關》（隨筆），載《文藝報》第二十號。

　　三十日　　前往天橋劇場，出席墨西哥民族現代芭蕾舞演出開幕式，並接見了芭蕾舞團的團長及部分演員。（31 日《人民日報》）

　　本月

　　　　馬來西亞宣布獨立，成為英聯邦中的一員。

　　　　北京召開中國作協黨組擴大會議，批判文藝界的右派分子。

九月

六日　出席中國人民保衛世界和平委員會等三團體的聯席會議，聽取出席東京第三屆禁止原子彈、氫彈和爭取裁軍世界大會中國代表團團長蔡廷鍇的報告。

同日　出席匈牙利民間歌舞團舉行的晚會，觀看了精彩節目。晚會結束後，與李富春、薄一波等上台接見全體演出人員。

同日　作《劉紹棠的經歷給我們的教育意義》（雜感），載《中國青年》第十八期。認為「從神童作家到右派分子」的劉紹棠，「反黨」的「思想根源是資產階級個人主義」。

七日　下午，出席周恩來總理招待參加亞洲電影周各國電影代表團的酒會，晚上參加了聯歡。（8 日《人民日報》）

八日　發表《公式化、概念化如何避免——駁右派的一些謬論》（論文），載《文藝學習》第九期。全文指出把「產生公式化、概念化的原因，歸之於教條主義的文學批評，歸之於所謂創作不自由，歸之於什麼生活本身就是公式化」，甚至於說「黨領導文藝是產生公式化、概念化的根本原因」或「進步世界觀和創作方法矛盾的結果就產生了公式化、概念化」等都是「錯誤的有害的」、「荒謬絕倫的」。「是從胡風反革命集團的思想武庫裏借來的『歪論』」。強調了「學習馬列主義、深入生活、加強藝術實踐，三者反覆進行，是克服公式化、概念化的不二法門」。

十六日　前往首都劇場，出席中國作協黨組擴大會，批判丁玲、陳企霞。

同日　下午，全國人大代表、中國美協主席、中國畫院名譽院長、中央美院名譽教授齊白石逝世，被列名為齊白石治喪委員會委員。和周總理一起向齊白石遺體告別。（17 日《人民日報》）

十七日　出席中國作協黨組擴大會總結大會，發表題為《明辨大是大非、繼續思想改造》的講話。分析了黨內外右派分子「文藝思想上的共同點，就是躲在反對教條主義幌子下的修正主義思想」；「在思想品質上的另一共同點就是嚴重的資產階級個人主義」，他們「否定黨所領導的文藝工作的成績；反對工農兵方向，反對文藝為政治服務，反對思想改造」等。（29 日《人民日報》）

同日　下午，出席齊白石治喪委員會會議，決定喪儀活動具體時間。

中旬 出席中國作協連續舉行的三次會議，批判蕭乾，並在會上發言。（20日《人民日報》）

十九日 下午，出席全國人大常委擴大會。

二十二日 上午，與周總理等前往嘉興寺，出席齊白石公祭儀式。公祭後，起靈，前往西郊湖南公墓安葬。

二十六日 出席全國人大常務委員會第四十五次會議。通過全國人大常委會、中國政協全委會常委會聯席會議的決議；列名於中國人民慶祝偉大的十月革命四十週年籌委會委員，統一布署有關慶祝、紀念活動等工作。（27日《人民日報》）

二十八日 晚，前往首都電影院，出席文化部主辦的《埃及共和國電影周》開幕式，朱德、周恩來也出席了開幕式。（29日《人民日報》）

二十九日 晨，前往火車站迎接柬埔寨文化藝術代表團。並致辭。

同日 出席並主持宴會，招待柬埔寨文化藝術代表團，並致辭，「感謝」代表團帶來了「柬埔寨人民對中國人民的深厚友誼」。（30日《人民日報》）

同日 晚八時，前往政協禮堂，出席文化部爲匈牙利、印度尼西亞、緬甸、柬埔寨外賓舉辦的古典戲劇演出晚會。周恩來、賀龍、陳毅、董必武均前來觀看。（30日《人民日報》）

同日 發表《歡迎柬埔寨文化藝術代表團》（隨筆），署名沈雁冰，載《人民日報》。

三十日 出席中敘友好協會成立大會。

同日 晚，出席周恩來總理舉辦的國慶宴會。

同月 作《〈夜讀偶記〉前言》（序跋）。載《夜讀偶記》，一九五八年八月百花文藝出版社出版。介紹了《夜讀偶記》是讀了「國內八種主要文藝刊物」所刊載的關於何直《現實主義——廣闊的道路》一文的討論文章，「偶有所感」，「表示了我的意見」，「聊以引玉」。

當月

錢谷融發表《人物分析——以〈林家舖子〉爲例——一次課堂討論的總結》，載《語文教學》第九期。文中著重分析了《林家舖子》中的「忠厚善良」的林老闆夫婦，展示了儘管林老闆有「勤懇、巴結和老練的經

商手腕」，還是要遭到「迫害」的命運；分析了壽生的「忠心與才幹」、林小姐的「天眞」和「受到現實給予的沉重打擊」等，從而說明了《林家舖子》的作者茅盾遵守了「創作人物」「必須遵守的原則」，體現了作品中「人物的性格與他的身份地位，與他周圍的環境遭遇相適合」，「與作者的創作意圖相適合」的「辯證統一」。

　　單演義發表《魯迅和茅盾的戰鬥友誼》，載《人文雜誌》第九期。

本月

　　邵荃麟發表《文藝上兩條路線的大鬥爭》。

　　周揚在中國作協黨組擴大會議上作總結發言，後以《文藝戰線上的一場大辯論》爲題發表。

十月

　　一日　參加中華人民共和國國慶慶典活動。

　　三日　出席柬埔寨文化藝術代表團訪華演出開幕式，並致辭。

　　同日　作《寫在〈蝕〉的新版的後面》（序跋），載《茅盾文集》第一卷，現收《茅盾全集》第一卷。簡潔地介紹了《幻滅》、《動搖》、《追求》三部曲的創作經過及筆名「茅盾」的由來；表示出對作品「某些地方不滿意」，但考慮到作品的「眞實面目」，在重印時，僅作些字句的改動，對原作的「思想內容」沒有變動。

　　六日　致電蘇聯科學院院士巴爾星，祝賀蘇聯人造衛星上了天。

　　同日　作電賀《蘇聯發射出人造衛星》（賀電），載七日《人民日報》，現收《茅盾全集》第十七卷。

　　同日　發表《不准聯合國干涉匈牙利內政》（短論），與丁西林等一百三十餘人聯合署名。載《文藝報》第二十六號。

　　八日　作《致E・萊昂捷耶夫》（書信），載浙江文藝出版社版《茅盾書簡》。云：「隨信將拙稿奉上……希望通過這篇小文章……能表達我對偉大的十月社會主義革命四十週年的祝賀」。

　　同日　作《致富米切夫》（書信），載浙江文藝出版社版《茅盾書簡》。云：「因事忙，而且常常生病，短期內不能執筆」爲《莫斯科晚報》撰稿。

十一日　出席由中國作協等單位聯合召開的批判會。

十七日　發表《我們要把劉紹棠當作一面鏡子》（論文）載《人民日報》。

二十二日　出席並主持歡迎越南文化考察團的宴會。

二十四日　出席全國政協常委擴大會第四十八次會議。

二十六日　經全國人大常委會、國務院、中共中央決定，列名於中國訪蘇代表團團員，團長爲毛澤東主席。

三十一日　作《〈第一階段的故事〉新版的後記》（序跋），載《茅盾文集》第四卷，一九五八年五月人民文學出版社出版，現收《茅盾全集》第四卷。文中說明小說原題爲《何去何從》，「象徵」著「有覺悟的青年」「走上了中國共產黨所指示的道路」；但在一九四五年印單行本時，「覺得：這書沒有寫完」，「索性改題爲《第一階段的故事》」；並云「一再打算寫抗日戰爭的小說」，但「沒有足夠的時間」，「尤關重要的，是我的生活經驗不足以寫這樣大的題目」。

同月　作《致溫蠖》（書信），署名沈雁冰。載浙江文藝出版社版《茅盾書簡》。云：「我想《子夜》是不值得花費勞力來改編爲電影的。對於你所提出的問題，恕我不作答覆。」

當月

日本那須清發表《巴金和茅盾的文章》，載《文學論輯》（九洲大學）（8）

本月

英國進入戰後第二次經濟危機。

中共中央十五日發出《劃分右派分子標準的通知》。

十一月

一日　午間，出席並主持宴會，招待緬甸代表團。

同日　下午，前往勞動人民文化宮，出席新華書店爲慶祝十月革命四十週年舉辦的露天書市，佩帶「書市服務員」證章，在「歡迎作家、翻譯家們到讀者中來」的橫幅下賣書。應買到《子夜》、《腐蝕》讀者的要求，在扉頁上簽名留念。（2日《人民日報》）

三日　發表《社會主義現實主義永遠勝利前進》（隨筆），載《文藝報》（周刊）第三十號。

九日　發表《致斯米爾諾夫——慶祝十月革命四十週年》（電報），載《人民日報》。代表中國作家向蘇聯作家和人民「致以熱烈的祝賀」；認爲「社會主義現實主義已成爲世界範圍的強大的文學潮流」。

十三日　作爲中國文化代表團團長，率團啓程赴蘇。此行係應蘇聯文化部邀請，前往莫斯科商談中蘇文化協定一九五八年執行計劃。（14 日《人民日報》）

十五日　出席在莫斯科舉行的中蘇文化合作商判會議，與蘇聯文化部長米哈伊洛夫制定一九五八年兩國文化合作計劃。在談判期間將訪問各種科學文化機關，同蘇聯文化藝術家見面。（16 日《人民日報》）

同日　發表《答國際文學社問》（隨筆），署名 M.D。載《新港》十一月號。（按：此係 1934 年茅盾回答蘇聯國際文學社三個問題、「魯迅先生親自抄寫留底」之手跡。茅盾一直珍惜自存，後贈魯迅手抄的給方紀作爲紀念。在慶祝十月革命四十週年時，始重印）。云一九二〇年「開始叩『文學』的門」，「那時候是一個『自然主義』與舊寫實主義的傾向者」；一九二七年「開始寫小說」，「困苦地而堅決地要脫下我的舊外套」，因爲「已經從『十月革命』認識了自己的使命，從蘇聯的偉大豐富的文學收穫認識了文學工作的方向了」。

同日　前往莫斯科大劇院觀看《天鵝湖》。

十六日　下午，出席蘇聯對外文化協會舉行的招待宴會。

十七日　出席蘇共中央爲歡迎毛主席等中國訪蘇代表團舉行的宴會。

二十日　出席蘇共中央舉行的歡送宴會，隨同中國訪蘇代表團團長會見蘇聯各界知名人士。

下旬　返回北京。

二十七日　作《致陶武》（書信），載浙江文藝出版社版《茅盾書簡》。云：「貴國作家協會出版社準備明年出版我的一篇短篇小說選」，「由您來翻譯，使我甚感榮幸」；「序言寫好後當和我的照片一併寄給您」；又云「要我挑選幾篇我自己最滿意的短篇，這對我是一個難題」，「我較滿意的一些短篇都收在我國人民文學出版社出版的《茅盾短篇小說選集》中，您可以從中挑

選」。

二十八日　晚，出席南斯拉夫駐中國大使波波維奇舉行的晚會，慶祝南斯拉夫慶祝國慶十二週年。晚會後，觀看了節目，最後與周恩來、賀龍、陳毅等上台祝賀演出成功。（29 日《人民日報》）

三十日　收到由田大畏轉交的烏克蘭作家希日尼亞克的約稿信。約請爲烏克蘭蘇維埃社會主義共和國成立四十週年撰文紀念。（《致希日尼亞克》）

當月

　　林志浩發表《讀茅盾的〈當舖前〉》，載北京出版社出版《短篇小説評論集》。

本月

　　世界各國共產黨和工人黨舉行莫斯科會議，毛澤東主席率領中共代表團參加，會議發表了《莫斯科宣言》。

　　中國作協大整大改，貫徹黨的文藝路線，批判修正主義思想，大批文藝工作者決心長期深入工廠、農村和連隊。

十二月

一日　前往天橋劇場，與陳毅副總理等觀看了波蘭華沙雜技團訪華首次演出。（2 日《人民日報》）

二日　出席在京舉行的中波文化合作協定一九五八年執行計劃簽字儀式，並代表中國文化部簽字。簽字儀式結束後，向波蘭代表團團長茹凱夫斯基贈送禮品。（3 日《人民日報》）

同日　中午，出席並主持宴會，歡送波蘭文化代表團明日回國。

六日　晚，出席並主持由文化部、中蘇友好協會等單位舉辦的歡送蘇聯芭蕾舞團的宴會，並致辭。

十日　作《致希日尼亞克》（書信），載浙江文藝出版社版《茅盾書簡》。云：「隨函附上一篇短文」，作爲慶祝烏克蘭共和國四十週年獻禮。

同日　作《我們熱愛烏克蘭——慶祝烏克蘭蘇維埃社會主義共和國誕生四十週年》（散文），現據手稿收入《茅盾全集》第十三卷。云：「通過果戈理、謝甫琴柯、柯涅楚克的作品及中烏文化交流，長久以來，我就熱愛著烏克蘭

色彩絢麗」的風景，「清新愉快的歌舞」以及「洋溢著革命樂觀主義的烏克蘭人」。

十二日　作《致沙戰》（書信），署名沈雁冰。載文化藝術出版社版《茅盾書信集》。指出沙戰的小說僅是「形式」的「模仿」，故「不生動」、「議論與描寫不銜接」。

十四日　作《致艾‧馬爾茲》（書信），載《世界文學》一九九六年第三期。就「社會主義現實主義在實踐中所發生的一系列問題」，和美國作家艾伯特‧馬爾茲「交換意見」。認爲「那麼多的企圖給社會主義現實主義作解釋，規定它的任務的文章中，有不少篇是教條主義的、或者是錯誤的、至少是片面的」。我們現在必須做的事，是糾正那些片面的甚至錯誤的對於社會主義現實主義的解釋，同時要從歷史的發展、從具體的作品中，爲社會主義現實主義找到更全面的豐富的解釋和內容。這是需要我們付出很多時間和很大勞力的一系列的工作，其中也包括重新爲『現實主義』作個廣義的解釋」。

二十八日　作《致袁宗銑》（書信），署名沈雁冰。載文化藝術出版社版《茅盾書信集》。指出袁宗銑想離開農村到北京的「具體做法」是「荒唐」的，又云：寫作是「艱苦的勞動」，要「具有馬列主義的世界觀」、「豐富的生活經驗」，要有「觀察、分析、概括生活的能力」；要有「寫作技巧」等。

約同月　出國回來以後，生病，每日僅「用腦二、三小時而已，過此即頭暈，夜間失眠，服藥亦無效」（《致王西彥》）

當月

王西彥發表《論〈子夜〉》，載《新港》十二月號。指出《子夜》作者茅盾筆下，刻劃了形象豐滿、性格鮮明的人物吳蓀甫，他是一個「瘋狂地剝削和極端仇視工農群眾而又害怕工農群眾，處處表現出倔強好勝而又透露出精神力量的虛弱，再加上親屬關係的虛僞和家庭生活的冷漠……」的「矛盾統一」體，因而「在吳蓀甫身上，作者的描繪」「是有相當巨大的藝術力量的」。同時也指出《子夜》的對農民暴動、工人運動的反映是「不夠真實」、「不夠深刻」的。最後指出「《子夜》仍然是我們新文學運動以來具有紀念碑意義的重要作品，是矗立在我們新文學發展道路上的一座令人景仰的高樓大廈」。

芳芸發表《「茅盾文集」和「巴金文集」將出版》。載《人民日報》。文章說《茅盾文集》「收輯了作者 30 多年來的文學著作，收在這部文集

裏的作品都經過了作者的校訂」，「《茅盾文集》預計編十二卷，已經發排了兩卷」。

本月

亞非人民團結會議在開羅舉行。郭沫若率中國代表團前往開羅出席亞非人民團結大會。

同年

譜主從人民文學出版社獲悉《茅盾文集》將出版；出版社建議「《幻滅》等三書的修改部分是否可以回覆原狀？這一次，我很快就決定了答覆：不必再改回去了！用意不是掩飾少年時代作品的疵謬，因爲 1954 年那次的修改本沒有變動原來的思想內容。」（《寫在〈蝕〉的新版的後面》）

獲悉阿爾巴尼亞文版《茅盾短篇小說集》由地拉那國家出版社出版。

獲悉蒙文版《子夜》由蒙古人民共和國國家出版局出版，日古斯德譯。

當年

〔蒙古〕日古斯德發表《蒙文版〈子夜〉前言——茅盾和他的長篇小說〈子夜〉》，載蒙古人民共和國國家出版局出版的《子夜》。認爲「沈雁冰（茅盾是筆名）是我們偉大的鄰邦中華人民共和國現代文學的傑出代表、著名的文藝評論家，也是蒙古人民所熟悉的著名文學家」，《子夜》「以其人物形象和表現手法而論都可以和偉大作家高爾基的《福瑪·高爾捷耶夫》相媲美」。（據里勒譯文摘錄）

劉綬松發表《本時期的文學團體》，載作家出版社出版《中國新文學史初稿》第二編第一章第三節。云沈雁冰等十二人是第一次國內革命戰爭時期「第一個出現的文學團體」——文學研究會的發起人。茅盾主編《小說月報》，使「這個已有十幾年歷史的刊物，這時才得到了全部的革新」，文學研究會「在新文學運動上的影響很大」。

劉綬松發表《沿著社會主義現實主義的方向前進》，載作家出版社出版《中國新文學史初稿》第三編第七章第一節。認爲「茅盾是五四以來我國文學戰線上一位傑出的作家和戰士」，通過《蝕》、《虹》、《子夜》及一些短篇小說的分析，概括了茅盾在第二次國內革命戰爭時期的思想及創作發展道路，認爲《子夜》「是本時期革命文學最重要的收穫，是

繼魯迅《阿Ｑ正傳》之後出現的一部傑出的現實主義作品」,「同魯迅一樣,茅盾也是我國古典現實主義傳統的一位傑出的繼承者」。

劉綬松發表《散文》,載作家出版社出版《中國新文學史初稿》第四編第七章第二節。指出「茅盾在抗戰時期也寫了不少散文」,「在反映現實生活和教育讀者上收到了相當巨大的效果」。其散文創作的特點:「是對於現實的一種直接的批判」;「是『大題小做』……是在反動統治之下,通過一種介乎『尖銳』與『含混』、『嚴肅』與『幽默』之間的『特殊文體』來達到自己的寫作目的。」

劉綬松發表《爲民主勝利而鬥爭》,載作家出版社出版《中國新文學史初稿》第四編第五章第三節。詳細地剖析抗日戰爭時期茅盾的長篇小說《腐蝕》「是一部用日記體寫下的小說」,「寫出了蔣介石反動集團對於正直的青年男女的殘酷壓迫和殺害」。「《腐蝕》是本時期國統區文藝創作中的一篇重要作品」,「具有一定程度的戰鬥意義」。

孫中田發表《文學團體》和《茅盾》,載吉林人民文學出版社出版《中國現代文學史》。

一九五八年（六十三歲）

一月

五日　作《致朱身榮》（書信），載浙江文藝出版社版《茅盾書簡》。覆函剖示了當年寫《白楊禮讚》的處境。當時「國民黨」「統治著大部分中國」，「但解放區的光明景象已給我深深的印象」，所以「採用」「隱藏的象徵的筆法來表達我的情感」。

六日　作《關於所謂寫真實》（文論）。載《人民文學》二月號，現收《茅盾文藝評論集》。認爲「偉大的經得起時間考驗的文藝作品，一定具有真實性」，但現在有人提出的「寫真實」「這句口號在本質上實在和胡風的『到處有生活』的謬論完全一樣」，右派分子的「寫真實」，「其實是『曝露社會生活陰暗面』的代名詞」。

七日　作《致徐靜昌》（書信），載浙江文藝出版社版《茅盾書簡》。針對徐靜昌想「考證」《動搖》是否「真人真事」的來信，遂覆函云：「《動搖》是小說」，「小說不是歷史」，「考證是否真有其人其事」「是徒勞的」。

九日　出席國務院第六十八次全體會議，並就中蘇文化合作協定今年執行計劃的具體內容作說明。

十日　作《致瑪雅》（書信），載浙江文藝出版社版《茅盾書簡》。云：「同意您翻譯我的作品，但出版問題是要請您找印度尼西亞出版家出版。」

十一日　發表《夜讀偶記——關於社會主義現實主義及其它》（論文）。載《文藝報》第一號。（按：此係長篇論文之一部分，後有連載。1957 年 9 月作者還寫了《前記》）云：「一九五六年九月《人民文學》發表了何直的《現實主義——廣闊的道路》後，討論文章約有 50 萬字。《夜讀偶記》就是閱讀了上述文章後，將「偶有所感」「整理出來的」。

二十六日　發表《夜讀偶記——關於社會主義現實主義及其它》（二）（論文），載《文藝報》第二期。

當月

　　　李騏發表《王實味、丁玲、蕭軍、羅烽、艾青等文章的再批判——

介紹改版後的〈文藝報〉》，載二十七日《人民日報》。云：「茅盾的《夜讀偶記》」「是一篇以淵博的文學知識爲基礎的系統地論述現實主義文學發展的論文」，「廣泛地涉及了」「世界觀與現實主義創作方法的關係」，「作者使我們對中國古代文學發展的各個階段瞭解到一個概貌」及其「成就和特色」。

本月

「歐洲經濟共同體」和「歐洲原子能聯營」兩條約開始生效。

《人民文學》編委會改組，張天翼任主編。

二月

一日 出席第一屆全國人民代表大會第五次會議開幕式，聽取李先念副總理報告。是日起至十日，繼續出席大會，聽報告、討論和發言。

九日 出席爲慶祝亞非人民團結大會勝利結束而舉行的盛大集會。

十一日 出席第一屆全國人大第五次會議閉幕式。

十六日 發出《致新日本文學會——吊唁日本著名作家德永直逝世》（唁電），（按：此標題係筆者所加），載十七日《人民日報》，云：「驚悉德永直先生逝世」「十分悲痛」，認爲「德永直是日本無產階級傑出的作家，也是中國人民親密的朋友」。

十九日 作《〈北方〉祝辭》（題辭），載《北方》第八期。

二十五日 作《致列寧格勒的少先隊員們、小學的同學們》（書信），載浙江文藝出版社版《茅盾書簡》。「祝福」兒童們「快快地成長」。

同日 作《致人民文學出版社第二編輯組同志》（書信），署名雁冰。載百花文藝出版社版《茅盾書信集》。云：「謝謝你們代我查了《中學生》，看樣子，《路》是寫在《三人行》之前了。」「那麼就照老樣子」付排就行了。

當月

姚虹發表《〈林家鋪子〉的主題思想、結構和人物》，載《語文學習》二月號。認爲「作者運用既有層次而又曲折的情節」來「表達深刻的主題思想」；「作者嚴格地遵守現實主義的方法」「創造人物」。這篇「深刻的思想和分明的愛憎」與「純熟的技巧」相結合的佳作，「保持著激動人

心的力量」。

本月

聯邦德國出現了戰後第二次經濟危機。

十三日至十六日，全國文聯及所屬各協會討論發展文藝創作適應全國生產大躍進，讓文藝創作出現大豐收。

三月

七日 出席中國作協書記處會議，通過致全國作家信及討論文學工作大躍進的具體條例。

八日 繼續出席中國作家協會書記處會議，討論《大躍進草案》。

同日 發表《創作問題漫談——在中國作家協會創作工作座談會上的發言》（講話），載《文學知識》第三期。

九日 獲悉全國人大代表、戲劇研究院副院長、著名京劇藝術家程硯秋病逝，列名於程硯秋治喪委員會。

十日 出席中國人民政治協商會議全國委員會常務委員會會議。

十二日 作《如何保證躍進——從訂指標到生產成品》（隨筆），載《人民文學》四月號。

十三日 前往嘉興寺出席首都文藝界公祭程硯秋大會。

三十日 作《致王西彥》（書信），載浙江文藝出版社版《茅盾書簡》。云：讀了王西彥評《子夜》的長篇論文後，覺得「太恭維了」；關於出版《茅盾文集》一事，「本來不贊成」，為了讓讀者「看到我是怎樣發展過來的」，就「只好同意了」；認為在自己的舊作中「所有的長篇，都寫壞了」，「短篇只有一、二篇還無瑕可擊」，「散文中亦僅有三、四篇可說是意境筆調還過得去」。以上看法「非以文過，蓋亦自懺也」。

同月 作《致中國作家協會辦公室》（書信），載《新文學史料》一九五五年三期。為了搞創作，希望得到領導上的幫助，云：「一、幫助我解除文化部部長的兼職，政協常委的兼職；二、幫助我解除《中國文學》和《譯文》兩個兼職；三、幫助我今年沒有出國任務。」談到一九五八年的寫作計劃，云：「一面掛名兼職這樣多，一面又不得不把每星期的五分之二時間用

在三種會上（三種會即：會議、酒會、晚會），那末，我只能作下列的計劃：A、不寫小說了，只寫論文」；「B、整理舊作（即所謂《茅盾文集》），共計一、二百萬字罷。這是人民文學出版社催著辦的。……我本來不同意把舊作全部重印，出什麼《文集》，我認爲這是浪費」，後因「人民文學出版社樓適夷同志再三來談，重印是使讀者看到一個作家的發展」。又云：「長期計劃，我不敢訂，因爲怕開空頭支票；因爲我不知道明後年我還能不能拿筆。這不是我瞎想，因爲最近病後醫院（中醫、西醫）都已明白告訴我：『你衰老了，年齡到了，藥石不能奏功，只能養，慢慢地養罷！』換言之，這就是說：『你這人可以報廢了，而且也只能報廢了！』最後云：「對不起，我說了許多廢話，而且是怪話！但是實際情況如此，我覺得不說便是欺騙你們，所以還是直說罷！」

同月　《茅盾文集》第一卷由人民文學出版社出版。含：《蝕（《幻滅》、《動搖》、《追求》）》、《寫在〈蝕〉的新版後面》。

同月　《茅盾文集》第二卷由人民文學出版社出版。含：《虹》、《路》、《三人行》，附錄（《〈茅盾選集〉自序》）。

當月

王西彥發表《論〈子夜〉》（文藝作品閱讀輔導叢書）。新文藝出版社出版。

本月

蘇聯舉行最高蘇維埃會議，赫魯曉夫接替布爾加寧任部長會議主席。

八日、九日　《人民日報》連續發表《中國作家協會發出響亮號召，作家們！躍進，大躍進！》

四月

八日　出席中國作協召開的文學評論工作會議。會議至十一日結束。

十六日　與夏衍看了電影《林家舖子》試片，感到「滿意」，在細節上提出修改意見，如「小茶館裡的茶碗陳列得太整齊了，橘子糖果也太豐富、太劃一了一些」。（夏衍：《給謝添同志的一封信》，載《電影創作》三月號）。

同日　作《致杜郁芳》（書信），署名沈雁冰。載文化藝術出版社版《茅盾書信集》。云：「你喜歡文學，很好」，建議對方「從短篇入手」；指出「看

書」要求「眞能消化」。

十八日　作《致 A・斯米爾多夫》（書信），載浙江文藝出版社版《茅盾書簡》，云：「近來身體不好」，婉拒爲蘇聯《文學報》「撰文」。

二十一日　作完《夜讀偶記》。

二十六日　發表《夜讀偶記——關於社會主義現實主義及其它》（三）（論文）。載《文藝報》第八期。

同月　作《〈劫後拾遺〉新版後記》，載《茅盾文集》第五卷，現收《茅盾全集》第五卷。說明「這本小書」「雖非眞人眞事，然而也近於紀實」。

同月　校訂舊作《霜葉紅似二月花》第四節末行，爲「蚯蚓忽然又悲壯地長吟起來了」一句作《補注》。載《茅盾文集》第六卷。云：從生物學家獲悉「蚯蚓沒有發聲器官，是不能鳴的。」，這裡仍作「蚯蚓悲壯地長吟起來了」，「因爲小說說到底不是生物學教科書，稍稍不科學些，是可以容許的」。

同月　作《〈霜葉紅似二月花〉新版後記》（序跋），載《茅盾文集》第六卷，一九五八年九月人民文學出版社出版，現收《茅盾全集》第六卷。「解釋」書名取自杜牧的詩句「霜葉紅於二月花」，之所以將「於」改爲「似」的理由，有二點：「霜葉」比「假左派」，只能是「似」，而「非眞」也；另外，「霜葉」會「雕落」，比喻「假左派」「得勢的時間不會太長」。

當月

楊啓明發表《談情和景——以〈子夜〉第七章爲例》，載《文學青年》四月號。

艾揚發表《談〈林家舖子〉》，載《語文教學》四月號。

劉綏松發表《傑出的作家和戰士——茅盾》，載《圖書館工作》第四期。

本月

法國出現戰後第二次經濟危機。

三十日，全國文化廳（局）長會議在京閉幕，會議強調文藝工作者必須改造自己，走在文化革命的前列。

五月

四日　作《工人詩歌百首讀後感》（評論），載《詩刊》五月號。現收

《茅盾文藝評論集》。云：近年來專業詩人的毛病是「西洋化」、「雕琢」。盛讚《詩刊》四月號工人同志寫的一百首詩歌，「短小」「有民歌的風格」；也指出有的小詩仍有「言之無物」的毛病。最後作詩云：「『勞動歌其事』，何必專業化；發揮創造性，開一代詩風」。

　　同日　發表《在首都各界紀念「五四」四十週年大會上的講話》（演講），載《人民日報》。

　　同日　下午，作完《讀書札記·〈林海雪原〉》（評論），載《茅盾研究》（2），1984 年 12 月文化藝術出版社版。（按：據《茅盾研究》編輯部編者注，「這裡發表的幾篇『讀書札記』，是未經茅公整理的筆記，從未發表過」。又按：其評五部長篇：《林海雪原》、《青春之歌》、《苦菜花》、《迎春花》、《紅旗譜》。為列目清晰，本譜均按茅公寫作時間先後，分別以《讀書札記·〈……〉》為題列條，不一一再贅）認為該長篇的「環境」和「驚險」「決定了本書的革命浪漫主義的色彩」。「革命浪漫主義需要豐富的想像，豪邁的氣魄──而此兩者，又必須以跌宕、奔放、絢爛的文筆來表現」。云作者的「想像力次於氣魄」；「最吸引讀者的，是驚險的故事，和相當機智的對話」，但楊子榮、劉勳蒼、小白鴿雖然「英雄氣慨和少女的神態，都比較好」，總的說來，「人物都不深刻，性格的發展寫得少，幾乎沒有發展」。又認為「結構」「還不差」，「注意到章與章的節奏」。（按：四日行文至此，又於 1959 年 12 月前續寫一小段。認為「少劍波這人物寫得不好」，「發指示」「言、動，都是一個調子」，寫林海雪原的美麗「常常只是靜態的描寫」。認為「大凡寫雪景」，「一為烘托，這是烘托人物」，「二為渲染，這是加濃作品中整個或特定章段的氣氛，」故「應當使寫景為主題服務」。）

　　五日　晚，出席德意志民主共和國駐華大使汪戴爾舉行的盛大酒會，慶祝卡爾·馬克思誕辰一百四十週年。

　　十一日　發表《夜讀偶記──關於社會主義現實主義及其他》（四）（論文）。載《文藝報》第九期。

　　十二日　作《談最近的短篇小說》（述評），載《人民文學》六月號。現收《茅盾文藝評論集》。從比較幾組短篇小說的角度，談近年短篇小說在藝術創作上的經驗和存在的問題。

　　十五日　於哈爾濱旅次作《〈談最近的短篇小說〉附記》（序跋），載《人

民文學》六月號，現收《茅盾文藝評論集》。著重指出「技巧上的安排，是在構思過程中結合著主題思想同時產生的，而不是脫離了主題思想另作布置的」，作家只有在修改初稿時，可以「有意識地作技巧加工的」。

十六日　作完《讀書札記·迎春花》（評論），載《茅盾研究》（2），一九八四年十二月文化藝術出版社版。認爲比《苦菜花》「有些進步」。有些細節描寫是多餘的，而且有自然主義傾向」。但「從整個看來，書的格調是不高的，正同《苦菜花》一樣」。

同日　作完《讀書札記·〈紅旗譜〉》（評論），載同上。盛讚這部長篇小說。認爲朱老鞏、嚴志和、遠濤、江濤」給人相當深刻的印象」；朱老忠等「有個性」，老驢頭「有個性」，還對其他一些人物作了評語和簡析，認爲與《林海雪原》比較，「《紅旗譜》較勝」。認爲「用方言」創作，「有好處，也有副作用」。還指出小說中的「一個漏洞」。最後指出，從「史詩」角度評，「《紅旗譜》場面不夠偉大」和「有不夠反映歷史的毛病」。

十七日　作《中國人民的親熱的朋友》（散文），據手稿收入《茅盾全集》十三卷，通過在兩個「百花燦爛的北京的春天」結識和悼念前捷克斯洛伐克大使魏斯科普夫的敘述，表達對魏斯科普夫的「景仰」，頌揚了他的「偉大的無產階級國際主義精神」和抒發了「沉重」的悼念之情。

二十一日　作《致蔡耕》（書信），載浙江文藝出版社版《茅盾書簡》。介紹兩則文壇史料：「老《譯文》……創刊號的《前記》是魯迅、我、黃源三個人談了一會，由黃源執筆寫初稿，後由魯迅改過的；而復刊號的《復刊詞》是魯迅寫的。」

二十三日　上午九時，在寓所接見山東師範學院中文系中國現代文學專業研究生。

二十六日　發表《夜讀偶記——關於社會主義現實主義及其他》（續完）（論文）。載《文藝報》第十期。文末附有小記，云《夜讀偶記》寫作過程中，「因病擱置，中隔兩月」，續筆時自感「筆調不一致」。認爲「寫論文的重要原則應當是結構嚴謹，不枝不蔓」。自云論文的觀點主要是兩點：「創作方法和世界觀的關係，現實主義與反現實主義的鬥爭」。認爲「去年的一些文藝上的修正主義思想，都和這兩個問題有關係」。又有小注：「四月二十一日，首都人民圍剿麻雀的勝利爭中寫完。」

二十七日　晚，出席並主持中蘇友協、文化部、中國音協聯合舉辦的宴會，招待蘇聯國家交響樂團，並致辭：中國人民和音樂愛好者爲能聽到「在國際上享有盛譽」的蘇聯國家交響樂團的演出而感到「愉快和幸運」；要求中國音樂界學習他們「用音樂藝術迅速反映國內外重大事件的卓越能力，聯繫群眾的優良作風和爲廣大勞動人民服務的豐富經驗」。(28日《人民日報》)

同月　《茅盾文集》第三卷由人民文學出版社出版。含：《子夜》、《後記》。

同月　《茅盾文集》第四卷由人民文學出版社出版。含：《多角關係》、《第一階段的故事》、《後記》。

約同月　接美國作家阿爾伯特‧馬爾茲來信，獲悉對方對《子夜》「細緻而深刻的分析」，但因「正要到東北各省視察工作」，沒及時回信。(致馬爾茲)

約同月底　到東北各省視察，約一個月後「從東北回到北京」。

本月

日本長崎發生侮辱中國國旗事件。

《人民日報》發表林默涵的《現實主義還是修正主義》，批判秦兆陽的《現實主義——廣闊道路》。

六月

三日　作《越文版〈茅盾短篇小說選〉自序》(序跋)，載一九五八年河內文化出版社版《半夜》(按：即《子夜》)(茅盾原著，張正、德超翻譯)。

六日　作《致陶武》(書信)，載浙江文藝出版社版《茅盾書簡》。寄上《茅盾短篇小說選》越南文版序和「照片一張」。

八日　前往東北視察業餘文藝活動開展情況。爲期一個月。(《文藝大普及中的提高問題》

十二日　出席瀋陽市文化局、中國作協瀋陽分會聯合舉辦的瀋陽青年業餘作者大會，並作報告。

十四日　前往哈爾濱市工人文化宮，與「萌芽」文學小組全體人員合影，並就創作問題進行座談和輔導。

十五日　在火車上作《〈百合花〉附記》，載茹志鵑等著《百合花》，人民文學出版社九月出版。

十七日　作《致延澤民》（書信），署名雁冰。載文化藝術出版社版《茅盾書信集》。對《紅格丹丹的桃紅嶺》提了具體修改意見。〔按：在哈爾濱視察工作時，收到延澤民送來的新作中篇小說《紅格丹丹的桃花嶺》，當晚看完全稿，並提出了修改意見。（延澤民《茅公和我的〈紅格丹丹的桃花嶺〉》，載《茅盾研究》第 1 輯）〕

同日　出席黑龍江省文聯召開的工農業餘創作會議，並作報告，分析了《一袋葵花籽》等作品。

十八日　出席哈爾濱第一工具廠業餘創作組成立二週年大會，並為該廠「萌芽」文學小組題辭留念：「前年萌芽，去年開花，今年結果，在黨的陽光照射下，在廠黨委的辛勤培養之下，萌芽將在全廠廣播種子」。

中旬　出席文學創作者和文化藝術工作者報告會，朗頌了民歌《我來了》，讚揚了民歌「豐富的想像力」，並勉勵青年業餘文藝工作者。

二十一日　晚，獲悉全國人大常委柳亞子先生病逝。被列名於柳亞子治喪委員會委員。

同日　「到長春走了一趟，首尾一個月」；「我到長春那一天，長春市真正喜氣洋洋，幹勁十足」。還參觀了煤氣公司、各高等學校自修工廠、新立城水庫、硫酸銅化工廠、硼肥廠等，為長春民辦工業「喝彩」、「興奮」和「激動」。（《長春南關行》）

當月

新知識辭典編輯室發表《子夜》（辭條），載上海新知識出版社出版《新知識詞典》。

本月

夏爾·戴高樂出任法國總理。

《紅旗》雜誌創刊。

七月

一日　在長春吉林賓館作《試談短篇小說》（評論）。載《文學青年》八月號。現收《茅盾文藝評論集》。談短篇小說發展的簡況及其與長篇小說「表面」的和「實質上的區別」：短篇是截取有典型意義的生活片斷，人物性格不

一定要求有發展；長篇是描繪「生活的長河」，要求寫出人物「性格的發展」。

上旬　返回北京以後，因旅途勞累「病了」。(《致馬爾茲》)

十九日　作《我們全力支持阿拉伯人民的正義鬥爭》(短論)，載《文藝報》第四期。現收《茅盾全集》第十七卷。云：伊拉克「革命勝利」證明了「帝國主義是紙老虎」的真理，我們要全力支持他們的鬥爭。

二十八日　作《躍進中的東北——(一)長春南關行》(散文)，載八月二十日《人民日報》。現收《茅盾全集》第十三卷。介紹了六月在長春參觀民辦工廠的所見所聞，讚揚「總路線照耀下的」「民辦工業這枝花」。

二十九日　作《〈夜讀偶記〉後記》(序跋)，載百花文藝出版社 1958 年8 月出版《夜讀偶記》。對來信指出二處誤譯的顧震潮同志(按：在中國科學院地環物理研究所工作)表示「感謝」；對青年讀者表示「歉意」，因「忙與病」，不能滿足他們來信中的要求。

同月　發表《談青年業餘創作——在瀋陽市青年業餘作者大會上的講話》(演講)，載《文學青年》七月號。

同月　出版《談最近的短篇小說》(編選)，作家出版社出版。〔按：內收同題論文一篇，並附小說七篇：《嫩江風雪》(丁仁堂著)、《洼地青春》(申蔚著)、《七根火柴》(王願堅著)、「進行」(勤耕著)、《暴風雪之夜》(管樺著)、《憶》(綠崗著)、《百合花》(茹志鵑著)〕

本月

羅馬尼亞政府宣布蘇聯軍隊撤離羅馬尼亞。

毛澤東與赫魯曉夫三十一日起開始會談。

八月

一日　前往懷仁堂，觀看曲藝會演，聽蘇州評彈《東風壓倒西風》很感興趣，擬賦詩。(《曲藝會演片斷》)

同日　作《〈躍進中的東北〉小序》(按：此標題係筆者所加)(序跋)，載二十日《人民日報》，現收《茅盾全集》第十三卷。云：六月初的東北之行「所見種種新氣象，新人新事，數也數不完。返京後抽工夫陸續追記，深感觀察不深入，文采不足，有負於那樣燦爛沸騰的現實」。

同日　爲《新文化報》題寫刊頭，載《新文化報》創刊號。

五日　作《致薩里里·約瓦德·阿爾——托瑪諸先生》（書信），載七日《人民日報》。云：「你們的勝利就是……阿拉伯人民……和全世界愛好和平人民的勝利」，堅信侵略者一定會「加速」「滅亡」。

同日　發表《茅盾同志在黑龍江省工農業餘作者座談會上的講話》（演講）。載《北方》第八期。

九日　夜，作《觀北崑劇院初演〈紅霞〉》（詩二首），載十三日《人民日報》，現收《茅盾全集》第十卷。

十一日　前往懷仁堂觀看曲藝演出，聽新評書《宜川大勝利》，頗感興趣，擬作詩。（《曲藝會演片斷》）

十四日　作《爲了亞非人民的友誼和團結》（序）。載《譯文》九月號，現收《茅盾全集》第十七卷。此文爲《譯文》將出「亞非國家文學專號」而作，以「促進亞非各國的文化交流，加強亞非各國人民的友誼和團結」和迎接將在塔什干召開的亞非作家會議。

十六日　發表《曲藝會演片斷》（詩四首），載《人民日報》。現收《茅盾全集》第十卷。詩四首讚揚曲藝會演中優秀節目的藝術及思想內容。

二十六日——二十七日　發表《延邊——塞外江南》（散文），載《人民日報》。現收《茅盾全集》第十三卷。

二十八日　作《致 B·特路靜》（書信），載浙江文藝出版社版《茅盾書簡》。云：按蘇聯《文學報》B·特路靜約稿的「意圖」「寫了一篇關於亞非作家大會的政論性的文章」，「隨函寄奉」。

同月　《茅盾文集》第五卷由人民文學出版社出版。含：《腐蝕》、《後記》、《劫後拾遺》、《新版後記》。

同月　發表《文藝和勞動相結合——在長春市文藝界大會上的講話》（演講），載《長春》八月號。指出當前文藝創作在內容上的特點是歌頌「黨的領導，政治掛帥，爲生產服務，爲中心工作服務」；在形式上則是「小型多樣，民族民間」；要求文藝要在「提高」指導下的「普及」，強調了文藝創作的「技巧」必須先「來自生活，但也要吸取前人創作的經驗」。

同月　發表《關於革命浪漫主義——在作家協會瀋陽分會座談會上的發

言》（演講），載《處女地》八月號。

同月　《夜讀偶記》由天津百花文藝出版社出版。含《前記》、正文、《後記》。

本月

美英核防禦合作計劃的協定開始生效。

中共中央舉行八屆六中全會，通過了《關於人民公社若干問題的決議》。

夏

應嘉興同志的要求，爲嘉興地區創辦的一本面向農村的文藝月刊《杭嘉湖文藝》題寫了刊頭，並在附信中，祝刊物辦得成功，至於爲該物寫文章的事，待看了幾期後，有什麼感想再寫。（王克文《茅盾同志二三事》，載《浙江日報》1981 年 4 月 7 日）

九月

一日～二日　發表《躍進中的東北——北地牡丹越開越艷》（散文），載《人民日報》。現收《茅盾全集》第十三卷。

二日　作《關於〈黨的女兒〉》（評論）。載《大眾電影》第十八期。現收《茅盾全集》第十三卷。認爲這部影片在塑造黨員的形象上、鞭撻叛徒上以及藝術創造上，都是同類題材「最好的兩三部中間的一部」。

三日～六日　發表《躍進中的東北——哈爾濱雜記》（散文），載《人民日報》。現收《茅盾全集》第十三卷。

五日　九時，前往中南海勤政殿，出席毛澤東主席召開的第十五次最高國務會議。聽毛主席講國內外形勢。

六日　繼續出席第十五次最高國務會議。

七日　出席首都三百萬群眾遊行大會，抗議美帝國主義阻撓中國人民解放臺灣。並代表文藝科技界人士在大會上講話。

八日　上午，出席最高國務會議，聽毛澤東主席講話。

同日　晚，出席朝鮮電影週開幕式，並致辭：「祝賀朝鮮人民在建設祖

國」,「爲祖國和平統一而鬥爭所取得的勝利。」(9日《人民日報》)

九日 發表《向英勇的前線將士致敬》(短論),載《解放軍報》,現收《茅盾全集》第十七卷。云:向「英勇的駐防福建前線的人民解放軍指戰員」表示「崇高的敬意和深切的慰問」;代表文藝工作者表示:「必要時,我們將一手執筆,一手拿槍,到前線去」,「爲解放臺灣願盡自己的最大努力,直到最後獻出生命」。

同日 作《擁護周總理的聲明》(短論),現據手稿編入《茅盾全集》第十七卷。云:爲了堅決擁護周總理的聲明,文藝工作者必須「鼓足幹勁,多快好省地創作」,「爲元帥和先行的升帳」、「爲燦爛沸騰現實中的一切激動心弦的事物」「奏起鼓吹」,要「掃除」「三風、五氣」,「爭取又紅又專,紅透專深」。

十日 發表《躍進中的東北——群眾文藝運動在瀋陽》(散文),載《人民日報》。現收《茅盾全集》第十三卷。

十一日 發表《粉碎美國軍事挑釁而抗議的題詞》(題詞),載《新文化報》第九期。

同日 作《文藝大普及中的提高問題——1958年9月11日在文化部部務會議的報告》(演講),載《新文化報》第十期,現收《茅盾文藝評論集》。指出文藝工作正處於「全民辦文藝」的大普及階段,但應注意「提高」。從「務實」和「務虛」兩方面,提出解決「輔導力量不足」、「文藝工作……依然落後於現實」、業餘作者如何「破除對於技巧的神秘觀念……發揮創造力」、「培養和提高青年理論隊伍」等問題。

同日 作《〈文藝大普及中的提高問題〉附錄》(序跋),載《新文化報》第十期。引用了三組詩,比較說明有些詩「寫得富於形象,氣勢雄壯,聲調鏗鏘」;而有的詩有「口號式」的毛病,藉以說明創作人員的思想「趕不上」現實的問題。

二十日 晚七時,前往文聯大樓,出席紀念三大世界文化名人大會,並致開幕詞:指出彌爾頓(英)、薩迪(伊朗)、拉格洛孚(瑞典)三位世界名人的作品充滿「人道主義思想」、「對於光明的渴望和對於黑暗愚昧的憎恨」。(24日《人民日報》)

二十四日　上午，八時半。在寓所與吳仲起、王冶秋、劉芝明、徐光霄等與鄭振鐸談心，鄭表示接受大家的意見，「大力改造自己的思想，改正自己的作風」。（陳福康《鄭振鐸年譜》）

二十五日　與鄭振鐸一起，出席陳毅副總理在紫光閣爲即將離任的緬甸駐華大使吳拉茂餞行的宴會。

二十七日　上午，出席並主持中國文聯舉行的主席團擴大會議，發表《新形勢與新任務——9月27日中國文聯主席團擴大會議上的開場白》（演講），載十一月《新文化報》第二十一期。號召開展群眾創作和批評運動，增強文藝作品的共產主義思想性，用共產主義精神教育廣大人民。

二十八日　出席周恩來總理舉辦的國慶宴會。

二十九日　上午，前往政協禮堂，出席中國伊拉克友好協會成立大會。

三十日　出席我國與十個國家的友好協會成立大會，並當選爲中波友好協會會長。

同月　《春蠶》（文學小叢書）由人民文學出版社出版。含：《春蠶》、《秋收》、《殘冬》、《林家舖子》。

同月　《茅盾文集》第六卷由人民文學出版社出版。含：《霜葉紅似二月花》、《新版後記》、《清明前後》、《後記》。

當月

史明發表《論茅盾的〈春蠶〉》，載《語文學習》九月號。

本月

緬甸陸軍接管政權，吳努總理宣布辭職。

中國人民解放軍三十年編委會編輯的《星火燎原》開始分冊出版。

十月

一日　前往天安門，出席首都各界歡慶中華人民共和國國慶盛典。

三日　率中國作家代表團一行，前往塔什干出席亞非作家會議。（5日《人民日報》）

七日　下午，出席亞非作家塔什干會議開幕式，並作專題發言：《爲民族獨立和人類進步事業而鬥爭的中國文學》（演講），載十三日《人民日報》。講

話概括介紹了從《詩經》到大躍進時的中國文學、中國作家。認為中國文學家是「熱愛真理、熱愛人民、熱愛和平而反對侵略的戰士」，中國作家在反對帝國主義侵略、保衛世界和平方面是與亞非進步作家一致的，同時批判了西方的「搖擺舞」「黃色電影」和西方殖民主義對文化的毒害。

八日 發表《祝亞非作家會議》（短論），載《人民文學》十月號。認為「殖民主義帶來了文化侵略」。

同日 下午繼續出席亞非作家大會全體會議。

九日 下午，繼續出席亞非作家大會全體會議。分成五個委員會進行了討論。

同日 晚，前往塔什干穆基米劇院出席亞非作家的詩歌朗頌會。（11日《人民日報》）

十日 下午，繼續出席關於發展亞非作家之間的友好接觸議題的討論。（13日《人民日報》）

十二日 大會休會，和與會代表們參觀了塔什干的集體農莊，訪問了農民家庭。

同日 下午六時，前往運動場出席塔什干舉行的群眾大會，並致辭。云：「塔什干精神就是亞非人民的精神」，「中蘇兩國人民的團結是不可戰勝的」，「中國作家全力支持亞非人民的鬥爭。」（14日《人民日報》）

十三日 出席亞非作家會議閉幕式，大會號召全世界作家反對殖民統治，決定加強文學與人民的聯繫並促進各國文化交流。在答塔斯社記者問時指出：「這次具有歷史意義的會晤將大大加強文學界人士間和亞非各國人民間的互相諒解，友好團結和文化交流。」，「它將為促進反殖民主義和保衛世界和平鬥爭。」（《文藝報》第二十期）

十四日 發表《在慶祝亞非作家會議勝利閉幕的群眾大會上的講話》（演講），載《人民日報》。

同日 從塔什干郊外搬進城裡，住塔什干旅館。（唐金海、張曉雲主編《巴金年譜》）

十六日 從塔什干乘專機到費爾剛納、安集延等地訪問。晚，在費爾剛納往宿。

十七日　從費爾剛納乘車到安集延。

十八日　坐小客機返塔什干。

十九日　從塔什干飛往莫斯科時，驚悉鄭振鐸等乘坐的圖一〇四飛機失事。鄭是率領中國文化代表團取道莫斯科前往阿富汗王國和阿拉伯聯合國作友好訪問的。同行遇難的有十四人！是夜，下塌烏克蘭旅館之二十七樓，「燈光閃爍，風雨淒迷」，久不能寐，寫成七律一首，「以寄悼思」。

同日　夜，作《悼鄭振鐸副部長》（詩）。載《詩刊》第十一期。現收《茅盾全集》第十卷。

同日　夜，作《悼鄭振鐸副部長》引言·詩後小記」（序跋），載《詩刊》第十一期。現收《茅盾全集》第十卷。云：九月二十五日，與鄭振鐸應邀參加陳毅副總理兼外長在紫光閣爲緬甸大使吳拉茂餞行的宴會。十月三日率團出國訪問，十月十九日自塔什干飛回莫斯科，始聞鄭振鐸飛機失事遇難。夜深「久不成寐，書此八句，以寄悼思」，讚鄭氏爲人「直腸」，愛讀書、「下筆渾如不繫舟」。

二十一日　列名於鄭振鐸、蔡樹蕃等十六人治喪委員會。

同日　下午三時，出席文化部和對外文委舉行的追悼會。

二十六日　前往機場，迎回鄭振鐸等人的骨灰。

二十七日　下午，出席周總理接見十個國家的作家和詩人的會議。（28日《人民日報》）

二十八日　獲《詩刊》信，「索稿悼鄭，並限爲舊體」。

三十一日　上午，前往首都劇場出席追悼鄭振鐸、蔡樹蕃等同志大會。並且報告了鄭振鐸生平事跡。（11月1日《人民日報》）

同日　下午三時，到中國作協煉鋼工地，和印尼、緬甸、泰國、非洲塞內加爾等五國作家在土造煉鋼爐前一起「生爐、加料、炒鐵」，「將鋼漿鑄成鋼塊」。煉成一爐「象徵亞非團結的鋼」。（11月2日《人民日報》）

同日　又作《悼鄭振鐸副部長》（詩）。載《詩刊》第十一期。現收《茅盾全集》第十卷。與十月十九日深夜之作共用引言和小記，並同時發表。云與鄭氏交往四十年，先是「風雨雞鳴求舜日」，後又「紅先專後曾共勉」。

同月　《躍進中的東北》由作家出版社出版。

當月

朱紹禹發表《〈白楊禮讚〉的教學》，載《語文教學》第十期。

日本吉田富夫發表《關於〈子夜〉》，載《中國文學報》〔京都大學〕
（9）

十一月

一日　發表《悼鄭振鐸副部長》（詩），載《新文化報》。現收《茅盾全集》
第十卷。

二日　作《崇高的使命和莊嚴的呼聲》（散文）。載《世界文學》一月號。
現收《茅盾全集》第十三卷。以抒情詩的筆調讚美在塔什干召開的亞非作家
大會。

五日　晚，前往首都電影院出席慶祝十月革命四十一週年蘇聯電影週開
幕式。並致辭，云：「十月革命」「給人類歷史開創了新紀元」，為馬列主義的
「文化藝術奠定了鞏固的基礎」。（6日《人民日報》）

六日　中午，設宴歡送波中友協代表團團長布爾金，並會見波蘭大使基
里洛克。（9日《人民日報》）

同日　出席首都各界歡慶蘇聯十月革命勝利四十一週年大會，任大會主
席團成員。

十日　出席中共中央宣傳部組織的報告會。

十一日　作《〈鼓吹集〉後記》（序跋），載《鼓吹集》1959年1月作家出
版社出版。云：集中所收為1919年到1958年「趕任務」寫的論文集。題名
「鼓吹集」，即「宣傳黨的文藝方針的小冊子」，在「黨的領導下，有意識地
有目的地鼓吹黨的文藝方針和毛主席的文藝思想」。

十二日　在京作《茅盾文集》第七卷《後記》（序跋），載《茅盾文集》
第七卷。現收《茅盾全集》第九卷。說明本卷所收各篇「都盡可能按照寫作
的年月順序編排」，讓讀者「便於查考我的思想變化過程」。介紹了《大澤鄉》
的創作經過，及收入本卷各篇的理由。

同日　作《茅盾文集》第八卷《後記》，載《茅盾文集》第八卷。現收《茅
盾全集》第九卷。介紹了收入本卷各篇的「背景材料」，以及若干篇目不收入
本卷的原因是自己「不滿意」。

　　十三日　作《〈西京插曲〉附記》（序跋），載《茅盾文集》第九卷，現收《茅盾全集》第十二卷。云：「此篇發表時被國民黨的檢查官刪掉了不少……那是用諷刺的筆調」寫華僑慰勞團被「請」上山的原因。

　　同日　作《〈秦嶺之夜〉附記》（序跋），載《茅盾文集》第九卷，現收《茅盾全集》第十二卷。云：「此篇所記……均為事實」，但「發表時也被國民黨的檢查官刪去了一些句子。現在既無底稿，也記不清，只好就這樣吧」。

　　同日　作《〈司機生活的片斷〉補誌》（序跋），載《茅盾文集》第九卷，現收《茅盾全集》第十二卷。說明在通過華家嶺時，憑「介紹信」，坐「準活佛大師專開的」車的經過。

　　十四日　作《〈歸途雜拾〉附記》（序跋），載《茅盾文集》第十卷，現收《茅盾全集》第十二卷。云：此篇記錄了從香港脫險過程中「從惠陽到老隆的見聞」，「寫作時間最早」，「現仍把它編在《脫險雜記》的後邊」。

　　同日　作《〈太平凡的故事〉附記》（序跋），載《茅盾文集》第九卷，現收《茅盾全集》第十二卷。云：此篇所記是作者的親身經歷。「從香港出來的千把文化人就是這樣地在共產黨的大力幫助下到了後方，走上新的工作崗位的」。

　　十五日　作《〈茅盾文集〉第九卷後記》（序跋），載《茅盾文集》第九卷，說明此輯中僅收十八篇雜文，此期間另有二、三篇被國民黨檢查官「斧削」太甚，失卻本來面目，只好「抽掉」；又因「原稿已失」，被刪處已「記不清它們的內容了」。

　　十六日　作《〈新疆風土雜憶〉附記》（序跋），載《茅盾文集》第七卷，現收《茅盾全集》第十二卷。說明了當初撰寫此篇的動機是為了「消解」盛世才對「後方青年知識分子所起的欺騙作用」；也為了不「影響到營救社（按：杜重遠）、趙（按：趙丹）等人的工作」，但發表時，被國民黨檢查官「或刪或削」歪曲了原來的面貌。又云，文中所述新疆的風俗「已成陳跡」，「這是中國共產黨在少數民族地區的正確政策和英明領導的實例之一」。

　　十七日　晚，出席對外文委舉行的宴會，招待朝鮮藝術團，並致祝酒詞。（18日《人民日報》）

　　同日　作《〈談迷信之類〉補注》（注釋），載《茅盾文集》第九卷，現收

《茅盾全集》第十一卷。云：「寫這篇雜文的時候，正鬧著『農村經濟破產』，而又『穀賤傷農』的矛盾現象。」

　　同日　作《〈風雪華家嶺〉附記》（序跋），載《茅盾文集》第九卷，現收《茅盾全集》第十二卷。《附記》中轉引了一九五八年十一月十六日《人民日報》關於華家嶺的通訊。目的在於「提醒讀者，今天的華家嶺完全不同了」。

　　十九日　晚，前往首都劇場觀看朝鮮藝術團在京首次演出。演出結束後，與張奚若等上台祝賀演出成功。（20 日《人民日報》）

　　二十一日　上午，接見了阿富汗文化代表團。（23 日《人民日報》）

　　二十二日　下午五時半，出席朱德副主席接見朝鮮政府代表團的儀式，並在接見結束後，出席周恩來總理爲貴賓洗塵的宴會。（23 日《人民日報》）

　　二十四日　作《〈茅盾文集〉第十卷〈後記〉》（序跋），載《茅盾文集》第十卷。現收《茅盾序跋集》。介紹了這本雜文「結集」的過程及體例。對集中所收「舊詩若干首」作了說明；又云對一些「早已過時了」的訪蘇見聞作了「割棄」。

　　同月　《工潮》（按：即《子夜》中的一章）列入文學初步讀物叢書，由作家出版社出版。

當月

　　張本成發表《喜讀茅盾的短文〈關於「黨的女兒」〉》，載《大眾電影》二十一期。認爲茅盾的《關於〈黨的女兒〉》是「一篇出色的影評」，由於作者「抓住了主題，文章的結構嚴謹、層次分明、詳簡得宜，做到了精鍊、通俗、清新、感人」。

　　《大眾電影》編輯部發表《〈喜讀茅盾的短文關於「黨的女兒」〉注》，載《大眾電影》二十一期。云：「茅盾的短文發表後，我們已收到好幾篇這樣的反映。願我刊和作者們共同努力，在影評文章上，力掃八股，改變文風。一新面貌。」

本月

　　蘇聯部長會議主席赫魯曉夫要求結束四國對柏林的佔領。

　　金日成爲首的朝鮮政府代表團訪華。

十二月

同月　發表《牡丹江畔にもりあかる建設の意氣むみ》（隨筆），載《人民中國》十二月號。

本月

《毛澤東論文學和藝術》由人民文學出版社出版。

同年

獲悉越文版《半夜》（按：即《子夜》）由河內文化出版社出版，張正、德超翻譯。

秋冬　「一直鬧病，神經衰弱，多用腦即失眠，天氣稍有變動就感冒」，「深以爲苦」。（《致〈中國青年報〉編輯部文藝組》）

同年　從作家出版社文藝編輯處獲悉，該社建議，擬將譜主 1949 年至 1958 年已發表的論文結集出版，遂表示這些論文均是「趕任務」寫的，沒有必要再「炒冷飯」，故「頗爲遲疑」。但最後「終於同意了」。事後，這些論文均由出版社「搜集」並「校勘」，後題名爲《鼓吹集》。

同年　作《〈文藝大普及中的提高問題〉附錄的附記》（序跋），載《鼓吹集》，一九五九年一月人民文學出版社出版。

同年　收到百花文藝出版社寄來的《夜讀偶記》的稿費。隨即將稿費全部退回，並附信說明：歷來只取一份稿費，《夜讀偶記》將收入人民文學出版的文集內，今後從「文集」方面取酬就可以了。（周艾文《茅盾同志二三事》載《天津日報》1981 年 4 月 8 日）

同年　寄小說一冊給杜鵬程，上有自己的簽名。杜鵬程回信說，書已收到，對我這晚輩不必那樣客氣。茅盾隨即去信說：「不是客氣。我對自己的作品，從來沒有滿意過。而且隨著歲數增長對自己的作品的不足之處越發現多。」（杜鵬程《懷念茅盾大師》，載《陝西日報》1981 年 4 月 16 日）

約同年　讀了林斤瀾二十篇左右的作品。（按：其時林的來稿一直積壓在《人民文學》編輯部裡，編輯對林的寫法拿不定主意）建議召開座談會。在《人民文學》召開的討論會上，認爲「林斤瀾有他自己的風格。這風格表現在錬字、造句上，也表現在篇章的結構上」。從此，林斤瀾登上文壇。（王

楷《手澆桃李千行綠——記茅盾培育中青年作家》，載《人才》1981 年第 2 期）

當年

人民文學出版社出版《135 個世界名著的文學家》，內收《茅盾》專章。

葉子銘發表《從〈蝕〉到〈虹〉——論茅盾自大革命至左聯前夕的創作（1927～1929）》，載南京大學《教學與研究匯刊》（人文科學）第二期。

越南張正、德超發表《越文版〈半夜〉前言》，載河內文化出版社版《半夜》（按：即《子夜》）。《子夜》是茅盾「遵循」左聯「提出的」「無產階級文學的創作方針」寫出來的。《子夜》仍是茅盾全部創作中，也可以說是中國近代文學史中最好的反映現實的一部小說」，它「忠實地反映社會和塑造出生動的人物」。

日本小野忍發表《民族資產階級的夢想與現實——茅盾的〈子夜〉》，載東京每日新聞社出版《現代的中國文學》。

一九五九年（六十四歲）

一月

一日　發表了《新年祝詞》（隨筆），載《新文化報》，現收《茅盾全集》第十七卷。云：由於「在黨領導下」開展了「大辯論」，拔「白旗」、插「紅旗」運動；由於文藝工作者「自覺進行勞動鍛鍊」；由於「整風反右基礎上」展開了「文化、藝術的大普及群眾運動」，所以「一九五八年是不平凡的一年」，在新的一年裡，「必須加強政治掛帥」，「在黨領導下，鼓足幹勁」取得「更好的成就」。

同日　發表《觀朝鮮藝術團表演偶成》（舊體詩兩首）。載《新觀察》第一期，現收《茅盾全集》第十卷。

五日　發表《給全世界人民的喜訊》（隨筆），載《中國青年報》，現收《茅盾全集》第十七卷。云：「蘇聯的宇宙火箭飛上天」，「將保證了人類的進步事業」繼續取得勝利，眞是讓全世界人民受到鼓舞的喜訊。

六日　作《慶祝蘇聯人民偉大的科學成就》（隨筆），載七日《新文化報》第三十三期，現收《茅盾全集》第十七卷。云：「蘇聯宇宙火箭的成功」，「又一次強有力地證明了蘇聯科學的偉大成就」。「中國人民爲老大哥的這一巨大成就感到自豪」。

十日　作完《短篇小說的豐收和創作上的幾個問題》（述評），載《人民文學》二月號。現收《茅盾文藝評論集》。全文對包括特寫、報告文學等在內的廣義的「短篇小說」作漫評，從小小說、人民英雄形象等幾個側面充分肯定了近年來短篇小說的成就。認爲此事實「徹底粉碎了資產階級文藝思想的錯誤觀點」，證明「『靈感』來自勞動，『靈感』來自階級鬥爭和生產鬥爭」。

二十七日　作《漫談文學的民族形式》（論文），載二月二十四日《人民日報》。現收《茅盾文藝評論集》。就格律詩和新詩、小說等文學形式的民族形式問題的爭論，表達了明確的觀點：「我以爲文學的民族形式的主要因素是文學語言，但也不能忽視民族文學在其發展過程中所創造的表現方法。」

同月　出席中宣部召集的全國文教界負責人座談會，總結了一九五八年的工作。

同月　出版《鼓吹集》（評論集）。作家出版社出版。此係譜主自一九四九年後發表的關於文藝的論文和短評的結集，收入集子時，譜主又作了些修改。全書中心主要是談文藝創作問題，對資產階級文藝思想的批判，評介青年作家的作品。

同月　作《觀劇偶成》（詩），現收《茅盾全集》第十卷。（按：此係觀看郭沫若新編歷史劇《蔡文姬》後所作）詩云：「千秋功罪正難論，亂世奸雄治世臣。我喜曹瞞能本色，差勝沽名釣譽人」。

當月

陳啓正發表《錢谷融先生在人物分析上的修正主義觀點》；載《語文教學》。

何家槐發表《茅盾〈春蠶〉、〈秋收〉和〈殘冬〉》，載《文學知識》一月號。

本月

蘇共在莫斯科舉行第二十一次黨代表大會，通過蘇聯新的七年計劃。

《譯文》雜誌改名爲《世界文學》。

二月

三日　出席全國人代會常委會第一〇四次會議。

四日　出席全國人代會常委會第一〇五次會議。

五日　出席全國人代會常委會第一〇六次會議。

同日　作《怎樣評價〈青春之歌〉》（評論）。載《中國青年》第四期。現收《茅盾文藝評論集》。本書是對長篇小說《青春之歌》群眾討論的總結，針對郭開極爲片面的觀點，充分肯定了《青春之歌》的思想意義和藝術價值，同時指出小說在人物描寫、結構、文學語言上的不足。

八日　歡渡一九五九年春節。

上旬　作《一九五九年春節》（舊體詩），載《茅盾詩詞》。現收《茅盾全集》第十卷。

同旬　作《春節摸彩》（舊體詩），載《茅盾詩詞》，現收《茅盾全集》第十卷。

十三日　出席首都各界慶祝中蘇友好同盟互助條約簽訂九週年大會。

十四日　出席蘇聯駐華使館舉行的宴會，歡慶中蘇友好同盟互助條約簽訂九週年。（15 日《人民日報》）

十七日　晚，出席中國人民對外文化協會和保衛世界和平大會聯合舉辦的歡迎美國黑人著名學者、世界和平理事會理事杜波依斯博士和夫人的宴會。（4 月 13 日《人民日報》）

十八日──二十七日　出席中國作家協會召開的文學工作座談會。

約中旬　發表《創作問題漫談──在中國作家協會創作工作座談會上的發言》（演講），載《文學知識》第三期（按：題為《創作問題漫談──在一個座談會上的發言》）。現收《茅盾文藝評論集》。在充分肯定大躍進文藝的同時，指出幾點應注意的問題，如「對現實科學分析不夠」、「題材範圍狹隘」、「對於革命浪漫主義的理解」、「對於為生產服務、為中心工作服務的片面的看法」等。

二十二日　作《致烏鎮房管會》（書信），署名沈雁冰。載文化藝術出版社版《茅盾書信集》。云：「茲委託沈季豪先生代收房租（每月貳元三分）。」

二十三日　出席我國保衛世界和平大會和對外文化協會聯合舉辦的祝壽宴會，慶賀杜波依斯九十一歲壽誕。

同日　發表《願月圓人壽，光明的更光明，不朽的永遠不朽──慶祝杜波依斯博士九十一歲壽誕》（隨筆），載《人民日報》，現收《茅盾全集》第十七卷。祝福美國黑人進步作家杜波依斯博士「將為人民的利益作出更多更大的貢獻」。

同月　作《致〈涅瓦〉雜誌的讀者》（序跋），載《涅瓦》一九五九年十期，現收《茅盾全集》第五卷。簡介了《腐蝕》的「時代社會背景」，旨在「幫助讀者對這本書的理解」，並對於「在中蘇文化交流中辛勤勞動並作出巨大貢獻的翻譯同志們表示崇高的敬意和衷心的感謝」。

同月　作《向共產主義邁進的偉大計劃──為蘇聯〈消息報〉寫》（短論），現據手稿編入《茅盾全集》第十七卷。為蘇聯一個月前頒佈的《七年經濟計劃提綱》而歡呼，「預祝英勇的蘇聯人民跨著豪邁的步伐，勝利地完成偉大的歷史任務」。

同月　作《烏克蘭文版〈虹〉序言》（序跋）。載烏克蘭文版《虹》。

同月　與周揚等聯名發表通電聲明，要求巴基斯坦政府釋放巴基斯坦進步作家費茲。

同月　出席中宣部召開的宣傳工作會議，由文化部黨組檢查了一九五八年的文化工作。

當月

楊晦發表《推薦影片〈林家舖子〉》，載《大眾電影》第四期。認爲茅盾的「《林家舖子》，雖然只是一個短篇，卻反映了當時的歷史面貌」，「像小說裡那樣的側面寫法也使人認識到其間的意義和感到深刻的影響」。

謝添發表《扮演林老闆一些體會》，載《大眾電影》第四期。云：「在拍攝影片《林家舖子》前，我曾反覆地讀了茅盾的小說《林家舖子》，覺得林老闆這樣的人並不陌生，似曾相識」，理解了「林老闆的階級本性，以及在他身上產生的兩面性的歷史條件和社會根源」，「原著小說作者茅盾同志……給了我許多教導和幫助」。

張容發表《談談〈林家舖子〉片斷》，載《大眾電影》第四期。

日本高田昭一發表《茅盾的小說（三）──關於〈煙雲〉》，載《岡山大學法國文學系學術紀要》（11）。

本月

反對佛朗哥政權的西班牙自由派和右派聯合組成西班牙聯盟。

三月

一日　作《敬祝蘇聯第三次作家代表大會勝利成功！》（祝辭），載《世界文學》三月號。

二日　作《致〈中國青年報〉編輯部文藝組》（書信），載文化藝術出版社版《茅盾書信集》。云：去年秋天約寫的小說稿子「未曾編寫，也沒有加以修改」，雖然「十分焦灼」，但無「把握」「完成這個計劃」。

四日　作《〈潘虎〉等三篇作品讀後感》（讀後感）。載《解放軍文藝》四月號。現收《茅盾文藝評論集》。讚《星火燎原》中《潘虎》等三篇作品，「寫了廣大的勞動人民對紅軍的擁護、工農要求革命的高度的熱情」。認爲《星火燎原》「比起《左傳》、《戰國策》、《史記》來，不但並無遜色，而且在思想性

上是遠遠超過了它們的」，因爲這部書的作者們「是馬列主義的革命家」。

十二日　作《如何保證躍進──從訂指標到生產成品？》（隨筆）。載《人民文學》四月號。談「文藝工作的大躍進」中如何「訂計劃」和「培養青年作者」。

十三日　出席周恩來總理接見兩位加納客人的晤談。

十八日、十九日　出席北京市人民代表大會常委會，聽取關於北京市政府的工作報告。

二十日　是日起，與人大代表等到北京市有關工廠、學校、郊區人民公社等視察工作。此項活動至三十日結束。

二十二日　作《致馬爾茲》（書信），載文化藝術出版社版《茅盾書信集》。認爲「新社會的新文學藝術」「大量產生的是對於當時社會發生影響的，但不一定能夠長久受到注意的作品」，而「我們的責任」是縮短這一個「新文學藝術發展中」「不可避免的過程」，產生「眞正有價值的作品」。

同月　發表《歌雄心更雄》（詩詞），載《草原》第二十四期，現收《茅盾全集》第十卷。

同月　《茅盾文集》第七卷由人民文學出版社出版，現收《茅盾全集》第八卷。含：第一輯：《創造》、《詩與散文》、《色盲》、《曇》、《石碣》、《豹子頭林沖》、《大澤鄉》、《神的滅亡》；第二輯：《喜劇》、《搬的喜劇》、《小巫》、《林家舖子》、《當舖前》、《右第二章》、《春蠶》、《秋收》、《殘冬》、《賽後》、《後記》。

同月　《林家舖子》重載於《電影創作》三月號。

當月

夏衍發表《林家舖子》（電影劇本），載《電影創作》三月號。

夏衍發表《〈林家舖子〉改編者言》，載《電影創作》三月號。回憶了一年前改編《林家舖子》的經過，並表示「從我學習寫作的時候開始，我就是茅盾同志作品的愛讀者。其中，我特別喜歡他的短篇」。

夏衍發表《給謝添同志的一封信》，載《電影創作》三月號。談到對林老闆的認識，「這一類小商人一方面是被壓迫者，被剝削者」，「但他們自己也是壓迫者和剝削者」，具有「大魚吃小魚」，「見上怕，見下欺」的

性格。

水華發表《〈林家鋪子〉電影導演台本》，載《電影創作》三月號。

北京電影製片廠《電影創作》編輯部發表《編後記》，載《電影創作》三月號。認爲茅盾的小說《林家鋪子》「是『五四』以來的名著之一，在國內外讀者中，極有影響。作者通過林家鋪子一家人的命運，勾勒出『一二八』前後，中國社會動盪不安的面貌」，「小說對林老闆性格的塑造是很成功的」，「爲了幫助讀者更好地掌握電影劇本創作的特點，這一期特意以《林家鋪子》爲重點，發表了茅盾同志的小說，夏衍同志改編的電影文學劇本、水華同志的電影導演台本和夏衍同志的《致編者言》，並附改編者覆演員謝添同志的信。」

呂志遠發表《影幕上的〈春蠶〉》，載二十七日《北京晚報》。

王沅圍發表《茅盾的〈春蠶〉》，載《語文學習》第三期。

本月

中國西藏叛亂失敗，達賴喇嘛逃亡印度。

首都集會紀念俄羅斯偉大作家果戈理（1809～1852）誕辰一百五十週年。

四月

一日　出席部隊短篇小說創作座談會，並講話。

同日　作《在部隊短篇小說創作座談會上的講話》（演講），載《解放軍文藝》八月號，現收《茅盾文藝評論集》。簡評《臺灣來的漁船》中的幾篇小說，指出「人物描寫的鐵則」是「『典型環境中的典型性格』問題」，要重心理描寫，而不能拘泥於「生產過程和戰鬥過程的描寫」，又以魯迅、莫泊桑、歐·亨利的幾個短篇小說爲對照，談思想深刻的重要性。

八日　晚，前往天橋劇場，觀看匈牙利國家歌劇院小型芭蕾舞團訪華招待演出。

十一日　下午，出席中國人民政治協商會議全國委員會常務委員會第五十四次擴大會議，會議決定公佈委員名單，譜主作爲中國文學藝術界聯合會代表列名，定爲第三屆全國委候選人。

同日　出席中國亞非作家常設事務局聯絡委員會成立大會。當選爲中國

亞非作家常設事務局聯絡委員會主席。

十四日　出席中國人民保衛世界和平委員會等單位聯合舉行的喬·弗·亨德爾逝世二百週年紀念大會，並致開幕詞。

十五日　出席毛澤東主席主持的最高國務會議。

十七日　上午，出席政協三屆全國委員會第一次會議。

同日　下午，前往懷仁堂出席全國人民代表大會二屆首次會舉行的預備會議，被選爲主席團成員。

同日　晚，出席了紀念「五四」四十週年籌備委員會成立大會，任籌委會委員，並參加了第一次會議，討論了有關紀念「五四」四十週年的工作。

十八日　上午，前往北京政協禮堂出席政協三屆首次會議開幕式，列名於主席團名單。

同日　下午三時，前往中南海懷仁堂出席全國人民代表大會二屆首次會議開幕式，毛澤東主席主持大會，周恩來作政府工作報告。

十九日　上午，前往首都劇場出席首都各界隆重集會慶祝世界和平運動十週年。

二十一日　下午，出席二屆全國人大第一次會議，聽李富春作關於國民經濟草案的報告。

二十三日　出席首都紀念萬隆會議大會。

二十四日　下午，出席二屆全國人大第一次會議，討論並發言。回顧了「1958 年群眾業餘文化活動空前活躍，文學藝術有如百花盛開」的情況，希望繼續鼓足幹勁，貫徹雙百方針，把文藝推向繁榮昌盛階段。(25 日《人民日報》)

二十五日　發表《在第二屆全國人民代表大會第一次會議上的發言》(演講)，載《人民日報》。

同日　發表《東風不久即將吹散飄在喜馬拉雅山頂的一片烏雲，印度野心家的陰謀一定要落空》(隨筆)，載《人民日報》。

二十六日　發表《關於文學研究會》(隨筆)。載《文藝報》第八號。簡述文學研究會的成立、創始人、宗旨等。認爲「文學研究會這個無組織、無紀律的團體，就由於一個刊物《小說月報》和一部叢書，而若有若無地存在

了十年左右」，「至於功罪如何，則有待於文學史家的論定」。

二十七日　出席二屆全國人大第一次會議，選舉國家領導人員，劉少奇當選爲中華人民共和國主席。

二十八日　上午，出席政協第三屆全國委員會第一次會議，選舉毛澤東爲政協名譽主席。

同日　出席主席團成員和各代表組負責人聯席會議，通過國家領導人候選名單。

二十八日　上午，出席政協第三屆全國委員會第一次會議，選舉毛澤東爲政協名譽主席。

同日　出席全國人大二屆一次會議閉幕式，據中華人民共和國主席劉少奇令，被任命爲中華人民共和國文化部部長。

二十九日　上午，出席全國政協三屆首次會議閉幕式，列名於常務委員。

同月　長篇小說《子夜》由人民文學出版社出版。含十九章和後記。附葉淺予插圖十六幅。

當月

葉聖陶發表《略述文學研究會》，載《文學評論》第二期。簡述了「爲要辦一種文學雜誌而組織起來的」「文學研究會」的組建和發展過程。經茅盾創議，「文學研究會……以《小說月報》爲文學雜誌的代用刊物」，高度評價了「沈雁冰主編月報對於發表創作的認眞」，「他的忠於文學工作的精神，叫人感佩無已」。認爲《春季創作壇漫評》一文「可以見到當時文學研究會同人評衡作品所取的標準和《小說月報》推進創作提高創作的願望」。肯定茅盾負責《小說月報》後在介紹外國文學方面的貢獻。

李准發表《從生活中提煉》，載《文學知識》四月號。憶及一九五五年茅盾講創作《春蠶》過程，並云：「根據他所熟悉的浙東農民生活，以及帝國主義在中國的殘酷盤剝農民的歷史事實，寫成了那篇在當時具有極大政治意義的短篇小說」。

本月

約翰・杜勒斯因病辭去美國國務卿職務，於二十四日病逝。

柳青的長篇小說《創業史》在《延河》連載。

五月

二日　下午三時，出席中蘇友協第三次全國代表大會，大會提出宣傳蘇聯學習蘇聯全力發展中蘇友誼。六時，進行大會選舉，被選爲副會長（會長宋慶齡）。

同日　出席中國文聯主席團擴大會議，討論雙百方針。

三日　下午一時許，前往先農壇體育館出席首都紀念「五四」四十週年盛大集會，並演講。云：「五四」「產生了中國的新文化，留下了豐富的遺產」，鼓勵青年「要確立無產階級世界觀」，「認眞學習馬克思列寧主義」，進行「意義更爲深刻」、「規模更爲廣大的」「文化革命」，把社會主義祖國變得繁榮富強。

同日　前往紫光閣出席周恩來總理召集的文化、宣傳工作座談會。聽周恩來談《關於文化藝術工作兩條腿走路的問題》。

四日　發表《堅決完成社會主義文化革命》（演講），署名沈雁冰。載《中國青年報》。（按：此係「五四」運動四十週年紀念大會上的講話）

十日　作《致延澤民》（書信），署名沈雁冰。載孫中田、周明編《茅盾書信集》，一九八八年三月文化藝術出版社出版。云：「接大札」和《千里雷聲萬里閃》一書；告之，「既病且忙，並無新作，偶寫短論，亦缺新的見解」。

上旬　作《五四運動的經過和意義》（報告）（按：本書係譜主於五四運動四十週年時，爲蘇聯聽眾所作的廣播稿），現據手稿收入《茅盾全集》第十七卷。介紹了「五四」運動的發生、發展及偉大的歷史意義；回顧了「五四」前中國「文化思想戰線上的鬥爭」以及十月革命對中國思想界的「巨大的」「激動」。

十二日　是日「大風揚塵」，乃「當窗而坐」寫《〈茅盾選集〉序言》，寫畢「頭上頓添新『霜』」。

同日　作《〈茅盾選集〉序言》（序跋），載一九五九年六月人民文學出版社出版《茅盾選集》。云：幾年前人民文學出版社要求「多選幾篇」結集出版，但「自知」「沒有寫出好作品」而拒絕了；現在「爲讀者節省時間、精力」，願將短篇小說、雜文「合爲一冊」出版。

十八日　作《在蘇聯作家第三次代表大會上的祝詞》（演講），載六月《文

藝報》第十一期。認爲蘇聯文學「給蘇聯人民建設共產主義社會的創造性勞動和英勇鬥爭以深刻的反映」,「是全世界進步文學運動的核心」。

同日　發表《推薦好書還須好文章》(隨筆),載《多讀好書》第一輯。現收《茅盾文藝評論集》。認爲「寫書評」必須「有眼光,也要有學問」;要推薦好書必須摒棄「廣告式的讚揚」,要做到「政治掛帥」,不能根據「各人的嗜好」,在「立場、觀點上應該有定論」;還要做到不要「排斥藝術的特殊性」。

當月

邵伯周發表《茅盾的文學道路》,長江文藝出版社出版。作者將茅盾的文學創作道路分爲四個時期,即文學研究會時期、革命低潮時期、左聯時期、抗日戰爭和解放戰爭時期,並對茅盾各個時期的文藝思想、重要作品和人物形象以及文學活動、社會活動,進行了較爲詳細的探討和評論。認爲茅盾對「我國現實主義理論的建設,有著巨大的作用」,「善於吸收現實生活中的重大題材」,創作「富有強烈的時代精神」,茅盾的「文藝思想和創作實踐是完全一致的」。茅盾是「我國當代語言藝術大師」,是新文學「傑出的代表人物之一」。全書論析嚴謹周密,言簡意賅,有獨立見解,是五十年代茅盾研究中有重要價值的論著之一。

岳璐發表《〈鼓吹集〉》,載《文學知識》。

汪歲寒發表《看〈林家舖子〉散記》,載《電影藝術》。

本月

印尼頒佈《監督外僑居住和旅行條例》,進行排華反華反動。

世界和平理事會特別會議在斯德哥爾摩開幕。

春

出席靳以在京召開的《收穫》編委擴大會,提出《收穫》可登一些翻譯稿,指出我國作家出新作是可喜的收穫,把外國的好作品翻譯過來也是我們的重要收穫。(陳海儀《春雨霏霏潤心田——回憶茅盾同志二三事》,載《羊城晚報》1982 年 3 月 27 日)

六月

同月　獲悉《茅盾文集》人民文學出版社出版。

同月　獲悉《茅盾文集》第八卷由人民文學出版社出版。含：第三輯（1934～1936）：趙先生想不通、微波、擬《浪花》、夏夜一點鐘、第一個半天的工作、大鼻子的故事、手的故事、「一個眞正的中國人」、官艙裡、兒子開會去了、水藻行、有志者、尚未成功、無題；第四輯：耶穌之死、參孫的復仇、虛驚、過封鎖線、委曲、報施、船上、小圈圈裡的人物、過年、一個夠程度的人，後記。

當月

日本高鼻穰發表《茅盾的〈夜讀偶記〉》，載《近代文學》六月號。

日本內田道夫發表《中國最近時期小說論的動向——以茅盾的近作爲中心》，載日本《文化》第二十三卷第三號。

本月

新加坡頒佈新憲法，結束其英國直轄殖民地地位，成爲自治國家。

吳晗發表《海瑞罵皇帝》，載 16 日《人民日報》。

七月

五日　作《致葉子銘》（書信），署名雁冰。載文化藝術出版社版《茅盾書信集》。云：以前在《學生雜誌》發表的舊作「都是『爲稻粱謀』的濫製品，不值再提」，唯有《理工學生在校記》「是有意譯出來給那時的中學生一點實用科學的知識」。

二十二日　發表《中波友誼萬古長青——慶祝波蘭人民共和國國慶十五週年》（散文），載《人民日報》。現收《茅盾全集》第十七卷。回顧了波蘭建國十五週年的成就；呼籲中波兩國人民繼續「加強和發展」友誼，對「維護世界和平及鞏固加強以蘇聯爲首的社會主義陣營」起促進作用。

同月　在廬山休養。

當月

巴人發表《重讀〈夜讀偶記〉》，載《讀書》第十四期。認爲「茅盾的《夜讀偶記》」「是讀了一遍還想再讀一遍」的「一本好書」；最「吸引」人之處在於：「第一，這書的戰鬥性強；第二，這書的理論是從實際出發

的」。文章的目的「爲了反擊修正主義，保衛社會主義現實主義」；其「出色之處，還在於作者廣博的文學史和哲學史的知識」「總是從歷史的、現實的情況出發」去解決問題。另外，「不擺起一套理論的架子，用漫談的形式……看來結構好像十分鬆散，卻貫徹著一個中心思想」，「文章的生動，說理的婉約，見解的警闢」，「氣魄的縱橫捭闔」「尤爲一般理論工作者所不及」。

郭志今發表《對〈夜讀偶記〉的一個質疑》，載《讀書》第十四期。承認《夜讀偶記》「是一本文藝思潮概論。引證材料的豐富，有很多精闢的見解」。但該書用「現實主義與反現實主義鬥爭」「這個公式」「概括文學發展的歷史」的觀點，「覺得有值得商榷的地方」。指出茅盾「用作爲思想傾向的兩種文化的鬥爭來解釋作爲創作方法的文學上的現實主義和反現實主義的鬥爭，是不妥當的」。認爲「現實主義和反現實主義鬥爭這個公式，並不能概括豐富複雜的全部文學史」，並具體分析了茅盾引用的材料和觀點之間「不能自圓其說」之處。

以群發表《一點體會——〈論茅盾四十年的文學道路〉序》，載二十七日《文匯報》。認爲「茅盾四十年的創作道路，不僅表現了他個人的文學創作的發展線索，而且也局部地記錄了現代中國的革命運動，並反映了革命的知識分子在中國革命進程中的思想演變和發展」。認爲茅盾革命和文學活動的一生有幾個特點：第一，「茅盾創作生涯的發端來自黨，是黨引導他開發了創作的源泉，給了他創作的動力，並促使他走上革命文學創作的道路」；第二，「作品中反映廣闊的社會生活和階級鬥爭，描繪各階層的多種多樣的人物，這在『五四』以來的作家之中是比較少有的」；第三，「重視作家的思想情緒對於創作的影響」。以群認爲，葉著是「第一部比較全面地研究和分析茅盾的創作道路的著作」，「這部論著的特點是：結合各個歷史時期的革命鬥爭的特點和茅盾在這些鬥爭中的地立，來評論茅盾的文學活動和文學創作；同時又結合茅盾的社會活動和思想發展，來評論他各個時期作品的成就和缺點。」

北京大學中文系一九五六年魯迅文學社發表《試談〈子夜〉的主要內容和藝術特點》，載《語文學習》七月號。認爲「《子夜》的確是一部傑出的現實主義巨著」。在介紹了《子夜》的主要內容後，指出「以吳蓀甫爲中心人物，以他經營企業的成功和失敗爲主要線索，把廣闊複雜的

社會現象，眾多的人物嚴密地組成為一個藝術整體，的確顯示了作者的高度藝術概括力」。

復旦大學中文系現代文學組發表《文學研究會及其代表作家》，載上海文藝出版社出版《中國現代文學史》上冊。

本月

二日　中共中央政治局擴大會議在盧山召開，彭德懷對大躍進的意見書受到批判。

文化部召開全國故事片廠廠長會議，夏衍在會上作了重要講話。

八月

一日　發表《在部隊短篇小說創作座談會上的講話》（演講），載《解放軍文藝》八月號。

二十五日　出席國務院第九十一次全體會議。

當月

梅阡發表《於樸素中見深刻——影片〈林家舖子〉觀後》，載八日《人民日報》。故事十分簡單，但「通過真實而樸素的藝術描寫」，挖掘出「平凡事件後面的巨大的社會意義」。

葉子銘出版《論茅盾四十年的文學道路》，上海文藝出版社版。論著共九章（含結束語）和後記。「一，茅盾的生平和文學活動分期」、「二，步入文學領域以前——童年和少年時期（1896 至 1916 年）」、「三，母期的文學活動（1916 至 1926 年）、「四，從《蝕》到《虹》——苦悶、追求、摸索的時期（1927 至 1929 年）」、「五，轉變期中的創作——《路》、《三人行》（1930 至 1931 年）」、「六，創作上的發展期——《子夜》和左聯時期的其他創作（1932 至 1937 年）」、「七，為祖國而戰——抗戰時期的生活與創作（1937 至 1945 年）」、「八，抗戰勝利和中華人民共和國成立後的活動（1946 年～）；、「九，結束語」。這是中國茅盾研究史上相當全面、系統地分析評價茅盾創作道路、創作思想從而具有開創性的專著。全書的主要特點是，整體觀照茅盾的社會活動、文學活動；重在對作品思想內容的分析評價的同時，也兼及藝術技巧的分析；論和史結合得較好，注意從大量史實中引出自己的獨立見解。這部專著對爾後的茅盾研究和

教學產生了重要的影響。

　　葉子銘發表《論茅盾四十年的文學道路‧後記》，載上海文藝出版社版《論茅盾四十年的文學道路》。云茅盾及時、確切地解答他寫作中的疑難問題，又「仔細地審閱論文初稿」、「糾正了一些錯誤」、「提出許多寶貴的意見」。（按：《論茅盾四十年的文學道路》是由葉子銘大學畢業時的論文，經過自己三次修改寫就的。）

本月

　　中共八屆八中全會在廬山召開，會議通過了《關於以彭德懷同志為首的反黨集團的決議》。

九月

　　七日　晚，出席文化部主持的歌舞晚會，招待阿富汗王國副首相兼外交大臣納伊姆。

　　十一日　下午，出席第二屆全國人代會常委會擴大的第六次會議，討論中印邊界問題。

　　十三日　上午，出席第二屆全國人代會常委會擴大的第八次會議，討論通過成立慶祝建國十週年籌委會，列名於籌委會委員。

　　十五日　應毛澤東主席邀請參加各黨派團體負責人等舉行的會議，聽取毛主席重要講話，座談了關於反右傾、鼓幹勁，堅持社會主義建設總路線；關於在中華人民共和國成立十週年期間的特赦及右派摘帽等問題。

　　十六日　出席國務院第九十二次全體會議。

　　二十日　作《從已經獲得的巨大成就上繼續躍進》（論文），載《文藝報》第十八期。

　　二十三日　出席中國人民政治協商會議全國委員會組織的報告會。

　　二十五日　前往機場迎接波蘭勞動人民訪華友好代表團。

　　同日　出席蘇聯使館舉行的招待會，慶祝中華人民共和國建國十週年。

　　二十六日　前往機場歡迎由蘇中友好副主席、蘇聯保衛和平委員會主席吉洪諾夫率領的蘇中友協代表團。

　　二十八日　出席由十八個人民團體舉行的宴會，招待各國來華參加國慶

活動的友好代表團和進步人士。

二十九日　出席觀看蘇聯芭蕾舞團在京的首場演出。

同日　出席首都各界歡慶中華人民共和國成立十週年活動。

同月　收到別洛露西亞國家出版社揚卡・卡則卡的來信和《子夜》別洛露西亞文譯本。爲「作品能和別洛露西亞讀者見面而高興」。（《致揚卡・卡則卡》）

當月

王仔發表《「茅盾」的由來》，載十八日《羊城晚報》。

何家槐發表《看優秀影片〈林家鋪子〉》，載《大眾電影》十九期。影片《林家鋪子》「正如茅盾同志的原作一樣」，「成功地創造了林老闆這個人物」，總之「《林家鋪子》是一部思想水平和藝術水平都相當高的影片」。

本月

蘇聯塔斯社九日發表關於中印邊界問題的聲明，公開偏袒印度政府。

郭沫若、周揚合編《紅旗歌謠》由《紅旗》雜誌社出版。

十月

一日　上午，前往天安門，出席慶祝國慶十週年大典，登上天安門城樓，參加閱兵式。

三日　出席觀看歡慶國慶十週年盛大文藝演出。

七日　發表《塔什干精神萬歲》（隨筆），載《人民日報》，現收《茅盾全集》第十七卷。指出「塔什干精神」就是「對人類未來的信心」、「爲人類進步事業而奮鬥的決心」，也是「亞非作家團結的基礎」。

九日　發表《新中國文化藝術的輝煌成就》（論文），署名沈雁冰，載《人民日報》。總結十年來「文化藝術工作的偉大成就」是「配合」了社會主義革命和社會主義建設；「鼓舞了」人民的「鬥爭意志」；提高了「文化水平」。並強調了「黨的領導和堅持政治掛帥，是一切文化藝術工作的靈魂」，文藝工作必須「爲工農兵服務，爲社會主義服務」，執行黨的「雙百」方針。

同日　中午一時，前往華僑大廈出席並主持文藝界人士與蘇聯芭蕾舞藝

術家的聯歡活動，致歡迎詞：願新老朋友「盡情地暢飲深談」。（10 日《人民日報》）

十日 出席緬甸駐華使館舉行的宴會，歡迎緬甸文化代表團訪華。

十二日 前往中山公園李濟深靈堂，參加各界公祭儀式。

同日 作《致一海知義、鳥田久美子、龜山圭之、小栗英一、山田富夫》（書信），載浙江文藝出版社版《茅盾書簡》。云：因「健康不佳，山居療養」，對來信「久不投覆，深以爲歉」，擬於「來年春初」「寫篇比較長的論文」，談談關於文藝界對《夜讀偶記》的一些論點及不同意見。

十六日 晚，與對外文委主任張奚若共同主持晚會，歡送緬甸文化代表團。並致辭，祝中緬文化交流及友誼不斷發展。（17 日《人民日報》）

十八日 前往機場歡送緬甸訪華代表團。

約中旬 出席文化部舉行的招待會、座談會，慰勞參加國慶十週年慶典演出的文藝界人士。座談時講話，對大家的辛勤勞動表示感謝，鼓勵大家「繼續發揮幹勁，爲祖國作出更多的貢獻。（18 日《人民日報》）

二十三日 中午，出席文化部招待十六個藝術表演團體的宴會，邀請周總理到會並講話，向各劇團祝賀演出成功。

二十四日 作《致揚卡‧卡則卡》（書信），載浙江文藝出版社版《茅盾書簡》。爲《子夜》「能和別洛露西亞讀者見面而感而榮幸」，對揚卡‧卡則卡等人「介紹中國文學方面所作的寶貴努力深表敬愛和謝忱。」

二十七日 出席首都紀念世界文化名人、巴西作家達庫尼亞（1866～1909）逝世五十週年集會。

同月 作《慶祝德意志民主共和國國慶十週年》（祝詞），署名中國作家協會主席茅盾。現據手稿收入《茅盾全集》第十七卷。在德意志民主共和國國慶到來之時，對他們取得的成就和貢獻表示「由衷地讚揚和欽佩」。祝取得「更巨大更輝煌的成就」。

同月 《白楊禮讚》重載於《文學知識》。

同月 《腐蝕》部份俄譯（題爲《一個迷誤的女人的日記——長篇小說〈腐蝕〉的片斷》發表，載蘇聯〈涅瓦〉十期。俄文譯者爲 B‧瓦赫京和 H‧濟科夫。

當月

何家槐發表《略談〈白楊禮讚〉的藝術特色》。載《文學知識》第十期。認爲茅盾用象徵的寫法，「歌頌了在中國共產黨領導下堅持抗戰的北方農民」，「表現了作者自己對於抗戰必勝的堅定信心和革命樂觀主義精神。」

梅阡發表《於樸素中見深刻》，載八日《人民日報》。

日本中國文化研究同人發表《茅盾（〈中國基本資料題解〉17）》，載《大安》（5）。

谷友幸發表《東方的現實主義》（按：即日譯本《夜讀偶記》譯名），載《中國文學報》〔京都大學〕（11）。

本月

聯合國大會在美國操縱下，於 21 日通過干涉中國內政的所謂「西藏問題」的決議。

《上海文學》、《上海戲劇》創刊。

十一月

二日　晚，前往北京飯店，出席文化部和中國電影工作者聯誼會舉行的招待會，招待北京和各地在京電影工作者，慶賀一九五九年國產新片展覽月的成功。（3 日《人民日報》）

六日　晚，前往人民大會堂，出席首都各界舉行的聯歡晚會，慶祝十月革命四十二週年。（7 日《人民日報》）

同日　作《致楚馬克》（書信），署名中華人民共和國文化部長沈雁冰。載浙江文藝出版社版《茅盾書簡》。云：「感謝您寄給我《虹》的烏克蘭文譯本和對我國慶十週年的祝賀」，表示「衷心祝賀」「偉大的十月社會主義革命四十二週年」。

十一日　發表《悼靳以同志》（散文），載《解放日報》。

十三日　作《關於阿Q這個典型的一點看法——給一位論文作者的信》（文論），載《上海文學》一九六〇年十月號。認爲阿Q「是普通農民」的「典型」，而不是「落後農民的典型」；阿Q除了具有農民的落後性——「精神勝利法」之外，還有「要求革命的願望」，即在「渾噩的外衣」下的「樂觀主義」。

十九日　作《從創作和才能的關係說起》（文論），載《人民文學》十二月號。現收《茅盾文藝評論集》。批判吳雁的《創作，需要才能》。認爲那是唯心主義的、資產階級的濫調。同時認爲「我看《紅旗歌謠》三百首就比《詩經》強」，因爲它確實「空前」。

二十日　出席首都文藝界集會，紀念席勒誕生二百週年，會後觀看了中國青藝演出的席勒名劇《陰謀與愛情》。（21 日《人民日報》）

二十四日　出席首都各界集會，紀念肖洛姆・阿萊漢姆誕生一百週年大會，並致開幕詞。

二十七日　晚，出席阿爾尼亞影片《風暴》首映招待會，慶祝阿爾巴尼亞解放十五週年。會上致辭：認爲《風暴》是一部優秀影片，它的演出必將促進中阿文化交流和人民友誼。（28 日《人民日報》）

當月

甘惜分發表《論林老闆這個性格——看電影〈林家舖子〉所想到的》，載《文藝報》第二十二期。認爲「茅盾的小説《林家舖子》……極其適應於電影的藝術特點——富於動作、充滿了戲劇性，事件出人意料地迅速地發展」，「茅盾的小説有一個極爲突出的特點，它總是把情節的展開配置在極爲廣闊的時代背景上」。詳細論述了「林老闆」在「典型環境」中形成的「典型性格」。

日本內田道夫發表《中國最近時期小説論的動向——談茅盾的近作》，載《文化》〔東北大學〕（23）。

日本速水憲發表《東方的現實主義》（按：即日譯本《夜讀偶記》的譯名），載《新日本文學》（14）。

本月

著名作家章靳以（1909～1959）病逝。

十二月

八日　出席中宣部召開的全國文化工作會議，至一九六〇年一月四日結束。

十一日　作《致人民文學編輯部》（書信），載浙江文藝出版社版《茅盾

書簡》。云：為「避免把應該選入的作品遺漏的現象」，函示人民文學編輯部按「五點」要求進行一九五九年短篇小說選的初選工作。

二十一日　作《致Ａ・卻考夫斯基》（書信），載浙江文藝出版社版《茅盾書簡》。云：「屢屢生病，不能早日執筆」，現奉上「短稿一篇（按：即《契訶夫的時代意義》），聊以塞責」。

二十三日　作完《讀書札記・〈青春之歌〉》（評論），載《茅盾研究》（2），一九八四年十二月文化藝術出版社版。認為作品「是寫一個小資產階級女子如何走向革命——共產黨的過程」。林道靜「性格描寫好，性格有發展」，王曉燕「有些地方比林道靜寫得生動」，「其他的女性群像則比較的沒有什麼特色」。另外，江華「有點故弄玄虛」、「造作」。「人物的對話——沒有個性」。「總的說來，《青春之歌》描寫人物不如《紅旗譜》。

同日　作完《讀書札記・〈苦菜花〉》（評論），載《茅盾研究》（2），（同上）。認為結構「稍嫌凌亂，缺少剪裁」；母親「著墨雖多，性格卻不明顯，作者用種種慘不忍賭的『考驗』來寫她的堅強，但給讀者的感染只是『慘』而已」。一位領導幹部姜永泉的形象「不生動，無立體感」，反面人物「都寫得漫畫化」，語言「無特色，不夠精鍊」。認為「總觀——血淋淋的場面很多」，「因其太多，效果會適得其反」。

二十五日　作《致普實克》（書信），載浙江文藝出版社版《茅盾書簡》。云：收到了信和「《腐蝕》的捷克文譯本」，對普實克為「介紹中國文學所作的努力」表示「敬意」；並請轉達到《腐蝕》譯者Ｊ・Ｖachala的「辛勤勞動」致意。

當月

凡發表《〈吶喊〉和〈彷徨〉、〈子夜〉》，載《文學知識》第十二期。

吳鹿發表《茅盾〈雷雨前〉的象徵性的幾個疑點》，載《語文教學》十二月號。

本月

聯合國和平利用外層空間常設委員會成立。

同年

作《支持西班牙人民的鬥爭》（隨筆），（按：本書未公開發表），現據《手

稿收入《茅盾全集》第十七卷。云：中國人民支持西班牙人民「爭取一切民主自由權利，大赦被囚禁和流亡在外的政治犯的鬥爭」。

　　因病前往北京醫院。遇因肺病從四川到京求治的作家艾蕪。對艾蕪言及：「書看夠了，睡不好覺，身體又不好，從一間屋子到另一間屋，只要溫度不同，就要傷風，便來醫院打羅布卡因針」。艾蕪勸譜主少看點書，則云：「新出的書刊不能不看。不看就摸不清文藝發展的來龍去脈。」（艾蕪：《回憶茅盾同志》，載 1981 年《四川文學》第 6 期。）

　　捷文版《在虎穴裡》（按：即《腐蝕》），由布拉格「我們的軍隊」出版社出版，雅羅米爾‧沃哈拉譯。

　　《夜讀偶記》日譯本譯名為《東方的現實主義》由新書社出版，加藤平八譯。

當年

　　絲鳥發表《從〈蝕〉到〈子夜〉——在創作方法上的一個躍進》，載《論〈林海雪原〉的創作方法》，湖北人民文學出版社出版。

　　復旦大學中文系現代文學組發表《魯迅、茅盾對革命文學的鮮明態度》，載上海文藝出版社出版《中國現代文學史》第二編第一章第三節。

　　復旦大學中文系現代文學組發表《茅盾及其創作活動》，載上海文藝出版社出版《中國現代文學史》第二編第四章。

　　日本岡崎俊夫發表《日文版〈夜讀偶記〉序——關於〈夜讀偶記〉》，載《東方的現實主義》（按：即日譯本《夜讀偶記》），新書社出版。指出《夜讀偶記》是「迄今為止在中國出現的『社會主義現實主義』理論中比較認真的精心創作」。（據陳錫玲譯文摘錄）

　　捷，雅羅米爾‧沃哈拉發表《捷文版〈腐蝕〉後記》，載布拉格「我們的軍隊」出版社版《在虎穴裡》（按：即《腐蝕》）。詳細介紹了茅盾的生平及創作後，指出《腐蝕》「再次顯示了茅盾的純熟、高超的藝術表現手法」。（據蔣承俊譯文摘錄）。

一九六〇年（六十五歲）

一月

一日　晚，出席人大常委會、國務院和政協全國委員會在人民大會堂舉行的酒會和聯歡晚會。出席酒會和晚會的有劉少奇、周恩來、朱德、鄧小平等黨和國家領導人。（2日《人民日報》）

三日　出席中共中央宣傳部召集的全國文化工作會議，聽取了周揚作的總結報告。（4日《人民日報》）

十日　晚，出席歡迎以海因里希・勞副總理為團長的德意志民主共和國政府代表團訪問中國而舉行的宴會。出席宴會的有李先念、郭沫若等。（11日《人民日報》）

十一日　晚，出席文化部為歡迎副總理海因里希・勞為團長率領的德意志民主共和國政府代表團，在北京天橋劇場舉行的文藝晚會，觀看了中國京劇和中央歌舞團演出的「孔雀舞」、「斷橋」、「美猴王」、「虹橋贈珠」等京劇、歌舞節目。（12日《人民日報》）

十五日　出席蘇聯駐中國大使契爾沃年科代表蘇聯文化部，把二十三枚優秀工作者獎章，授予同蘇聯電影工作者合作拍攝影片《在西雙版納的密林中》的八一電影製片廠工作人員儀式，並代表中國政府講話，說：「蘇聯文化部的表揚，對中國電影工作者是一個很大的鼓勵。」（16日《人民日報》）

十八日　下午，出席越南駐中國大使陳子平為慶祝中越建交十週年，在越南大使館舉行的酒會。出席酒會的有陳毅等黨和國家領導人。（19日《人民日報》）

二十日　發表《契訶夫的時代意義》（評論），載《世界文學》一月號。認為「契訶夫不是革命家，但他是一位進步的民主主義作家，他是不能也不願向當時的黑暗現實生活妥協，不能也不願閉著眼睛生活下去的先進知識分子的代表之一。他的作品暴露沙皇警察的橫行霸道，諷刺統治階級奴才的狐假虎威和搖尾乞憐，揭露剝削階級的貪得無厭和不勞而獲」，「他的作品中的人物多是憂傷的」，「他是滿懷信心的樂觀的人」。他的作品「對於俄國的社會和文學發生過深遠的影響」，「也對我國民主革命時期的新文學產生過不小的

影響」。

二十一日　下午，出席全國人民代表大會常委會第十二次擴大會議。(22
日《人民日報》)

二十三日　下午，出席首都各界在政協禮堂舉行的反對日美軍事同盟大
會，並作了發言。指出日美反動派的勾結，嚴重威脅亞洲和世界和平；高度
讚揚日本文藝界先進人士利用文藝作武器所進行的頑強的鬥爭。出席會議並
發言的還有郭沫若、廖承志、張治中、西園寺公一等。(24 日《人民日報》)

二十四日　晚，出席文化部在北京和平賓館舉行的迎春節宴會，招待在
北京文化部工作的蘇聯、捷克斯洛伐克和德意志民主共和國的專家。(25 日《人
民日報》)

二十五日　晚，出席文化部、中緬友協為歡迎緬甸總理奈溫訪問中國，
在民族文化宮禮堂舉行的文藝晚會，觀看了中國舞劇《魚美人》。出席文藝晚
會的有陳毅、夏衍等。(26 日《人民日報》)

同月　為向中國讀者推薦蘇聯文學作品，書寫「蘇聯文學是中國人民的
良師益友」一則，載新華書店出版發行的《蘇聯文學是中國人民的良師益友》
一書。

同月　發表《推薦的話》(短論)，載新華書店北京發行所一九六○年一
月編印的《蘇聯文學是中國人民的良師益友》。

當月

袁暉發表《嚴整的結構、深刻的象徵》，載《學語文》創刊號。

劉鏡芙發表《茅盾〈子夜〉的語言特色》，載《鄭州大學學報》第一
期。這是第一篇從語言角度對《子夜》進行評析的論文。認為《子夜》「全
書的語言整個說來是明白、流暢、鮮明而又有規範性的」。全書的語言運
用，「不僅是作者客觀地對事物描寫和敘述，而且是通過語言的運用，表
現了作家對客觀事物的主觀評價」。

本月

二十一日　《文藝報》第一期發表社論《用毛澤東思想武裝起來，
為爭取文藝的更大豐收而奮鬥！》，同時發表林默涵的《更高地舉起毛澤
東文藝思想的旗幟》，尖銳地提出了在文藝領域進行「反修」鬥爭的主張。

二十六日　《文藝報》、《文學評論》等報刊對巴人（王任叔）的「人道主義」與「人性論」觀點展開批評。

二月

七日　晚，出席對外文協、文化部和中波友協，爲歡迎由波蘭文化藝術部代表普瓦薩和團長塞格廷斯卡率領的波蘭瑪佐夫舍歌舞團舉行的宴會。（8日《人民日報》）

八日　晚，出席觀看了波蘭瑪佐夫舍歌舞團在人民大會堂的首場演出。演出結束後，與陳毅、郭沫若、林楓等一起接見了波蘭文化部藝術部代表普瓦薩、歌舞團團長塞格廷斯卡，以及歌舞團的主要演員。（9日《人民日報》）

九日　被選爲全國教育和文化、衛生、體育等方面社會主義建設先進單位和先進工作者代表大會籌備委員會副主任委員，主任委員爲陸定一。（10日《人民日報》）

同日　晚，出席由中國「和大」、對外文協、中蘇友協、中國文聯、中國作協和中國劇協聯合舉辦的紀念世界文化名人、俄羅斯偉大作家安東·帕夫洛維奇·契訶夫（1860～1904）誕生一百週年大會，作了題爲《偉大的現實主義者契訶夫》的報告。報告熱情洋溢地肯定了契訶夫創作的價值和地位，「他的作品中的反對專制奴役，反對庸俗腐朽，向美好的明天寄予無限希望和信心的思想，對於今天世界上爭取自由解放的各國人民，仍然有積極的現實意義。」會後，觀看了北京人民藝劇院演出的契訶夫的名劇《三姊妹》。（10日《人民日報》）

十一日　作《致費定》（書信），載《茅盾書信集》，百花文藝出版社一九八七年十月第一版。費定是蘇聯作家協會書記處第一書記，茅盾以中國作家協會主席的名義對中蘇友好同盟條約簽訂十週年表示最誠摯的祝賀，「祝願中蘇兩國作家永遠攜起手來，更加緊密地團結合作，粉碎帝國主義一切妄想破壞中蘇偉大同盟的陰謀，爲維護世界持久和平而繼續奮鬥。」

十三日　晚，與朱德、陳毅、郭沫若等黨和國家領導人接見了蘇中友協副主席、蘇聯高等教育和中等專業教育部部長葉留金和由他的蘇中友好協會代表團的全體人員。

同晚，出席全國政協、中蘇友協、外交部和對外文協在人民大學堂宴會廳為慶祝中蘇友好同盟互助條約簽訂十週年舉行的盛大招待會。出席招待會的有朱德、陳毅、郭沫若等黨和國家領導人。由葉留金為團長的蘇中友好協會代表團也出席了招待會。（14日《人民日報》）

十四日　下午，出席首都歡慶中蘇友好同盟互助條約簽訂十週年，在人民大會堂舉行紀念大會。（15日《人民日報》）

同日　晚，出席蘇聯大使契爾沃年科為慶祝中蘇友好同盟互助條約簽訂十週年，在蘇聯駐中國大使館舉行的宴會。出席宴會的有劉少奇、陳毅、郭沫若等黨和國家領導人。（15日《人民日報》）

同日　被選為紀念「三八」國際婦女節五十週年籌備委員會副主任委員。（15日《人民日報》）

十五日　晚，觀看了日本前進座劇團在北京的首場演出，欣賞了他們歌舞伎的代表劇目《左倉宗五郎》、《勸進帳》等。出席觀看的還有廖承志、陽翰笙、田漢、老舍等。（16日《人民日報》）

十九日　作《日本前進座建立三十週年》（舊體詩）二首，載二月二十六日《人民日報》，初收河北人民出版社一九七九年十一月版《茅盾詩詞》，現收《茅盾全集》第十卷。

二十日　發表《中國作家協會主席茅盾給蘇聯作家協會第一書記費定的賀電》（書信），載《世界文學》一九六○年二月號。祝賀蘇中友好同盟互助條約簽訂十週年。

二十二日　下午，出席並主持由中國和大、對外文協、中波友協、中國文聯、中國音協，為紀念世界文化名人、波蘭音樂家蕭邦（1810～1848）誕生一百五十週年，在首都劇場舉行的集會，致開幕詞，說：「蕭邦生於波蘭人民遭受殘酷的外國侵略和壓迫的時代。波蘭人民的民族解放運動教育了蕭邦，反過來，蕭邦的作品又鼓舞了波蘭人民的民族解放運動。」

同日　與黃炎培、郭沫若等五百四十六人聯合發表抗議書，譴責美帝國主義陰謀劫奪我國在臺灣的珍貴文物的罪行。（23日《人民日報》）

二十四日　發表《不許美國政府劫奪我國在臺灣的文物》（政論），載《人民日報》。憤怒譴責美國和蔣介石集團勾結，假藉展覽為名，將大批劫往臺灣的我國珍貴文物運往美國的強盜行為。

二十五日　晚，出席對外文協、中國文聯、全國劇協爲慶祝日本前進座劇團建團三十週年，在新僑飯店舉行的酒會，並誦詩《祝日本前進社建立三十週年》二首以祝賀。出席酒會的還有郭沫若、陽翰笙、梅蘭芳等。(26 日《人民日報》)

當月

十六日　謝添發表《〈林家舖子〉演後感》，載《天津日報》。

本月

二十日　文化部舉辦話劇觀摩演出會，有十二個話劇代表隊參加，演出了《紅旗譜》、《枯木逢春》、《降龍伏虎》、《槐樹莊》、《東進序曲》等十二個劇目。

歐陽山長篇小說《三家巷》由廣東人民出版社出版。

三月

三日　作《致高利克》(書信)，載「南大」九一年版葉子銘《夢回星移》。(按：高利克，捷克文學評論家、漢學家，1960 年在北京大學學習)云：「對於您的《關於茅盾短篇小說》的論文(英文稿)，我沒有意見，這不是說，我全部同意您的論點，而是說，一個作家不應當阻止別人發表個人見解，倒是應當鼓勵別人發表和作家對自己的不同的看法。」

五日　下午，出席全國婦聯、總工會、共青團中央、國家科委、青聯、學校、全國文聯、和大、保衛兒童委員會和中央人民廣播電臺十個單位聯合舉辦的「慶功表模迎『三八』，高舉紅旗齊躍進」廣播大會。(6 日《人民日報》)

七日　下午，出席在人民大會堂舉行的首都各界婦女隆重慶祝「三八」國際婦女節五十週年大會。出席大會的有周恩來、鄧小平、彭眞、蔡暢、鄧穎超、李德全、許廣平等。(8 日《人民日報》)

十三日　晚，欣賞了巴西著名鋼琴家阿納耳多‧埃斯特雷特和他的夫人、小提琴家瑪利英霞‧亞科維諾在北京舉行的訪問中國首場音樂會。演出結束後，出席了對外友協和中國音協爲客人們舉行的酒會。(14 日《人民日報》)

十五日　發表《偉大的現實主義者契訶夫——在首都各界紀念世界文化

名人契訶夫大會上的講話》（評論），載《戲劇報》第三期。

同日　晚，出席中尼友協和文化部爲歡迎尼泊爾王國首相柯伊拉臘和夫人等尼泊爾貴賓訪問中國，在民族文化宮禮堂舉行的文藝晚會，欣賞了北京舞蹈學校和中央音樂學院演出的中國舞劇《魚美人》。（16 日《人民日報》）

十九日　下午，出席首都各界人民支持拉丁美洲人民和慶祝中國拉丁美洲友好協會成立在人民大會堂舉行的集會。參加集會的有周恩來、彭眞、陳毅、郭沫若等。（20 日《人民日報》）

二十一日　下午，隨同國家主席劉少奇接見了尼泊爾王國首相柯伊拉臘和他的夫人，以及來訪的貴賓和尼泊爾新聞工作者代表團。參加接見的還有周恩來、宋慶齡、朱德等。（22 日《人民日報》）

同日　晚，出席中尼兩國邊界問題協定、中尼經濟援助協會和中尼聯合公報簽字儀式。出席簽字儀式的有劉少奇、周恩來、柯伊拉臘首相和夫人、宋慶齡、朱德等。（22 日《人民日報》）

二十二日　上午，到首都機場歡送尼泊爾首相柯伊拉臘和夫人等尼泊爾貴賓乘機回國。（23 日《人民日報》）

二十九日　上午，出席在政協禮堂舉行的全國政協三屆二次會議，被選爲協助主席、副主席輪流主持會議的常委委員，聽取了陳叔通所作的政協工作報告。（30 日《人民日報》）

二十九日至四月十一日　出席人大二屆二次會議和政協三屆二次會議。

三十日　上午，到首都機場，歡迎應他邀請來中國進行訪問的、由團長波蘭文化藝術部部長加林斯基率領的波蘭文化代表團。同往機場歡迎的有李先念等。（31 日《人民日報》）

同日　下午，出席在人民大會堂舉行的人大二屆二次會議開幕式。會上，聽取了李富春《關於 1960 年國民經濟計劃草案的報告》，李先念《關於 1959 年國家決算和一九六〇年國家預算草案的報告》。（31 日《人民日報》）

同月　作《關於我的筆名》（附記）（按：本書是爲捷克留學生高利克《茅盾先生筆名考》一文寫的附記。約寫於 1960 年 3 月，未公開發表。）現據手稿收入《茅盾全集》第十七卷。說明了「爲什麼用了那麼多筆名」的主要原因「是迷惑國民黨檢查的眼睛」，說明「這些筆名都是臨時取的。大部分沒有意義」，但有一部分有意義：如「蒲牢、終葵、形天、玄珠則是藉用中國古典

文學中的典故」，「『惕苦』用《易經》上的句子」，『何典』藉用中國古典諷刺小說的書名，『佩韋』則取古代『性急者佩韋以自警』的風俗，『橫波』用屈原詩句『與子游兮九河，御風起兮橫波』中二字，『丙生』則從『丙申』而來的」。

當月

史明發表《關於〈雷雨前〉的寫作時間問題》，載《語文教學》三月號。

艾揚發表《〈中國現代作家研究的可喜收穫〉——讀葉子銘〈論茅盾四十年的文學道路〉》，載《上海文學》三月號。

樊駿發表《兩本關於茅盾文學道路的著作》，載《文學評論》第二期。

日本松井博光發表《論茅盾的現實主義〈生活的根據地〉筆記》，載日本《都立大學創立十週年紀念論文集》，1960 是三月出版。

本月

二日　《文藝報》和《文學評論》編輯部召開紀念「左聯」成立三十週年紀念會」。

二十一日　在臺灣「國民大會」上，蔣介石連任第三屆「總統」。

四月

三日　下午，與陸定一、夏衍等接見了正在中國訪問的由波蘭文化藝術部部長加林斯基率領的波蘭文化代表團。（4 日《人民日報》）

同日　晚，出席由對外文協、中匈友協、總工會、青聯、婦聯和中國文協為慶祝匈牙利人民解放十五週年，在政協禮堂舉行的大會。出席會議的有朱德、董必武、陳毅、郭沫若等黨和國家領導人。（4 日《人民日報》）

四日　下午，出席人大二屆二次會議大會，作《為實現文化藝術工作的更大更好的躍進而奮鬥》的專題發言（評論），載五日《人民日報》。認為「近幾年出版的長篇小說如《紅旗譜》、《青春之歌》、《林海雪原》、《百鍊成鋼》、《山鄉巨變》、《創業史》、《苦菜花》、《烈火金鋼》、《三家巷》、《乘風破浪》、《草原烽火》等，都是比較成功的作品」。強調「改造文化藝術工作者的世界觀，確立無產階級的世界觀，是貫徹執行黨的文化藝術方針的關鍵問題」。（5 日《人民日報》）

　　五日　　上午，與李德全等到首都機場，歡送廖承志、劉寧一率領出席第二屆亞非團結大會的中國代表團離開北京去幾內亞參加大會。（6 日《人民日報》）

　　七日　　下午，與陳叔通、郭沫若等主持了今天的政協會議。（8 日《人民日報》）

　　同日　　作《致蕪湖衛生學校語文教師》（書信），載《語文教學》一九六〇年七月號，題爲《茅盾同志答讀者問》。指出散文《雷雨前》的寫作時間，「可以肯定是一九三〇年以後，一九三五年以前寫的。其中可能是一九三四年，而且大概是夏秋之交。中專課本注釋爲寫於一九二四年是不對的。」

　　九日　　下午，出席人大二屆二次會議，聽取蒙古人民共和國大人民呼拉爾代表團團長巴揚勒・賈爾卡賽汗發表《蒙中人民的偉大友誼萬歲！》的演說。（10 日《人民日報》）

　　十日　　下午，出席人大二屆二次會議閉幕式。會上通過了一九五六年到一九六七年全國農業發展綱要。（11 日《人民日報》）

　　十一日　　上午，出席全國政協三屆二次會議閉幕式。（12 日《人民日報》）

　　同日　　下午，出席中國文聯第四次全國委員會擴大會議。會議決定今年五月召開全國第三次文學藝術工作者代表大會。屆時，文聯所屬各協會也將召開擴大理事會。出席擴大會議的有郭沫若、周揚、夏衍、巴金、老舍等。（12 日《人民日報》）

　　十二日　　作《致陶希瀚》（書信），載《語文教學》一九六〇年七月號，題爲《茅盾同志答讀者問》。云「《白楊禮讚》中『縱橫決蕩』或『縱橫決蕩』孰爲較勝的問題，我以爲後者較好。」「原來我用『決蕩』，我不知道教科書採用此篇時乃改爲『決蕩』，大概是誤植。」

　　同日　　作《致趙宏秉、姜雲》（書信），載百花文藝出版社版《茅盾書信集》。對他們寄來的論文《革命現實主義鉅著——〈子夜〉》油印稿，表示「我極願傾聽研究工作者對《子夜》的評論，無論怎樣的評論，都對我有益，尊著亦然。但恕我不能發表意見……我一向對任何同類文章（寄給我的），都是這樣不發表意見的」。「我只表示一點意見，即您們把《子夜》的藝術成就估計過高了」。

　　十三日　　上午，到首都機場，歡送周恩來、陳毅率領中國政府代表團赴

緬甸、印度、尼泊爾等國訪問。（14 日《人民日報》）

十五日　晚，出席蘇聯駐中國大使契爾沃年科爲紀念列寧誕辰九十週年在大使館舉行的電影晚會，觀看了蘇聯紀錄片《永生的列寧》、《列寧住過的地方》。出席晚會的有鄧小平、彭眞等。（16 日《人民日報》）

十七日　下午，出席全國政協、亞非團結委員會、對外文協、中非友協在人民大會堂舉行的、首都各界人民紀念萬隆會議五週年暨慶祝中非友好協會成立大會。朱德、郭沫若等出席大會。（18 日《人民日報》）

中旬　列爲《魯迅傳》顧問委員會委員，並出席在北京召開的第一次會議。委員還有許廣平、周建人、夏衍、巴金、陽翰笙、邵荃麟等。（按：《魯迅傳》是由陳白塵（執筆）、葉以群、唐弢、柯靈、杜宣、陳鯉庭等集體創作的一部大型電影文學劇本。）（《陳白塵年譜》，載《新文學史料》1989 年 3 期。）

二十日　中午，出席波蘭駐中國臨時代辦傳拉托爲波蘭文化代表團訪問中國而舉行的宴會。（21 日《人民日報》）

同日　晚，設宴招待以波蘭文化藝術部部長加林斯基率領的波蘭文化代表團。（21 日《人民日報》）

二十二日　早晨，到首都機場，歡送波蘭文化藝術部部長加林斯基團長率領的波蘭文化代表團乘機回國。（23 日《人民日報》）

同日　下午，出席中共中央舉行的列寧誕生九十週年紀念大會。（23 日《人民日報》）

二十九日　晚，出席對外文協張奚若主任在前門飯店舉行的宴會。同各兄弟國家文化藝術、教育、科學、衛生等方面代表團的代表們一起，共慶「五一」國際勞動節。（30 日《人民日報》）

三十日　晚，出席國務院爲慶祝「五一」國際勞動節在人民大會堂宴會廳舉行的宴會，招待來自世界各地六十多個國家和地區的外賓。（5 月 1 日《人民日報》）

同月　譯成並發表挪威作家比昂遜戲劇《新結婚的一對》（譯作），收入人民文學出版社 1960 年 4 月版《比昂遜戲劇集》。

當月

　　日本吉田富夫發表《茅盾文學序說——説〈腐蝕〉》，載《中國文學

報》〔京都大學〕（12）1960 年 4 月號。

本月

十三日　文化部舉辦現代題材戲曲劇目觀摩演出。參加演出的有十個劇團、六個劇種，有評劇《金沙江畔》、京劇《四川白毛女》、豫劇《冬去春來》、滬劇《星星之火》和《雞毛飛上天》等十個劇目。

二十二日　《紅旗》雜誌第八期發表編輯部文章《列寧主義萬歲——紀念列寧誕生九十週年》，《人民日報》發表編輯部文章《沿著偉大列寧的道路前進》。

五月

一日　上午，出席在北京天安門廣場舉行的首都人民慶祝「五一」國際勞動節大會。出席大會的有毛澤東、劉少奇、朱德、宋慶齡等黨和國家領導人。（2 日《人民日報》）

同日　晚，與朱德、鄧小平等黨和國家領導人，在天安門城樓會見來自五大洲六十多個國家和地區的外賓。（2 日《人民日報》）

七日　下午，與習仲勛等出席德意志民主共和國駐中國大使汪戴爾為慶祝德國解放十五週年而舉行的招待會。（8 日《人民日報》）

八日　晚，出席首都各界人民慶祝捷克斯洛伐克解放十五週年，在政協禮堂舉行的大會。出席大會的有朱德、彭真、賀龍等。（9 日《人民日報》）

九日　下午，出席首都各界人民支持日本人民反對日美軍事同盟條約大會。會上，郭沫若作了題為《中國人民更加緊密團結，粉碎美國反動派戰爭陰謀》的講話。（10 日《人民日報》）

十四日　晚，與習仲勛等觀看了蘇聯藝術家表演團在北京舉行的首場演出。（15 日《人民日報》）

十七日　上午，與宋慶齡、朱德、賀龍、郭沫若等到首都機場，歡迎周恩來、陳毅率領中國政府代表團出國訪問勝利歸來。（18 日《人民日報》）

十八日　下午，與陳毅等出席中非友協歡迎以克里姆·貝勒卡塞姆副總理為團長的阿爾及利亞共和國臨時政府代表團的招待會。（19 日《人民日報》）

同日　晚，出席文化部、中非友協和中國亞非團結委員會為歡迎貝勒卡

塞姆團長率領的阿爾及利亞共和國臨時政府代表團，在民族文化宮舉行的文藝晚會，欣賞了總政文工團歌劇團演出的歌劇《柯山紅日》。（19 日《人民日報》）

二十日　發表《嚴厲譴責美國侵略蘇聯和破壞四國首腦會議——中國作家協會主席茅盾致電蘇聯作家協會理事會第一書記費定》（電報），載《世界文學》五月號，亦載《文藝報》第十期。電報支持蘇聯政府對美帝國主義挑釁罪行所採取的嚴正立場。云「我們全體作家誓同蘇聯作家及蘇聯人民站在一起，為打倒美帝國主義而鬥爭到底！」（21 日《人民日報》）

二十七日　作《朝譯本〈子夜〉自序》（序跋），（按：朝譯本《子夜》，由朝鮮李永奎譯，收入朝鮮國立文學藝術書籍出版社 1960 版《世界文學選集》第 71 卷。為了使朝鮮讀者易於瞭解書的內容，譯者將書改為《黎明之前》）載湖南人民出版社一九八四年八月版《茅盾研究在國外》。「自序」全面地向朝鮮讀者介紹了《子夜》的時代背景和思想意義，云「這部小說以上海為背景，反映了中國人民在中國共產黨領導下進行長期的反帝反封建鬥爭的一個階段；這個階段的鬥爭是殘酷的，情況是複雜的，然而以整個形勢看來，這是黎明前的黑暗，所以小說題名為《子夜》。」又指出「這部小說所描寫的舊上海，現在早已不存在了。……完完全全已成為歷史陳跡。」

當月

上海文藝出版社出版復旦大學中文系學生集體撰寫的《中國現代文藝思想鬥爭史》一書，其中「文學研究會」一章，詳細地介紹和評述了茅盾與文學研究會的關係及其貢獻。

北京大學中文系自編印行的《中國現代文學史》，其中含「文學研究會諸作家」一章，評述了茅盾在二十年代的文學功績。「茅盾」一章，詳細地論述了茅盾的文學創作成就。

本月

七日　首都文藝界舉行紀念俄羅斯作曲家柴可夫斯基誕生一百二十週年音樂會。

六月

一日　下午，出席全國教育和文化、衛生、體育、新聞方面社會主義建

設先進單位和先進工作者代表大會（簡稱文教群英會）在人民大會堂舉行的開幕式，為大會主席團成員。會間，參加了劉少奇、周恩來、朱德、宋慶齡等黨和國家領導人對大會主席團全體成員的接見。（2日《人民日報》）

二日至四日　參加文教群英會。

四日　中午，與陽翰笙、老舍、邵荃麟、周而復等到北京火車站，歡迎以野間宏為團長的日本文學家代表團。（5日《人民日報》）

同日　晚，出席周恩來總理為招待全國文教群英會全體代表，在人民大會堂宴會廳舉行的盛大宴會。（5日《人民日報》）

五日　上午，與陽翰笙、老舍、邵荃麟、周而復等會見了日本文學家代表團野間宏、龜進勝一郎、松岡洋子、竹內實和大江健三郎等，並且進行了親切的談話。（6日《人民日報》）

同日　中午，出席對外文協和中國作家協會為歡迎野間宏為首的日本文學家代表團舉行的宴會並合影，致祝酒詞，說：「日本進步文藝界人士站在日本人民的前列，同美帝國主義及其走狗岸信介賣國政府進行了英勇的鬥爭。」中國人民和文學家藝術家，「十分欽佩和堅決支持」。出席宴會的有廖承志、楚圖南、陽翰笙、老舍、邵荃麟、周而復等。（6日《人民日報》）

同日　晚，出席歡迎阿爾巴尼亞人民議會團主席哈奇·列希一行，在政協禮堂舉行的文藝晚會，觀看了上海實驗歌劇院演出的七場歷史舞劇《小刀會》。出席晚會的有董必武、習仲勛、郭沫若等。（6日《人民日報》）

六日　下午，陪同陳毅、廖承志、老舍、周而復等，接見以野間宏為首的日本文學家代表團，並進行友好談話。（7日《人民日報》）

七日　下午，主持中國對外文協和中國作家協會為歡迎以野間宏為首的日本文學家代表團而舉行的大會，講了話，說：「中國人民和文學藝術家永遠運用整個身心，堅決支持日本人民和文化藝術界進步人士所進行的反美愛國正義鬥爭。」（8日《人民日報》）

同日　晚，出席中非團結委員會主席廖承志為歡迎正在我國訪問的剛果黨政代表團而舉行的宴會。（8日《人民日報》）

八日　下午，與楚圖南、廖承志等，出席中國亞非團結委員會，對外文協、中國文聯聯合舉辦的首都各界人民歡迎以野間宏為首的日本文學家代表

團大會，作了發言。（9日《人民日報》）

　　同日　晚，出席首都文藝界紀念世界文化名人、德國音樂家羅伯特・舒曼（1810～1858）誕生一百五十週年大會，並致詞，說：「羅伯特・舒曼的創作，體現了德國人民對美好生活的嚮往，歌頌了民主和自由，保衛並發展了貝多芬的進步的音樂傳統，爲德意志民族音樂的發展以及世界音樂藝術的發展，作出了重大貢獻。」（9日《人民日報》）

　　九日　晚，與老舍、邵荃麟等陪同郭沫若接見並宴請以野間宏爲首的日本文學家代表團全體成員。（10日《人民日報》）

　　同日　發表《中國人民永遠支持日本人民鬥爭，日本人民一定能夠獲得最後勝利》（雜論），載《人民日報》。

　　十日　下午，在文教群英會文化系統會上作了題爲《不斷革命，爭取文化藝術工作的持續躍進》的專題報告。報告云：「堅持反對美帝國主義，徹底肅清帝國主義的思想影響，徹底粉碎帝國主義的走狗現代修正主義的無恥陰謀，是當前我國文化藝術界的首要任務」，還指出：「目前全國轟轟烈烈開展的學習毛澤東著作的熱潮，是一個偉大的共產主義思想革命行動」。（11日《人民日報》）

　　十一日　下午，出席全國文教群英大會閉幕式。大會號召把文化革命推向新的高潮。（12日《人民日報》）

　　十七日　下午，與陳毅、楚圖南等接見丹麥宗教事務大臣博迪爾・科克夫人及其丈夫科克教授和她的女兒。（18日《人民日報》）

　　十八日　上午，出席各民主黨派、無黨派人士雙週座談會，並發表談話。（19日《人民日報》）

　　同日　中午，與楚圖南等出席陳毅副總理歡迎丹麥王國宗教事務大臣博迪爾・科克夫人和她的丈夫科克教授及女兒的宴會。（19日《人民日報》）

　　同日　下午，出席首都各界人民熱烈擁護中國人民解放軍福建前線部隊炮轟金門而舉行的反美武裝示威，堅決反對美帝國主義及其頭子艾森豪威爾的侵略罪行，支持亞非各國人民和台、澎、金、馬愛國同胞反對艾森豪威爾強盜罪行的正義鬥爭的集會，並發表講話，說：「我們有決心也有力量把台、澎、金、馬完全解放，使它回到祖國的懷抱來。」（19日《人民日報》）

　　十九日　與周揚聯名發表書面談話《以筆當炮，揭露美帝國主義的戰爭

政策》(雜論)，載《人民日報》。

同日　下午，出席首都文藝界反對美帝侵略，堅決解放臺灣，保衛世界和平座談會，並發言，說，「福建前線解放軍用炮火歡送艾森豪威爾這個『瘟神』，我們文藝界要用筆桿、畫具、琴瑟、舞蹈等各種文藝武器來揭露這個『瘟神』」。(20 日《人民日報》)

同日　晚，在北京飯店舉行酒會，歡送丹麥宗教事務大臣科克夫人一行。(23 日《人民日報》)

二十一日　上午，到首都機場，歡送丹麥宗教事務大臣科克夫人一行乘機離開北京回國。(23 日《人民日報》)

同日　下午，出席在首都劇場舉行的「反對美帝侵略、堅決解放臺灣、保衛世界和平宣傳週」首都藝術演出開幕式，作了題爲《徹底揭穿美帝國主義畫皮》的講話，說：「我們的革命藝術從來就是反對帝國主義的強有力的武器。」(22 日《人民日報》)

二十二日　中午，設宴歡送即將回國的中央音樂學院蘇聯鋼琴專家塔·彼·克拉英琴柯和北京舞蹈學校芭蕾舞編導家彼·安·古雪夫。宴會前，代表周恩來總理向他們發了感謝狀，感謝他們爲我國鋼琴教育和芭蕾舞藝術事業的發展所作的重要貢獻。(23 日《人民日報》)

二十五日　下午，出席在人民大會堂舉行的、首都各界人民反對美國侵略朝鮮、支持朝鮮人民和平統一祖國大會。出席大會的有陳毅、習仲勛、黃炎培、郭沫若等。(26 日《人民日報》)

三十日　作《致〈中國現代作家小傳〉編寫組》(書信)，署名雁冰。(按：此信係茅盾覆山東師範學院 1956 年級同學《中國現代作家小傳》編寫組的)。載《語文教學》一九八一年四期，又載浙江文藝出版社版《茅盾書簡》和文化藝術出版社版《茅盾書信集》。云所寫小傳「溢美之處，讀之有愧。現謹就事實不符者，略加修改，並此奉還」。

同月　作《憶衡老》(散文)，現收《茅盾全集》第十七卷。(按：此篇係譜主回憶「鄉先輩」沈鈞儒先生的散文) 簡介了抗戰時與衡老「朝夕相見」的往事，讚揚了衡老「爲國事奔走」、「生活之樸素」、「堅貞」的品格。

當月

十五日　瞿光熙發表《〈子夜〉的烙痕》，載《新民晚報》。

　　艾揚出版《茅盾及其〈子夜〉等分析（文藝作品選講）》，人民教育出版社出版。書中含四章和後記，章序爲：一、茅盾的生平和創作；二、《子夜》；三、《林家舖子》；四《春蠶》。

本月

　　二十四日至二十六日　社會主義國家共產黨和工人黨代表會議在布加勒斯特舉行。蘇共赫魯曉夫集團在會上對中國共產黨發動突然襲擊，中共代表團進行了針鋒相對的鬥爭。

七月

　　一日　晚，出席對外文協和中國作家協會舉行的歡送日本文學家代表團的宴會。出席宴會的有楚圖南、廖承志、周揚、陽翰笙、老舍、周而復等。（2日《人民日報》）

　　三日　上午，與楚圖南、廖承志、陽翰笙、老舍等到首都機場，歡送以野間宏爲首的日本文學家代表團乘飛機回國。（4日《人民日報》）

　　二十二日　下午，出席在人民大會堂舉行的、中國文學藝術工作者第三次代表大會開幕式，爲主席團成員。黨和國家領導人劉少奇、周恩來、朱德、宋慶齡、鄧小平等出席了大會。

　　二十二日至八月十三日　出席中國文學藝術工作者第三次代表大會及中國作家協會會員代表大會。

　　二十三日　下午，參加毛澤東、劉少奇、朱德、鄧小平等黨和國家領導人接見第三次文代會全體代表儀式。（24日《人民日報》）

　　同日　晚，出席國務院機關事務管理局在人民大會堂爲參加第三次文代會全體代表舉行的聯歡晚會。（24日《人民日報》）

　　二十四日　下午，出席第三次文代會大會，並作了題爲《反映社會主義躍進的時代，推動社會主義時代的躍進》的長篇報告。

　　同日　發表《榮譽歸於誰》（政論），載《人民日報》，又載《長城文藝》1960年第8期。

　　二十五日　發表《反映社會主義躍進時代，推動社會主義時代的躍進》（評論），載《人民日報》，又載《人民文學》八月號。

當月

　　張仲甫發表《談〈林家舖子〉》，載《東海》七月號。

本月

　　十五日至八月十日　中共中央政治局擴大會議在北戴河舉行。會議主要討論國際反修問題和調整國民經濟問題。

　　十六日　蘇聯政府突然照會我國政府，單方面撕毀幾百個中蘇簽定的合同和協定，於一個月內撤走全部蘇聯專家。

　　柳青的長篇小說《創業史》第一部出版。

八月

　　七日　晚，與張奚若一起在北京飯店歡宴吳巴盛團長率領的緬甸文化友好藝術團訪問中國，並作了熱情、友好的講話。（8 日《人民日報》）

　　九日　晚，出席緬甸文化友好藝術團在首都劇場首場演出的開幕式，並觀看了演出。觀看演出的還有習仲勛、沈鈞儒、張奚若等。（10 日《人民日報》）

　　十三日　在中國文學藝術工作者第三次代表大會閉幕式上，被選為中國文聯副主席、中國作家協會主席。文聯主席是郭沫若，當選為文聯副主席的還有周揚、巴金與老舍等；當選為中國作家協會副主席的有周揚、巴金與老舍等。會議通過了中國文學藝術界聯合會章程。（14 日《人民日報》）

　　同日　下午，出席由文化部、對外文委、中朝友協為慶祝朝鮮解放十五週年在首都劇場舉行的、朝鮮民主主義人民共和國電影週的開幕式，並發表講話，熱烈祝賀朝鮮人民的光榮節日，稱頌兩國人民傳統的戰鬥友誼。開幕式後，放映了影片《要愛未來》和《朝鮮一定要統一》。（14 日《人民日報》）

　　同日　晚，出席陳毅副總理為歡迎吳巴盛團長率領的緬甸文化友好藝術團舉行的宴會。（14 日《人民日報》）

　　十四日　上午，出席首都各界在政協禮堂舉行的慶祝朝鮮解放十五週年大會，並與宋慶齡、周恩來、郭沫若等接見了以金鍾植為首的朝中友好協會代表團、以金漢奎為首的朝鮮電影代表團和朴贊松率領的朝鮮國家排球隊全體人員。朝鮮駐中國大使李永鎬也參加了接見並出席了大會。（15 日《人民日報》）

　　同日　下午，與楚圖南等應邀出席緬甸駐華大使館為以吳巴盛為首的緬

旬文化友好藝術團訪問中國舉行的招待會。（15 日《人民日報》）

十八日　晚，出席觀看了蘇聯韃靼自治共和國國家歌舞團在天橋劇場舉行的首場演出。演出休息間，陪同朱德、戈寶權等接見了布・米・吉柴圖林團長等領導人和藝術團主要演員，並且進行了親切的談話。（19 日《人民日報》）

十九日　晚，出席由對外文委、文化部和中蘇友協總會在北京飯店舉行的、歡迎蘇聯韃靼歌舞團的宴會，發表了講話，特別強調了中蘇兩國團結的意義，說：「這種團結對於中蘇兩國的社會主義和共產主義建設，對於保衛世界和平的事業有著特別重要的意義。這種團結是不可摧毀的」。（20 日《人民日報》）

二十四日　早晨，到首都機場，根據中波文化合作協定 1960～1961 年執行計劃、應波蘭政府邀請，率領中國文化代表團一行四人（美術家協會秘書長華君武等）乘機前往波蘭進行訪問。（25 日《人民日報》）

二十六日　中午，到達波蘭首都華沙，在機場受到波蘭文化藝術部部長加林斯基、中國駐波蘭大使王炳南等的歡迎。（27 日《人民日報》）

同日　下午，出席波蘭文化藝術部部長加林斯基歡迎中國文化代表團舉辦的宴會，盛讚波蘭「悠久的輝煌的文化」，並祝賀波蘭的社會主義文化藝術更加繁榮昌盛。（27 日《人民日報》）

二十八日　率領中國文化代表團參觀華沙波蘭民族博物館和波蘭藝術攝影展覽會。

同日　晚，出席波蘭文化藝術部部長加林斯基在拉津卡公園的斯坦尼斯拉夫劇院，為中國文化代表團舉辦的音樂晚會。（30 日《人民日報》）

二十九日　率領中國文化代表團參觀華沙波蘭音樂家蕭邦故居，並欣賞波蘭國立音樂學院一女生彈奏蕭邦名曲。（《聽波蘭少女彈奏蕭邦曲・雁冰附記》）

茅盾自二十九日起，率領中國文化代表團到波蘭各地參觀訪問。

同日　作《聽波蘭少女彈奏蕭邦曲》（舊體詩），載《詩刊》一九八一年五月號，載河北人民出版社版《茅盾詩詞》，又載上海古籍出版社版《茅盾詩詞集》，收入《茅盾全集》第十卷。其中一首對希特勒倒行逆施，搶劫蕭邦心臟之事表示無比憤慨：「丹心應喜歸樂土，黑手安能抗大同。細雨如膏潤幼草，東風正勁壓西風。」

同月　發表《アメリガ帝國主義の化の皮を徹底的にひつぱごう》（雜論），現以《徹底揭穿美帝國主義的畫皮》爲題，收入《茅盾全集》第十七卷。

當月

日本實藤遠出版《中國近代文學史》上卷，日本談路書房新社出版。其中有一章爲「從茅盾《蝕》到《子夜》」。

本月

十三日　文藝界各協會選出新的領導機構：田漢爲劇協主席，呂驥爲音協主席，何香凝爲美協主席，蔡楚生爲影協主席，趙樹理爲曲協主席。

九月

一日　訪問波蘭某國營農場，其間，聽「農場主人述一劇本之本事，爲一古老民間故事」。（《無題·橫波一笑豈關情》）

同日　作《無關·橫波一笑豈關情》（舊體詩），載河北人民出版社版《茅盾詩詞》，又載上海古籍出版社版《茅盾詩詞集》，收入《茅盾全集》第十卷。詩讚揚了波蘭人民的反抗鬥爭精神。

七日　作《波萊尼茨美女餐廳題詩》（舊體詩），載河北人民出版社版《茅盾詩詞》，上海古籍出版社版《茅盾詩詞集》，收入《茅盾全集》十卷。此詩爲參觀波蘭東南部弗羅茨瓦夫省境內的療養勝地波萊尼茨，波蘭文化界人士在該地美女餐廳設宴招待中國文化代表團，茅盾應餐廳工作人員的要求，即興題寫了這首七言絕句，對主人的盛情和友好，表達了由衷的謝意。云「波萊尼茨好風光，美女餐廳進一觴。多謝主人親切意，紅玫耀眼白玫香。」

同日　作《聽演奏蕭邦名曲》二首（舊體詩），載河北人民出版社版《茅盾詩詞》，上海古籍版《茅盾詩詞集》，收入《茅盾全集》十卷。其一說明一年一度在波蘭杜什尼開市舉行的國際蕭邦鋼琴賽的由來。其一讚頌蕭邦名曲之魅力：「海潮澎湃動風雷，明月松濤意境幽。」

十三日　上午，參觀凱納爾工藝美術中學。

同日　作《參觀凱納爾工藝美術中學》（舊體詩），載河北人民出版社版《茅盾詩詞》，又載上海古籍版《茅盾詩詞集》，收入《茅盾全集》十卷。詩熱情讚頌了波蘭民間藝術和「古拙」美的藝術傳統。

十七日　下午，在華沙，率中國文化代表團會見了波中友協主席、波蘭統一工人黨中央政治局委員德里霍夫斯基等，進行了親切友好的談話。（19日《人民日報》）

同日　晚，率中國文化代表團出席波蘭文化藝術部部長加林斯基舉行的送別宴會。（19日《人民日報》）

十八日　晚，往華沙客樂林，訪問瑪佐夫舍歌舞團，並欣賞了歌舞團的精彩演出，再次聆聽了波蘭民歌《小杜鵑》。（《訪瑪佐夫舍歌舞團》）

十九日　清晨，作《訪瑪佐夫舍歌舞團》，並後記（舊體詩），載河北人民出版社版《茅盾詩詞》，又載上海古籍版《茅盾詩詞集》，現收《茅盾全集》第十卷。全詩三十四行，敘事中抒情，酣暢淋漓，高度評價了瑪佐夫舍歌舞團的卓越藝術。

同日　晚，與代表團成員出席王炳南大使舉行的招待會，並發表講話，對波蘭方面的盛情接待表示感謝。出席招待會的有波蘭文化藝術部部長加林斯基等。（21日《人民日報》）

二十日　上午，往華沙機場，率中國文化代表團離開華沙回國。波蘭文化藝術部部長加林斯基、王炳南大使等到機場歡送。中國文化代表團在波蘭訪問了三週，訪問了華沙、波茲南、格但斯克、克拉科夫等七個城市，和波蘭文藝界人士進行了廣泛的接觸和交流。（21日《人民日報》）

二十二日　上午，回到北京。

二十四日　晚，舉行宴會，歡迎來中國訪問的波蘭作家協會副主席普特拉曼特和夫人。出席宴會的有周揚、劉白羽、楊朔等。（25日《人民日報》）

二十六日　晚，出席文化部和對外文委舉行的盛大宴會，歡迎緬甸文化代表團來中國訪問演出，並發表講話，說：「中緬兩國不僅是近鄰，而且是胞波，中國人民十分喜愛緬甸的民族藝術。（27日《人民日報》）

本月

五日　首都集會紀念世界文化名人、美國作家馬克·吐溫（1835～1910）逝世五十週年。

七日　德意志民主共和國總統威廉·皮克逝世，終年八十四歲。

三十日　《毛澤東選集》第四卷由人民出版社出版。

十月

一日　上午，往天安門，與毛澤東、劉少奇、周恩來、董必武、宋慶齡、朱德、鄧小平等黨和國家領導人出席建國十一週年典禮。（2日《人民日報》）

同日　下午，出席在人民大會堂舉行的中緬邊界條約簽字儀式，周恩來總理和吳努總理分別代表中國和緬甸簽字。出席簽字儀式的有劉少奇、董必武、朱德、郭沫若等。（2日《人民日報》）

同日　晚，出席劉少奇主席爲歡迎緬甸政府吳努總理和奈溫將軍，並慶祝中緬簽訂邊界條約舉行的宴會。出席宴會的有周恩來、董必武、朱德、郭沫若等。（2日《人民日報》）

二日　中午，出席由和大主席郭沫若、中國亞非團結委員會主席廖承志，對外友協會長楚圖南和總工會主席李頡伯爲歡迎來我國參加國慶觀禮的日本各界訪華代表團而舉行的宴會。（3日《人民日報》）

同日　下午，出席首都各界人民慶祝中緬邊界條約簽訂大會。（3日《人民日報》）

同日　晚，往蘇聯駐華使館，與陳毅等出席蘇聯大使契爾沃年科爲慶祝中華人民共和國成立十一週年而舉行的友誼晚會。（3日《人民日報》）

三日　下午，出席文化部、對外文委、中緬友協在人民大會堂爲緬甸文化代表團舉行的首場演出開幕式，和緬甸聯邦電影節開幕式，並致詞。這次電影展出了五部緬甸電影：《悲離合》、《忠誠的愛》、《雨和淚》、《哥與妹》、《雅塔那邦》和《一個船夫的命運》。（4日《人民日報》）

同日　晚，與賀龍、萬里等出席文化部、中非友協爲歡迎阿巴斯‧費爾哈特總理和由他率領的阿爾及利亞共和國臨時政府代表團舉行的文藝晚會，欣賞了中央實驗歌劇院演出的民族舞蹈——《雷峰塔》。（4日《人民日報》）

四日　中午，出席對外文委、文化部和中伊友協爲歡迎伊拉克共和國國家指導部部長費薩爾舉行的宴會。（4日《人民日報》）

同日　下午四時，出席首都萬人歡迎以阿巴斯‧費爾哈特總理爲首的阿爾及利亞共和國臨時政府代表團大會。（5日《人民日報》）

同日　晚上，出席阿爾及利亞藝術團訪問中國在政協禮堂舉行首場演出的開幕式，並觀看了他們的精彩演出。出席開幕式的有周恩來、賀龍、郭沫

若等。（5 日《人民日報》）

八日　下午，出席周恩來總理、郭沫若、習仲勛等黨和國家領導人、在中山公園接見正在我國訪問的伊拉克、日本、新西蘭、古巴等九個國家的外賓。（9 日《人民日報》）

同日　晚，出席伊拉克大使法迪爾爲歡迎伊拉克共和國國家指導部部長費薩爾・薩米爾舉行的招待會。（9 日《人民日報》）

九日　晚，出席對外文委、文化部和中伊友協爲歡迎伊拉克國家指導部長薩米爾舉行的宴會。（10 日《人民日報》）

十日　作《致阮文梅（越南作家）》（書信），載浙江文藝出版社版《茅盾書簡》。云「我愉快地收到您的來信和《春蠶》越文譯本。這本書裝幀、印刷都很漂亮，料想譯文也一定漂亮。我的這些作品能和越南讀者見面，使我深感榮幸。」（按：越南文版《春蠶》，由陶武，吳文宣譯，越南文化出版社 1960 年出版）

十二日　上午八時，作《致巴金》（書信），署名雁冰。載百花文藝出版社版《茅盾書信集》。請巴金在上海熱烈接待波蘭作協副主席、黨組第一書記普忒拉曼特，他是波蘭著名小說家，也是「波黨候補中委，在波蘭爲對我最友好者之一」。說他「此次訪華」定於「本月廿六日（由廣州）到杭州，留二天半，則廿九日可到上海，在上海的日期請預先和市文化局商量，務必保證重點，保證深透，使他回去有充分材料可以寫書。」又云，自己和普忒拉曼特夫婦相約，他們到杭州休息遊覽，「我將奉陪」，另一方面也因爲「回國後精神一直不好（仍爲失眠、不能用腦等毛病），也打算休養一下」，所以請巴金「代購十九日上海到杭州的火車票壹張」。

十三日　作《致 R・費郎克》（書信），載文化藝術出版社版《茅盾書信集》。R・費郎克是蘇聯莫斯科圖書館館長，「今年夏天和十月三日」兩次寫信給茅盾，茅盾回信告知，由於第三次文代會、訪問波蘭，「而手頭又有一大堆事」，「我十分抱歉，不能爲你們所編選的列・托爾斯泰紀念冊寫一篇文章。」署名中華人民共和國文化部部長沈雁冰。

十五日　上午，作《致巴金》（書信），署名沈雁冰，載百花文藝出版社版《茅盾書信集》。云因十九日飛機下午起飛，到上海已爲傍晚，「不便當天轉車赴杭」，「決定在滬停留一宿，二十日赴杭」，請代訂旅館和派車接。

十九日　下午，乘飛機由北京到上海。

二十日　上午，乘火車離上海到杭州。(《致巴金》)

二十日至二十四日　在杭州視察文化工作，看婺劇《臥薪嘗膽》。(《關於歷史和歷史劇》)

二十五日　下午，參加杭州大學中文系師生座談會，回答了師生提出的五個文藝理論問題：革命現實主義與革命浪漫主義相結合的問題；傳統文化是否可以成爲社會主義先進文化的一部分；對十九世紀批判現實主義文學應繼承些什麼；民族化、群眾化問題；中國現代文學的性質問題。回答中說到郭老早期的詩歌、田漢的劇作「不屬於十九世紀浪漫主義」，「《蔡文姬》、《關漢卿》有革命浪漫主義成份」，說《蔡文姬》「反映了郭老抗戰初期激於愛國熱情隻身回國把妻子兒女留在日本的心情」；爲傳統劇只要沒有什麼毒素，「我看可以作爲社會主義文化的一部分」；認爲十九世紀資產階級文學「既有積極的因素，又有消極的東西。它可以幫助我們認識過去，提高我們觀察現實生活的能力」；說「我個人並不十分欽佩巴爾扎克，而更喜歡托爾斯泰。中國古典文學我很崇拜，莊子、司馬遷、辛稼軒我都喜歡，李商隱我也喜歡」；認爲「中國現代文學整體來說屬於新民主主義文學，」但「一九四二年前後，各抗日根據地和解放區文學……不僅限於新民主主義的範圍」。(丁茂遠《記茅盾在我校的一次座談會上的講話》，載《杭州大學學報》1986 年 4 期)

二十六日　上午，到杭州火車站迎接由廣州到杭州訪問的波蘭作協副主席、黨組第一書記普忒拉曼特和夫人。(10 月 13 日《致巴金》)

二十六日至二十八日　陪同普忒拉曼特夫婦在杭州參觀訪問。(10 月 13日《致巴金》)期間，向客人介紹了陪同遊覽的詩人阮章競的詩歌創作情況。(《茅盾詩詞鑒賞》)

二十九日　陪同普忒拉曼特由杭州乘火車到上海訪問。(10 月 13 日《致巴金》)

同月　發表《在緬甸聯邦電影節開幕式上的講話》(雜論)，載《大眾電影》十九期。

同月　出版《反映社會主義時代，推動社會主義時代的躍進》單行本，人民文學出版社出版。

本月

二十五日　首都集會紀念中國人民志願軍抗美援朝十週年。

二十九日　北京舉行紀念聶耳逝世二十五週年、冼星海逝世十五週年音樂會。

十一月

五日　下午，出席文化部、對外文委、中蘇友協在首都劇場舉行的、慶祝十月社會主義革命四十三週年電影週開幕式，致開幕詞，說：「在偉大的無產階級革命導師列寧和蘇聯共產黨的領導和關懷下，蘇聯電影藝術第一次成爲勞動人民的藝術，成爲無產階級革命和社會主義建設事業服務的強有力的武器。」指出「我國電影藝術的成長，就是以偉大的蘇聯的優秀電影作爲榜樣的」。出席開幕式的有陳毅等。（6日《人民日報》）

六日　晚，出席在中南海懷仁堂舉行的首都慶祝蘇聯十月革命四十三週年大會。會前，與周恩來、朱德、陳毅、李富春等黨和國家領導人接見以團長斯托列托夫、副團長米特羅諾夫爲首的蘇中友協代表團和蘇聯藝術家表演團領隊岡察洛克。（7日《人民日報》）

七日　晚，出席蘇聯大使契爾沃年科爲慶祝十月革命四十三週年在蘇聯駐中國大使館舉行的招待會。黨和國家領導人毛澤東、周恩來、朱德、陳毅、李富春等出席了招待會。（8日《人民日報》）

當日　作《贈阮章競》（舊體詩），載杭州大學出版社一九九一年十一月版丁茂遠著《茅盾詩詞鑒賞》。讚揚了阮的詩歌成就，云：「潼河水唱翻身調，出塞新詩頌有成；指點江山抽彩筆，阮郎詩風劇崢嶸。」並於當日寫成條幅贈阮章競，阮說：「親聆教誨，受到鼓勵，堅定了我詩歌創作風格，可以『大長精神』去『步險峰』。」

十日　發表《中緬友誼·萬古長青——爲緬甸聯邦電影週而作》（評論），署名沈雁冰。載《電影藝術》十一月號。盛讚了中緬友誼和悠久的文化交流。

同日　發表《文化部沈雁冰部長在慶祝十月社會主義革命四十三週年電影週開幕式上的講話》（評論），載《電影藝術》十一月號。闡明了蘇聯電影藝術的性質，和對中國電影藝術的影響。

二十五日　晚，出席中國和大、對外文協、中蘇友協、中國文聯和中國

作家協會舉行的紀念世界文化名人、俄國偉大作家列・托爾斯泰（1828～1910）逝世五十週年大會，並作了題爲《激烈的抗議者、憤怒的揭發者、偉大的批判者》的專題報告。載二十六日《人民日報》，也載《世界文學》十一月號。報告高度評價了托爾斯泰對現實主義文學所作的傑出貢獻，說：「托爾斯泰的一生，是一個激烈的抗議者、憤怒的揭發者、偉大的批判者的一生。」「托爾斯泰是廣闊地多方面地反映現實的藝術巨匠。」認爲他的小說是「以最清醒的現實主義的態度，以無情地撕毀一切假面具的獨特手法，對他在資產階級社會、沙皇專制制度和官方教會所做的無情的揭露和抗議。」指出這些小說的藝術價值在於「作品的宏偉的規模、複雜的結構、細膩的心理分析、表現活動的豐富手法以及他的無情地撕掉一切假面具的獨特手法」，「大大地提高了藝術作品反映現實的可能性，豐富和發展了現實主義的藝術創作方法。」同時，也一針見血地指出托爾斯泰的弱點是，他「對地主資產階級的批判是從俄國宗法制農民的觀點出發的。」他的這個弱點，「也是俄國大部分宗法制度下農民的弱點，他們在政治上缺乏覺悟。」（26 日《人民日報》）

當月

　　　　日本實藤遠出版《中國近代文學史》下卷，日本淡路書房新社出版。內含「茅盾的《腐蝕》」一章。

本月

　　　　十九日　全國人大常委會通過了《關於特赦確實改惡從善的蔣介石集團和僞滿洲國的戰爭罪犯的決定》。

　　　　二十四日　中央國家機關和各民主黨派中央機關，又有一批計二百六十多人右派分子摘掉帽子。

十二月

　　十三日　晚，出席瑞典臨時代辦爲瑞典皇家歌劇院芭蕾舞團結束在我國的訪問演出，在瑞典大使館舉行的招待會。（14 日《人民日報》）

　　十六日　晚，出席劉少奇主席爲柬埔寨國家元首西哈努克親王訪華舉行的宴會。（17 日《人民日報》）

　　十七日　晚，出席文化部、中柬友協爲歡迎柬埔寨國元首西哈努克親王和夫人舉行的文藝晚會，欣賞了北京舞蹈學校實驗芭蕾舞劇團演出的芭蕾舞

劇《海峽》。（18 日《人民日報》）

當月

一日　瞿光熙發表《茅盾所作歷史小説》，載《新民晚報》。

同年

約年初　作《觀劇偶作》（舊體詩），載河北人民出版社版《茅盾詩詞》，現收《茅盾全集》第十卷。一九五九年一月，中國京劇院和北京京劇團聯合演出田漢改編的京劇《西廂記》。此劇上演和發表後，在《文匯報》、《戲劇研究》等報刊上展開了熱烈的爭論。論爭的紛歧在於對崔鶯鶯性格的理解和結尾藝術處理的問題。茅盾沒有著文參與這場爭論，卻在觀劇之後寫了這首七律，用詩的形式表達了自己的看法。首聯詠讚崔鶯鶯的容貌和反抗精神：「日射胭脂旋欲融，西廂猶記戶迎風。」中間兩聯詠嘆鶯鶯的不幸遭遇：「夢中舊愛仍啼粉，覺後新歡恨斷紅。大澤龍蛇寧作幻，高門鸞鳳竟成空。」結句肯定元稹《會真記》結尾的藝術處理，而對改變悲劇結局成「大團圓」持保留態度：「崔娘遺恨留千古，翻案文章未易工。」

當年

越南陶武、吳文宣發表《越文版〈春蠶〉序》，載越南文化出版社出版的越文版《春蠶》，譯文載湖南人民出版社一九八四年八月版《茅盾研究在國外》。序文著重介紹了茅盾的主要作品，指出「茅盾是中國現代最著名小説家之一」，是「積極地爲現實主義而鬥爭，發揚了中國小説的革命傳統，寫出了許多不僅在中國具有重大影響而且在全世界很多國家享有聲譽的作品。」還云：「他在建立中國革命文學中作出了很大的貢獻。」

朝鮮朴興炳發表《朝文版〈子夜〉前言——茅盾的創作及其代表作〈子夜〉》，載朝鮮國立文學藝術書籍出版社出版的朝文版《子夜》和一九六〇年版《世界文學選集》第七十一卷，易書名爲《黎明之前》，前言譯文（中國林相泰譯）載湖南人民出版社出版的《茅盾研究在國外》。「前言」客觀地評價了茅盾的文學功績和文化活動，云「茅盾是中國現代文學的先驅者之一。他不僅是一位富有國際聲譽的作家，而且也是社會政治和世界和平運動的著名活動家。」關於《子夜》，認爲是「繼偉大魯迅的不朽之作《阿Q正傳》之後，在中國現代小説和中國現代文學整個領

域裡開闢先河的又一巨大收穫。」「《子夜》的歷史功績在於開創了中國社會主義現實主義文學發展的道路。」

　　日本松井博光發表《茅盾的現實主義──《生活根據地》評論筆記》，載一九六○年日本《東京都立大學創立十週年紀念論文集》（人文版）。

　　葉子銘發表出版《左聯時期無產階級革命文學》，江蘇人民出版社一九六○年出版。內含「茅盾在左聯時期的文學活動」一章，評述甚詳。

一九六一年（六十六歲）

一月

十一日　下午，到首都機場，歡迎以阿爾巴尼亞勞動黨中央政治局委員、部長會議第一副主席斯皮羅·科列加率領的阿爾巴尼亞政府經濟代表團。參加歡迎儀式的有李富春、李先念、蔣南翔等。（12 日《人民日報》）

十二日　晚，出席李先念副總理爲歡迎科列加率領的阿爾巴尼亞政府經濟代表團，在人民大會堂新疆廳舉行的宴會。（13 日《人民日報》）

十四日　晚，出席中阿友協爲歡迎科列加副主席率領的阿爾巴尼亞政府經濟代表團，在人民大會堂山東廳舉行的招待會。招待會後，陪同貴賓們出席中阿友協、文化部舉辦的文藝晚會，觀看了舞劇《寶蓮燈》。（15 日《人民日報》）

二十日　晚，出席緬甸駐中國臨時代辦吳翁欽和夫人，爲以緬甸聯邦貿易發展和民用物質供應部部長吳敦爲首的緬甸政府貿易代表團訪問中國，在大使館舉行的招待會。出席招待會的有李先念和夫人、榮毅仁等。（21 日《人民日報》）

二十三日　晚，出席陳毅副總理爲歡迎中尼邊界聯合委員會尼泊爾首席代表帕·巴·卡特里少將和代表、顧問、隨行工作人員，在人民大會堂舉行的宴會。出席宴會的有章漢夫、楚圖南、楊成武、吳晗等。（24 日《人民日報》）

二十五日　被列爲中國作協會副秘書長王亞凡同志治喪委員會委員。（25 日《人民日報》）

二十六日　晚，陪同陳毅副總理接見古巴芭蕾舞團的負責人和主要藝術家費爾南多·阿隆索等，並且同他們進行了親切友好的談話。出席接見的有楚圖南、胡愈之、周而復、歐陽予倩等。（27 日《人民日報》）

同日　晚，出席中國拉丁美洲友協、對外文委、文化部爲歡迎以費爾南多·阿隆索爲首的古巴芭蕾舞團，在北京飯店舉行的酒會。出席酒會的有陳毅、胡愈之、陽翰笙、歐陽予倩、劉白羽、李少春、袁世海等。（27 日《人民日報》）

二十七日　下午，出席在中國文聯禮堂舉行的王亞凡同志追悼會。(25日《人民日報》)

同日　晚，出席周恩來總理爲慶祝中緬友好互不侵犯條約簽訂一週年和歡迎以緬甸聯邦貿易發展和民用物質供應部部長吳敦爲首的緬甸政府貿易代表團訪華舉行的宴會。出席宴會的有廖承志、劉寧一、孔原、許德珩、章漢夫、許廣平等。(28日《人民日報》)

同日　晚，出席外交部爲慶祝中緬友好互不侵犯條約簽訂一週年、在民族宮禮堂舉行的晚會，觀看了天津人民歌舞劇院演出的芭蕾舞《西班牙女兒》。出席晚會的有周恩來、陳毅等，緬甸大使吳翁欽和緬甸政府貿易代表團也出席了晚會。(28日《人民日報》)

二十八日　陪同周恩來總理接見古巴芭蕾舞團團長阿隆索和主要演員阿麗西亞·阿隆索等。接見時在座的有陳毅、郭沫若等。(29日《人民日報》)

同日　晚，出席古巴大使桑托斯爲古巴芭蕾舞團訪華舉行的酒會。出席酒會的有周恩來、陳毅、郭沫若等。(29日《人民日報》)

同日　晚，出席古巴芭蕾舞團在首都劇場舉行的首場演出，觀看了古巴著名藝術家阿麗西亞·阿隆索主演的芭蕾舞劇《吉賽爾》。出席觀看的有周恩來、陳毅、廖承志、錢俊瑞等。(29日《人民日報》)

三十日　上午，出席二屆人大三十五次會議，聽取郭沫若訪問古巴的報告。(31日《人民日報》)

當月

十八日　瞿光熙發表《〈耶穌之死〉和〈參孫的復仇〉》，載《新民晚報》。

本月

九日　吳晗所著歷史京劇《海瑞罷官》在《北京文藝》發表。

二月

三日　中午，出席捷克斯洛伐克大使約·賽迪維代表捷克斯洛伐克科學院，授予郭沫若洛捷克斯洛伐克科學院院士證書儀式。儀式結束後，在熱情友好氣氛中賓主共進午餐。出席儀式和午餐的有張勁夫、夏衍等。(4日《人

民日報》）

　　同日　晚，出席蘇聯大使契爾沃年科爲歡迎來中國簽訂中蘇友好合作協定 1961 年執行計劃的蘇聯代表團，在蘇聯大使館舉行的招待會。出席招待會的有夏衍、榮高棠等。（4 日《人民日報》）

　　四日　中午，出席對外文委主任張奚若爲慶祝中蘇 1961 年文化合作計劃簽訂舉行的宴會。出席宴會的有陳毅、劉白羽等，蘇聯方面有契爾沃年科大使和蘇聯代表團全體成員。（5 日《人民日報》）

　　同日　晚，出席對外文協、文化部招待古巴芭蕾舞團的酒會。出席招待會的有周恩來、陳毅、郭沫若等，古巴大使桑托斯和古巴芭蕾舞團全體成員出席了宴會。（5 日《人民日報》）

　　六日　被選爲中國紀念印度詩人泰戈爾（1861～1941）誕生一百週年籌委會主任，丁西林爲副主任，林林、楊朔、杜展潮爲正副秘書長，田漢、老舍、呂驥、陽翰笙、吳作人、夏衍、謝冰心等二十人爲委員。（7 日《人民日報》）

　　九日　中午，出席周恩來總理歡迎中尼邊界聯合委員會尼泊爾代表團首席代表卡特里少將一行的宴會。出席宴會的有陳毅、廖承志等。（10 日《人民日報》）

　　十日　晚，出席尼泊爾首席代表卡特里少將舉行的招待會。出席招待會的有周恩來、陳毅、吳晗等。（11 日《人民日報》）

　　十三日　上午，出席爲慶祝中蘇友好同盟互助條約簽訂十一週年，在故宮文華殿舉辦的「蘇聯征服宇宙空間成就展覽會及蘇聯文化藝術成就圖片展覽會」開幕式，並參觀展覽會。出席開幕式的有陳毅、周培源、華羅庚、曹靖華、梅蘭芳等。（14 日《人民日報》）

　　同日　下午，出席首都各界慶祝中蘇友好同盟互助條約簽訂十一週年，在人民大會堂舉行的大會。出席大會的有周恩來、陳毅、彭眞、譚震林、廖承志、吳玉章等，蘇聯方面有契爾沃年科大使和蘇中友協代表團全體成員。（14 日《人民日報》）

　　同日　晚，出席蘇聯大使契爾沃年科舉行的招待會。黨和國家領導人周恩來、陳雲、彭眞、陳毅、譚震林等出席了招待會。（14 日《人民日報》）

同日　作《兄弟友誼萬古長青——慶祝中蘇友好同盟互助條約簽訂十一週年》（雜論），載《文藝報》二月號。云：「中蘇兩國人民的『文字之交』，是光輝燦爛的中蘇友誼的一個重要方面。」

同日　作《致費定》（書信），載十五日《人民日報》、《文藝報》第二期，收入百花文藝出版社版《茅盾書信集》。

十四日　致電蘇聯作家協會第一書記費定，慶祝中蘇兩國互助條約簽訂十一週年。（15 日《人民日報》）

同日　晚，出席陳毅和夫人為慶祝中蘇友好同盟互助條約簽訂十一週年，並同在京各國朋友們一起歡慶春節，在人民大會堂舉行的盛大宴會。首都藝術家們表演了中國、蘇聯、阿富汗等十九個國家的音樂舞蹈節目，歡慶世界人民的大團結。（15 日《人民日報》）

十五日　年初一　出席作家協會舉行的茶話會，座間，與葉聖陶走到幾位青年作家桌邊，經楊沫介紹，認識了王願堅，與他寒暄，說：「你寫得好，寫得比我們好！」「比我們像你們這個年紀時寫得好。」走了兩步又返回，對王輕聲說：「多讀點兒書。」（王願堅《他，灌溉著……》，載 1981 年 4 月 9 日《中國青年報》）

二十三日　晚，以中國作家協會主席和亞非作家會議中國聯絡委員會主席身份，接見並設宴歡迎日本——中國文化交流協會常任理事白石凡，事務局主任白土吾夫。出席宴會的有劉白羽、謝冰心、李季、楊沫等。（24 日《人民日報》）

二十六日　下午，以無黨派人士身份，出席中共中央統戰部在人民大會堂舉行的座談會，聽取了周恩來關於當前國際國內形勢的講話，號召繼續高舉總路線、大躍進、人民公社三面紅旗努力前進。出席會議的黨和國家領導人還有彭眞、陳毅、譚震林、薄一波、李維漢、習仲勛等。（27 日《人民日報》）

本月

五日　《人民日報》發表何其芳的政治《不怕鬼的故事》和三則不怕鬼的故事。

十四日　《文學評論》第一期開闢專欄，討論「關於文學上的共鳴問題和山水詩問題」。

三月

六日　晚，出席中蘇友協爲歡迎以張蘇率領的中蘇友好協會代表團訪問蘇聯歸國，在中蘇友好館舉行的酒會。出席酒會的有廖沫沙、曹靖華、梅蘭芳等。（7 日《人民日報》）

九日　下午，出席並主持亞非作家會議中國聯絡委員會會議，通過派遣巴金爲團長，率中國作家代表團參加東京緊急會議等事項。

上旬　出席《魯迅傳》顧問委員會會議，對該電影文學劇本作了基本肯定。（《陳白塵年譜》，載《新文學史料》1989 年 3 期）

十日　晚，出席首都紀念世界文化名人、偉大的烏克蘭詩人謝甫琴柯逝世一百週年（1861～1961）大會，致開幕詞，說：「農奴出身的偉大烏克蘭詩人、畫家、革命民主主義者謝甫琴柯，一向被尊稱爲烏克蘭新文化的奠基人和烏克蘭文學語言的創造者。」「他的不朽的詩歌作品和美術作品」，已「成爲全世界文化寶庫中一份珍貴的遺產」。作協書記處書記曹靖華作了專題報告。紀念會結束後，放映了蘇聯彩色傳記片《謝甫琴柯》。出席紀念會的有陽翰笙、老舍、劉白羽、曹禺、嚴文井等。（11 日《人民日報》）

十二日　出席中共中央統戰部舉辦的各民主黨派和無黨派人士座談會，座談「神仙會」的意義、作用、經驗和貫徹「雙百」方針等問題。（13 日《人民日報》）

十三日　晚，出席對外文委、中拉友協爲歡送古巴芭蕾舞團舉行的酒會。出席酒會的有陳毅等。（14 日《人民日報》）

二十日　出席由文化部、中國劇協召開的「戲曲編導工作座談會」，聽取了陳毅《在戲曲工作座談會上的講話》。（人民文學出版社 1987 年 5 月版《中國當代文學思潮史》）

二十四日　上午，到首都機場，歡送以巴金爲團長的中國作家代表團離京，前往東京出席亞非作家會議常設委員會東京緊急會議。（25 日《人民日報》）

二十七日　以中國作協主席和亞非作家會議中國聯絡委員會主席身份，打電報祝賀在東京召開的亞非作家會議常設委員會緊急會議。（28、30 日《人民日報》）

當月

　　日本那須清發表《巴金和茅盾的作品》，載日本九州大學《文學論輯》第八輯。本書是第一次從比較文學角度論述了巴金和茅盾作品的思想藝術價值。

本月

　　十七日　首都學術界人士集會紀念巴黎公社九十週年。

　　二十日　北京故宮博物院繪畫館舉辦「紀念中國古代十大畫家展覽會」，展出顧愷之、王詵、米芾、米友仁、李公麟、王紱、徐渭和朱耷等人的繪畫和書法作品。

四月

　　二日　下午，到首都機場，迎接出席在新德里召開的世界和平理事會會議後，到中國訪問的朝鮮作家同盟委員長韓雪野。晚上，設宴爲客人洗塵。（3日《人民日報》）

　　五日　上午，到首都機場，歡送朝鮮作家同盟委員長韓雪野乘機離開北京回國。到機場歡送的有老舍、蕭三、田間等。（6日《人民日報》）

　　八日　下午，出席《文藝報》編輯部組織的「批判地繼承古代文藝理論遺產」座談，並發言。出席座談會並發言的還有林默涵、田漢等。（9日《人民日報》）

　　十日　晚，出席對外文委、文化部招待來訪的古巴文化代表團宴會。（11日《人民日報》）

　　十二日　下午，接見錫蘭作家協會秘書長德・森納那亞克。

　　十四日　下午，出席在人民大會堂舉行的政協三屆全國委員會第十二次常務委員會會議。（15日《人民日報》）

　　同日　作《致費定》（電報），載十五日《人民日報》。爲蘇聯宇航員加加林乘「東方號」宇宙飛船，成功地環球飛行安全著陸而致電費定表示祝賀。指出「這一光輝的震動世界的創舉」，證明了社會主義制度的無比優越性。

　　同日　作《致葉子銘》（書信），載《中國現代文學研究叢刊》一九八一年第四期，又收入文化藝術出版社版《茅盾書信集》。回答了葉來信中所提出

的四個問題：「一、我進商務編譯所不是蔡元培介紹的」；二、在北大時同陳獨秀、李大釗沒有過接觸，是「一九二五——六年在上海認識陳獨秀」，其時也與李大釗「見過幾面」；三、在掩護黨的活動的公開機構之一——平民女子學校教過英文，「只有三個學生，夜課，教了個把月」，三個學生是丁玲、王劍虹（後來是瞿秋白的愛人）、王一知；四、在武漢編《民國日報》時所寫「短論和社論，有的具書（用一、二代號），有的不署名。」

二十日　下午，出席政協三屆十三次擴大常務委員會會議。（21日《人民日報》）

二十一日　晚，出席波蘭大使克諾泰爲慶祝波蘭人民共和國與蘇聯聯盟友好互助和戰後合作條約簽訂十六週年，在大使館舉行的招待會。會後放映了波蘭電影《列寧在波蘭》和《藍色的十字章》。（22日《人民日報》）

二十二日　晚，接見由團長、印度尼西亞民族協會主席西托爾·西杜莫朗，副團長、印尼人民文化協會總書記阿尤晉率領的印尼作家代表團，並設宴歡迎客人。（23日《人民日報》）

二十三日　晚，出席古巴大使桑托斯爲以古巴教育部部長阿曼多·阿林·達瓦洛斯爲首的古巴文化代表團訪華舉行的宴會。（24日《人民日報》）

二十六日　發表《一九六○年短篇小說漫評》（評論），載《文藝報》一九六一年四～六期，初收作家出版社一九六二年十月版《鼓吹續集》，又收入文化藝術出版社版《茅盾評論文集》。本文寫成於一九六一年五月十一日，是一篇極爲重要的小說評論。全文計三萬二千餘字，含十一個部分。文章開宗明義指出，一九六○年的短篇小說「在數量上稍遜於往年，而在質量上卻有所提高。」全文漫評了活躍文壇短篇小說領域的杜鵬程、李準、張勤、王汶石、胡萬春、歐陽山、茹志鵑、萬園儒、唐克新、趙樹理、敖德斯爾、草明、沙汀、馮還求等的十六篇小說，概括了六○年短篇小說創作的五個新面貌：（1）更深一層地描寫英雄人物的精神世界；（2）更熟練地而且更巧妙地通過人物的行動來刻劃英雄人物的精神世界；（3）更多地取材於日常生活而以大運動大鬥爭作爲背景；（4）更多注意到氣氛描寫；（5）更多新體裁。也指出所存在的四個缺點：（1）描寫上還有點千篇一律，跳不出既成的框框；（2）人物描寫上，黨委書記、支部書記和負責領導者的形象不夠多姿多采，而有點公式化；（3）諷刺短篇和幽默短篇比較少，即不敢用諷刺幽默的筆法去反映人

民內部矛盾；（4）語言偶有敗筆，「雖優秀作品亦尚有之」，「語匯貧乏」，特別是領導人物「語匯既貧乏，也沒有個性。」還指出，這四個缺點「並不是六〇年發現的新問題，而是老問題。」全文洋洋灑灑，視野開闊，見解獨到，文筆優美，感情豐沛。

二十七日　晚，會見參加東京亞非作家會議常務緊急會議後，來中國訪問的緬甸作家協會主席吳登（沙瓦那）、副主席吳登帕敏。會見後，設宴歡迎緬甸客人。（30 日《人民日報》）

二十八日　下午，出席印尼駐中國臨時代辦蘇雷曼爲歡迎以印尼文化協會主席西杜莫明爲首的印尼作家代表團訪華，在印尼大使館舉行的宴會。出席宴會的有劉白羽、老舍等。（29 日《人民日報》）

同日　晚，出席欣賞了在民族文化宮禮堂舉行的、蘇聯獨唱、獨奏家小組在中國的最後一場演出。演出結束後，步上舞臺，同蘇中兩國音樂家親切握手，獻了鮮花，祝賀他們演出成功。（29 日《人民日報》）

三十日　晚，出席國務院爲慶祝「五一」國際勞動節，在人民大會堂舉行的招待會。出席招待會的有董必武、鄧小平、郭沫若等。（5 月 1 日《人民日報》）

當月

〔蘇〕A・奇士柯夫發表《在災難深重的年代——評〈林家舖子〉》，載十一日《蘇維埃文化報》。認爲《林家舖子》「淋漓盡致地表現出在中國災難深重的年代裡，籠罩著中國一部社會的……驚慌騷亂的狀態」、「令人厭惡的現實」和「尖銳化的社會矛盾」，塑造了「心地善良，性格軟弱」和「令人同情」的林老闆等人物形象。（據溪橋譯文）

五月

一日　下午，出席中國作家協會和印尼作家代表團共同聲明簽字儀式。中國作協副主席老舍和書記處書記嚴文井，印尼作家代表團團長、印尼文協主席西杜莫朗和副團長、印尼文協書記處總書記阿尤晉，代表雙方在共同聲明上簽字。簽字儀式後，中國作家協會舉行酒會，慶祝共同聲明的簽訂和歡送即將回國的印尼作家代表團。出席簽字儀式和酒會的有丁西林、蕭三、何其芳、張光年、郭小川、吳強、康濯等。（3 日《人民日報》）

同日　晚，在天安門城樓同各國來賓一起觀看廣場上的「五一」大聯歡和節日焰火。（2 日《人民日報》）

三日　晚，出席觀看了阿爾巴尼亞民間歌舞團在天橋劇場舉行的來京首次演出。演出休息時，與陸定一、郭沫若等接見了歌舞團團長和全體演員。（4日《人民日報》）

四日　晚，接見並設宴歡迎來華參觀訪問的以色列女作家露絲‧烏爾。（6日《人民日報》）

五日　晚，出席陳毅副總理、羅瑞卿總參謀長爲歡迎中緬邊界聯合委員會首席代表、緬甸國防軍副總參謀長昂季准將和代表團全體成員的宴會。宴會後，賓主出席觀看了精彩的歌舞雜技演出。出席宴會觀看演出的還有翦伯贊、趙樸初等。（6日《人民日報》）

六日　晚，出席匈牙利大使費倫茨爲慶祝中匈友好合作條約簽訂二週年在大使館舉行的宴會。出席宴會的有陳毅、周揚、曾湧泉等。（7 日《人民日報》）

八日　晚，出席印度大使館爲慶祝印度詩人泰戈爾誕生一百週年舉行的招待酒會。招待會上還播放了泰戈爾作的歌曲，放映了印度電影《羅賓德羅那特‧泰戈爾》。出席酒會的有耿飆、丁西林、林林、楊朔等。（9日《人民日報》）

十一日　寫完《一九六〇年短篇小說漫評》（評論），載《文藝報》四、五、六期，收入作家出版社版《鼓吹續集》。

十四日　作《歡呼亞非作家會議東京緊急會議的勝利！》（評論），載世界文學五月號。熱情地肯定了會議取得的收穫，讚揚它「以莊嚴的聲音宣告了亞非作家在世界歷史展開新的一頁的偉大時代所應負的神聖職責，鼓舞了革命士氣，這是亞非作家會議新的歷史階段的開始。」會上，季羨林作了題爲《泰戈爾——印度偉大的詩人》的專題報告。出席大會的有老舍、田漢、歐陽予倩、夏衍、丁西林、陽翰笙、趙樸初、謝冰心等。紀念大會後，參觀了下午在政協禮堂正式開幕的《紀念泰戈爾展覽會》，然後觀看了紀念會的文藝演出。（16 日《人民日報》）

十八日　下午，出席並主持中國作家協會、亞洲作家會議中國聯絡委員

會在文聯禮堂舉行的報告會，由參加亞非作家會議東京緊急會議的中國作家代表團副團長劉白羽報告東京會議及訪問日本的情況。阮章競還報告了在墨西哥舉行的拉丁美洲爭取國家主權、經濟解放與和平大會的情況以及訪問古巴的情況。（19日《人民日報》）

二十七日　作《祝福你們——青年的一代！》（按：本文爲蘇聯《眞理報》世界一日而作）（散文）。現據手稿收入《茅盾全集》第十三卷。以「身經百戰的老戰士」們的口吻，祝福年青的一代，願年青人「爲人民服務，爲和平服務」。

當月

九日　晦庵（唐弢）發表《書話》之一：《〈子夜〉翻印版》，載《人民日報》。云《子夜》在1934年7月，同別一百四十八種進步文學作品，被國民黨用「鼓吹階級鬥爭」的「罪名」「嚴行查禁」、「應行刪改」後，有一個救國出版社竟出版了一種「翻版書」，設計精湛，裝璜講究，分上、下兩冊，「用重磅道林紙」印，「字型淳樸，墨色勻稱，入眼非常舒服。」卷首有《翻印版序言》，云：「《子夜》是中國現代最偉大作品」「天才的作品」，「是人類的光榮成績，我們爲保存這個成績而翻印本書，想爲尊崇文藝、欲窺此書全豹的讀者所歡迎的罷。」

十八日　晦庵發表《書話》之二：《且説〈春蠶〉》，載《人民日報》。認爲「《春蠶》對於農村生活的描寫，比起五四時期的小説來，的確向前跨進了一大步，也給同時期描寫農村的作品以一定的影響。」該文還提供一個史實，「1934年，《春蠶》也曾由夏衍同志改編，在明星影片公司拍成電影」，當年魯迅先生就把《春蠶》的放映，看作是國產電影從「聳身一跳，出了高牆，舉手一場，擲出飛劍中掙扎出來的一個進步的標誌」。

本月

四日　《文藝報》第五期發表《題材問題》專論，指出，「文藝創作之題材有進一步擴大之必要；題材問題上的清規戒律，有徹底破除之必要。」

二十六日　中共中央工作會議在北京召開，毛澤東在會上作了自我批評，認爲一九五九年不該把反右傾鬥爭擴大到群眾中去，提出要對幾年來批判和處分錯了的幹部、黨員甄別平反，要重新教育幹部。

三十日　俄國民主主義革命家、文藝理論家別林斯基（1811～1848）誕辰一百五十週年紀念日。

六月

一日　上午，出席習仲勛副總理接見以波蘭文化藝術部副部長加爾斯特茨基爲首的波蘭文化代表團，並同他們進行了親切友好的談話。（2 日《人民日報》）

同日　下午，出席由中共中央宣傳部在北京新僑飯店舉行的「全國文藝工作座談會」，討論《關於當前文學藝術工作的意見》（草案），即《文藝十條》初稿。提出了全面調整文藝政策的重要措施。（按，1 日至 28 日，除一般公務外，均出席中共中央宣傳部召開的「全國文藝工作座談會」）

同日　晚，出席文化部、中波友協爲歡送以波蘭文化藝術部副部長加爾斯特茨基爲首的波蘭文化代表團舉行的招待會，並致詞。出席招待會的有夏衍、林默涵、華君武、吳作人等。（2 日《人民日報》）

五日　下午，出席錫蘭大使高伯拉瓦爲錫蘭迎奉佛牙代表團訪華，並爲他本人即將離任回國，在錫蘭使館舉行的招待會。出席招待會的有李德全、耿飈、楚圖南、丁西林、趙樸初等。（6 日《人民日報》）

八日　出席文化部和中國影協在北京新僑飯店召開的全國故事片創作會議，討論、制定《電影工作三十二條》。會期從六月八日到七日二日。（《當代文藝思潮史》）

十日　晚，接見並設宴歡迎應中國作家協會邀請前來我國參觀訪問的印度尼西亞女作家露基亞和蘇基亞蒂。（13 日《人民日報》）

十二日　晚，出席中越友協、文化部爲歡迎范文同總理和由他率領的越南政府代表團舉行的京劇晚會，觀看了中國京劇院演出的京劇《楊門女將》。出席晚會的有周恩來、羅瑞卿。（13 日《人民日報》）

十三日　晚，出席中印尼友協、文化部爲歡迎印度尼亞總統蘇加諾及其一行的文藝晚會，欣賞了中央實驗歌劇院演出的中國古典舞劇《寶蓮燈》。出席晚會的有劉少奇、周恩來、陳毅等。（14 日《人民日報》）

十五日　作《致莊鍾慶》（書信），載《中國現代文學研究叢刊》一九八二年第一期，收入文化藝術出版社版《茅盾書信集》。這封長信扼要回答了莊

五月二十一日來信所提的九個問題。其中重要的有：「『石萌』是我用過的筆名」，爲當時在《文學導報》刊登的批判民族文藝的文章的署名；「我的生日，只記得是丙申五月二十五或二十七日（這是舊曆）」；「《霜葉紅似二月花》已不能像寫《子夜》那樣做好準備工作。因爲該時生活極不安定，無隔日之糧」；「寫《子夜》時擬用舊小說筆法這個念頭，在這時容或有之。不過，後來卻並未貫徹，但在當時的小說中，《子夜》的文字還是歐化味道最少的。」

十六日　上午，在寓所會見了以江口澳爲首的日本作家訪華團，賓主進行了親切友好的談話。（17 日《人民日報》）

十七日　中午，出席對外文委和中國作協爲歡迎江口澳爲首的日本作家代表團舉行的宴會。出席宴會的有廖承志、陽翰笙、夏衍、老舍、田漢、許廣平、梅蘭芳、朱光、劉白羽、蕭三、曹禺、周而復、謝冰心等人。（18 日《人民日報》）

同日　下午，出席中蘇友協總會、中國作協和北京中蘇友協在北京政協禮堂舉辦的、紀念高爾基逝世二十五週年大會，並致開幕詞，云：「世界無產階級文學的奠基人、天才的作家和偉大的戰士高爾基的一生，是爲受壓迫、受剝削、過著屈辱和痛苦生活的勞動人民爭取獲得美好、幸福、眞正的自由的『人』的生活而奮鬥的。」（18 日《人民日報》）

十八日　發表《在紀念高爾基逝世二十五週年紀念大會上的講話》（評論），載《人民日報》。

十九日　下午，出席全國文藝工作座談會和故事片創作會議大會，聽取了周恩來總理著名的《在文藝工作座談會和故事片創作會議上的講話》。講話突出地講到了藝術民主問題，強調要尊重藝術規律，希望改變那種動輒套框子、抓辮子、挖根子、戴帽子、打棍子的「五子登科」的做法，使思想活躍起來。（《中國當代文藝思潮史》）

二十三日　作《六〇年少年兒童文學漫談》（評論），載《上海文學》八月號，初收作家出版社一九六二年十月版《鼓吹續集》。該長篇論文是在閱讀了北京和上海兩個少年兒童出版社六〇年全年和六一年五月以前出版的全部少年兒童作品和讀物，還有《兒童時代》、《少年文藝》全年的作品之後，所作的分析和詳論。他將全年少年兒童作品，根據題材和主題分成十二個大類型，通過類型間的比較分析，認爲六〇年少兒創作存在三大問題：（1）創

作中「非常缺乏『童話』這一個部門」；（2）「題材的路太窄，故事公式化和人物概念化的毛病相當嚴重，而文字又不夠鮮明、生動」；（3）「不講少年兒童文學作品的文學特殊性，」「政治掛了帥，藝術脫了班；故事公式化、人物概念化，文字乾巴巴。」「文學理論和批判，一概否定資產階級兒童文學理論的合理性」，「潑掉盆中的髒水卻連孩子都扔了」。結論是「一九六○是少年兒童文學理論鬥爭最熱烈的一年」，「也是少年兒童文學創作歉收的一年。」全文思想解放，批判極左思想，最後強調，兒童文學「應當有」「而且必須有它的特殊性！」這是六十年代出現的一篇極其重要、富有理論建樹的兒童文學論文。

二十六日　下午，在寓所接待莊鍾慶。說「『五四』運動以前一、二年，我才開始讀外國文學書，在此以前，我是看不起外國文學的，因為在中學和北大預科時代，對我影響較深的，是擔任國文的教員──都是章太炎的朋友或學生，在當時學術界頗有名氣，因為我喜歡駢體文，喜歡詩歌，喜歡雜覽。」

又說「『五四』以後，思想改變，讀外國書了」，「讀的很雜」。又云從「第三國際出版的刊物」《國際通訊》（週刊）還有《勞動月刊》、《國際文學》（月刊）等「這些刊物上讀到介紹蘇聯及馬列主義的文章。」又云一九二七年大革命失敗後，「才有專人去從事馬克思主義經典著作的翻譯工作。在此之前，讀這方面的著作不太容易。當時翻譯的《共產黨宣言》是分別從日譯本和英譯本轉譯，然後加以校勘的。然而仍然缺點很多。」

還說到最初加入共產黨小組的事。「茅盾同志說過：『陳獨秀曾經叫我把聯共黨章從英文翻譯過來。』後來在修改我的記錄稿時，他加上了一句：『那是一九二○年的事，中國共產黨尚未成立。』」（莊鍾慶：《永不消失的懷念》，載《新文學史料》1981年第3期，又見該文〔註1〕；莊鍾慶：《學貫中西，別成一體──茅盾同志給我的手箋讀後感想》。莊說：「記錄稿經茅盾審閱。」）

二十七日　晚，出席蘇聯大使契爾沃年科為慶祝中國共產黨成立四十週年在大使館舉行的電影招待會。會上放映了《列寧生平》、《延安生活散記》、《劉少奇主席率領的中國黨政代表團訪問蘇聯》、《從宇宙回來的人》等記錄影片，出席招待會的有吳玉章、謝覺哉、竺可楨等。（28日《人民日報》）

二十九日　上午，作《致姜雲》（書信），載百花文藝出版社版《茅盾書信集》。本信回答姜來信所提有關生平資料的六個問題。云：「我的生日，只

記得是丙申年五月下旬不知是廿五，或廿七，因為我家自來不為小輩做生日，我的母親連她自己的生日也不讓我們有點小意思的表示」；「一九三三年七月十五日出版的《文藝月報》所刊我在上海被捕消息不確」，「我沒有遭此毒手」；「《霞》後來沒有寫，它非《虹》之原名，《虹》現在的結束不是因事中斷，而是到此已完。《虹》未能在《小說月報》登完，正如編者聲明，是受國民黨的壓迫之故。」「《小巫》的命意是描寫國民黨基層政權的種種罪惡，比起其上層統治集團來，不過是小巫見大巫罷了。」「《右第二章》，因為另有一篇暴露國民黨對日屈伏的小說被檢查官扣住，連原稿也未發還，故以《右第二章》題名，雖能發表，但也被刪去數段」；《文學導報》「署名『丙申』一文乃是對左聯成員內部報告的一個提綱。我生於丙申年，故發表此提綱時隨手署上『丙申』二字。」還告知「文集九、十兩卷今已排好，因缺乏紙張，故尚未付印。」

三十日　晚，出席在人民大會堂舉行的慶祝中國共產黨成立四十週年大會。毛澤東、周恩來、朱德、鄧小平、陳毅、習仲勛等黨和國家領導人出席了大會。（8 月 1 日《人民日報》）

本月

一日　《人民日報》編輯部召開兒童文學閱讀欣賞座談會。

九日　中國科學院文學研究所召開討論會，研究少數民族文學史編寫原則。

七月

一日　中午，出席對外文協和中國作家協會歡迎以日本著名文學評論家龜井勝一郎為首的日本文學代表團訪問中國舉行的宴會，並祝酒。（2 日《人民日報》）

同日　晚，出席對外文協和中國作家協會歡送以江口渙為首的日本作家訪華團而舉行的酒會。出席酒會的有周揚、陽翰笙、夏衍、老舍、田漢、丁西林、許廣平、梅蘭芳、林默涵、劉白羽等。（2 日《人民日報》）

二日　下午，出席文化部召開的在新僑飯店舉行的全國故事片創作會議閉幕式。（《當代文藝思潮史》）

月初（七日前） 在家裡會見了以團長龜井勝一郎、團員井上靖、平野謙、有吉佐和子、秘書白土吾夫等組成的日本文學代表團。（9日《人民日報》）

八日 中午，出席對外文協和中國作家協會爲歡送以龜井勝一郎爲首的日本文學代表團舉行的酒會，並講話。出席酒會的有楚圖南、廖承志、陽翰笙、老舍、朱光、劉白羽、蕭三、謝冰心、嚴文井、張光年、楊朔、林林、韓北屏等，還有西園寺公一和夫人、蘇丹詩人凱爾和夫人、新西蘭作家路易·艾黎、美國作家李敦白、沙博理等。（9日《人民日報》）

同日 下午，出席習仲勛副總理在首都劇場接見來我國參加「中蒙友好旬」活動的蒙中友協代表團團長奧特根巴雅爾、蒙古電影工作者代表團團長魯·吉納、蒙古新聞工作者代表團團長官布·扎布蘇仁扎布。接見時在座的有陳毅、郭沫若、陳叔通、曹禺等。之後，出席由文化部、對外文委和中蒙友協爲慶祝蒙古人民革命勝利四十週年而舉辦的蒙古人民共和國電影週開幕式，並致詞。（9日《人民日報》）

九日 下午，出席周恩來總理接見前來我國參加「中蒙友好旬」活動的以奧特根巴雅爾爲首的蒙中友協代表團、以魯·吉納爲首的蒙古電影工作者代表團、以官布·扎布蘇仁扎布爲首的蒙古新聞工作者代表團，並同他們進行了親切友好的談話。接見時在座的有陳毅、習仲勛、郭沫若、陳叔通、曹禺等。（10日《人民日報》）

同日 晚，出席對外文委、蒙中友協爲慶祝蒙古人民革命勝利四十週年，在政協禮堂舉行的大會。周恩來、陳毅、習仲勛、郭沫若、屈武等出席了大會。大會結束後，首都文藝工作者演出了精彩的中蒙兩國的歌舞節目。（10日《人民日報》）

十一日 晨七時，作《致北京市教育局教材編審處中學語文組》（書信），載百花文藝出版社版《茅盾書信集》。覆他們來信中所問《白楊禮讚》中關於「決蕩」或「決蕩」的問題，一、考證了「決蕩」的古義，指出古人用「決蕩」就「有廣大、遼闊的意觀，和『曠蕩』同。我用『決蕩』時就也襲用前人的意義。」但接到陶希翰來信（1960年4月12日《致陶希翰》）後，「想到詞原是人創造的，只要『決』字和『蕩』字聯用，意義恰當，也可創造一下，這就是我說可用決蕩的原因。」其次，根據文言文中「意義相近的字可以聯用，而意義相近也者又可選擇特定的字的特定的意義」這「一條不成文法」，

那麼「決字本有數義，我選擇它的水流橫決之意義和蕩字之水流奔突之意義，含而成詞就有衝決奔突之意。這就和『縱橫』聯起來，強調了氣氛。」

同日　晚，出席文化部和中朝友協為歡迎朝鮮勞動黨中央委員長、內閣首相金日成率領的朝鮮黨政代表團舉行的歌舞晚會，觀賞了中央歌劇院演出的歌劇《柯山紅日》。出席晚會的有周恩來、鄧小平、彭眞、陳毅、羅瑞卿等黨和國家領導人。（12 日《人民日報》）

十二日　出席對外友協和十四個友好協會舉行的理事會聯席會議，聽取了對外友協會長楚圖南的會務報告，討論了各協會今後的工作任務，並且增選了各協會的領導人員。出席會議的有屈武、丁西林、張友漁、齊燕銘等。（13日《人民日報》）

十三日　晚，出席匈牙利大使館臨時代辦白諾克為慶祝中匈文化合作協定簽訂十週年在大使館舉行的電影招待會。出席招待會的有屈武等。（15 日《人民日報》）

十四日　晚，出席中蘇友協總會和北京市中蘇友協為歡送蘇中友好協會伊爾庫茨克分會積極份子——先進生產者專業旅行組舉行的宴會，並講話。會前，接見了旅行組全體成員，同他們進行了親切友好的談話。（15 日《人民日報》）

二十日　會見並設宴歡迎根據中蘇文化合作協定一九六一年執行計劃來我國訪問的、蘇聯文化部戲劇藝術委員會主席、莫斯科小劇院院長查列夫和藝術學副博士羅斯托茨基。宴會後，由文化部藝術局局長周巍峙主持舉行座談會，中蘇兩國戲劇家交流了工作經驗。出席宴會和座談會的有田漢等戲劇界人士七十多人。（23 日《人民日報》）

二十一日　晚，出席中波友協和北京市總工會為慶祝波蘭人民共和國國慶十七週年在勞動人民文化宮舉行的大會，並講話。慶祝會結束後，放映了中波兩國的動畫和紀錄影片。（22 日《人民日報》）

二十二日　晚，出席波蘭大使克諾泰為慶祝波蘭人民共和國誕生十七週年在大使館舉行的招待會。出席招待會的有董必武、郭沫若、李維漢、習仲勛、傅作義、謝覺哉、張鼎承等。（23 日《人民日報》）

同日　發表《沈雁冰在首都人民慶祝波蘭人民共和國國慶十七週年慶祝

會上的講話》（雜論），載《人民日報》）

二十三日　會見以波蘭航運部副部長維斯涅夫斯基爲首的波蘭航運部代表團。（24 日《人民日報》）

本月

一日　中國革命博物館和中國歷史博物館正式開幕。

二日　美國著名作家海明威（1899 年生）逝世，終年六十二歲。

八月

八日　列爲梅蘭芳治喪委員會委員之一。梅蘭芳治喪委員會由周恩來、陳毅、陸定一、郭沫若、周揚、老舍等六十一人組成。（9 日《人民日報》）

十日　上午，出席在首都劇場舉行的梅蘭芳公祭儀式。（11 日《人民日報》）

十一日　作《致費定》（電報），載十二日《人民日報》。祝賀蘇聯成功地發射載人的宇宙飛船「東方二號」成功，並且勝利歸來。

十七日　作《致古巴第一屆作家藝術家代表大會》（係與郭沫若聯名，電報），載十八日《人民日報》。電報熱烈祝賀古巴第一屆作家藝術家代表大會召開，並云「英雄的古巴人民的鬥爭是產生偉大作品的源泉，因爲鬥爭本身就是偉大的詩篇。」

三十日　下午，出席在天津幹部俱樂部召開的河北省文藝工作者創作座談會，並作題爲《談文藝創作的五個問題》的長篇發言，載《河北文藝》一九六〇年十月號。這是一篇富有理論意義和現實意義的講話，所談五個問題是：（一）怎樣進一步貫徹「百花齊放、百家爭鳴」的方針；（二）關於革命現實主義和革命浪漫主義相結合的問題；（三）歷史題材問題；（四）繼承與革新的問題；（五）怎樣理解文藝創作的規律問題。在講話中，茅盾第一個對革命現實主義和革命浪漫主義提出了異議，認爲「中國歷史上極少浪漫主義與現實主義相結合的作品」，他以歷史上的著名的作家的創作證明：「一部作品中『兩結合』的情況是不存在的。」在繼承與革新問題上，也提出「一個傳統戲即使並無積極意義，但是藝術上可取，只要它對今天無毒，沒有牴觸，也就可以演出。」「認爲」文藝創作有其特殊規律，不承認它是不對的，」認爲「領導出題目、群眾出生活、作家出筆的創作方法是不行的，要反對。」「總起來說，我對文藝的前途是很樂觀的」，「我們只要進一步貫徹『百花齊放、

百家爭鳴』的方針，文藝工作的更大發展，是完全可以實現的。」（金梅《關於茅盾先生七封信的回憶及其它》）

當月

二十七日 發表《豐收成災話〈春蠶〉》，載《工人日報》。

本月

六日 日本廣島舉行禁止原子彈氫彈群眾大會，並發《廣島宣言》。

十二日 政協副主席、著名愛國華僑領袖陳嘉庚（1874 年生）在北京逝世。

同日 廖沫沙（署名繁星）發表《有鬼無害論》（雜文），載《北京晚報》。

本月 孟超發表劇本《李慧娘》（崑曲），載《劇本》七、八期合刊。

九月

一日 列爲沙可夫治喪委員會委員之一。〔按：沙可夫是作協理事、中央戲劇學院黨委書記兼副院長，（1905 年生），當日在青島逝世〕。（4 日《人民日報》）

六日 上午，出席在中央戲劇學院舉行的沙可夫同志公祭儀式，由陳毅副總理主祭。（7 日《人民日報》）

九日 上午，接見了蘇聯國立鄂木斯克俄羅斯民間合唱團團長尤羅夫斯基等。（10 日《人民日報》）

約十一日 下午，《河北文學》編輯金梅來訪，帶來由他整理的茅盾八月三十日在河北省文藝工作座談會講話記錄稿，請茅盾修改定稿。茅盾說，稿子先留下，一定抓緊改出，不耽誤發稿日期。並與之交談約兩小時。金梅說到自己從事編輯工作很吃力時，茅盾談起了他青年時代，在商務印書館工作期間，如何一邊工作、一邊堅持學習，不斷充實、豐富提高自己的詳細情景。（金梅《關於茅盾先生七封信的回憶及其它》，載文化藝術出版社 1990 年 3 月版《茅盾研究》第 4 輯）

十四日 晚，出席周恩來總理餞別緬甸聯邦總理及其一行的宴會。（15 日《人民日報》）

十五日 上午九時，作《致〈河北文學〉》（書信），載百花文藝出版社《茅

盾書信集》。告知自己八月三十日在天津河北省文藝工作者座談會上的講話《談文藝創作的五個問題》，「修改完畢，隨函奉上」。也告知「因爲要先寫魯迅誕生八十年紀念大會上的報告」而「修改耽擱了好幾天」，「由於時間匆促，修改也頗粗糙，這都請你們再修改。」

　　同日　下午，出席政協常委會第二十一次會議。會議決定隆重紀念辛亥革命五十週年，成立了辛亥革命五十週年紀念籌備委員會。被選爲籌委會委員之一，董必武任主任委員，宋慶齡等爲副主任委員。（16日《人民日報》）

　　二十一日　晚，與李達上將一起，陪同英國蒙歌馬利元帥，觀看了首都文藝工作者的歌舞雜技表演。（22日《人民日報》）

　　二十四日　晚，出席文化部、拉美友協爲歡迎古巴總統多爾蒂科斯等舉行的歌舞京劇晚會，觀看了歌舞和京劇《虹橋贈珠》。出席晚會的有劉少奇、董必武、彭眞、郭沫若等。（25日《人民日報》）

　　二十五日　晚，出席在政協禮堂舉行的首都文藝界紀念魯迅先生八十誕辰大會，爲大會主席團成員。出席紀念大會的有周恩來、陳毅、陸定一、郭沫若、周揚、許廣平、老舍、葉聖陶等。大會在聽取了郭沫若《繼續發揚魯迅的精神和本質》的開幕詞後，茅盾作了《聯繫實際、學習魯迅》的專題報告。報告會結束後，演出了文藝節目，其中有魯迅作品的朗誦，有《祥林嫂》和《女吊》等劇。（26日《人民日報》）

　　同日作《致〈河北文學〉》（書信），載百花文藝出版社版《茅盾書信集》。同意河北文學編輯「將我的那個報告的題目定爲《五個問題——一九六一年八月卅日在一次座談會上的講話》。」

　　二十六日　發表《聯繫實際，學習魯迅——在魯迅先生誕辰八十週年紀念大會上的報告》（評論），載《人民日報》、《文匯報》，亦載《文藝報》九月號，初收作家出版社版《鼓吹續集》。報告談了「對於我們當前的文學、藝術工作者的創作活動和提高修養具有實際意義的三個問題：（一）魯迅作品如何服務於整個革命事業？（二）魯迅作品的民族形式與個人風格。（三）魯迅的「博」與「專」。強調「魯迅很重視文學藝術的特徵，以及把文藝作爲手段爲政治服務的特性，並嚴格地把文藝和其他的革命宣傳工具區別開來」。指出「『拿來主義』對於魯迅作品獨特風格形成的重要作用」，認爲魯迅的風格既有「統一的獨特的風格」：「洗煉、峭拔而又幽默」的一面，「在

另一方面，魯迅作品的藝術意境又是多種多樣的。」並且品評了魯迅小說藝術意境的多樣化和雜文藝術手法的「回黃轉綠，掩映多姿」，還提出魯迅六百餘篇雜文中，「除了匕首、投槍，也還有發聲振聵的木鐸，有悠然發人深思的靜夜鐘聲，也有繁弦急管的縱情歡唱。」強調了魯迅「極其廣泛而豐富」的「生活經驗」和「學問也是極其淵博」，它們在魯迅作品中的「辯證的統一，對於我們也是學習的典範」。

同日　下午，到首都機場，歡迎前來主持波蘭工業展覽會開幕式和進行友好訪問的波蘭人民共和國政府代表團。前往歡迎的還有李富春、薄一波等。（27日《人民日報》）

同日　晚，與習仲勛等出席觀看了波蘭單獨表演家小組在民族文化宮禮堂舉行的首次訪華演出。並在演出休息期間，接見了波蘭藝術家，讚揚了他們的精彩表演。（27日《人民日報》）

同日　作《致翟同泰》（書信），載《華東師範大學學報》一九八一年第二期，收入文化藝術出版社版《茅盾書信集》。回答翟兩次來信所提的十五個問題，其中云：「大概是在一九二六年方才離開商務印書館編輯（譯）所，因為當時上海的軍閥（孫傳芳的部下）要逮捕我」；指出《虹》的背景，「所謂湖北省長江上游的一個縣，也不是確指某一縣；這只是說明」，故事「發生於革命勢力和反革命勢力處於複雜鬥爭的一個縣城而已。」《霜葉紅似二月花》並未續寫完成。我亦沒有寫過題名為《潺》的小說。」「今版的後記是解放後寫的，目的在於說明書名的意義；卻並未肯定說書中人物全是『霜葉』」；「我在一九三〇年四月初回上海，其時『左聯』已開過成立會了。我沒有參加左聯的發起」；「《少年印刷工》曾刊在《中學生》雜誌，也是個未完成的作品。這個小說，只是想用小說形式介紹些印刷技術的常識，乃是應《中學生》編輯部的要求而寫的。」「《腐蝕》的素材是聽了好幾個人的故事，綜合而又改造的。」

二十七日　中午，出席李富春副總理為歡迎波蘭政府代表團，在人民大會堂新疆廳舉行的宴會。（28日《人民日報》）

同日　晚，出席國際貿易促進主任南漢宸為歡迎英德里霍夫斯基率領的波蘭政府代表團舉行的招待會。出席招待會的有李富春、方毅等。（28日《人民日報》）

二十八日　上午，出席在北京展覽館舉辦的波蘭工業展覽會開幕典禮。出席開幕典禮的有周恩來、陳毅等。周恩來剪彩。參觀了展覽會，並在展覽會留言簿上題了詞。（29 日《人民日報》）

同日　晚，出席波蘭政府代表團長英德里霍夫斯基主席和波蘭大使克諾泰爲慶祝波蘭工業展覽會開幕，在波蘭大使館舉行的招待會。出席招待會的有李富春、薄一波等。（29 日《人民日報》）

二十九日　下午，以中波友協會長的身份，在人民大會堂山東廳舉行茶會，歡迎波蘭政府代表團團長、波中友好協會主席英德里霍夫斯基率領的波蘭政府代表團全體貴賓，並在會上講了話。出席茶會的還有艾思奇等。（30 日《人民日報》）

本月

一日　美國共產黨全國委員會名譽主席威廉・福斯特（1880 年生）在莫斯科逝世。

十三日　古生物學家賈蘭坡等在山西芮城縣發掘出比周口店中國猿人時代還早的古人類文化遺址。

十月

一日　上午，出席首都五十萬人在天安門廣場舉行的慶祝建國十二週年大會，並與黨和國家領導人毛澤東、劉少奇、周恩來、朱德、董必武、宋慶齡、鄧小平、陳毅等檢閱遊行隊伍。（2 日《人民日報》）

四日　下午，出席紀念辛亥革命五十週年籌備委員會會議。（5 日《人民日報》）

同日　晚，出席文化部、中尼友協爲歡迎尼泊爾國王馬亨德拉和夫人的文藝晚會，觀看了歌舞和中國京劇。出席晚會的有劉少奇和夫人、周恩來、陳毅、班禪額爾德尼等。（5 日《人民日報》）

同日　作《一九六〇年短篇小說漫談・按語》（評論），載中國青年出版社一九六一年十一月版《一九六〇年短篇小說欣賞》。

五日　上午，出席中尼邊界條約簽字儀式。（6 日《人民日報》）

同日　下午，出席首都各界歡迎尼泊爾國王馬亨德拉和王后，歡慶中尼

邊界條約簽訂大會。出席大會的有馬亨德拉國王和王后、劉少奇、周恩來、陳毅等。（6 日《人民日報》）

　　同日　發表《關於阿Ｑ這個典型的一點看法——給一位論文作者的信》（書信），載《上海文學》十月號。認爲「如果把阿Ｑ叫做落後農民的典型，還不如叫做普通農民、一般農民的典型」，「他是辛亥革命前後的農民典型，」這便是阿Ｑ的「特定的時代性」，強調「不能離開了時代背景談典型性。」不同意把精神勝利法作爲阿Ｑ這個典型的主要特徵，說「精神勝利法只是其一端——農民落後性；而在阿Ｑ身上還有相反的東西，即要求革命的願望，即在渾噩外衣之下的樂觀主義精神，以及他的勤勞、樸質等等。」

　　六日　作《致〈河北文藝〉》（書信），載百花文藝出版社版《茅盾書信集》。「完全同意」編輯部對《五個問題》一文的修改。「關於萬國儒的作品及討論材料，暫時我還沒有時間讀，我打算在一個月內寫完關於《臥薪嘗膽》的長論文，然後再做別的事情。」

　　九日　晚，出席首都各界在人民大會堂舉行的紀念辛亥革命五十週年大會。會上，周恩來、董必武、何香凝等講了話。（10 日《人民日報》）

　　十四日　發表《關於歷史和歷史劇——從〈臥薪嘗膽〉的許多不同劇本談起》（學術專著）第一、二部分，載《文學評論》第五期。這一理論專著，對歷史劇問題作了深湛的研究。從歷史劇《臥薪嘗膽》的許多不同版本談起，運用大量史料，論述了關於史料的甄別，先秦諸子、西漢學著對吳越兩國關係和人物的看法和評價，進而探求了前人創作歷史劇的經驗教訓，著重剖析了一些傳統歷史劇，總結了我國編寫歷史劇的悠久傳統和豐富經驗；對古爲今用，歷史上人民的作用，歷史眞實與藝術眞實相結合，歷史劇的文學語言等問題，提出了很精闢的見解。認爲，歷史劇「是藝術品而不是歷史書」，「既是藝術又不背於歷史的眞實」，因此，創作歷史劇就不但允許而且必須進行藝術虛構，但又不應「改寫歷史，捏造歷史，顚倒歷史」，而應該忠實於歷史。「正如寫現代生活的作品既要藝術虛構又必須忠實於生活一樣。」如何做到歷史眞實與藝術眞實的統一，提出虛構一些人和事以增強作品藝術性的時候，不損害作品的歷史眞實性。「假人假事固然應當是那個特定的歷史條件下所可能產生的人和事，而眞人假事也應當符合於這個歷史人物的性格發展的邏輯而不是強加於他的思想或行動。」專著對以歷史唯物主義和辯證唯

物主義為指導進行歷史劇的創作起了積極的指導作用。

同日 晚，出席周恩來總理為歡送即將離開北京的緬甸國防軍總參謀長奈溫將軍舉行的宴會。宴會後，陪同客人觀看了北京舞蹈學校實驗芭蕾舞劇團演出的芭蕾舞劇《海峽》。出席宴會的有陳毅和夫人、羅瑞卿和夫人等。（15日《人民日報》）

十五日 晚，出席欣賞了蘇聯國立鄂木斯克俄羅斯民間合唱團在人民大會堂舉行的訪問中國最後一場演出。演出結束後，同陳毅、張奚若、屈武、周而復等登上舞臺同蘇聯藝術家們熱烈握手，祝賀他們演出成功，並合影留念。（16日《人民日報》）

同月 中旬，曾去天津，由河北文聯李滿天等接待。李滿天還將其新作《力原》「送上求救」。（李滿天《痛悔的悼念》，載《河北文學》1981年6期）

十七日 晚，以中國文聯副主席身份設宴歡送越南文學藝術聯合會副主席阮廷詩和他的夫人。（19日《人民日報》）

二十二日 下午，出席「中日兩國人民民間文化交流的共同聲明」簽字儀式，由中國對外文協會長楚圖南和日本日中文化交流協會理事長中島健藏，分別代表雙方在共同聲明上簽字。出席簽字儀式的有郭沫若、廖承志、周而復、曹禺、趙樸初、呂驥、葉淺予、崔嵬等。（23日《人民日報》）

同日 晚，出席對外友協為歡送中日文化交流協會理事長中島健藏舉行的酒會。出席酒會有楚圖南、郭沫若、廖承志、曹禺、趙樸初等。（23日《人民日報》）

二十四日 晚，出席朝鮮駐中國臨時代辦馬東山為紀念中國人民志願軍抗美援朝出國作戰十一週年舉行的酒會。酒會後，還觀看了朝鮮故事片《戰友》和中國新聞紀錄片《中朝友誼》。出席酒會的有伍修權、老舍、魏傳統等。（25日《人民日報》）

二十八日 下午，出席「梅蘭芳舞臺藝術電影週」在首都劇場舉行的開幕式，致開幕詞，說，「梅蘭芳同志是我國京劇舞臺上最為廣大人民所熱愛的卓越的表演藝術家。」參加開幕式的有周巍峙、陳荒煤、馬彥祥、老舍、曹禺、陳其通、蕭長華、姜妙香、馬連良等。會後還放映了影片《遊園驚夢》（按：「梅蘭芳舞臺藝術電影週」從十月份起分兩批在北京、西安、上海、南京等

十五個城市舉行。放映《梅蘭芳的舞臺藝術》上、下集、《洛神》、《遊園驚夢》四部影片。）（29 日《人民日報》）

　　同日　作《致少年兒童出版社》（書信），載浙江文藝出版社版《茅盾書簡》。云「我實在想不起我曾於一九三八年在漢口主編《少年先鋒》，還告知「商務印書館過去出版過的署名沈德鴻編的這些童話，我自己也沒有。大概很難找到了。」

　　同日　作《〈力原〉讀後感》（評論），載《新港》十二月號，收入文化藝術出版社版《茅盾評論文集》。認爲小說「寫了整風整社後農村的新氣象」，稱讚它是「一篇風格清新、體裁別致的短篇小說」，「文字樸素而又富於形象性，對話有個性。結構如行雲流水，層次分明，先後呼應；具見匠心，而又不露斧鑿的痕跡。」也指出它的「可議之處」：「有時捨不得剪掉一些不必要的枝葉」，「全稿中還時時有些句子不夠精鍊。」

　　同日　發表《茅盾談文藝創作的五個問題》（評論），載《文匯報》）。

　　二十九日　發表《茅盾在『梅蘭芳舞台藝術電影週』開幕式上的講話》，載《人民日報》。

　　同月　作《爲湖州王一品筆齋題詩》（舊體詩），載《湖州師專學報增刊》第二輯（1986 年 6 月），《茅盾詩詞鑒賞》。〔按：湖州王一品筆莊是創立於清乾隆六年（〈公元 1741 年〉），經營「湖筆」的專業商店。1961 年爲筆莊創辦二百二十週年，廣泛約請社會各界知名人士題詩、題詞〕茅盾應邀題詩並寫成條幅相贈，落款爲：「書祝浙江王一品筆齋創立二百二十週年紀念之喜 1961年 10 月沈雁冰」。詩的前二句讚毛筆的功能，云：「管城子無食肉相，毛穎公有橫掃才。」後二句讚筆莊功勞。

　　同月　出版《茅盾文集》第九卷附後記，人民文學出版社出版。本卷主要收輯一九二八年到一九四一年的散文、雜文和文藝短論，含八輯。「後記」作於一九五八年十一月十五日。

本月

　　十七日　蘇共召開第二十二次代表大會，大反斯大林，攻擊中國共產黨。以周恩來爲首的中國共產黨代表團退出大會，以示抗議。

十一月

一日 晚，出席蘇聯大使館爲慶祝即將到來的偉大的十月社會主義革命四十四週年舉行的電影晚會。晚會上，放映了紀錄片《蘇聯人民偉大的勝利》、《蘇聯航空》和《再度飛往星際》。（2 日《人民日報》）

四日 下午，以中蘇友協總會副會長身份接見了蘇中友協積極份子專業旅行組。（5 日《人民日報》）

七日 作《致安邦贏》（書信），載浙江文藝出版社《茅盾書簡》。云「對您編的講義油印稿《子夜》部分，恕我不能表示意見。」「我是『當事人』呵！」

二十九日 晚，出席對外文協、中國作協爲歡送以堀田善己爲首的日本文學界代表團舉行的酒會。出席酒會的有廖承志、老舍、夏衍等，還有西園寺公一、蘇丹詩人凱爾等。（30 日《人民日報》）

同月 出版《茅盾文集》第十卷及後記，人民文學出版社出版。收輯一九四〇年到一九四八年間的散文、文藝雜論和未發表的舊體詩。含七輯。「後記」作於一九五八年十一月二十四日。

同月 出版《一九六〇年短篇小說欣賞》（評述），茅盾選講，中國青年出版社出版。收有作於一九六一年五月十一日的《一九六〇年短篇小說漫評》、和於一九六一年十月四日作的按語，另附小說十八篇。本書選擇嚴格，評論精鍊而有己見，是一本有價值的短篇小說選本。

同月 出版《霜葉紅似二月花》新版，人民文學出版社出版。計十四章，附新版後記，作於一九五八年四月。

當月

荷蘭《圖書評論》雜誌評論員別布·弗伊克指出，茅盾的創作「在暴露資本社會的缺陷與描寫勞動人民的苦難方面具有特別的力量」。載《世界文學》一九六一年十一月號。

本月

十日 羅廣斌、楊益言等合著的長篇小說《紅岩》，開始連載於《中國青年報》。

十二月

二日　作《關於歷史和歷史劇》（評論），（按：這是據文後簽署的日期，二日是最後完稿日期，但據五日《致〈河北文學〉》信，是 4 日「剛把《歷史與歷史劇》長論寫完。」載《文學評論》第五期、第六期。

五日　作《致〈河北文學〉》（書信），載百花文藝出版社版《茅盾書信集》。告知，由於「昨日剛把《歷史與歷史劇》長論寫完，甚感疲勞，打算休息一下，同時也讀讀書」，所以萬國儒作品的評論文字要「拖欠」。

七日　作《致〈魏紹昌〉》（書信），載《百花洲》一九八二年六期，收入文化藝術出版社版《茅盾書信集》。回答了來信所提有關生平資料的五個問題。云：「筆名錄（按係指翟同泰編寫的《茅盾名、號、別名、筆名輯錄》）一份，已審訂」，「附還」。

同日　書寫「周信芳演劇六十年紀念題詞」一則：六十年來磨一劍，精光眞使金石開。載《戲劇報》第二十三、二十四期合刊。

十一日　晚，出席文化部和中國劇協在首都劇場舉行的、著名京劇表演藝術家周信芳演劇生活六十年紀念大會，觀看了周信芳演出的《打漁殺家》。出席大會並觀看演出的有周恩來、陸定一、老舍、曹禺、張庚等。（12 日《人民日報》）

十四日　發表《關於歷史和歷史劇》（評論）第三部分，載《文學評論》第六期。

同日　作《無題》一首（舊體詩），載河北人民出版社版《茅盾詩詞》，載上海古籍出版社版《茅盾詩詞集》。本詩用暗喻的手法，表達了對蘇聯赫魯曉夫集團之不滿和批判，云：「歐尾亞頭起暗波，人民有眼判功過。倒行逆施何能久，終見東風唱凱歌。」

十五日　下午，出席國務院全體會議。會上通過了國務院關於特赦確實已經改惡從善的蔣介石集團和僞滿州國的戰爭罪惡的建議。（16 日《人民日報》）

約同月底　去海南島參觀訪問。

同月　同來訪的魏巍、錢小惠、夏明（鄧中夏的夫人）談鄧中夏和黨的初期活動的情況。說「鄧中夏這人非常能幹，很堅強，又很細緻，做事從不

魯莽。他是多方面地，不但善於搞工人運動、學生運動，還善於搞統一戰線。他的講話很有煽動性，還能寫東西，新詩舊詩都行，眞是多才多藝！」還提到，他擔任上海地下黨市委書記時，是鄧中夏介紹林伯渠入黨。還談到，「上海共產主義小組成立時，他（按：指茅盾）就是小組的成員。黨成立後，中央開會多半在他家裡。他在商務印書館編《小說月報》，國外來的東西，都由他轉給中央。」最後談到傳記寫作，茅盾說：「傳記的寫作主要是材料問題。首先要注意選擇那些可以斷定是可信的東西；中夏的文章可以摘錄，甚至可以全部放進去；別人的回憶可以作些參考。」爲他們寫作《鄧中夏傳》提供了豐富的第一手材料。（魏巍《敬悼茅公》，載《解放軍文藝》1981 年 5 期）

當月

夏衍出版根據茅盾同名小說改編的電影文學劇本《林家舖子》，中國電影出版社出版，收入《中國電影劇本選集》第五卷。

中國人民大學語言文學系文學史教研室現代文學組出版《中國現代文學史》（上、下冊），中國人民大學出版社出版。

本月

七日　陳白塵等寫的電影文學劇本《魯迅傳》發表於《電影創作》第六期。

十六日　中央國家機關和各民主黨派中央機關等單位，又摘掉一批右派份子帽子，其中有馮雪峰、黃藥眠、徐懋庸、吳祖光、艾青、白朗、羅烽等三百七十多人。

人民文學出版社出版《巴金文集》第十三卷。

羅馬尼亞翻譯出版了《林家舖子》。

當年

日本竹內實發表日文版《〈霜葉紅似二月花〉介紹》（評論），載東京大學文學研究室編的《中國名著》，載日本東京勁草書房出版的、竹君譯的日文版《霜葉紅似二月花》，由中國勁松譯成中文，載湖南人民出版社版《茅盾研究在國外》。云「茅盾的小說反映了中國近代史的各個時期」，而《霜》「正好填補了『五四』以前這個空白」。還指出茅盾的「思想很接近勞倫斯」，初期小說「傾向描寫性愛」，而這部小說「從性愛描寫中擺脫出來，變得含蓄了。同時，作者嘗試著去創造一種場景美」，即「茅

盾把這種溫暖人心的愛情當作人生內在的中心問題來描寫。」總之，小說中處處隱藏著「勞倫斯這條蜥蜴」。

捷克斯洛伐克馬立安・嘎利克發表《〈林家鋪子〉及其短篇小說》（評論），載布拉格作家出版社出版的捷文版《林家鋪子》，譯文載湖南人民出版社版《茅盾研究在國外》。本書全面地介紹和評價了茅盾的生活和創作。云「茅盾他是第一個寫文章並把捷克文學作品翻譯介紹給中國讀者的」。認爲《蝕》等早期作品，「寫出了當時中國青年的精神狀態」，而《春蠶》《子夜》等作品是茅盾「最好的作品」，「老通寶就可同新文學的奠基人——魯迅的阿Q這個人物相比。」又云「《腐蝕》爲中國文學史最優秀的、最具有社會意義的小說之一。」總結說：「茅盾是中國最優秀的散文家，他也被認爲是最善於將中國廣闊的社會生活繪製成色彩濃鬱的油畫巨匠。……如果我們想把中國某個作家的作品稱之爲現代中國的一部小型的《人間喜劇》的話，那就可能是茅盾的作品了。」

捷克斯洛伐克奧爾德日赫・克拉爾發表捷文版《林家鋪子》譯後記，載布拉格作家出版社出版的捷文版《林家鋪子》。本文著重剖析了茅盾創作的兩個特色：（1）「茅盾不僅用《子夜》，而且以其作品，努力描繪那個時代的中國社會生活的廣闊圖畫」，如同吳敬梓一樣。（2）「用情節來描寫」，用人物行動來描寫事情，並倡導自然主義來改變「不忠實地描寫實際情況」的創作傾向。還指出《林家鋪子》在寫法上，比《子夜》「委曲入情」，「短篇主人公命運似乎比《子夜》更加震憾人心」，最後作者情不自禁地稱讚「茅盾的作品是中國現代偉大的『人間悲喜劇』」，是「新時期的『新儒林外史』」。

夏志清出版《中國現代小說史》（英文版），美國耶魯大學出版社出版。（劉紹銘、李歐梵等將該書譯成中文，由香港友聯出版社有限公司於 1979 年 7 月初版）該書第一編第六章和第二編第十四章是專論茅盾的作品的。第六章重點評述了茅盾 1927～1937 年的主要作品，認爲《蝕》「超越了一般說教主義的陳腔濫調」，《虹》「是茅盾作品中最精彩的一本。」「是近代中國知識分子的寓言故事。」《子夜》由於「它爲共黨宣傳」，是一部「失敗之作」。《野薔薇》「格調和《虹》相似」，認爲《春蠶》「不但是茅盾的傑作，同時也是無產階級小說中出類拔萃的一本代

表作」，結論：「茅盾無疑是現代中國最偉大的共產作家。」第十四章，評述茅盾一九三七年到解放後的創作，認爲除了《霜葉紅似二月花》堪與《虹》和《蝕》相比擬，其餘均是配合「統一戰線」、「寫得很糟的書。」

中國作協上海分會組成了一個「茅盾著譯及研究資料編輯小組」，由魏紹昌擔任組長，成員有葉子銘、翟同泰、徐恭時等，擬搜集、編輯一本較詳盡的《茅盾著譯作品及研究資料編目索引》，作爲《中國現代文學資料叢書》之一，由上海文藝出版社出版。這套叢書編委有孔羅蓀、丁景唐等。（葉子銘《心火未滅——「文革」期間茅盾撰寫回憶錄的前前後後》，載《人物》1989 年第二期）

中國臺北啓明書局翻印出版《中國神話研究》。（按：作爲「青年百種入門」之一）

羅馬尼亞翻譯出版《林家舖子》。

一九六二年（六十七歲）

一月

一日前後　在海南島參觀訪問，「從東路至鹿回頭，居六日，又由西路回海口。」（《海南之行‧小序》）

一日　訪問通什鎮。（《元旦訪通什》）

上旬　作《海南之行》並「小序」（詩歌），載十三日《羊城晚報》，收入河北人民出版社《茅盾詩詞》，又收入《茅盾全集》第十卷。《海南之行》含七首詩：《海南頌》、《兔尾嶺遠眺》、《椰園即興》、《六二年元旦》、《在海口觀海南歌舞團演出》、《六二年元旦訪通什》、《爲海南島熱帶植物研究所題》。全組詩的主旋律是歌頌海南島十年巨變，時有佳句，但詩情直露。

九日　作《爲泮溪酒家題詩》（舊體詩），載《茅盾全集》第十卷。這是茅盾自海南島返廣州後作的一首詩。本日上午茅盾夫婦與廣東友人同遊廣州西部風景區荔枝灣，中午在泮溪酒家進餐。應酒家工作人員要求，即興題了這首民歌體的小詩。

約中旬　與夫人孔德沚由作家秦牧等陪同，「到可以作爲歷史文物博物館看待的陳家祠等處參觀」。（秦牧《中國文學巨星的隕落》，載《羊城晚報》1981年4月2日）

十八日　出席並主持首都文藝界譴責美國政府迫害美國共產黨和進步人士罪行的大會，作了發言，說：「肯尼迪政府選擇在這個時候加緊對美共的迫害，也就是向包括共產黨在內的全世界人民挑戰。」在會上發言的還有陽翰笙、葉淺予、袁文殊、呂驥、謝冰心、許廣平、侯寶林、馬連良、杜近芳等。（19日《人民日報》）

十九日　發表《給肯尼迪以更多更響亮的耳光！》（政論），載《文匯報》。

二十二日　作《致金梅》（書信），載百花文藝出版社版《茅盾書信集》。評論家金梅是《河北文學》編輯，茅盾對其來信所約請寫評論萬國儒作品的文字，表示歉意，因「本年五月前，我的日程排滿了各種社會活動及會議，不能寫文章」。指出「愛護工人作家，既不姑息，也不苛求，而是以幫助的

精神提出極有分寸（不光是正確而已）的評論；爲了糾正評論界的清規戒律對於創作家的壓力，就要少提時代對一個作家的要求，但是，當天平偏於另一端（即作家們脫離現實和不同時代要求而只是『我行我素』的時候，）便應當提出作家有責任響應時代要求。」至於「題材多樣化，是對整個創作界的要求」，「它永遠是正確的」，但「若對某一作家，就要看具體情況了，不能硬套」，「如柳青，若有人批評他不該老寫農村」，「那就是十足的粗暴，那就是歪曲了『題材多樣化』提出的本意。」

二十六日　出席並主持中國作協書記處和亞非作家會議中國聯絡委員召開的聯席會議，討論並通過組成出席第二屆亞非作家會議的十六人中國作家代表團名單，任中國代表團團長，夏衍爲副團長，嚴文井爲秘書長。出席會議的有老舍、曹禺、嚴文井、張光年、陳白塵、謝冰心、趙樹理等。（27 日《人民日報》）

二十七日　作《致魏紹昌》（書信），載《百花洲》一九八二年六期，收入文化藝術出版社版《茅盾書信集》。答覆他和徐恭時來信所提有關茅盾生平和創作的十六個問題，「附件」和「簡覆」隨信寄上。對原文光書店負責人陸楚生處保存的一九四五年茅盾五十壽辰時的東西，表示只要「祝壽的題詞」，其餘如「文藝獎金資料」等請他們「隨便處理罷」。

當月

呂榮春發表《茅盾創作中的民族資產階級的形象》，載《福建師範學院學報》第一期。

本月

四日　中華書局在北京舉行成立五十週年紀念會。

十一日　中共中央在北京召開擴大的中央工作會議，即七千人大會，至二月七日結束。

二月

二日　晚，出席中國作家協會爲出席亞非作家會議代表團餞行和歡渡春節的酒會。趙樸初即席賦《玉樓春》詞，老舍作《春節餞友》詩。（10 日《人民日報》）

三日　上午，到首都機場，與副團長夏衍率領中國作家代表團乘機離開

北京前往開羅。代表團成員包括秘書長嚴文井，團員謝冰心、田間、安波、葉君健、杜宣、王汶石，團員楊朔、朱子奇、韓北屏等已先期到達開羅。前往機場歡送的有陽翰笙、齊燕銘、老舍、劉白羽、袁水柏、張光年、陳白塵等。（8 日《人民日報》）

　　四日　抵達廣州，與為歡送「茅夏二公出國」留在廣州的巴金夫婦晤面。（巴金 2 月 12 日《致沙汀》，載四川文藝出版社版《巴金書簡》）

　　五日（正月初一）　上午，參觀在廣州文化公園開幕的迎春花市。（杜宣《雨瀟瀟》，載 1981 年 4 月 2 日《文學報》創刊號）

　　七日　率中國作家代表團由廣州到香港，由香港轉乘英國海外航空公司的飛機去開羅。（杜宣《雨瀟瀟》）到香港後，曾作短暫停留。「停留期間為《新晚報》總編輯書寫一個題名為『一枝花』的條幅。」（如玉《茅盾與香港——兼賀〈脫險雜記〉的首次出版》，載香港時代圖書有限公司版《脫險雜記》）

　　八日　上午，到達開羅。在機場受到阿聯作家和參加會議的印尼、日本、越南等國作家的歡迎。（9 日《人民日報》）

　　在開羅，和夏衍、嚴文井等住在牧羊人飯店，代表團其他成員住在阿塔拉斯飯店。（杜宣《雨瀟瀟》）

　　十日　和夏衍等拜會了阿聯文化和國家指導部部長薩爾瓦特·奧卡沙。（12 日《人民日報》）

　　十二日　上午，率中國作家代表團出席第二屆亞非作家會議開幕式。五十多個國家的知名作家出席了這次會議。會議主席是阿聯作家代表團團長穆罕默德·阿布·哈迪德。茅盾作了《為風雲變色時代的亞非文學的燦爛前景而祝福》的長篇發言，指出「亞非作家的神聖任務就是要通過我們的筆，用加強人民革命鬥爭的手段保衛亞非人民的勝利果實，保衛世界和平！」報告概括了亞非文學的特徵和作用。發言不斷地被斷烈的掌聲打斷，會場「氣氛高漲」。散會後，代表們紛紛向中國代表團索取茅盾鉛印發言稿。（14 日《人民日報》）

　　同日　晚，率領中國作家代表團出席阿聯文化和國家指導部部長奧卡沙為歡迎出席第二屆亞非作家會議的全體代表，舉行的開齋冷餐招待會。（14 日《人民日報》）

　　十三日　晚，與夏衍率領中國作家代表團，出席中國駐阿聯大使陳家康

和夫人爲歡迎代表團舉行的盛大招待會,有三百位客人出席招待會。(15日《人民日報》)

十四日　發表《爲風雲變色時代的亞非文學的燦爛前景而祝福》摘要（評論）,載《人民日報》。

十五日　下午,與夏衍率領中國作家代表團,出席第二屆亞非作家會議閉幕式,大會一致通過了一項總決議、致全世界作家的呼籲書、告亞非學生書、以及關於組織工作等各項決議。號召作家們全力反對殖民主義和帝國主義,指出「對我們亞非作家來說,爭取民族獨立的鬥爭,是對保衛世界和平的最好貢獻。」決議還宣布第三屆亞非作家會議將在印度尼西亞召開。(17日《人民日報》)

同日　晚,與夏衍率領中國作家代表團,出席阿聯總統納賽爾在前法魯克王宮檀香廳爲歡迎參加第二屆亞非作家會議的各國代表舉行的開齋冷餐招待會。招待會前,納賽爾總統接見了全體代表,表示支持亞非作家會議通過的決議。(17日《人民日報》)

十七日　下午,與副團長夏衍一起,受到阿聯總統納賽爾的親切接見。在座的有中國駐阿聯大使陳家康。(19日《人民日報》)

十九日　下午,與夏衍率領中國作家代表團乘機離開羅回國。到機場送行的有印尼、錫蘭和日本的作家代表和中國駐阿聯大使陳家康。(21日《人民日報》)

在開羅期間,作《開羅雜感》（舊體詩）和《亞歷山大港懷古》（舊體詩）,均載河北人民出版社版《茅盾詩詞》,現收《茅盾全集》第十卷。

在開羅期間,「參觀了鋼鐵廠。遊覽運河區域和塞得港,欣賞了阿聯民間歌舞、傀儡戲、電影,參觀了金字塔。」（茅盾《團結和友誼加強了——關於第二屆亞非作家會議的報告》）

二十日　途經香港,作短暫逗留。（如玉《茅盾與香港》）

二十一日　返廣州後,到廣東叢化休息。到叢化休息的還有郭沫若夫婦、冰心、夏衍等人。「郭老、茅公、夏衍同志要打『百分』,拉冰心去湊數,茅公幽默地稱「冰心」爲「該老太太」;「在這中間,我們還爲一件事打賭,我（冰心）忘了是什麼事,他（茅盾）輸給我（冰心）一張親筆寫的條

幅，字跡十分秀勁。」（冰心《悼念茅公》，載《文匯報》1981 年 4 月 1 日）
還曾去佛山參觀，在佛山民間藝術研究社，看到郭沫若一九六一年底留下的
一首詩《遊祖廟公園後訪佛山民間藝術研究社而題》，中有「憑將秋色千張
紙，奪取乾坤萬象春」句。讚揚郭詩寫得很妙；後即興執筆寫下了「剪紙千
彩，秋色迷人」的題詞，落款後特意留下了半邊空白。後來，郭沫若又來此
參觀，在茅盾題詞空白處，揮筆補上：「作字題詩，春風滿座。」（葉永昌《半
幅題詞，一段佳話──郭沫若和茅盾在佛山的小故事》，載《羊城晚報》1980
年 8 月 25 日）

當月

　　日本龜井勝一郎發表《在茅盾先生的書齋》，載日本《世界文學全
集》，河出書房一九六二年二月出版。

本月

　　一日　首都和福建各地集會，紀念民族英雄鄭成功收復臺灣三百週
年。

　　十七日　周恩來總理在中南海紫光閣發表《對在京的話劇、歌劇、
兒童劇作家的講話》

三月

月初　返回廣州

　　二日　出席文化部和中國劇協舉辦的「全國話劇、歌劇、兒童劇創作座
談會」預備會。聽取了周恩來作的《關於知識分子問題的報告》（張穎《難忘
的「廣州會議」──記周總理、陳毅同志對「廣州會議」的領導》）

　　三日　出席文化部、中國劇協在廣州召開的全國話劇、歌劇、兒童劇創
作座談會，並作了題為《祝願──在全國話劇、歌劇、兒童劇創作座談會上
的講話》，稱「這樣的會是歷史上空前的會議」；再一次重述了他關於歷史劇
創作的兩點意見，第一，歷史劇創作中，浪漫主義與現實主義結合的方法，
不會違反歷史主義。但是結合不好，將歷史人物和歷史事件過份理想化，這
就有反歷史主義的毛病。第二，歷史劇的語言問題，即一個歷史劇如果用了
當時所沒有的語匯，就犯了時代錯誤。」（《劇本》1962 年 6 月號）

　　五日　下午，與夏衍率領中國作家代表團從廣州乘機回到北京。在首都

機場受到林默涵、徐光霄等的歡迎。（6日《人民日報》）

二十一日　出席劉少奇主席召集的最高國務會議。劉少奇和周恩來就當前形勢和工作中的主要問題作了重要講話。會議還就即將舉行的第二屆全國人大第三次會議的主要議題進行了商討。（22日《人民日報》）

二十二日——四月十七日　出席第二屆全國人民代表大會第三次會議。出席中國人民政治協商會議第三屆全國委員會第三次會議。

二十九日　出席中國作協書記處、亞非作家會議中國聯絡委員會舉行的聯席會議，並作了題爲《團結和友誼的基礎加強了》的報告，介紹第二屆亞非作家會議的情況。會議由劉白羽主持，出席會議的有巴金、臧克家、嚴文井、張光年、蕭三、袁水柏、謝冰心、田間、葉君健、戈寶權等。（30日《人民日報》）

三十日　發表《團結和友誼的基礎加強了——關於第二屆亞非作家會議的報告》（評論），載《人民日報》。

春　接到蒙族青年作家敖德斯爾的信和剛出版的中短篇小說集《遙遠的戈壁》，即親筆寫了「熱情洋溢的回信」，鼓勵敖德斯爾「要更勇敢地投入新中國多民族的文學隊伍的行列。」（敖德斯爾《關懷——深切悼念茅盾同志》，載《民族團結》1981年第5期）

本月

六日　陳毅在廣州作《在全國話劇、歌劇、兒童劇創作座談會上的講話》，大聲疾呼，給作家選擇題材的自由、創作藝術風格的自由和探討藝術問題的自由。當場宣布摘掉知識分子的資產階級帽子。

二十三日　吳晗發表長篇論文《論歷史人物的評價》。瞿白音發表論文《關於電影創新問題的獨白》。

四月

三日　晚，出席文化部、對外文化聯絡委員會舉行的招待各國駐華使節和外交官員、在京外賓的文藝晚會，觀看了上海戲劇學院藏族表演班畢業演員演出的藏語話劇《文成公主》。出席晚會的有班禪額爾德尼·卻吉堅贊、張奚若等。（4日《人民日報》）

十五日　下午，參加在懷仁堂舉行的人大代表照像，「興致勃勃地向坐在側面的傅作義說著坐得遠遠的高士其的病狀、治療經過以及目前的情況」，坐在後面的沙汀「也偶爾插上一句」。照像後，又去人民大會堂河北廳參加文化部和文聯召開的關於《文藝八條》的座談會。（沙汀《沙汀日記選——1962 年 4～5 月》，載《新文學史料》1988 年 2 期。）

十六日　下午，出席人大第二屆第三次會議閉幕式。會議通過了周恩來總理所作的關於政府工作報告的決議等。（17 日《人民日報》）

十七日　晚，出席在北京政協禮堂舉行的紀念世界文化名人、中國偉大的詩人杜甫誕生一千二百五十週年大會，為十八人主席團成員之一。各國駐華使館文化官員也參加了大會。紀念會由郭沫若主持，並致開幕詞，馮至作題為《紀念偉大的詩人杜甫》的長篇報告。會後放映紀錄影片《詩人杜甫》，出席今晚大會的有陳毅、楚圖南、巴金、柯仲平、趙樸初、何其芳、臧克家、游國恩、阿英等。（18 日《人民日報》）

十八日　下午，出席政協第二屆第三次會議閉幕式。（20 日《人民日報》）

同日　下午，以英文版《中國文學》主編身份，出席並主持在北京四川飯店舉行的座談會，「討論有關介紹古典作品，以及『五四』以來的作品問題」，「還頻頻籲請到會的朋友多多寫稿、提意見，支持這個刊物。」會後與大家一道用了晚飯。出席座談會的有沙汀、葉君健、陳丹晨等。（沙汀《沙汀日記選 1962 年 4～5 月》，陳丹晨《漫憶茅公二、三事》，載《新港》1981 年 8 期）

二十五日　下午，出席朝鮮駐中國大使韓益誅為紀念朝鮮人民抗日游擊隊創建三十週年舉行的招待會。會上放映了朝鮮彩色紀錄片《勞動黨的時代》和故事片《愛國者》。出席招待會的有賀龍、羅瑞卿、郭沫若、包爾漢、老舍等。（26 日《人民日報》）

同日　作《學然後知不足》（評論），載《人民文學》五月號。文章回憶了自己一九四五年在重慶第一次讀到毛澤東《在延安文藝座談會上的講話》時的情景，云「大概那時印數不多，一本書傳閱多人，傳到我的手裡，這本土紙印的小冊子已經半爛，有些字句必須反覆猜評，方能得其大意。但儘管有這樣的困頓，我還是在一天內把它讀完。眞像是在又疲倦又熱又渴的時候喝了甘冽的泉水一樣，讀完這本書後全身感到愉快，心情舒暢，精神陡然振發起來。」認為「《講話》把我們從『五四』直到那時的文藝工作中的根本問

題分析得那麼全面，指點得那麼親切，解決得那麼透徹，批評得那麼令人心服。」也認識到「熟讀『講話』容易，而要真能理解它，還能以之為準則，運用於工作，就不是一朝一夕所能達到」，因此「在『講話』發表二十五週年之時，我們回頭看看過去的學習方法，檢查一下過去的學習有沒有形式主義的毛病，看來也是必要的」，只有這樣，「我們文藝工作將有比現在更大更多更高的成就。」

同日　作《題動畫片〈小蝌蚪找媽媽〉》（詩），載五月二十三日《文匯報》，現收《茅盾全集》第十卷。

二十七日　作《致胡萬春》（書信），載作家出版社一九六三年八月版《讀書雜記》，收文化藝術出版社版《茅盾書信集》。胡萬春是上海的一個工人作家，三月二十九日給茅盾一信並寄贈自己的三本小說集。回信讚揚了胡萬春「從一個半文盲達到今天的水平，的確是難能可貴的，雖然是受了黨的培養而致此，但是，您自己的努力該是主要的因素。」最後親切告知，讀完他的所有作品後，「當一併以鄙見奉告。」

同日　作《致金梅》（書信），署名雁冰。載百花文藝出版社版《茅盾書信集》。告之「河北省的短篇小說座談會開過後，如承以有關問題的整理記錄見示，無限感謝」。關於評萬國儒作品的文字「希望能在七月中寫出來」。

二十八日　作《致徐恭時》（書信），載《百花洲》一九八二年六期，又載文化藝術出版社版《茅盾書信集》。回答來信所提沈澤民生平資料的八個問題。

二十九日　上午，接見了以蘇共莫斯科維爾德洛夫區委員會第一書記伊萬諾夫為首的蘇中友好協會積極份子專業旅行組全體成員，設宴招待客人。接見時在座的有曹靖華、李希庚和蘇聯駐中國大使契爾沃年科等。（30日《人民日報》）

當月

十四日　晦庵發表《書話》之一——《在國外出版的書》，載《人民日報》。

二十二日　國華發表《煉詞》，載《大眾日報》。評《子夜》的語言。

本月

十日　福州發現清代女作家李桂玉的彈詞長篇小說《梅花夢》完整

抄本，計三百六十卷，約四百八十三萬八千多字，是目前流傳的我國古典小說中最長的一部。

二十七日　第一屆電影「百花獎」評獎揭曉，故事片《紅色娘子軍》獲獎。

五月

一日　上午，到北京政協禮堂前的廣場，參加「五一」廣播大會。會後上街遊行。（2日《人民日報》）

同日　晚，與黨和國家領導人劉少奇、周恩來、朱德、陳毅等，在天安門城樓觀看廣場群眾大聯歡和節日焰火。（2日《人民日報》）

三日　作《〈交通站的故事〉（峻青著）讀書雜記》（評論），載《鴨綠江》十月號，初收作家出版社一九六三年十一月版《讀書雜記》，又收入文化藝術出版社《茅盾評論文集》。云，小說長二萬多字「可謂大型之短篇」，「但整個看來，還沒有冗雜之病。」姜老三及其妻「是兩個鮮明的很能感動人的形象」，小說「自然環境的描寫很優美」，「全篇有波瀾」，「使人有層巒疊嶂、深密曲折感」。也指出，姜老三請「我教書一節」「不免落套」，「最有公式味兒」。

同日　作《〈鷹〉（峻青著）讀書雜記」（評論），載《鴨綠江》十月號，初收作家出版社版《讀書雜記》。云小說「小角的性格寫得非常鮮明」，但其「精神世界不免單純」。文字「流利而華贍」，也有「稍嫌累贅的敘述」，但最大毛病是「情節有不盡合情合理者。」

四日　晚，出席蘇聯駐華大使契爾沃年科在大使館為慶祝蘇聯《真理報》創刊五十週年而舉行的招待會。出席招待會的有陸定一、吳冷西、章漢夫、伍修權、胡繩、朱穆之等。（5日《人民日報》）

同日　作《致魏紹昌》（書信），載《百花洲》一九八二年六期，收入文化藝術出版社版《茅盾書信集》。告知來信及附件所提九個問題「原件加注附還」，云「事隔多年，記憶不清，尤其是用了各種筆名的文章。但大致是不錯的。」還「附去致丁景唐同志及陳夢熊同志各一信，均託轉交」。答應在北京的兩位同志」來我家抄拙作外文譯本目錄」。

同日　作《〈曠野上〉〈葛梅〉（管樺作）讀書雜記》（評論），載《鴨綠江》十月號，初收作家出版社版《讀書雜記》。云前者「女主角是寫活了」，但這

樣的革命婦女形象在我國現代文學中「是成批地出現的」，比較單調；後者葛梅的形象是應該肯定的，但總覺是前者的女兒，說明「作者夾袋中的人物模型還不夠多。」

五日　中午，出席匈牙利駐華大使馬爾丁在大使館為慶祝中匈友好合作條約簽訂三週年舉行的宴會。出席宴會有陳毅、葉季壯、伍修權、黃鎮、屈武等。（6 日《人民日報》）

七日　作《〈我的第一個上級〉、〈太陽剛剛出山〉、〈老社員〉（馬烽作）讀書雜記》（評論），載《鴨綠江》十月號，初收入作家出版社版《讀書雜記》。充分肯定了這三篇小說。

九日　作《〈春暖時節〉（茹志鵑作）讀書雜記》（評論），載《鴨綠江》十月號，初收入作家出版社版《讀書雜記》。云小說「特點在於細膩地刻畫了女主角的思想發展而不藉助於先使矛盾尖銳化，然後講道理、說服、打通思想等等通常慣用的手法。」

十日　作《〈澄河邊上〉、〈如願〉（茹志鵑）讀書雜記》（評論），載《鴨綠江》十月號，初收作家出版社版《讀書雜記》。云前者「種瓜老人寫得豐采照人」，青年農婦「給人印象甚深」，「寫法新穎」。特別指出小說「既寫戎馬倉皇，也寫定人風物」，但筆墨「極精鍊」。

十一日　下午，出席首都文藝界為紀念世界文化名人、俄羅斯偉大思想家、作家赫爾岑（1812－1870）誕生一百五十週年，在民族宮禮堂舉行的大會。夏衍致開幕詞，《世界文學》副主編陳冰夷作了題為《俄國偉大的革命作家赫爾岑》的講演。出席大會的有楚圖南、胡愈之、吳茂蓀、蕭三、曹靖華等。會後，放映了根據赫爾岑同名小說改編的影片《偷東西的喜鵲》。（12 日《人民日報》）

同日　作《〈三走嚴莊〉（茹志鵑作）讀書雜記》（評論），載《鴨綠江》十月號，初收作家出版社版《讀書雜記》。云「這篇小說的女主角是作者所寫的女性中間最可愛也最可敬的一個」，結構「整齊而又有變化」，尤其小說「筆墨之經濟是值得讚美的」。

十四日　作《〈阿舒〉、〈同志之間〉（茹志鵑）讀書雜記》（評論），載《鴨綠江》十月號，初收作家出版社版《讀書雜記》。指出「從塑造典型人物這個角度看來，作者取材於解放戰爭的作品更勝於大躍進時期的作品。」

　　十五日　作《致姜雲》（書信），載百花文藝出版社版《茅盾書信集》。回答有關沈澤民和自己創作之事。云「我未受過光華書局邀請編什麼刊物，更談不上推薦蘇汶。我與蘇汶素無往來，且不相識。我只認識蘇汶的朋友戴望舒與施蟄存，因戴、施曾在上海大學讀過一年書。」又云瞿秋白最初是加入文學研究會的，但我和他相見，是在一九二五年他任上海大學教務長時。」最後，否定了外界「傳聞」爲他寫長篇之事，「我於一九五五年曾有此意，並曾作了準備，但後來放棄了」，表示「七十歲後」「精神尚可寫作，則將辭此一切公職，專事寫作。在此以前，我打算寫點研究性的論文和打雜而已。」

　　同日　作《讀茹志鵑小說總結——讀書雜記》（評論），載《鴨綠江》十月號，初收作家出版社版《讀書雜記》。云「茹志鵑筆下的人物，女性勝於男性，而女性之中，尤以收黎子那樣的人物（外貌膩腆而內心強毅，嫻靜和幹練結合於一身）最爲出色」。說她「寫金戈鐵馬比寫和平建設容易有聲有色」。

　　同日　作《〈嚴重的時刻〉、〈河灘上〉（王汶石作）讀書雜記》（評論），載《河北文學》十一月號，初收作家出版社版《讀書雜記》。云前者「全篇結構緊湊，一氣呵成，渲染『嚴重的時刻』的氣氛，相當有力」，但陸書記形象「性格還不免一般化，」「挖掘還欠深些。」後者是成功的，六個人物在沒有「大起大落下寫活了」，「整篇通過對話揭露了主要人物的思想狀況，同時也就刻畫了他們的性格」，結構「層次分明」，對話「有個性」，「自然環境的描寫也頗有氣魄。」

　　十七日　作《致葛柳南》（書信），載浙江文藝出版社版《茅盾書簡》。云「得知我的小說德譯本將由《人民與世界》出版社出版，並由您負責選擇，甚感榮幸。」並隨信寄上照片一張。

　　十八日　下午，出席並主持中國作家協會爲紀念毛澤東《在延安文藝座談會上的講話》發表二十週年座談會，並作了總結發言。認爲「在今天，教育農民仍然是一個嚴重的任務。而大多數農民要求我們的究竟是什麼？反過來，我們的作品對大多數農民是否具有吸引力？這是一個值得大家探討的問題。」（《毛澤東文藝思想是顛撲不破的眞理——記中國協會座談會》）出席座談會的有老舍、邵荃麟、臧克家、謝冰心、何其芳、曹靖華、唐弢、李季、魏巍、汝龍等六十多位作家和詩人。（23 日《人民日報》）

　　二十日　發表《致胡萬春》（書信），作於四月二十七日，載《文匯報·

筆會》。

二十二日　在中國影協在北京舉行的 1960～1961 年影片評選《百花獎》授獎大會上，爲獲得最佳編劇獎的《李雙雙》題詞：「新人新事，青年楷模。」爲獲得最佳攝影獎的《劉三姐》題詞：「傳神阿堵，文采耀煌。」還作詩並書寫獎狀：「祝賀《小蝌蚪找媽媽》獲《大眾電影》（百花獎）之最佳美術片獎。」授予上海美術電影製片廠的編劇、導演、攝影等。（23《文匯報》）

二十三日　晚，出席文化部、中國文聯爲紀念毛澤東《在延安文藝座談會上的講話》發表二十週年、在政協禮堂舉行的聯歡晚會。觀看了總政歌舞團、中央歌舞團、東方歌舞團、中央歌舞劇院、中國雜技團、中國戲曲學校實驗京劇團、北京戲曲學校實驗京劇團演出的精彩節目。出席聯歡晚會的有陸定一、郭沫若、周揚、老舍、林默涵等。（24 日《人民日報》）

同日　發表《在紀念毛主席〈在延安文藝座談會上的講話〉發表二十週年座談會上的發言》（演講），載《文匯報》。

同日　發表《題動畫片〈小蝌蚪找媽媽〉》（詩歌），和《祝賀〈小蝌蚪找媽媽〉獲得大眾電影百花獎之最佳美術片獎》（書法），均載《文匯報》。

三十一日　作《〈嚴峻而光輝的里程〉、〈難忘的摩天嶺〉（杜鵬程作）讀書雜記》二則（評論），載《河北文學》十一月號，初收作家出版社版《讀書雜記》。前則云「小說有作者過去短篇的長處，但同樣也有他過去的作品的短處。」具體地說，長處「在於人物的形象總是鮮明而有立體感」，短處「在於作者塑造這些人物的技法還是那一套，沒有新的發展，而且從整篇佈局看來又缺少變化。」

當月

十六日　黎文發表《四本〈三人行〉》，載《天津晚報》。

晦庵（即唐弢）出版《書話》，北京出版社出版。其中談及茅盾作品有：《子夜》翻印版、且說《春蠶》等。

本月

十二日　《人民日報》發表毛澤東《詞六首》。

十二日　日本著名劇作家秋田雨雀（1883 年生）在東京逝世。

二十三日　《人民日報》發表社論《爲最廣大的人民群眾服務——

紀念毛澤東同志〈在延安文藝座談會上的講話〉發表二十週年。》

六月

四日　作《致金梅》（書信），載百花文藝出版社版《茅盾書信集》。感謝金梅「把河北小說會議所提出、討論的問題，扼要地告訴我，使我就像親身參加了這個會議一樣」，云：「您（金梅）自感知識淺薄，但是我也自感知識淺薄……博覽到如何程度，真也無止境，所以您不要自卑。」並特別指出：「評論家也要有豐富的生活知識，你們編輯部是否規定每人每年能有一定時間到各處跑跑，增加生活知識？」還說：「作協總會最近討論工作計劃，談到評論家的進修問題，我想編輯工作者應當歸於此例。」

六日　作《〈老牛筋〉、〈拔旗〉、〈甸海春秋〉（劉澍德作）讀書雜記》（評論），載《河北文學》十一月號，初收作家出版社版《讀書雜記》。

同日　作《〈沒有織完的筒裙〉（楊蘇作）讀書雜記》（評論），載作家出版社版《讀書雜記》。讚揚小說是「抒情詩似的一個短篇，有強烈的地方色彩」。

同日　作《為新編贛劇〈西廂記〉作》（舊體詩），載河北人民出版社版《茅盾詩詞》，現收《茅盾全集》第十卷。自注云：「此劇乃凌鶴根據董解元、王實甫的《西廂記》而改編。」（按：5、6月間，石凌鶴（時為江西省文化局長）率江西省贛劇團赴京演出新編贛劇《西廂記》，茅盾觀看了演出，即向石凌鶴握手道賀，並寫詩祝賀演出成功。）盛讚改編之自出機杼，還鶯鶯之本來面目乃「辛勤翻案」，云「辛勤翻案譜青陽，敢與前修較短長。人物滿場誰最勝，柔情傲骨一崔娘。」

七日　作《讀李准小說綜合讀書雜記》（評論）。認為《李雙雙小傳》中李雙雙的「性格發展」寫到第六段，「事實上已經停止」，此後筆墨雖熱鬧，卻「無補於人物性格之進一步發展」。《兩代人》亦是如此。《兩匹瘦馬》「儘管短，儘管沒有鬥爭，它還是一篇有聲有色，叫人能夠一口氣讀完的作品。」《耕雲記》和《春筍》「都是可讀之作」，但其主人公「雖有我們這一代的先進份子的共性，卻缺少個性」，而且內容與文字上「還可以精簡一下」。

八日　作《讀林斤瀾小說綜合讀書雜記》（評論），載作家出版社版《讀書雜記》。肯定「林斤瀾有他自己的風格。這風格表現在鍊字造句上，也表現

在篇章結構上」。

十一日　作《讀萬國儒小說綜合雜記》（評論），載《河北文學》十一月號，初收作家出版社版《讀書雜記》。讚揚了萬國儒的「小小說」，認爲他「在《風雪之夜》和《龍飛鳳舞》兩個短篇集子裡給了我們許多風趣盎然、而又意味深長的僅二、三千字或者只有千餘字的短篇」。駁斥了所謂萬國儒「小小說」沒有反映「時代的本質」論，覺得「有些評論家太熱心於在作品中找尋（甚至是搜剔）所謂『時代的本質』。與其戴大帽子，何如實事求是？」《龍飛鳳舞》「反映了我們時代的中間狀態（或者說居於中游）的人們的轉變，是有教育意義的。」譜主第一個理直氣壯地肯定了寫中間人物的意義和價值。云「寫中間狀態（居於中游）人們的轉變，爲什麼其教育意義就小了呢？如果你承認先進和落後尚居少數而中間則爲數最多，這個兩頭小中間大的現實，你怎麼又能得出寫中間的轉變其教育意義不大的結論呢？」在肯定《龍飛鳳舞》有教育意義的同時，也實事求是地指出其在故事、人物、題目上的毛病。

十三日　發表《關於小學生學會拼音字母又回生的問題》（雜論），載《光明日報》，亦載《文字改革》第六期。指出學生學拼音字母，「這是幾千年來我們祖先未能順利解決的一件大事」，所以很高興。「我希望，至少我們的孫兒孫女這一代，能夠兩條腿走路，既能用漢字寫，也能用拚音字母寫，聽報告作筆記，用拼音字母寫，會比用漢字快。」

十四日　晚，出席對外文委在北京新僑飯店舉行的、歡迎朝鮮民主主義人民共和國國立藝術團訪華演出的宴會。出席宴會的有陳毅和朝鮮駐華大使韓益誅等。（15 日《人民日報》）

十五日　晚，與董必武副主席、陳毅、張奚若等一起接見了朝鮮國立藝術劇團團長辛道善和主要演員，同他們進行了親切友好的談話。接見時，朝鮮駐華大使韓益誅也在座。（16 日《人民日報》）

同日　晚，出席觀看了朝鮮國立藝術劇團在首都劇場舉行的首場精彩演出。觀看演出的有董必武、陳毅、廖承志等。（16 日《人民日報》）

十七日　晚，出席文化部、中朝友協爲歡迎朴金？團長率領的朝鮮最高人民會議代表團舉行的文藝晚會，觀看了北京青年京劇團演出的京劇《孫悟空三打白骨精》。出席晚會的有鄧小平、彭眞、李先念、陸定一等。（18 日《人

民日報》）

二十六日　下午，接見並設宴招待柬埔寨作家李田頓和林良振。席間賓主暢談了中柬兩國歷史上的友好關係。出席作陪的有嚴文井、韓北屏等。（29日《人民日報》）

當月

五日　瞿光熙發表《茅盾與〈子夜之圖〉》，載《新民晚報》。

十七日　曹子西發表《瞿秋白與〈子夜〉》，載《文匯報》。

本月

十六日　內蒙古自治區各族人民在伊克昭盟成吉思汗新陵園集會，紀念成吉思汗誕生八百週年。

二十九日　郭沫若的歷史劇《武則天》，在北京由北京人民藝術劇院正式公演。

藏族民間史詩《格薩爾》由上海文藝出版社和青海人民出版社分別用漢、藏兩種文字出版，全詩有二十卷，三百四十部，約六百萬字。

七月

一日　出席中國和大、總工會、婦聯、青聯、學聯、亞非團結委員會、文聯、作協、對外文協、科協、新聞工作者協會等負責人聯席會議。郭沫若主持會議，討論並通過了即將在莫斯科召開的普遍裁軍與和平世界大會中國代表團名單。茅盾當選爲中國代表團團長，金仲華、康永和爲副團長。出席會議的有劉寧一、陳叔通、夏衍、許廣平、吳晗、老舍、周培源、田漢、曹禺等。（2日《人民日報》）

同日　作《〈關於歷史和歷史劇〉的後記》（序跋），載作家出版社一九六二年十一月版《關於歷史和歷史劇——從〈臥薪嘗膽〉的許多不同劇本談起》，收入文化藝術出版社版《茅盾評論文集》。云：「我還是保留一年前這篇文章中的各項論點，不作修改」，指出這部九萬字的書，所討論的問題只是一個：「如何使歷史劇既是藝術又不背於歷史的眞實。」強調「歷史劇當然是藝術品而不是歷史書」，它「必須有藝術的虛構」，「但既稱爲歷史劇那就不能改寫歷史、捏造歷史、顚倒歷史。」認爲「《水滸》不當稱爲歷史小說，而當稱爲取材於民間傳統的小說」，有關穆桂英的戲亦然。關於歷史劇文學語言，認爲

應避免「古人穿今人衣服」的問題：「一、我並不主張讓古人滿口之乎者也；二、我依然認爲一些現代語不宜出於古人之口」。

五日　作《〈花的草原〉──〈讀書雜記〉之四》（評論），載《草原》一九六三年二月號，初收作家出版社版《讀書雜記》。（按：《花的草原》是蒙族作家瑪拉沁夫的一本小說集。本月五日至十五日，茅盾閱讀並作了數千言的評論意見，於 1963 年初寄給作者）。

六日　上午，到首都機場，率領出席爭取普遍裁軍與和平世界大會的中國代表團，乘飛機離開北京前往莫斯科。廖承志、楚圖南、許廣平、夏衍等到機場歡送。（7 日《人民日報》）

同日　下午，到達莫斯科。在機場受到蘇聯和委會主席、蘇中友協副主席吉洪諾夫、中國駐蘇聯大使劉曉、先期到達莫斯科的金仲華等的歡迎。（8 日《人民日報》）

同日　作《〈花的草原·楊芝堂〉讀書雜記》（評論），載《草原》一九六三年二月號，初收作家出版社版《讀書雜記》。

六日至十八日　率中國代表團參加在蘇聯首都莫斯科舉行的爭取普遍裁軍與和平世界大會。

八日　作《致楊郁》（書信），載《西湖》一九八二年三期，初收文化藝術出版社版《茅盾書信集》。讚其「對翻譯（俄文）專心致志，肯下功夫。」

九日　上午，率領中國代表團，出席在莫斯科克里姆林宮大會堂舉行的爭取普遍裁軍與和平世界大會開幕式。大會籌委會主席、世界和平理事會和主席貝爾納作報告。（10 日《人民日報》）

同日　下午，出席爭取普遍裁軍與和平世界大會，作了長篇發言，云，「保衛世界和平，反對帝國主義侵略，防止帝國主義發動新的世界戰爭，這是中國人民的根本立場。」講話博得了全場多次熱烈的鼓掌，發言的全文被大會參加者爭先取閱。英國的羅素、智利詩人聶魯達和法國作家薩特，也在會上作了發言。（11 日《人民日報》）

十日　上午，出席大會，聽取各國代表的發言。赫魯曉夫在會上闡述了蘇聯的外交政策。（12 日《人民日報》）

同日　作《〈花的草原·路〉讀書雜記》（評論），載《草原》一九六三年

二月號，初收作家出版社版《讀書雜記》。

十一日　上、下午，參加大會小組討論會。（13 日《人民日報》）

十二日　發表《在爭取普遍裁軍與和平世界大會上的發言》（政論），載《人民日報》。全文長達一萬八千多字。

同日　上、下午，參加世界大會討論。上午有八國代表發言。下午有十六位代表發言。（14 日《人民日報》）

十三日　上午，世界大會分十三個小組舉行專業代表會見。中國代表團團員分別參加了議員、作家、新聞工作者、婦女和工會工作者等的會見。茅盾會見了參加爭取普遍裁軍與和平世界大會的各國作家、藝術家。（15 日《人民日報》）

同日　晚，出席世界大會全體會議。法國作家薩特以個人名義發言，說：「大會應尋求裁軍與和平的具體辦法，而不是空談理論。」還提出「文化的非軍事化」觀點。（15 日《人民日報》）

十四日　下午，出席爭取普遍裁軍與和平世界大會閉幕式。聽取各小組委員會提出的工作報告，通過了大會致全世界人民書。（16 日《人民日報》）

十五日　拜訪蘇聯文化部部長福爾采娃。（20 日《人民日報》）

同日　作《〈花的草原・歌聲〉讀書雜記》（評論），載《草原》一九六三年二月號，初收作家出版社版《讀書雜記》。云《花的草原》的「優點是濃鬱的民族情調和絢爛的地方色彩，並且還有浪漫蒂克神韻」，但比《楊芝堂》莽重，比《路》單調，主人公的性格沒有被寫到「應有的（讀者所期望的）那樣深刻」。《歌聲》和《琴聲》「富於抒情詩的味兒，而前者又有激昂慷慨的浪漫蒂克風格」，但後者人物形象塑造「猶勝過前者」。《六月的一個早晨》「兩個人物的形象非常鮮明可愛。故事結構謹嚴，寫氣氛頗見功力，筆墨饒有風趣。」《鄂倫春人之歌》四篇「是特寫，不是小說」，尤精於「自然環境的描寫」，「洋溢著詩意，噴薄著自然的芬芳。」

十六日　率中國代表團拜訪蘇聯對外文化協會主席波波娃。（20 日《人民日報》）

十七日　晚，率中國代表團出席蘇聯文化部部長福爾采娃和對外文協主席波波娃舉行的宴會。（20 日《人民日報》）

十八日　晚，率領中國參加爭取普遍裁軍與和平世界大會的中國代表團，乘飛機離開莫斯科回國。到機場送行的有蘇聯文化部部長福爾采娃、蘇聯和委會主席吉洪諾夫等。(20 日《人民日報》)

十九日　下午，率中國代表團乘機回到北京。(20 日《人民日報》)

二十日　晚，出席中波友協、北京市總工會爲慶祝波蘭人民共和國國慶十八週年，在勞動人民文化宮舉行的晚會，並講話。(21 日《人民日報》)

二十一日　下午，出席波蘭駐中國大使克諾泰爲慶祝波蘭人民共和國國慶十八週年在大使館舉行的招待會。出席招待會的有周恩來、習仲勛、陳毅等。(22 日《人民日報》)

當月

十八日　《人民日報》記者發表《〈團結、鬥爭、保衛世界和平——評爭取裁軍與和平世界會議〉》，載《人民日報》。云「茅盾的發言，表達了六億五千萬中國人民的和平願望；敘述了中國人民爲保衛世界和平所作出的巨大努力。」

胡從經發表《茅盾的童話創作》，載《兒童文學研究》一九六二年七月號。

瞿光熙發表《茅盾二十七篇童話編目》，載《圖書館》第四期。

本月

十二日　文化部發出了《關於各地不得自動禁演影片的通知》。

二十八日　李建彤的長篇小說《劉志丹》第二卷第一部分開始在《工人日報》連載。不久即被康生誣爲「爲高崗翻案的反黨大毒草」，李建彤以及與此有關的一大批同志受到殘酷迫害。

八月

二日　作《致楊郁》(書信)，載《西湖》一九八二年三期，收入文化藝術出版社版《茅盾書信集》。云「對原文(關於拙作)您如有疑問，我願盡可能解答。」倘再要有所瞭解，推薦了葉子銘寫的《論茅盾四十年的文學道路》一書。

二日至十六日　到大連市，出席中國作家協會召開的農村題材短篇小說創作座談會。在會上多次講話，周揚也講了話。會議由邵荃麟主持，與會的

有趙樹理、周立波、康濯、侯金鏡等八個省市的十六位作家和評論家。邵荃麟在總結發言中，正式提出了「寫中間人物」和「現實主義深化」的主張。大連會議是一次研究文藝創作如何反映人民內部矛盾，更好地為社會主義服務的會議。（上海文藝出版社 1984 年 11 月版《中國當代文學》二冊）

十二日　出席農村題材短篇小說創作座談並作了長篇專題發言，談了關於「農村題材」、「人物創造」和《短篇形式》三個問題，都具體總結了當時創作上的成就和不足。從「短篇形式」來看，不足之處是一些作品的「結構缺少奇峰突起，起承轉合，新意不多而使人看了開頭就知道結尾；不注意環境描寫，藝術上深知和廣結合不夠。」關於「人物創造」，則認為「主要是對性格描寫過於簡單，其實各種人物的性格都是豐富、複雜的，典型也往往是豐富、複雜、多彩、多姿的統一。」說「今天我們農民的性格也豐富、複雜，一方面覺悟高了，另一方面尾巴也不容易脫掉，得讓他自己脫，割掉是不行的；可惜我們往往寫得不深，概括、提煉有時變成對農民覺悟的孤立拔高，尾巴也硬要去割一割。」人物塑造上還提出，「我們作品中寫工農多，這當然對，但別的人物也應該寫；工農中又多寫兩頭的，即先進和落後，其實中間狀態的人物也可以寫，也能創造典型。」最後希望大家「既要注意在生活中把深、廣結合起來」，「創造我們時代各種不同人物，包括中間人物的典型。」（康濯《熱淚盈盈的哀悼》，載《芙蓉》1981 年 3 期）

大連會議期間，因氣候變化，茅盾寫信要北京寄些衣服去，警衛員隨即寄去一個衣包，一封平信順便夾在郵包裡。茅盾知道後，批評說：「信要另外寄開，不應該夾在郵包裡，這不成了揩國家的油嗎？」（徐春雷《茅盾同志二三事》，載《中小學語文教學》1982 年 4 期）

十四日　作《讀書雜記·小記》（序跋），載《鴨綠江》一九六二年十月號，初收作家出版社版《讀書雜記》。云「五、六月間，受有任務，讀五九～六一年間優秀短篇小說近百篇。當時隨手札記，或長或短，既以誌點滴滴之印象，自非就整體而論斷。甚不全面，概可想見。現在檢其稍具首尾者，以人相從，總名曰《讀書雜記》。」

大連會議後，應康濯等邀請，「在忙中順道坐海輪過天津、河北看了看。」（康濯《熱淚盈盈的哀悼》）

同月　外文出版社出版英文版和法文版《子夜》。

當月

葉子銘發表《談談茅盾散文的象徵性問題》，載《雨花》八月號。認為「善於用象徵性的寫法，藉客觀自然景物來抒寫主觀思想情感，寄寓深刻的含意，」「這是茅盾其它同類散文的一個共同的特點。」具體分析了茅盾 1928～1929 東渡日本時期、左聯時期、抗日戰爭等幾個不同時期所寫的一些抒情性散文的象徵性問題。指出 1928～1929 年抒情散文的特點是藉事物「象徵自己苦悶、彷徨的心情和渺茫的希望」，筆法細膩、調子低沉，充滿苦悶、孤寂、惆悵的情調」；左聯時期，「表現上比較隱晦曲折」，「藉此來表露自己對於第二次國內革命戰爭時期中國革命形勢的認識」，「文章的筆調高昂熱情，氣勢雄渾、開闊，在寫法上與高爾基的《海燕》有許多相近地方。」抗日戰爭時期的《白楊禮讚》、《風景談》「象徵手法與直接抒情是結合在一起的」，「基調是高昂、明快而熱情洋溢」。

日本評論家竹內實發表《茅盾的自我反省（世界文學展望）》，載日本《文學界》十六期，八月出版。

本月

四日～六日　第八屆禁止原子彈氫彈和阻止核戰世界大會在日本東京舉行，巴金率中國代表團出席了大會，並發表了講話。

文化部發出《對違反當前政策精神的影片停止發行的通知》，決定停止發行《春暖花開》、《你追我趕》、《十三陵水庫暢想曲》等八部影片。

人民文學出版社出版中國科學院文學研究所中國文學史編寫組編寫的《中國文學史》第一、二、三冊。

九月

一日　下午，出席古巴駐華大使桑托斯為慶祝第一個哈瓦那宣言發表兩週年和古中建交兩週年舉行的招待會。出席招待會的有陳毅等。（2 日《人民日報》）

四日　作《〈鼓吹續集〉後記》（序跋），載作家出版社一九六二年十月版《鼓吹續集》，現收《茅盾序跋集》。云本書是繼《鼓吹集》後，「選自五八年迄六一年所作若干篇，又加五三年所作一篇，合為一集，題目《鼓吹續集》。」「各文牽涉到的創作問題，有些已隨時代的進步而不成問題，有些仍然成為問題」。

九日　晚，出席朝鮮駐中國臨時代辦鄭鳳桂爲慶祝朝鮮民主主義共和國成立十四週年舉行的電影招待會。(10 日《人民日報》)

十三日　發表談話，嚴厲指責美帝國主義派U——2 型飛機竄犯我華東地區的侵略行爲，說，這一罪行已經激起全世界愛好和平的人民的憤慨和譴責。並代表全國文藝工作者，熱烈祝賀人民解放軍空軍部隊擊落U——2 型高空偵察機的英勇戰績。(14 日《人民日報》)

二十一日　下午，列爲歐陽予倩治喪委員會委員，陸定一任主任。〔按：我國著名藝術家、戲劇教育家、文聯副主席、劇協副主席、舞協主席、中央戲劇學院院長、中央實驗歌劇院院長歐陽予倩（1889 年生），21 日下午在北京逝世。〕(22 日《人民日報》)

二十二日　作《七絕》一首並小序（舊體詩），載人民文學出版社一九八五年十月版《茅盾全集》第十卷。小序云：「見情況簡報，見翻譯家羅稷南說，紀念梅蘭芳逝世一週年，規模之大遠遠超過紀念魯迅逝世二十週年，而且說梅是理論家，是畫家，是詩人，讀之頗肉麻云云。羅論甚是，但彼不知舉辦此事者，有大力者作後台，因非可以口舌爭也。戲成一絕以記之。」詩云：「知人論世談何易？底事鋪張作道場。藝術果能爲政治，萬家椏腹看梅郎。」

二十三日　下午，到首都機場，歡迎以越南南方民族解放陣線總書記阮文孝爲團長率領的越南南方民族解放陣線代表團。到機場歡迎的有郭沫若、廖承志等。(24 日《人民日報》)

二十四日　上午，出席在首都劇場舉行的著名藝術家、戲劇教育家歐陽予倩公祭儀式，與郭沫若、周揚、夏衍、丁西林、田漢、老舍等同爲陪祭，由陸定一主祭。(25 日《人民日報》)

同日　晚，出席中國和大、中國亞非團結委員會爲歡迎阮文孝爲團長率領的越南南方民族解放陣線代表團的宴會。出席宴會的有彭眞、郭沫若等。(25 日《人民日報》)

二十七日　同老舍等會見了以阮友孝爲首的越南南方民族解放陣線代表團。(28 日《人民日報》)

二十八日　上午，到首都機場，歡迎以中央委員、農業部副部長克萊哈率領的波中友協代表團訪問中國。(29 日《人民日報》)

同日　晚，出席越南駐中國大使陳子平爲即將前往越南民主共和國進行友好問的中國全國人民代表大會代表團舉行的招待會，爲他們餞行。出席招待會的有彭眞、賽福鼎、賀龍、陳叔通等。（29 日《人民日報》）

二十九日　中午，設宴歡迎由波蘭統一工人黨中央委員、農業部副部長克萊哈率領的波中友協代表團。出席宴會的有蔡楚生、王維舟、王觀瀾、波蘭駐中國大使克諾泰和使館官員等。茅盾在宴會上發表講話，說：「中國人民一向珍視同波蘭人民的友誼，並將一如既往地在馬克思列寧主義和無產階級國際主義原則的基礎上，不斷地加強兩國人民的團結，鞏固和發展兩國的友好關係。」（30 日《人民日報》）

同日　晚，出席越南駐中國大使陳子平爲以阮文孝爲首的越南南方民族解放陣線代表團訪問中國，在北京飯店舉行的盛大招待會。出席招待會的有陳毅、沈鈞儒、黃炎培、李四光等。（30 日《人民日報》）

三十日　晚，出席周恩來總理爲慶祝建國三十週年舉行的盛大國慶招待會。（10 日 1 日《人民日報》）

同月　作《我閱讀的中外文學作品》（評論），載《福建文學》一九八一年八期。（按：這是茅盾在評論家莊鍾慶寄來的《先生受影響的最大的文學作品目錄表》上寫下的一篇文章。）詳細介紹了自己青年時期的學習和讀書情況。

同月　作《致莊鍾慶》（書信）。云「我以前在《小說月報》（1924 年前後裡）寫過不少介紹外國作家作品的短訊，但這只是介紹而已，說不上我當眞喜歡他們。」又云「我讀過不少契訶夫的作品，但我並不喜歡他。」又云：「我更喜歡大仲馬，甚至莫泊桑和狄更斯，也喜歡斯各特。」「我讀過不少巴爾扎克的作品，可是我更喜歡托爾斯泰。」「我喜歡《神曲》，甚至莎士比亞，我以爲《神曲》比《浮士德》文明得多。」「曾對波蘭、匈亞利等東歐民族的文學有興趣，那是一方面也從政治上考慮。」茅盾自述「對於外國文學，我也是涉獵的範圍相當廣。……我更喜歡古典作品、希臘、羅馬、文藝復興時代各大師，十九世紀的批判現實主義文學。」（轉引自莊鍾慶：《永不消失的懷念》，載《新文學史料》1981 年第 3 期，並有關注釋。）在信中，茅盾還談了對中國古典文學的有關問題。說：「青年時我的閱讀範圍相當廣泛，經史子集無所不讀。在古典文學方面，任何流派我都感興趣；例如漢賦及其後來的

小賦，我在青年時代也很喜歡。……我在十五、六以前，作文用散體（即所謂古文，那時喜歡的《左傳》、《莊子》、《史記》、韓、柳、等等），二十左右作文用駢體，那時就更喜歡兩漢至六朝的駢體。我那時很看不起明清人的散、駢，頗受明七子書不讀秦漢以下，詩宗盛唐等議論的影響，但我對晚唐詩（如李義山的），對宋詞也很喜歡。當然，元明戲曲，一般都喜歡，但不大喜歡《琵琶記》。至於中國的舊小說，我幾乎全部讀過（包括一些彈詞），這是在十五、六歲以前讀的（大部分），有些難得的書（如《金瓶梅》等）則在大學讀書時讀到的。」（轉引同上）又云：「我家有一箱子的舊小說，祖父時傳下，不許子弟們偷看，可是我都偷看了。這些舊小說中有關色情部分大部已經抽去了，——不知是誰做的，也許是我的祖父，也許是我的父親。大概因爲已經消毒過，他們不那麼防守的嚴緊，因而我能偷看了。」（轉引用上）

本月

五日　中國作家協會《詩刊》編輯部和中央廣播電視劇團舉辦詩歌朗誦吟唱會。由主編臧克家主持，朱光潛、羅大同、蕭三和殷之光等分別朗誦了蘇聯、英國、法國古代的和現代的詩歌。

二十四日至二十七日　中國共產黨第八屆中央委員會第十次全體會議在北京舉行。毛澤東在會上提出「千萬不要忘記階級鬥爭」。

十月

一日　上午，到天安門城樓，出席建國十三週年慶典，並與毛澤東、劉少奇、周恩來、朱德、鄧小平等黨和國家領導人檢閱了群眾遊行隊伍。（2 日《人民日報》）

三日　上午，在寓所會見了日中文化交流協會理事長中島健藏、事務局主任白土吾夫，以及日本國際藝術交流協會理事長神彰和夫人——作家有吉佐和子，並就中日文學交流等問題進行了交談。中午，舉行宴會。出席會見和宴會的有老舍、夏衍、周而復等。（4 日《人民日報》）

同日　下午，與陳毅副總理一起會見了以波蘭統一工人黨中央委員、農業部副部長克萊哈爲首的波中友協代表團。（14 日《人民日報》）

四日　晚，出席蒙古駐華大使第伯格米德爲慶祝蒙中經濟及文化合作協定簽訂十週年，在大使館舉行的宴會。出席宴會的有陳毅、耿飈等。（5 日《人

民日報》）

五日　晚，出席中國和亞非團結委員會爲歡送以阮文孝爲首的越南南方民族解放陣線代表團在人民大會堂舉行的宴會。出席宴會的有陳毅、郭沫若、丁西林等。（6日《人民日報》）

六日　早晨，到首都機場，歡送以阮文孝爲首的越南南方民族解放陣線代表團，離開北京前往上海等地參觀訪問。參加歡送的有郭沫若、廖承志等。（7日《人民日報》）

九日　下午，列席人大常委會第六十五次會議，聽取文化部關於文物工作的報告。

同日　晚，出席中日兩國人民民間文化交流共同聲明簽字儀式。中國對外友協會長楚圖南和日中文化交流協會理事長中島健藏，分別代表中日兩國在共同聲明上簽字。之後，出席楚圖南爲歡送中島健藏、白土吾夫等日本朋友而舉行的酒會。出席酒會的有郭沫若、廖承志、李德全、丁西林、夏衍等。

十五日　作《〈月夜請歌〉（韋君宜作）讀書雜記》（評論），載《新港》十二月號，初收作家出版社版《讀書雜記》。

十六日　作《致楊郁》（書信），載《西湖》一九八二年三期，收入文化藝術出版社版《茅盾書信集》。簡答楊來信所提意見：「一、我的翻譯未收入文集。將來也不打算收」；「二、過去所寫各式各樣的論文（還有報告）也不收入文集。三、您通過《子夜》的俄文譯本來研究漢譯俄的規律，似乎範圍太狹了；您這樣研究，未始不可，但要據此寫一本書似不好。」認爲「翻譯之道」，要做到信達雅，「則在乎譯者把握中外文化之程度如何以及對原著理解力如何。捨此而外，未必有它所謂『規律』也。」眞正搞好翻譯，「眞正理解一國文字，乃首要之事。」爲了讓楊對照俄譯，特別「郵寄上《茅盾選集》一冊」。（按：據楊郁自述，此信「十年內亂之時……悉發遭劫」。）楊將《子夜》譯成俄文時遇到的「三十多個表達不確切的問題整理在兩張八面的白紙上（考慮到沈老公務繁重，在每個問題後留有空白），請沈老解答。茅盾覆信時在「那兩張大紙上密密麻麻地塡滿了秀麗的蠅頭小楷」，楊云：「一股熱流湧遍了我的全身」。（楊郁《親切的教誨》，載《西湖》1982年第3期）

十九日　出席文藝工作座談會，聽取周揚傳達八屆十中全會精神。

二十日　下午，出席國務院全體會議第一百一十七次會議。（21 日《人民日報》）

二十一日　書寫題詞一幅，慶祝母校浙江嘉興一中六十週年校慶。書法手跡載《湖州師專學報》一九八六年二期。題詞云：為祖國的社會主義建設培養人材！敬祝嘉興一中建校六十週年。署名一個老校友沈雁冰，印章為「茅盾」。

二十三日　晚，出席陳毅副總理招待以克萊哈為首的波中友好協會代表團的宴會。出席宴會的有王觀瀾等。（24 日《人民日報》）

二十四日　晚，出席波蘭駐華大使克諾泰為以克萊哈為首的波中友協代表團訪問中國在大使館舉行的宴會，並講話。（25 日《人民日報》）

二十五日　下午，葉以群與青年評論家葉子銘來訪。對葉子銘說：「我們早就通過信，就是沒有見過面，」又說：「你還年青，還大有可為。」以群說：「他是個少壯派。」這次談話的中心是茅盾的早期活動，主要集中在三個問題：一、在北大預科學習的情況；二、從北大預科畢業後進商務編譯所的活動；三、關於是否參加上海的共產主義小組的問題。茅盾即席一一作了回答。茅盾說：「在北大預科念了三年書。當時，蔡元培還沒有到北大當校長……學校裡講的主要還是舊學方面的內容。」「同班的學生中有傅斯年、毛子水……」，「當時北大預科留給我的印象，是學術空氣沉悶，所以我後來很少提到它。」「我是從北大出來後馬上就進商務的」，「介紹人是我的一位親戚，叫盧學溥，當時是交通銀行董事長，」「進商務開始是改英文卷子」，後來「對《辭源》提出批評，就把我從英文部調到國文部。這是我自己也沒有料到的。」「一九二○年上海成立的共產主義小組，我也參加了」。等等，談話持續了一個多小時。（葉子銘《夢回星移》）

同日　晚，以中波友協會長身份舉行宴會，歡送以克萊哈為首的波中友協代表團。（26 日《人民日報》）《日記》云：「七時半返家。閱參資至九時服藥二枚如例，仍閱書，但至十一時無睡意，乃加服Ｍ劑一枚。但至翌晨零時五十分仍無睡意，乃又服色貢那爾一片（此為奏效較速之安眠藥），約半小時後入睡。」

二十六日　上午，到首都機場，歡送以克萊哈為首的波中友協代表團乘飛機離開北京回國。到機場歡送的有蔡楚生、王觀瀾等。（27 日《人民日報》）

二十七日　下午，出席國務院全體會議第一百一十八次會議。(28日《人民日報》)

同日　晚，舉行宴會，歡迎以教育和文化部副部長米特羅得爾基爲首的阿爾巴尼亞文學代表團訪華。出席宴會的有夏衍、林默涵等。(28日《人民日報》)

二十九日　晚，以中國作家協會主席身份，設宴招待加納作家協會主席丹泰。出席宴會的有老舍、夏衍、謝冰心、許廣平、嚴文井等。(30日《人民日報》)

同月　出版《鼓吹續集》(評論)，作家出版社出版。收一九五八年到一九六二年的評論和理論文章十四篇和後記，內容:《體驗生活、思想改造和創作實踐》、《試談短篇小說》、《關於〈黨的女兒〉》，《短篇小說的豐收和創作上的幾個問題》、《怎樣評價〈青春之歌〉》、《漫談文學的民族形式》、《創作問題漫談》、《〈潘虎〉等三篇作品讀後感》、《在部隊短篇小說創作座談會上的講話》，《從創作和才能的關係說起》、《一九六○年短篇小說漫談》、《六○年少年兒童文學漫談》、《聯繫實際、學習魯迅》、《〈力源〉讀後感》。這是繼《鼓吹集》後又一本重要的文藝論著。

當月

十五日　劉綬松發表《談談茅盾的散文〈白楊禮讚〉》，載《武漢晚報》。

本月

二十日　印度軍隊在中印邊界東西兩段，向我國發動了大規模的進攻。我軍進行了自衛反擊。

《文藝報》發表社論《反映當前的火熱鬥爭》，開始宣傳階級鬥爭擴大化的理論。

十一月

三日　下午，出席國務院全體會議第一百十九次會議。會議討論了城市工作問題，還通過了任免事項。(4日《人民日報》)

四日　作《〈撒滿珍珠的草原〉(敖德斯爾作)讀書雜記》(評論)，載《草

原》一九六三年三月號，初收作家出版社版《讀書雜記》。對作者（蒙族）「驅使漢文的功力」大爲讚揚。就中篇小說本身言，有四個特色：一是「結構方面的嚴密」；二是「故事的發展，從開展矛盾到解決矛盾，既井井有序而又錯綜交錯」；三是「人物塑造較成功」，「支書」形象突破了「矛盾發展——黨委書記出場——矛盾解決」的公式；四是小說第一段「寫得很精彩」，「叫人放不下手」。

六日　作《〈「老班長」的故事〉讀書雜記》（評論），載《草原》一九六三年三月號，初收作家出版社版《讀書雜記》。這是蒙族作家敖德斯爾的又一中篇小說，茅盾認爲「這篇將近三萬字的小說，重點只寫一個人」，卻「有其個性，而作者刻畫這個人物的手法也有其特點」，指出作者描寫人物慣用的方法是：「先使讀者聽到他的聲音，看到他的行動，然後仔細端詳他的相貌。」

十日　作《〈歡樂的除夕〉、〈春雨〉、〈老車夫〉、〈水晶宮〉、〈金色的波浪〉、〈阿力瑪斯之歌〉讀書雜記》（評論），載《草原》一九六三年三月號，初收作家出版社版《讀書雜記》。按，這六篇小說全是蒙族作家敖德斯爾所作。茅盾認爲「這六篇在取材、佈局、用筆等方面都有相同之處。」取材，「大都截取了生活的一片」、「發生於短時間的小故事」；佈局各各有致；用筆「輕鬆而詼諧，特別富於抒情味，帶浪漫主義色彩」；人物描寫「各有千秋」，尤「以《歡樂的除夕》、《老車夫》、《春雨》三篇最佳」。特別指出作者描寫人物的得意之筆「是在人物出場之前，多方烘托」，另一特色是「描寫自然環境，常常有即景生情，籠蓋全局之妙」。而《新春曲》、《草原童話》、《血衣》「是作者所寫最短的作品。基本上同作者較長的作品有同樣的風格」。

十四日　下午，在寓所接待了來訪的上海某大學教師翟同泰，一一回答了他提出的問題。在回答《林家舖子》、《春蠶》、《秋收》、《殘冬》、《當舖前》等作品有沒有眞人作模特兒的問題時，說：「可以說有，也可以說沒有。說有，是說不只一個，像《林家舖子》中的林老闆就是這樣。」在回答《霜葉紅似二月花》的主人公錢良材是否是以柳亞子爲模特兒寫成的這個問題時，說：「錢良材是主要人物，但不是主人公。他是開明地主，自己有一套幻想，但結果處處碰壁。柳亞子就是這樣的人物。」談到《腐蝕》時，向翟同泰說明，《腐蝕》中有「吳全衡提供的材料，但不完全是根據她提供的材料，是聽了幾個

人所講的故事綜合起來而又加以改造的。」談到《子夜》時，說「瞿秋白看《子夜》原稿，是他在一九三一年夏避難到我家後，大約看了三分之一。……他對《子夜》的意見也是在隨便談天中零碎提的，提了些什麼意見現在已記不起來了。」最後對翟說：「我在年輕的時候也曾經想做個革命家，革命沒做成，才做了作家。」告辭時，答應日後爲翟同泰寫一張條幅。（翟同泰《「源泉藝術在民間」──茅盾談自己的創作》，載《華東師範大學學報》1981年第6期）

十五日　作《致一位青年作者》（書信），載《北方文學》一九六三年一月號。（按：「一位青年作者」是指黑龍江青年作家韓統良，此信請《北方文學》編輯部轉交。）云：同意張鎭同志《談〈家〉和〈龍套〉》中對小說作的評價。認爲韓統良突破了第一人稱短篇小說「目前流行」的「我」的寫法，他小說中的「我」已不光是貫串故事的線索而是形象鮮明的「人」，也肯定了作者「用極少筆墨，只從簡單的日常生活的角度來刻畫」人物的寫法。認爲「作者在觀察生活時具有敏銳的藝術家的感覺。」但也委婉地講到他創作中「生活氣息」的問題，指出「爲眞人眞事所拘束而不能概括、想像」，這是他和其他青年作者「創作過程中的一個關口」。最後提到自己的身體，「入多以來，經常爲慢性支氣管炎所苦，此信寫而復綴，三日始成」。

十七日　下午，出席中阿友協會長蔣南翔爲歡迎以教育和文化部副部長米特羅約爾基爲首的阿爾巴尼亞文化代表團舉行的宴會。出席宴會的有夏衍、田漢等。（18日《人民日報》）

二十日　作《讀〈老堅決外傳〉等三篇作品的筆記》（評論），載文化藝術出版社版《茅盾文藝評論集》。按，這篇讀書筆記對當時有爭議並遭批判的三篇短篇小說：張慶田的《老堅決外傳》、西戎的《賴大嫂》和韓文洲的《四年不改》作了肯定性的評價。云「『外傳』是一篇好小說」，「老堅決是有典型意義的，因爲反五風是有典型性質的大事件」，也指出小說的不足之處是「作者沒有（也許不敢）挖掘到人物深處」，「人物的性格描寫，也沒有達到應有的深度。」「《賴大嫂》有積極教育作用，它反映了自私頗深的農民在最近三年來對黨的政策心存懷疑之後又從教訓中漸漸穩定起來了。」認爲諷刺小說《四年不改》「不管別人說它什麼，我卻覺得這是一篇有意義的作品」，指出「官僚主義、不民主、壓制提意見、客裡空、追求數量……等

等，害得國家夠了，黨的威信也大受損失，所以非『示衆』不可。」針對當時過左的批評，提出「不宜對作家造成壓力，寫不寫讓作家自己決定。」這篇筆記由於其尖銳的針對性和反左勇氣，當時未能發表，直至一九八一年二月文化藝術出版《茅盾文藝評論集》，才第一次公開發表。又先後載《文藝研究》一九八一年第二期，《人民日報》一九八一年五月二十二日。

二十二日　下午，與陸定一、林默涵、徐平羽、蔣南翔等，接見以阿爾巴尼亞教育和文化部副部長米特羅約爾基爲首的阿爾巴尼亞文化代表團。（23日《人民日報》）

二十三日　晚，出席陳毅副總理與夫人爲歡迎尼泊爾王國特別大使沙阿和夫人，在人民大會堂舉行的宴會。出席宴會的有章漢夫、趙樸初等。（24日《人民日報》）

二十五日　中午，出席周恩來總理接見並宴請以沙姆布利爲首的阿中友協代表團、以米特羅約爾基爲首的阿爾巴尼亞文化代表團，以及阿爾巴尼亞人文學專家哈蒂佑。出席接見和宴會的有蔣南翔、劉長勝、夏衍等。（26日《人民日報》）

同日　晚，設宴歡送以米特羅約爾基爲首的阿爾巴尼亞文化代表團。（29日《人民日報》）

二十六日　晚，出席尼泊爾大使巴哈杜爾爲尼泊爾特別大使沙阿和夫人訪問中國在北京飯店舉行的招待會。出席招待會的有陳毅、趙樸初、斯特朗等。（27日《人民日報》）

三十日　晚，出席首都各界人士紀念《國際歌》詞作者歐仁·鮑狄埃（1816～1887）逝世七十五週年和作曲者比爾·狄蓋特（？～1933）逝世三十週年紀念大會。（12月1日《人民日報》）

同月　出版《關於歷史和歷史劇——從〈臥薪嘗膽〉的許多不同劇本談起》（論著），作家出版社出版。含六個部分：一、怎樣甄別史料？二、先秦諸子、兩漢學者對於吳越關係的記載和看法；三、先秦諸子、兩漢學者對吳夫差越句踐的評價；四、先秦諸子、兩漢學者對吳、越兩方文臣武將的評價；五、從歷史到歷史劇；我國的悠久傳統和豐富經驗；六，對傳統的繼承和發展；還有後記（1962年7月1日作於北京）。

同月　應上海某大學教師翟同泰的要求，爲其寫一張條幅寄去。寫的是

一九六○年訪問波蘭時所寫的一首七律詩《參觀波蘭薩科班尼國立凱納爾工藝美術中學有感》。（翟同泰《「源泉藝術在民間」——茅盾談自己的創作》，載《華東師範大學學報》1981 年第 6 期》

當月

葉子銘發表《談〈子夜〉的結構藝術》，載《江海月刊》。本書首次詳盡分析了《子夜》各部分結構，並指出其成功的秘密是，「主要地就在於作者能嚴格地遵循著結構藝術的一條最基本規律，即根據主題的需要，根據中心人物性格發展的邏輯，來安排各種人物事件、矛盾衝突和環境場面，因而能從複雜的內容裡突出中心，從紛繁的線索中見出主題，做到波瀾起伏而有條不紊。」還指出了《子夜》在佈局上有兩大特點：「（一）創造了一個適宜於人物活動和矛盾展開的典型環境」；（2）情節安排上，由開頭、中間（或稱主體）、結尾三個基本部份構成，形成「開得好、收得好、起得好、落得好」的結構特色。

二十二日　程榮進發表《在〈春蠶〉的家鄉》，載《文匯報》。

本月

二十一日　為扭轉中印邊境衝突嚴重局勢，我國政府決定邊防部隊主動停火，主動後撤。

蒙古族著名英雄史詩《江格爾傳》已譯成漢文。

《沫若文集》第十六卷由人民文學出版社出版。

十二月

六日　晚，出席芬蘭駐華大使為芬蘭國慶舉行的宴會。（7 日《人民日報》）

十日　作《致劉文勇》（書信），載浙江人民出版社版《茅盾書簡》。云「小小說之名，本來不很科學」，指出「我們的短篇小說通常都在一萬至二萬字之間，五六千字者已極少見，千餘字者更無論矣，人們看慣了這樣長的短篇小說，就把那些特別短的稱為小小說，而不知萬餘字之短篇小說實為壓縮之中篇，所謂小小說倒是『正統』的短篇小說」。認為「短篇小說反映了生活的橫斷面，人物不多，故事集中，故事的發展過程可佔時間不長，一般從幾小時到幾天，然而它（這個生活橫斷面）可表現的社會現實、人物精神世界，卻遠為廣泛而深刻」，以之「作為衡量的尺度，則小小說之較佳者應當劃進短篇

小說的範疇，而不必另立面目」。談及人物心理描寫過多是否違反了「我國傳統手法」？首先，對「民族傳統手法」不取「迷古的保守態度」，即「奉古典文學已有之技巧爲典範、爲教條」，「民族傳統應有所發展」。其次「刻意摹仿歐洲的心理派小說，也不是正當的辦法」。

十五日　作《〈花的草原〉讀書雜記》（評論），載《草原》一九六三年二月號，初收作家出版社版《讀書雜記》。（按：《花的草原》是蒙族作家瑪拉沁夫的小說集）云：瑪的作品有四個特色：「行文流利，詩意盎然，筆端常帶感情而又十分自在」；「民族情調和地方色彩是濃鬱而鮮艷的」；「不以複雜曲折的故事強加於人物」；「自然環境的描寫同故事的發展有適當的配合，結構一般都謹嚴」。認爲「已形成爲風格，十年來始終一貫。」也指出《花的草原》雖「輕靈清麗」，卻「清淡而不濃烈，缺乏那種深扣你的心弦，回響裊裊，繞梁三日」的藝術魅力。駁難了有些人認爲的，瑪的作品「未能同各個時期的舉國關心的問題緊密結合」而「不能轟動一時」論，認爲創作界有「從政策出發，而不從生活出發的流行病」，提出瑪的作品「好處就在它們都是從『生活出發』」，「富有生活的積累，同時他又富於詩人氣質」，從而形成他作品「自在而清麗」的風格。但他缺少的是「雋永」，「也就是說，『從生活出發』，還須視野遠大廣博，分析深入細緻」。

十八日　作《滿江紅──1963年新年獻詞》（詞），載上海古籍出版社版《茅盾詩詞集》，現收《茅盾全集》第十卷。

二十二日　出席國務院全體會議第一百二十五次會議。（23 日《人民日報》）

二十三日　晚，出席文化部、中蒙友協爲歡迎蒙古人民共和國部長會議主席澤登巴爾率團來華訪問而舉行的音樂雜技晚會。出席晚會的有范長江、姬鵬飛等。（26 日《人民日報》）

二十八日　作《〈遙遠的戈壁〉讀書雜記》（評論）載《草原》一九六三年三月號，初收作家出版社版《讀書雜記》。（按：《遙遠的戈壁》是蒙族作家敖德斯爾的小說集）云讀敖的作品「感到很大的愉快和激動，每一篇，總是非一口氣讀完不可的。」認爲他一九五九年前的作品「故事動人，描寫自然環境也頗楚楚有致，然而人物性格的刻畫是不深刻的」，「有一般的性格，但是沒有個性。」「五九年到六一年的作品就大大前進了一步」，「並『人

物塑造和在全篇佈局這兩方面』，顯示了他的個人風格。」指出他語言上的毛病是「人物的對話卻缺少個性，不能聞其聲如見其人。」

二十九日　晚，出席羅馬尼亞駐中國大使杜米特魯爲羅馬尼亞國慶在大使館舉行的酒會。出席酒會的有董必武、陳毅、伍修權、黃鎭等。（30 日《人民日報》）

同月　出版通俗本《春蠶》（工農通俗文庫），上海文藝出版社出版，附賀友直插圖。

同月　作《壬寅仲冬感事》（舊體詩），載河北人民出版社版《茅盾詩詞》，現收《茅盾全集》第十卷。（按：河北人民出版社版《茅盾詩詞》標明此詩寫作時間爲「1963 年 2 月 7 日」是不確的。根據甲子紀年，「壬寅」應爲 1962 年，「仲冬」當指陰曆 11 月，詩題本身標明寫作時間爲 1962 年 12 月。詩題爲「感事」，意在諷刺蘇聯政府在加勒比海危機中的表現，云「狐埋復狐搰，卑劣又狂悖。厚顏乞和平，空撈水底月。」

當月

蘇聯評論家索羅金出版專著《茅盾的創作道路》，莫斯科東方文學出版社出版。

蘇聯評論家索羅金發表《論〈霜葉紅似二月花〉》，載《莫斯科東方文學出版社版《茅盾的創作道路——戰爭年代的茅盾創作》。較全面具體地論述了小說的思想藝術，認爲小說的題目是「歷經苦難的生活波瀾的人強似春花似的幸運兒少年。之所改『於』爲『似』，茅盾想說明，小說人物是『贗品』，他們只是看起來像富有經驗和歷經考驗的革命者。」論者從比較的視角切入，認爲小說在風格、結構方面受《紅樓夢》的影響，而在內容上則受巴金三部曲，尤其是《家》的影響。作品的現實意義乃在於「因爲其中含有對地主——資產階級的假革命性、個人主義和溫情的尖銳批評。這樣一來，在蔣介石『無牆的監獄』令人精神窒息的氣氛裡，茅盾繼續完成了革命文學的使命。」本文由曹萬生譯，載湖南文藝出版社版《茅盾研究在國外》。

德國弗里茨・格昌納發表博士論文《1927 年至 1932 年、1933 年間茅盾小說中描寫的社會風貌和人物塑造》，載德國萊比錫大學學報。

本月

十九日　首都文化界集會紀念世界文化名人、英國小說家狄更斯

（1812～1870）誕生一百五十週年和美國小說家歐·亨利（1862～1910）誕生一百週年。

　　二十一日　首都文藝界集會紀念世界文化名人、西班牙戲劇家維伽（1562～1635）誕生四百週年。

　　二十四日　全國人大代表、著名作家李劼人（1892年生）在成都逝世。

　　二十六日　首都文化界集會，紀念世界文化名人、法國思想家、作家盧梭（1712～1778）誕生二百五十週年。

同年

作家李滿天到北京登門拜訪茅盾。「談到文學創作事業之艱辛時，茅盾講了他二十年代主編《小說月報》時的情況。編這樣一個月刊，內外就他一個人，而且還忙裡偷閒搞些別的事。」李滿天「聽了他的敘說，受到極大震動。」（李滿天《痛悔的悼念》，載《河北文學》1986年第6期）

　　作《致吳祖光》（書信）。（按：這封長信就吳祖光創作的京劇劇本《卓文君》發表了意見。此信於「文革」初期被抄走。還在吳祖光的京劇劇本《卓文君》謄寫本上以工整的楷書加了許多眉批。這些眉批也於「文革」初期被抄走，至今沒有下落。）（吳祖光《追念茅盾先生》，載1981年6月14日《光明日報》）

當年

　　日本出版小野忍、高田昭二翻譯的日文本《子夜》上冊，日本岩波書店出版。

　　日本出版竹內好翻譯的日文本《楓葉紅了》，日本河出書房新社出版。

　　日本出版竹內好翻譯的日文本《見聞雜記》，日本平凡出版社出版。

　　約年底　上海作協曾派一些同志到北京等地，訪問了張靜廬、葉聖陶、胡愈之、邵荃麟、馮雪峰、樓適夷、楊之華、包惠僧、錢杏邨、王任叔、孫伏園、徐梅坤、張仲實、宋雲彬、張琴秋、高爾松等三十多位熟悉茅盾情況的老同志，談到他過去的文學活動與社會活動的情況與線索，並整理成一份訪問記錄稿。（葉子銘《心火未減——「文革」期間茅盾撰寫回憶錄的前前後後》，載《人物》1989年第2期）。

一九六三年（六十八歲）

一月

二日　晚，出席文化部、中錫友協爲歡迎錫蘭總理班達拉奈克夫人率領的錫蘭政府代表團訪問中國舉行的文藝晚會，出席晚會的有周恩來、賀龍、陳毅、郭沫若等。（3 日《人民日報》）

四日　下午，出席文化部、中國印度尼西亞友協爲歡迎印尼共和國副首席部長蘇班德里約博士舉行的文藝晚會，觀看了北京舞蹈學校實驗芭蕾舞劇團演出的芭蕾舞劇《淚泉》。出席晚會的有陳毅、郭沫若、包爾漢等。（5 日《人民日報》）

十六日　作《致敖德斯爾》（書信），載《草原》一九六三年三月號，收入文化藝術出版社版《茅盾書信集》。云自己關於他小說的評論是「不成熟的感想」。同時也希望他此後必須將「文學語言的個人風格」作爲「創作上的一個高地攻下來」，並具體指出「攻這高地，首先從作品人物的對話使有個性開始。不同身份、不同性格的人物，他們一開口便自不同，——所謂如聞其聲。王汶石、李准的作品所以引人注目，此爲重要因素。」（敖德斯爾《恩如海、情更深》，載《茅盾研究》第 4 輯）

十七日　中午，出席朝鮮駐中國大使韓益誅爲以韓鎭變爲首的朝鮮文化藝術代表團的訪華和以徐平羽爲首的中國文化藝術代表團的訪朝歸來，在北京飯店舉行的宴會，並講了話。出席宴會的有張奚若、夏衍等。（18 日《人民日報》）

十八日　晚，出席文化部、中非友協爲歡迎以阿塔部長爲首的加納政府友好代表團舉行的文藝晚會，觀看了北京舞蹈學校實驗劇團演出的芭蕾舞劇《淚泉》。出席晚會的有陳毅、謝覺哉、劉長勝等。（19 日《人民日報》）

二十日　晚，出席文化部、中尼友協爲歡迎尼泊爾大臣會議副主席兼外交大臣吉里博士和由他率領的代表團訪問中國舉行的文藝晚會，觀看了芭蕾舞劇《淚泉》。出席晚會的有陳毅、陳叔通、周建人、楚圖南等。（21 日《人民日報》）

二十五日　上午，出席在京的人大代表、政協委員、各民主黨派和無黨

派人士春節聯歡會，並互祝新春好。出席聯歡會的有郭沫若、周建人等。(26
日《人民日報》)

　　同月　中共中央組織部向茅盾調查張聞天是否正式加入過中國共產黨問
題。(按：張聞天在 1959 年盧山會議反『右傾』冤案中，定爲「右傾機會主
義頭子」，並懷疑張是否加入過共產黨。) 作爲見證人，茅盾毫不遲疑地回答，
張聞天五卅運動期間參加中國共產黨的事他是知道的。(程中原《九重泉路盡
交期——茅盾與張聞天交誼述略》，載文化藝術出版社版《茅盾研究》)

本月

　　一日　柯慶施在上海部分文藝工作者座談會上，提出了「大寫十三
年」的極左口號。
　　五日　《人民日報》發表社論《列寧主義和現代修正主義》。

二月

　　八日　出席朝鮮駐華武官金龍俊大校，爲慶祝朝鮮人民建軍十五週年，
在大使館舉行的盛大招待會。出席招待會的有彭眞、賀龍、羅瑞卿、老舍等。
(9 日《人民日報》)

　　同日　晚，出席在人民大會堂舉行的首都文藝工作者歡渡元宵節晚
會。周恩來總理出席晚會並講話，闡述了「百花齊放，推陳出新」等問題，
要求文藝界過好五關，即思想、政治、生活、家庭、社會關。出席晚會的有
李先念、陸定一、周揚等和首都三千五百多位文藝工作者。(9 日《人民日
報》)

　　十三日　晚，出席文化部、中柬友協爲歡迎柬埔寨國家元首西哈努克親
王和夫人而舉行的文藝晚會，欣賞了北京京劇團演出的京劇《雛鳳凌空》。出
席文藝晚會的有劉少奇和夫人、董必武、朱德、王崑崙、姬鵬飛、丁西林等。
(14 日《人民日報》)

　　同日作《感事爲鳳子作》(舊體詩)，載河北人民出版社版《茅盾詩詞》，
現收《茅盾全集》第十卷。(按：鳳子爲我國現代作家，抗日戰爭、解放戰爭
時期，與茅盾夫婦有較多的接觸，建國以後在北京一度還做過鄰居，故請求
茅盾爲她寫一張條幅。) 鳳子說，這首詩「是感時之作，並不是爲我而作。」
只因其時鳳子索詩，茅盾將這首「感時」之作題贈，還冠以現名。詩寫的是

國際時事，抒發了作者對當時國際上反華大合唱的憤慨之情，云：「眾女啾啾淆黑白，中流砥柱護紅旗。劇憐二十二大後，狗盜雞鳴貴一時。」

同日　作《感事爲趙尋作》並小序（舊體詩），載《茅盾全集》第十卷。（按：趙尋爲我國現代劇作家，1962 年起，任中國劇作家協會黨組副書記、書記處常務書記，常去看望茅盾，匯報工作，並請求寫個條幅。這首詩便是題字時所寫。）（《茅盾詩詞鑒賞》）小序云：「讀葉甫蓋民·多爾馬托夫斯基《我們的年代》組詩之一《歲月沖掉了逃兵身上的污點》有感，爲廣其意。」乃藉題發揮，縱論天下，意在諷刺、批判蘇共領導在國際共產主義運動中的大國主義、大黨主義的做法，詩云：「元戎已自化猿鶴，熙攘人間換物華。昨日偏裨新打扮，登壇諂笑幻龍蛇。翻雲覆雨不知恥，渾忘當年勤舐痔。竄改經典自吹噓，核時代道在溺屎，華燈顯影一逃兵，顧影相憐起共鳴。」「更有叛徒交拉棒，戈操同室不留情。倒行逆施詎能久，革命風雲正怒吼。他年歷史有公論，小丑終究是小丑。」

十四日　晚，出席蘇聯駐中國大使契爾沃年科爲慶祝中蘇友好同盟互助條約簽訂十二週年在大使館舉行的友誼晚會。晚會上還放映了蘇聯影片。出席晚會的有薄一波等。（15 日《人民日報》）

二十一日　作《致中學語文編輯室》（書信），載浙江文藝出版社《茅盾書簡》。（按：據人民教育出版社中學語文編輯室注：「此信係 1963 年我們給《春蠶》作注時，寫信向茅盾請教。茅盾同志回了這封信。」）

當月

　　十五日　何成發表《〈子夜〉舊話》，載《吉林日報》。

本月

　　十二日　文化部、文聯、作協和故宮博物院聯合舉辦紀念作家曹雪芹（？～1763）逝世二百週年展覽會。

　　十七日　日本作家小林多喜二（1903～1933）誕生六十週年與殉難三十週年。

　　二十一日　中共中央在北京召開工作會議，討論國際「反修」和城市「五反」、農村「社教」運動等問題。

三月

　　九日　作《致田間》（書信），載百花文藝出版社《茅盾書信集》。云，收到來信和其夫人葛文的長篇小說《鄉村新話》一本。告訴田間一九五六年寫《關於田間的詩》一文時的動機，是反對評論界「不問皂白，一律用『政治熱情衰退』的理由」來解釋作家沒有能寫出像他過去所達到的那樣水平的作品的「簡單化」批評方法；但由於寫文章時的「無準備、無研究」，「所以用了雜文形式，而不用評論的形式」，加上「《人民日報》八版正在提倡七嘴八舌漫談，故以『玄珠』筆名發表。」肯定了田間摹擬馬雅可夫斯基詩「樓梯式」，認為「形式的摹擬，只要摹擬得好，有何不可？摹擬前人的富有感染力的藝術形式，往往是創造自己風格的第一步。」提出田間的「風格還是在發展中」，「給人以『沒有固定形式』的感覺」，「有活力」，並認為這也是自己所追求的目標，感到自己「早期、中期乃至抗戰末期寫的作品（小說）都有『煙視媚行』（即濃裝而且太矜持）『這個毛病』」，故「時時想變換風格」。還提出「詩的形式和它的內容極有關係」，云郭沫若的「《鳳凰涅槃》等詩」，「其所以給讀者以強烈的感染，在於它的形式——新穎、有氣魄等等……也就是為此，我讀詩時，固然重視其內容，但也重視其形式」。

　　十日　發表《〈渴〉及其他》（評論），載《鴨綠江》三月號。這也是讀幾位作家小說的讀書雜記。

　　二十四日　出席中國作家協會書記處會議，會議討論了文學工作要為農村服務的問題，決定成立農村文學讀物工作委員會，由趙樹理、周立波等組成。（25日《人民日報》）

　　同月　重新發表《封建的小市民文藝》（評論），載《戲劇報》第三期。

當月

　　十八日　曉江發表《評論中的『輕騎』》，載《羊城晚報》。對茅盾的「讀書雜記」作了肯定性評價，譽為「評論中的『輕騎』」。

　　劉綬松發表《論茅盾的〈蝕〉和〈虹〉——〈茅盾文集〉讀後之一》，載《文學評論》第二期。

本月

　　五日　《人民日報》發表毛澤東主席為三月二日出版的《中國青年》的題詞：「向雷鋒同志學習」。還發表了周恩來、董必武的題詞和詩文。

二十八日 北京、上海文藝界集會紀念高爾基（1868～1936）誕辰九十五週年。

四月

四日 作《致翟同泰》（書信），載《百花洲》一九八二年六期，收入文化藝術出版社版《茅盾書信集》。云來信「所問解答如另紙」，告知「澤民明日在紅安縣改葬，我因事不能去」。新墓碑文「等容託人抄錄副本寄奉」。

十五日 出席郭沫若、廖承志爲歡迎古巴全國保衛革命委員會主席何塞・馬塔舉行的宴會。出席宴會的有包爾漢、周揚、吳晗等。（16 日《人民日報》）

十八日 下午，出席首都各界紀念萬隆會議八週年大會。出席大會的有周恩來、賀龍、郭沫若、黃炎培、吳晗等。（19 日《人民日報》）

同日 下午五時，出席中國作家協會主席團召開的會議。會議主要聽取邵荃麟、嚴文井的匯報，「會議既說了不少嚴重問題，但氣氛卻很輕鬆愉快。」會後聚餐。出席會議的有周揚、巴金、老舍、柯仲平、歐陽山、沙汀等。（沙汀《沙汀日記選》（1963 年 1 月～4 月），載《新文學史料》1988 年 4 期）

按，上中旬。出席中國文學藝術界聯合會在北京舉行的第三次全國委員會擴大的第二次會議。會議著重討論了如何進一步發揮文藝戰鬥作用的問題。郭沫若、周揚、老舍、許廣平、田漢、夏衍、蔡楚生、陽翰笙等和全國委員會委員以及各地特邀代表三百八十多人出席了會議。十九日，周恩來到會作了題爲《要做一個革命的文藝工作者的報告》。茅盾也在會上作了專題發言。（5 月 22 日《人民日報》）

二十二日 晚，出席文化部、中國阿聯友協爲歡迎阿拉伯聯合共和國部長會議主席阿里・薩布里舉行的文藝晚會，觀看了北京舞蹈學校實驗芭蕾舞劇團演出的芭蕾舞劇《天鵝湖》。出席晚會的有周恩來、郭沫若等。（23 日《人民日報》）

二十六日 出席全國文化局長會議，並作了題爲《關於創作與評論問題》的講話，載文化部辦公廳編的《文化動態》第十四期（九月）。

二十九日 作《致徐重慶》（書信），載《桐鄉文藝》「烏鎮茅盾故居開放紀念」專輯，一九八五年七月；又載《湖州師專學報》一九八六年增刊二輯。

（按：徐重慶，其時年方十七歲，是浙江湖州的一個文學青年）。茅盾覆其來信所問，云「你所問到的《反映社會主義躍進時代，推動社會主義時代的躍進》一文，乃是我在第三次全國文代會上的報告，另有單行本，故未收入《鼓吹續集》中去。」

三十日　下午，出席文化部、對外文委在首都劇場舉行的朝鮮影片《紅色宣傳員》的首映招待會。出席招待會的有周恩來、夏衍等。(5月2日《人民日報》)

當月

二日　向錦江發表《茅盾先生的〈雷雨前〉》，載《工人日報》。

二十四日　慕容文靜發表《讀〈封建的小市民文藝〉有感》，載《文匯報》。

本月

二十五日　國防部發佈命令，授予駐上海某部第八連以「南京路上好八連」的光榮稱號。

中央宣傳部在北京新僑飯店召開文藝工作會議。會上就「大寫十三年」的問題展開了激烈的爭論，周揚、林默涵、邵荃麟等都認爲這個口號有片面性，與上海代表團的張春橋、姚文元進行了面對面的鬥爭。

五月

一日　與周恩來、郭沫若等黨和國家領導人參加首都人民「五一」國際勞動節大聯歡。(2日《人民日報》)

同日　列爲楊少任治喪委員會主任委員。(3日《人民日報》)

三日　作《致袁寶玉》(書信)，載浙江文藝出版社版《茅盾書簡》。云：「來信及大作散文數篇，均正拜讀。」指出散文「命意不深刻，形象不鮮艷」，也肯定其「文從字順，不枝不蔓」，「個別文句，亦是情趣盎然」。尤其是「力求樸素，不取深飾，這是一條大路，您沿這條路慢慢探索，自然會日有寸進的。」

四日　上午，出席在北京嘉興寺舉行的楊少任同志公祭儀式，爲主祭。(3日《人民日報》)

九日　晚，設宴歡迎印度尼西亞人民文化協會代表團德里哈哥梭及巴赫山和夫人。（10 日《人民日報》）

十三日　作《海南雜記》（散文），載《人民文學》一九六三年六月號，收入人民文學出版社版《茅盾全集》第十三卷。散文憶述一九六二年一月遊覽海南島的情景。

十五日　下午，出席中國和馬里共和國文化合作協定，馬里代理發行中國影片合同和中馬交換新聞素材影片合同簽字儀式，由馬里政府文化代表團團長、馬里青年和體育高級總專員凱塔和沈雁冰分別代表馬里政府和中國政府簽字。出席簽字儀式的有周恩來、張奚若、夏衍等。（16 日《人民日報》）

二十九日　晚，出席中國影協在政協禮堂爲《大眾電影》第二屆「百花獎」授獎大會和慶祝晚會。出席大會和晚會的有周恩來、陳毅、郭沫若、周揚、老舍、蕭華、田漢、夏衍等。茅盾爲影片《李雙雙》獲得最佳編劇獎寫了一幅題詞：「新人新事青年楷模」。又爲獲得最佳攝影獎的《劉三姐》書寫了一幅題詞：「傳神阿堵文彩輝煌」。親自授與獲獎者李准等，並同全體獲獎者合影。晚會上觀看了參加二十七屆世界乒乓球錦標賽的我國優秀運動員莊則棟、張燮林、梁麗珍、狄薔華等人的表演。還放映了故事片《紅日》、美術片《黃金夢》等。（30 日《人民日報》）

三十日　晚，出席文化部在中央新聞紀錄電影製片廠舉行的，爲在中印邊境自衛反擊戰中出色完成攝影任務的九位攝影師授獎大會。並代表文化部授予榮譽獎狀。出席授獎大會的有周恩來、陳荒煤、袁文殊等。（31 日《人民日報》）

同月　作《閱報偶賦二律》（舊體詩），載河北人民出版社版《茅盾詩詞》，收入人民文學出版社版《茅盾全集》第十卷。二首詩都是諷刺赫魯曉夫的。

同月　將一九六二年二月作的舊體詩《開羅雜感》寫成條幅贈自己秘書孫嘉瑞，原題爲《開羅雜詠》，將第三句的「梟雄幾輩鬥蝸角」，修改爲「英雄幾輩鬥蝸角。」（載《桐鄉文藝》1982 年「紀念茅盾逝世一週年專輯」）

本月

二日～十二日　中共中央在杭州召開工作會議，制定了《中共中央關於目前農村工作中若干問題的決定（草案）》，即「前十條」，會議決定在全國掀起大規模的社會主義教育運動。

六日～七日　江青組織署名梁璧輝的長文《有鬼無害》論》在《文匯報》發表，批判孟超的崑曲《李慧娘》和廖沫沙的《「有鬼無害論》，自此全國戲劇界大批鬼戲。

六月

三日　下午，與聶榮臻副總理、周揚等，接見出席全國科學技術出版工作會議的全體代表。（4日《人民日報》）

六日　上午，作《致周紹良》（書信），載一九八八年四月二十六日《人民日報》，收入百花文藝出版社版《茅盾書信集》。（按：周紹良是著名史學家）茅盾感謝他對自己所作《關於曹雪芹》一文提的意見，並告之修改意見。云「翊爲枕中鴻寶」一句可刪，但『孤本秘籍』似可不改。與《金瓶梅》作比較一段話，現有少些修改。」「『好大喜功』改爲『攬權喜事』甚好。『亂世奸雄』一語本王崑崙《王熙鳳人物論》，以擬鳳姐也許過高，因爲看了此二語，便會想到曹操，但文學評論作品人物非史論那樣必有春秋筆法，而此二語，生動、形象性強，故仍擬保留。李生三說，先已知其不可恃，故已刪。」還告知，所有文字上的修改，油印後再奉上一份請提意見。

同日　作《致邵荃麟》（書信），載百花文藝出版社版《茅盾書信集》。這是答覆邵荃麟六月三日來信《關於曹雪芹》一文所提六點看法。云：一、爲何不綜括曹雪芹和《紅樓夢》在世界和我國文學史上的地位？因本書體式是「個人負責的通俗性學術論文」，此綜括可放在開幕詞中，另外「不集中在一段講，而是分散在各段，以畫龍點睛的方式點它一下」，讀者自會得出結論。二、初稿不點名胡適，是避免「打活死老虎」，「但我不堅持不點名胡適」，現已作了修改、補充，「那也只是結論式地點一下，而不是像 1955 年大辯論時把他的觀點擺出來然後一一駁之」，也是爲了避免喧賓奪主。三、派生的著作，雖列五欄，也不「平分秋色」，索隱、考證發揮較多。「讀書」一欄末尾「用百餘字把《紅樓夢》和《費加羅的婚姻》相比，事實上是含蓄地說曹雪芹高於博烏舍，《紅樓夢》高於《費加羅的婚姻》。」同時批評了我們對外宣傳文章的呆板僵滯，「大多數是用結論的抽象的文字來宣傳我之成就，而不是用擺事實、讓人家自己得出結論的方式。」四、用「背謬」是否低估了高鶚。指出「百分之九十九的在京紅學家，除吳世昌一人例外，都提

出意見，謂後四十回非高所補，而且後四十回壞透了，——思想上、文學上都壞。他們說，報告中不宜提高鶚補書」。「我沒有照辦，另加一法，認爲「現在還沒有足夠的證據剝奪高鶚的補書的著作權」。五、時代背景中爲何不提資本主義萌芽？不用「人文主義」一詞？是爲了避免不科學，「引起混亂」。六、懷疑毛澤東關於《紅樓夢》寫了四大家族之說。云：雖曾聽周揚、齊燕銘轉述此說，曾亦問周、齊：《紅樓夢》中寫史、王兩家，側筆勾勒而已；王、史兩家擔當了什麼角色，我看不明白；不知主席有無進一步的說法。「周、齊說沒有」。由於「實在體會不出主席那句話更深的涵義」，文中「只能含糊地說四大家族代表封建政權的四大支柱，而不能落實某爲某」，「正在考慮」把這幾十個字刪掉。七、「寶玉做和尚也是反抗的一種形式。但『逃禪』的權貴，一則以保全性命，一則也有不合作的態度……」同意邵的意見「點明曹雪芹雖有消極思想而積極仍佔上風」。還告訴邵，雖作了第二次修改，打印後再請專家們提意見，再作第三次修改。

七日　晚，出席文化部、中朝友協爲歡迎朝鮮最高人民會議常任委員會委員長、朝鮮勞動黨中央委員會政治委員、朝鮮勞動黨中央委員會副委員長崔庸健訪華而舉行的京劇晚會，觀看了中國京劇院四團演出的京劇《楊門女將》。出席晚會觀看演出的有劉少奇、周恩來、鄧小平等。（8 日《人民日報》）

月初　寫信並匯款於四川作家沙汀，託其在四川代買中藥紅透骨消。沙汀將此事交作協白峽辦理。白峽寄中藥時，附上一信，九日便收到茅盾的親筆覆信。（白峽《往事歷歷憶茅公》，載 1984 年 3 月 22 日《文學報》）

六日　作《致白峽》（書信）（按：收載處待查）。云收到白峽來信，告知患氣管炎病況。信是「用毛筆寫的楷書」。（白峽《往事歷歷憶茅公》，載 1984 日 3 月 22 日《文學報》）

十一日　上午，列爲沈鈞儒先生治喪委員會委員之一。（按：中國民主同盟主席沈鈞儒在北京逝世，享年九十歲。）

同日　下午，與周恩來、郭沫若等前往醫院瞻仰沈鈞儒先生遺容和向遺體告別。（12 日《人民日報》）

十三日　上午，與劉少奇、周恩來、郭沫若等黨和國家領導人，前往中山堂弔唁沈鈞儒先生。（14 日《人民日報》）

十四日　上午，出席沈鈞儒先生公祭儀式。（15 日《人民日報》）

二十五日　下午，出席首都人民紀念朝鮮祖國解放戰爭十三週年、反對美軍繼續侵佔南朝鮮大會。出席大會的有周恩來、陳毅、郭沫若等。（26 日《人民日報》）

三十日　接見日本作家白土吾夫。

同日　晚，設宴歡迎以著名作家木下順二爲首的日本作家代表團。出席宴會的有廖承志、夏衍、老舍、邵荃麟、趙樹理、曹禺、謝冰心等。（7 月 2 日《人民日報》）

同月　發表《中日的文化がいつせしに光を放つよつに記》（評論），載日文版《人民中國》第六期。

當月

黃侯興寫成《試論茅盾的短篇小説》，載《北京大學學報》（人文版）一九六四年第一期。

本月

十七日　《人民日報》發表《關於國際共產主義運動總路線的建議》（按：即中共中央對蘇共中央 1963 年 6 月 30 日來信的覆信）。

《文藝報》發表社論《積極參加國內階級鬥爭，做一個徹底革命的文藝戰士》，進一步宣傳階級鬥爭擴大化的理論，並開始明確提出要將這種理論應用於創作和批評領域。

七月

二日　出席國務院第一百三十四次全體會議。（3 日《人民日報》）

五日　到首都機場，歡送鄧小平、彭眞同志率領的中國共產黨代表團離京前往莫斯科參加中蘇兩黨會談。前往機場歡送的有劉少奇、周恩來、朱德、董必武、陳毅等。（6 日《人民日報》）

十日　晚，與楚圖南舉行酒會，歡送以木下順二爲首的日本作家代表團。出席酒會的有郭沫若、廖承志、夏衍、老舍、邵荃麟、謝冰心、曹禺、趙樹理等。（11 日《人民日報》）

十五日　下午，出席在人民大會堂舉行的首都人民反對美帝國主義侵略越南南方、支持越南人民和平統一祖國鬥爭大會。出席大會的有周恩來、陳

毅、郭沫若等。（16 日《人民日報》）

二十日　晚，出席中波友協爲慶祝波蘭共和國建國十九週年舉行的酒會，並講話，祝中波兩國人民的友誼不斷增長。（21 日《人民日報》）

二十一日　下午，到首都機場，歡迎由鄧小平、彭眞率領的中國共產黨代表團參加中蘇兩黨會談後從莫斯科回到北京。到機場歡迎的有毛澤東、劉少奇、周恩來、朱德、陳毅、郭沫若等黨和國家領導人。（22 日《人民日報》）

二十二日　晚，出席波蘭駐中國大使克諾泰爲慶祝波蘭國家復興節十九週年，大使館舉行的招待會。出席招待會的有朱德、陳毅、郭沫若等。（23 日《人民日報》）

二十六日　下午，出席在人民大會堂舉行的由中國和大、亞非團結委員會、中朝友協等等十二個人民團體聯合舉辦的首都各界紀念朝鮮祖國解放戰爭勝利十週年大會。出席大會的有周恩來、鄧小平、陳毅、郭沫若等。（27 日《人民日報》）

當月

應胡發表《〈鼓吹續集〉》，載《文藝報》六、七期合刊。這是一篇介紹茅盾文論集《鼓吹續集》的書評。

本月

二十一日　首都舉行紀念蘇聯詩人馬雅可夫斯基（1893～1930）誕辰七十週年詩歌朗誦會。

八月

一日　下午，出席首都人民支持第九屆禁止原子彈氫彈世界大會即將召開、支持日本人民反美愛國鬥爭大會。出席大會的有周恩來、陳毅、羅瑞卿、郭沫若等。（2 日《人民日報》）

五日　晚，與廖承志接見並宴請一批出席在印尼召開的亞非作家會議執行委員會會議後，應中國作協和亞非團結委員會邀請來華訪華的朝鮮作家崔榮化、姜尙謂，越南作家新鋼，日本作家三宅艷子，怯尼亞作家加亨格里，南羅德西亞作家馬孔具等。（9 日《人民日報》）

　　同日　晚，出席文化部、中非友協爲歡迎索馬里共和國總理舍馬克博士舉行的京劇晚會，觀看了北京實驗京劇團演出的京劇《雛鳳凌空》。出席京劇晚會的有周恩來、陳毅、包爾漢等。（6 日《人民日報》）

　　十日　下午，與陳毅、廖承志、周揚等，接見參加亞非作家會議執委會會議後應邀來我國訪問的亞非各國的作家。（11 日《人民日報》）

　　同日　下午，出席在政協禮堂舉行的、首都各界歡迎參加亞非作家會議執委會會議來中國訪問的亞非各國作家大會，並在大會上發表了熱情的講話。指出：「以美帝國主義爲代表的新殖民主義，是當前亞非各國人民最危險的敵人，是全世界人民共同的敵人。」說，這次會議對那些旨在破壞亞非文學運動的現代修正主義者的陰謀活動，進行了堅決的鬥爭。講話中，還表示衷心地支持毛主席最近關於支持美國黑人反對種族歧視的聲明。出席會議的有陳毅、廖承志、周揚、邵荃麟、葉聖陶、冰心、艾蕪、袁水拍、司馬文森等。（11 日《人民日報》）

　　十一日　發表《維護亞非文學運動的革命路線——茅盾在首都各界歡迎亞非各國作家大會上的講話》（評論），載《人民日報》。

　　十二日　下午，出席在人民大會堂舉行的首都各界人民支持美國黑人反對種族歧視鬥爭大會。出席大會的有周恩來、陳毅、郭沫若等。（13 日《人民日報》）

　　十八日　晚，出席加納臨時代辦波內爲慶祝加納中國友好條約簽訂兩週年舉行的招待會。出席招待會的有周恩來、楊秀峰、李德全等。（19 日《人民日報》）

　　十九日　晚，接見並設宴招待來華訪問的加納作家威廉斯，喀麥隆作家布熱馬・阿努及蘇丹詩人凱爾等。出席作陪的有嚴文井、楊朔、林林等。（20 日《人民日報》）

　　二十一日　晚，出席中國和大、亞非團結委員會爲歡迎出席廣島禁止原子彈、氫彈世界大會後訪華的貴賓舉行的宴會。（23 日《人民日報》）

　　二十二日　晚，出席朝鮮駐中國臨時代辦鄭鳳珪爲以全國重團長爲首的朝鮮擁護和平全國民族委員會和朝鮮亞非團結委員會代表團訪問中國，在大使館舉行的宴會。（23 日《人民日報》）

　　二十四日　下午，與彭眞、廖承志等接見了正在北京的出席第九屆禁止

原子彈氫彈世界大會的外國朋友和中國代表團。（25 日《人民日報》）

同日　下午，出席在人民大會堂舉行的首都各界人民慶祝廣島第九屆禁止原子彈氫彈世界大會勝利召開的大會。出席大會的有廖承志、趙樸初等。（25 日《人民日報》）

二十八日　與陽翰笙聯名打電報給杜波依斯博士的夫人歇莉・格雷姆，對杜波依斯博士的逝世表示沉痛的哀悼，說：「杜波依斯博士畢生為被壓迫人民解放事業、為人類進步事業和維護世界和平事業作出了卓越的貢獻。」（按：著名美國黑人學者和反帝戰士杜波依斯博士在阿克拉因病逝世，享年 95 歲。）（29 日《人民日報》）

同月　應《人民文學》編輯部之約，為他們組織的青年作者學習會作輔導報告，並回答有關問題。「交談了三個小時」，其中談到在新疆練習騎馬的往事，說自己在馬背上爬上爬下，跌了許多跤子，這才慢慢摸著了一點兒騎馬的訣竅，這猶如一個人學習藝術創作技巧，單迷信所謂名家的傳授，那是很靠不住的，雖大匠授徒，只能示人以規矩，而不能予人以巧。所以艱苦的不斷實踐是最最重要的。」講話「妙語解頤，談笑風生。」座談會由李季主持，出席的有方之、趙燕翼、陸文夫等青年作家。這次講話由《人民文學》編輯部整理成題為《短篇創作三題——答青年作者問》發表。（趙燕翼《學而不厭，誨人不倦——悼念敬愛的茅盾先生》，載 1981 年 4 月 9 日《甘肅日報》）

本月

一日　毛澤東主席觀看了話劇《雷鋒》，並接見了全體演員和工作人員。

七日　在北京故宮文華殿，舉行曹雪芹逝世二百週年紀念展覽會。

九月

三日　晚，出席中國和大和亞非團結委員會為歡送以阮氏萍為首的越南南方民族解放陣線代表團而舉行的宴會。出席宴會的有廖承志等。（4 日《人民日報》）

同日　作《致呂鳴鐸》（書信），載百花文藝出版社版《茅盾書信集》。云呂的散文《憶童年》「寫得並不算好」，「沒有中心點」，「東抓一把，西抓一把，不集中，而且事物形象也只是寫個表面，因此不能激動讀者——我的心弦」，

告訴他寫散文不能「平均地羅列細節」，應突出感人的場面。「文字必須是富於表現力的，文體必須是變化多端的，而不是平鋪直敘的。否則作爲一篇散文還是缺乏吸引力。」

五日　下午，舉行酒會，歡送以導演、人民演員李丹爲首的朝鮮話劇觀摩團，並在會上講了話。（6 日《人民日報》）

七日　下午，出席在民族文化宮禮堂舉行的、爲慶祝朝鮮民主主義人民共和國成立十五週年舉辦的朝鮮電影週開幕式，並講話，說：「這次朝鮮電影週將在我國十個大城市舉行。映出的影片有《女教師》、《時代的凱歌》、《工廠是我的大學》等六部影片。這些影片都生動地反映了朝鮮千里馬時代的英雄人物的精神面貌和熱火朝天的社會主義建設的情景。」出席開幕式的有陳毅等。（8 日《人民日報》）

八日　晚，出席在人民大會堂舉行的首都各界慶祝朝鮮民主主義人民共和國成立十五週年大會。出席大會的有周恩來、朱德、董必武、郭沫若等。（9 日《人民日報》）

十五日　作《致翟同泰》（書信），載《百花洲》一九八二年第六期，收入文化藝術出版社版《茅盾書信集》。云所提問題「已在原信紙邊注答」，告知「澤民墓已遷，碑未立，因碑文尚未最後定稿。」至於寄來的《沈澤民生平簡表》及各種訪問筆記已「粗讀」，「糾正」了一些事實，「一併掛號奉還」。

二十二日　作《題紅樓夢十二釵畫冊》七絕二首《舊體詩》，載河北人民出版社版《茅盾詩詞》，收入人民文學出版社版《茅盾全集》第十卷。其一評十二釵命運，云「紅樓艷曲最愴神，取次興衰變幻頻。幾輩顏眉皆狗彘，一行紅粉誇璘珍。機關算盡憐鳳姐，讒巧藏奸笑襲人。我亦晴雯膜拜者，欲從畫裡喚眞眞。」其二先議《紅樓夢》主旨，云「無端歌哭若爲情，好了歌殘破夙固。豈有華筵終不散，徒勞空色指迷津。」又評解放後的《紅樓夢》研究：「百家紅學見仁智，一代奇書訟假眞。唯物史觀精剖析，浮雲淨掃海天新。」

二十五日　下午，到首都機場，歡迎美國黑人領袖羅伯特‧威廉夫婦來我國參加國慶活動和進行友好訪問。到機場歡迎的有郭沫若、劉寧一、楚圖南、許廣平等。（26 日《人民日報》）

二十八日　下午，到首都機場，歡迎日本工業展覽會總裁、自民黨國會議員石橋湛山和夫人、副總裁鈴木一雄、平野三郎和夫人及日本工業展覽會

的顧問們。到機場歡迎的有廖承志、南漢宸等。（29日《人民日報》）

二十九日　晚，出席中國和大歡迎巴西著名社會活動家萃特將軍和夫人的宴會。出席宴會的有郭沫若等。（30日《人民日報》）

同日　晚，到首都機場，歡迎前來參加國慶活動並進行友好訪問的、由國務部長烏茲加尼率領的阿爾及利亞政府代表團。到機場歡迎的有陳毅、包爾漢等。（30日《人民日報》）

同日　作《爲徐平羽之新出土秦漢瓦當拓本作》（舊體詩），載河北人民出版社版《茅盾詩詞》，收入人民文學出版社版《茅盾全集》第十卷。全詩三十六句，讚賞了藝術精英之復出，評說了秦漢歷史，「前人覆轍後人蹈，轉眼興衰何足數？漢祖秦皇都已矣，瓊樓玉宇成荒圃。」警告了現代修正主義：「修正逆流熠火耳，革命怒潮詎能逆？八方風雨會中州，堂堂馬列張旗鼓！」

三十日　中午，出席陳毅副總理爲歡迎以國務部長烏茲加尼率領的阿爾及利亞政府代表團，在人民大會堂舉行的宴會。（10月1日《人民日報》）

同日　晚，出席周恩來總理在人民大會堂宴會廳舉行的國慶招待會。出席招待會的有毛澤東、劉少奇、宋慶齡等黨和國家領導人和各國駐華使節。（10月1日《人民日報》）

約月底　會見巴西作家托雷利，智利詩人費爾南多·貢薩萊斯·烏里薩爾。

本月

六日　《人民日報》發表《人民日報》《紅旗》雜誌編輯部文章《蘇共領導同我們分歧的由來和發展——評蘇共中央的公開信》。

中共中央在北京召開工作會議，討論並通過了《中共中央關於農村社會主義教育運動中一些具體政策的規定（草案）》，即《後十條》。農村大規模「社教運動」開始。

康生誣指西安電影製片廠攝製的故事片《紅河激浪》爲「反黨影片」，是「《劉志丹》小說的變種」，造成了又一個株連千餘人的冤案。

十月

一日　上午，出席首都五十萬人舉行的國慶大典。（2日《人民日報》）

四日　晚，出席南漢宸爲慶祝日本工業展覽會即將在北京開幕舉行的招

待會。出席招待會的有陳毅、李先念、郭沫若、許廣平等。（5日《人民日報》）

五日 上午，到首都機場，歡送由陳毅陪同的以烏茲加尼國務部長爲首的阿爾及利亞政府代表團，前往我國南方參觀訪問。（6日《人民日報》）

同日 晚，出席日本工業展覽會總裁石橋湛山、爲慶祝日本工業展覽會開幕、在北京飯店舉行的盛大招待會。出席招待會的有周恩來、彭眞、李先念、郭沫若等。（6日《人民日報》）

六日 晚，與周恩來、楚圖南等接見來訪的日本蕨座民族歌舞劇團團長原太郎、副團長橫山茂和歌舞團主要演員，（7日《人民日報》）

同日 晚，與周恩來等觀看了日本蕨座民族歌舞團的精彩演出。演出結束後，還走上舞臺，同日本音樂舞蹈家熱烈握手，祝賀演出成功。（7日《人民日報》）

七日 作《西江月・爲日本蕨座歌舞團作》（詞），載河北人民出版社版《茅盾詩詞》，收入人民文學出版社版《茅盾全集》第十卷。

八日 晚，與朱德、郭沫若、周而復等，在民族文化宮禮堂接見以里索博沃爲首的印度尼西亞人民文化協會代表團，以及該協會歌舞團長蘇納爾迪、副團長坤渣約、慕里亞以及歌舞團的主要演員。同日晚上，觀看了印度尼西亞人民文化協會歌舞團訪華首次演出。（9日《人民日報》）

十日 下午，出席首都各界人民在人民大會堂舉行的反對美帝國主義、支持美國黑人反對種族歧視鬥爭大會。（11日《人民日報》）

十二日 上午，與陸定一副總理接見尼泊爾文學協會主席沙阿等，並同他們進行了友好的談話。（13日《人民日報》）

同日 發表《短篇創作三題——答青年作者問》（評論），載《人民文學》，收入文化藝術出版社版《茅盾文藝評論集》時，改題爲《關於短篇小說的談話》。著重談了三個問題：「短篇小說爲什麼不短？題材與主題的關係；向傳統學習、民族形式問題。短篇小說之所以不短，主要是（1）是技巧問題，不該寫的寫了；（2）是思想方法問題，不能「從面截取能表現全面的、關鍵性的、總的趨向的一段來顯示生活意義。」關於題材與主題，認爲不一定要求每篇小說「都要求有非常巨大的社會意義」，肯定了段荃法、李准、陸文夫、韓統良、趙燕翼的創作，「寫的都有一定的水平」，回顧自己當年「因爲要靠賣文生活，才寫起小說來」，時間都很短，「我的若干短篇，都帶點壓縮中篇

的性質」。認爲「沙汀的作品在那時才是貨眞價實的短篇」。希望大家在摸索中、在學習中，要「有意識地創造自己的風格」。關於向傳統學習，以爲「更主要的還是文學語言」，學習結構、語言上的「簡練」。還希望大家很好學習古典作品「通過動作和環境來寫人物」的方法。

十七日　中午，出席中國佛教協會爲歡迎出席亞洲十一個國家和地區佛教徒會議的佛教代表團、法師和居士的宴會。出席宴會的有陳叔通、楚圖南、蕭賢法、阿旺嘉措、趙樸初等。（18 日《人民日報》）

二十日　上午，與郭沫若、楚圖南等接見出席亞洲十一個國家和地區佛教徒會議的佛教代表團、法師和居士。（21 日《人民日報》）

同日　中午，出席國務院宗教事務局爲招待出席亞洲十一個國家和地區佛教徒會議的佛教代表團、法師和居士舉行的宴會。出席宴會的有郭沫若、楚圖南、包爾漢等。（21 日《人民日報》）

同日　下午，出席首都各界在政協禮堂舉行的、歡迎出席亞洲十一個國家和地區佛教徒會議的佛教代表團、法師和居士大會，並祝會議圓滿成功。發表講話。說：「這次會議顯示了亞洲佛教徒的友好團結，對於越南南方佛教徒和人民的正義鬥爭作了有力的支持，對於維護正義和世界和平作出了積極的貢獻。」出席大會的有包爾漢、楚圖南、喜饒嘉措等。（21 日《人民日報》）

二十五日　晚，出席朝鮮駐中國臨時代辦鄭鳳珪爲紀念中國人民志願軍入朝作戰十三週年，在北京飯店舉行的宴會。出席宴會的有朱德、董必武、賀龍等。（26 日《人民日報》）

三十日　晚，出席日本工業展覽團團長宿谷榮一爲慶祝在北京展出的日本工業展覽會閉幕而舉行的招待會。（31 日《人民日報》）

三十一日　出席南漢宸爲慶祝在北京展出的日本工業展覽會閉幕而舉行的招待會。（11 月 1 日《人民日報》）

本月

四日　首都集會紀念我國唐代東渡日本的鑒眞和尚逝世一千二百週年。郭沫若、廖承志等出席了大會，趙樸初作題爲《古代中日文化和友誼的傳播者鑒眞大師》的講話。

十三日　中國文聯、美協、中央美術學院在畫家徐悲鴻紀念館舉辦「畫家徐悲鴻逝世十週年紀念畫展」。

十一月

一日　上午，到北京電影製片廠，看電影《早春二月》樣片，「並興奮地參加了座談會，暢談了他自己的意見和看法，認爲影片拍得好，予以充分的肯定。」（陳荒煤《永不隕落的巨星——悼念茅盾同志》，載《電影創作》1981年6期）

二日　上午，作《致夏衍》（書信），載《電影創作》一九八一年六期。改題名爲《沈雁冰關於影片〈早春二月〉致夏衍同志的信》，初收文化藝術出版社版《茅盾書信集》。云「昨看《早春二月》後，曾述鄙見，歸途在車中又反覆思之，茲走筆再續。」就「如何看待蕭澗秋、陶嵐兩個人物」，如何對影片進行修改作出補充說明，提出了具體修改意見。

四日　晚，出席對外文協、中日友協、中國文聯爲歡送以原太郎爲首的日本蕨座民族歌舞團而舉行的酒會，並講話。出席酒會的有廖承志、夏衍等。（5日《人民日報》）

六日　晚，出席首都各界在中南海懷仁堂舉行的慶祝偉大的十月社會主義革命四十六週年大會。出席大會的有董必武、陳毅、吳玉章等。（7日《人民日報》）

同日　作《中朝友誼　萬古長青——看紀錄片〈劉主席訪問朝鮮〉》（評論），載《大眾電影》總第二七五期。

七日　晚，出席蘇聯駐中國大使契爾沃年科爲慶祝偉大的十月社會主義革命四十六週年，在大使館舉行的招待會。出席招待會的有周恩來、彭眞、聶榮臻、楊尚昆、李四光、廖承志等。（8日《人民日報》）

十日　發表講話，慶賀我空軍擊落又一架美製蔣幫U-2間諜飛機和沿海軍民全部、徹底、乾淨殲滅九股美蔣特務。（11日《人民日報》）

十一日　下午，出席首都各界人民在政協禮堂舉行的、歡呼再次擊落U-2飛機和全殲美蔣武裝特務的對敵鬥爭的重大勝利大會。（12日《人民日報》）

十六日～十二月四日　出席第二屆全國人民代表大會第四次會議。出席中國人民政治協商會議第三屆全國委員會第四次會議。

二十日　晚，出席陳毅副總理爲歡迎阿富汗王國內務大臣卡尤姆博士和由他率領的阿富汗王國政府簽訂阿中邊界條約代表團在人民大會堂舉行的宴

會。(21 日《人民日報》)

　　同日　作《致翟同泰》(書信)，載《百花州》一九八二年六期。云「來信各問，已注各該條下端，《論魯迅》一冊，另郵奉還。」隨來信注爲:「一、雁冰是否從 1917 年 1 月翻譯《三百年後孵化之卵》時開始改起？答:記不清了，大概如此。」「二、一九二八至一九三〇年避難日本時曾用一代名，是方保宗。」

　　二十一日　晚，出席周恩來總理接見朝鮮舞劇代表團全體成員。出席接見的有李先念、彭眞等。(22 日《人民日報》)

　　同日　晚，出席文化部在天橋劇場爲中央歌劇舞劇院公演朝鮮著名舞劇《紅旗》舉行的開幕式，並致開幕詞，說:「舞劇《紅旗》的創作與演出，是朝鮮文學藝術工作者貫徹金日成同志文藝思想的重大收穫，同時也是朝鮮建設社會主義總路線——千里馬精神、青山里精神和青山方法在藝術領域裡的一種光輝體現。」出席開幕式的有周恩來、彭眞、陳荒煤等。(22 日《人民日報》)

　　二十二日　晚，出席阿爾巴尼亞駐中國大使奈斯蒂·納賽及夫人爲慶祝阿爾巴尼亞中國建交十四週年，在大使館舉行的酒會。出席酒會的有陳毅等。(23 日《人民日報》)

　　二十三日　晚，出席朝鮮駐中國臨時代辦鄭鳳珪爲慶祝朝中經濟及文化合作協定簽訂十週年，在北京飯店舉行的宴會。出席宴會的有周恩來、朱德、鄧小平、彭眞、郭沫若等。(24 日《人民日報》)

　　二十四日　晚，出席阿富汗王國內務大臣卡尤姆博士舉行的招待會。出席招待會的有周恩來、陳毅、李先念等。(25 日《人民日報》)

　　二十五日　作《致曾廣燦》(書信)，載《中國現代文學研究叢刊》一九八一年第三期，初收文化藝術出版社版《茅盾書信集》。云「瞿秋白當年稱《子夜》爲受了左拉《金錢》的影響云云，我亦茫然不解其所指。」因爲雖然「在寫《子夜》之前約十年，我曾閱讀左拉之作品及其文學理論，並讚同其自然主義之主張，但彼時中國文壇實未嘗有人能把自然主義、現實主義之界限劃分清楚，當時文壇上尚未見有人介紹馬克思主義文學理論，當時創造社尚在提倡唯美主義也。」承認「1927 年我寫《幻滅》時，自然主義之影響或尚留於我腦海」，「但寫《子夜》時確已有意識地向革命現實主義邁進，有意識地

與自然主義決絕」。儘管《子夜》在客觀上未能如作者之所期，此爲事實，但此則可以說是自然主義影響尚未全然擺脫，而不能說它受了某一具體作品（如《金錢》）之影響也。」又說「如謂題材有相似之處，乃從表面看事物；因《子夜》所寫者爲半殖民地之中國之民族資產階級與買辦階級之鬥爭，決與法國之資產階級之內部鬥爭有其本質上之不同也。」承認這是四十年來，第一次對「評我作品之言論」，「作自辯」。又云「來信第二問（曾自注：曾問《子夜》的創作是有意向「大眾化」方向努力的看法是否符合事實），非事實。第三問，吳蓀甫其人，並無原型，至於有人說原型爲章伯鈞（來信所述），尤屬荒謬。章乃一政客，如果欲把他寫進《子夜》，他當與屠夜壺並列，還攀不上吳蓀甫的一行也。」

　　同月　出版《讀書雜記》（評論集），作家出版社出版。這是一本文藝評論的結集，收一九六一年到一九六三年間的文藝評論文字。內含：《讀書雜記》、《給敖德斯爾的信》、《〈力原〉讀後感》、《致胡萬春》。

本月

　　二十四日　中國科學院社會科學部委員會在北京舉行第四次擴大會議，討論在目前國內形勢下，哲學社會科學戰線的任務，反對現代修正主義，研究當代革命問題。

十二月

　　三日　下午，出席二屆人大四次會議閉幕式。（4日《人民日報》）

　　四日　上午，出席政協第三屆全國委員會第四次會議閉幕式。（5日《人民日報》）

　　六日　晚，出席芬蘭駐中國大使托依伏拉爲慶祝芬蘭共和國成立四十六週年舉行的宴會。出席宴會的有李先念、郭沫若等。（7日《人民日報》）

　　十一日　發表《關於曹雪芹—紀念曹雪芹逝世二百週年》（評論），載《文藝報》第十二期，收入文化藝術出版社版《茅盾評論文集》。本書從宏觀角度論述了曹雪芹及其《紅樓夢》在中國和世界文學史上的地位和價值。認爲曹雪芹在世界文學史上的地位，只有莎士比亞可以與他比肩。茅盾從接受美學角度，在補作、續作、摹仿和改編、評注、索隱等五大方面證實《紅樓夢》影響之大，結論是「從世界文學史看來，在批判現實主義的巨著中，《紅樓

夢》是出世最早的，它比歐洲的批判現實主義整整早了一百多年。」論文詳
盡而深切地剖析了《紅樓夢》的思想意義，認爲賈寶玉的思想，「一方面是
繼承了李卓吾、王船山的反封建的思想傳統，另一方面也是中國十八世紀上
半期新興市民階層意識形態的反映，」賈寶玉的一生，「象徵了當時新興市
民階層的軟弱性和它的歷史命運。」小說中的「四大家族象徵著十八世紀中
國封建政權的四大支柱：政治機構、官僚集團、武裝力量、地租官僚資本」，
曹雪芹的筆鋒「血淋淋地剖露了這四大支柱已經腐朽到怎樣程度？」總而言
之，小說「如此全面而深刻地從制度本身層層剝露其醜惡的原形，不能不數
《紅樓夢》爲前無古人。」「論文第三部分說《紅樓夢》繼承了中國古典文
學的優秀傳統而發展到空前的高峰」，言其「結構上的完整與嚴密，不但超
過了《水滸》，也超過了《金瓶梅》。」「包羅萬象的佈局，旁敲側擊、前呼
後應的技巧，使全書成爲巍然一整體，動一肢則傷全身；」言其人物四百，
「各有各的聲音笑貌，絕不相混」；說其語言「既提煉了口語，並且又鎔鑄
了文言，化腐朽爲神奇。」全文創見選出不少觀點發人之未知。注解有萬餘
字，既精闢，又有很高的學術價值，顯示出淵博的古典文學學養。論文是《紅
樓夢》研究史上里程碑式的傑作。

十三日　晚，在天橋劇場，與鄧小平、彭眞、羅瑞卿、李德全等觀看朝
鮮功勳演員張雄煥、洪員花與中國舞蹈演員同台演出朝鮮舞劇《紅旗》。（14
日《人民日報》）

十七日　作《致敖德斯爾》（書信），載《內蒙古日報》一九八一年四月
十四日，收入文化藝術出版社版《茅盾書信集》。云「謝謝你贈給我的《遙遠
的戈壁》（小說集）。告知「我剛剛把《花的草原》（瑪拉沁夫的短篇小說集）
所作筆記整理好，此後打算把《遙遠的戈壁》及其它兩篇讀一遍，寫點感想。」
聲明「我寫的評論，只是直感而已，未必中肯，聊供大家參考。」並盼望敖
和《草原》編輯部「對我這些直感提意見」，「以便我能認識到自己的偏頗與
不足」。

二十一日　上午，往勞動人民文化宮，吊唁羅榮桓同志。（按：中共中央
政治局委員、人大副委員長、國防委員會副主席，中華人民共和國元帥羅榮
桓於 16 日在北京逝世，終年 61 歲）。（22 日《人民日報》）

二十三日　上午，作《致王積賢》（書信），載百花文藝出版社版《茅盾
書信集》。（按：王積賢係中國人民大學語文系教師。）云已「拜讀大著《中

國現代文學講授提綱》。」就自己讀過的二部中國現代文學史稿來看，王的《提綱》有四個特點：「一爲突出主要的，不爲求全而羅列所有成員的作家與作品；二爲立論必求有獨立思考，不人云亦云；三爲分析作品的思想性及藝術成就時，既博採眾說之長，亦時有獨到見解（各章段我作了點眉注，請參看）；四爲筆墨酣暢，生動精悍。」也指出其不足，云「論魯迅部分有獨特見解，但筆墨微嫌累贅。至論拙作部分，則溢美過多，殊不敢當。」還云「讀時偶有所見，皆書於簡端，聊供參考而已。」

　　同日　出席林默涵主持的中國文聯各協會負責人會議，討論學習毛澤東對文化工作的意見，即十二月十二日，毛澤東在讀了中宣部文藝處編印的一份關於上海故事會活動的《情況匯報》以後寫下的批示：「各種文藝形式——戲劇、曲藝、音樂、美術、舞蹈、電影、詩和文學等等，問題不少，人數很多，社會主義改造在許多部門中，至今收效甚微。許多部門至今還是『死人』統治著。不能低估電影、新詩、民歌、美術、小說的成績，但其中的問題也不少。……許多共產黨人熱心提倡封建主義和資本主義的藝術，卻不熱心提倡社會主義的藝術，豈非咄咄怪事。」此後，文聯及其各協會進行整風。（人民文學出版社版《中國當代文學思潮史》）。

　　二十五日　下午，設宴歡迎日本著名女作家松岡洋子。出席宴會的有廖承志、謝冰心、嚴文井、李季、韓北屏等。（26日《人民日報》）

　　三十日　下午，出席中古友協、中拉友協等十四個全國性人民團體在人民大會堂聯合舉辦的、慶祝古巴解放五週年、慶祝古巴革命和社會主義建設事業蓬勃發展的大會。會後由總政文工團等文藝團體演出了文藝節目。出席大會的有朱德、賀龍、郭沫若等。（31日《人民日報》）

本月

　　二十五日至一九六四年一月二十二日　華東地區話劇觀摩演出在上海舉行。柯慶施再次鼓吹「寫十三年」，並將那沙的話劇《這裡也是戰場》（又名《毒手》）打成毒草。

　　二十八日　世界文化名人、我國著名畫家齊白石（1864～1957）誕生一百週年紀念展覽會在首都中國美術館開幕。

同年

獲悉中央新聞紀錄電影製片廠準備將他作爲文化界老前輩拍成電影史料

片，婉謝說：「我沒有什麼好拍的，請轉告製片廠不要費心了。」秘書先後三次向他提起這件事，他始終沒有答應。（李標晶《茅盾傳》，團結出版社 1990年版）

當年

捷克斯洛伐克出版捷文版《茅盾短小說選》，布拉格國立文學、音樂和藝術出版社出版。按：此書爲捷克斯洛伐克評論家雅‧普實克根據不同版本的中國原著選編，並作後記，翻譯爲瑪布什科娃夫人。

日本出版竹内好翻譯的日文版《子夜》，日本平凡社出版。

日本出版小野忍、丸山升翻譯的日文版《香港淪陷》（散文集），日本平凡社出版。

越南出版黎春雨譯的越文版《腐蝕》（小說），越南文學院文化出版社出版。本書由黎春雨作序。

捷克斯洛伐克評論家雅‧普實克發表捷文版《〈茅盾短篇小說選〉後記》，載捷克斯洛伐克布拉格國立文學、音樂和藝術出版社出版的《茅盾短篇小說選》。中文由蔣承俊譯，載湖南人民出版社版《茅盾研究在國外》。「後記」精細地評述了茅盾短篇小說的四個特徵：（1）「每一篇作品幾乎可以說是對某一著名的重大事件的反映」；（2）主題是「一些人們被當時的中國社會反動力量行將覆滅時的一種反撲所擊碎了的悲慘命運」；（3）「更多地貫徹了經典現實主義那種精確細膩地描寫現實的手法」；（4）力圖描繪、刻劃正面人物，即人民大眾的英雄形象。認爲「茅盾的短篇小說可說是1919～1937年間中國新文學第一階段裡最重要的文獻之一。」

越南黎春雨發表越文版《〈腐蝕〉序》，載越南文學院文化出版社版越文版《腐蝕》。中文由李翔譯，載湖南人民出版社版《茅盾研究在國外》。云「《腐蝕》是一部充滿著血和淚的控訴書。……是對國民黨統治區令人作嘔和令人怒火填膺的黑暗與罪惡社會的眞實寫照。」認爲小說的政治意義在於「它宛如一把尖刀剜割著國民黨的五臟六腑。」「提出並解決了當時中國人民的、時代的一個重大問題：向何處去？」「因而，《腐蝕》喚醒了一些失足者，激勵讀者崛起戰鬥和追求光明。」

捷克斯洛伐克評論家馬立安‧嗄利克發表《茅盾所用的姓名及其別

名》，載布拉格捷克科學院《東方研究》1963 年 31 期。

　　捷克斯洛伐克評論家馬立安・嗄利克發表《評茅盾的兩部作品集》，載布拉格捷克科學院《東方研究》1963 年 33 期。

　　美國紐約弗雷德里克・A・普雷格出版社出版《中國主義文學》，其中有專章評述茅盾的生平和創作。

一九六四年（六十九歲）

一月

一日 中午，出席政協全國委員會舉辦的元旦宴會。出席宴會的有朱德、彭眞、黃炎培、郭沫若等黨和國家領導人。（2日《人民日報》）

一日至三日 出席劉少奇、鄧小平、彭眞以中共中央名義召開的文藝座談會。周揚在會上作了匯報發言。

十三日 下午，出席首都各界在人民大會堂舉行的、支持巴拿馬人民反對美帝國主義鬥爭大會。出席大會的有鄧小平、李富春、郭沫若、黃炎培等。（14日《人民日報》）

十五日 以文化部長身份接見法國駐華大使約瑟夫·里根並作談話。

同日 發表《舉一個例子》（評論），載《萌芽》第一期。

十六日 以文化部長身份接見肯尼亞首任大使亨利·莫利並作談話。

十七日 下午，出席越南臨時代辦黃北爲慶祝越南民主共和國和中華人民共和國建交十四週年，以及越中文化合作協定簽訂五週年舉行的招待會。（18日《人民日報》）

二十二日 下午，「閱陸文夫小說。至此共閱陸作品（小說）二十篇，作札記數萬字，凡此皆爲應《文藝報》之請，寫一篇論文也。但近來精神不佳，不知何時可以寫此一論文也。尙有評論陸作之文章數篇。也須一讀。」（《日記》；葉子銘《十年浩劫中的茅盾》，載《鍾山》1986年2期）

三十一日 作《西江月·感事（一）》（詞），載《詩刊》一九八一年五月號，載河北人民出版社版《茅盾詩詞》，收入人民文學出版社版《茅盾全集》第十卷。本詩是在中蘇論戰背景下寫的，對國內外階級鬥爭形勢發表看法，有句云「斜陽腐草起流螢，牛鬼蛇神弄影」。

同月 書寫條幅舊作《椰園即興》，贈給曹靖華。曹即送榮寶齋裝裱，掛居室，朝夕觀賞。（彭齡《斜雨趁風幾度過》，載《隨筆》1984年2期）

當月

　　黃侯興發表《試論茅盾的短篇小說創作》，載《北京大學學報》（人

文版）第一期。云「茅盾的短篇小説，同他的長篇小説一樣，主題思想和時代鬥爭是緊密聯繫在一起的。」是「廣闊的社會生活的某些側影」。分三個時期評述了茅盾短篇小説的思想藝術成就。（一）創作《野薔薇》的時期。「主題思想與《蝕》三部曲近似」，「主人公都是一些軟弱、動搖的小資產階級女性」，「積極意義在於作者眞實地寫出了大革命失敗後小資產階級知識分子的精神面貌，寫出了在時代感染下不少知識青年孤獨、悒悶和個人的生活追求。」認爲在當時，「消極作用比積極作用要大。」在藝術手法上，「受左拉自然主義的影響是明顯的。」（二）創作《宿莽》的時期。認爲創作《豹子頭林沖》等三篇歷史小説，標誌著創作思想的轉折，「在藝術上，擺脱了自然主義創作方法的影響，革命的、戰鬥的旗幟比較鮮明，但還存在著概念化的毛病。」（三）創作《林家舖子》、《春蠶》時期。說這是茅盾短篇創作繁榮時期，是「大規模地描寫中國社會現象」，「是黎明前的舊中國社會生活的眞實寫照。」

本月

一日 《毛主席詩詞》由人民文學出版社和文物出版社同時出版。

《文藝報》一月號發表社論：《努力反映偉大的社會主義時代》，響應了寫「十三年」的口號。

二月

八日 晚，出席並主持中外作家、詩人、劇作家迎春聯歡會。致詞，舉杯祝願來自世界各國的作家們團結起來，在反對帝國主義、反對現代修正主義的事業中作出更大的貢獻。出席的作家有陽翰笙、老舍、夏衍、邵荃麟、趙樹理、周立波、謝冰心、臧克家、張光年等，和三十多位來自阿爾巴尼亞、印尼、日本、智利、巴西等十四個國家的詩人、作家、劇作家，大家促膝談心並互相祝賀新春愉快。(9日《人民日報》)

十三日（年初一） 下午，出席文化部、中國文聯、北京市文化局、北京市文聯在北京飯店新樓禮堂舉行的春節聯歡飲茶話會，並致賀詞。出席聯歡茶話會的有林默涵、夏衍、老舍、許廣平、蔡楚生、田漢、陽翰笙等一千三百多位文藝工作者。(14日《人民日報》)

春節期間 與李先念、陸定一、林默涵等，接見了先後來到北京演出的

哈爾濱話劇院、上海人民滬劇團、河南商丘吉區豫劇團、上海人民藝術劇院一團、福建省話劇團和長春電影製片廠譯製片演員演出團等六個劇團的全體人員。(22 日《人民日報》)

十七日　作《讀了〈火種〉以後的點滴感想》(評論),載《收穫》第二期,收入文化藝術出版社版《茅盾評論文集》。較全面地評述了艾明之的長篇小說《火種》的成就和不足。指出小說的主角——柳金松「在全書中形象突出,性格鮮明」,但「次要人物概念化」,小說「很大的缺點」是沒有能把握好人物所處環境的典型性,「寫得一般化」,「僅僅滿足於表現柳金松的英雄氣概,其它的工人武裝活動卻連側面描寫也沒有。」小說中的「反面人物,從蔣介石直到閔狐狸之類都寫得不大好,或簡單化、或概念化、或漫畫化。」

同月　中旬,參加文聯各協會的文藝整風會。

本月

一日　《人民日報》發表社論:《全國都要學習解放軍》。

四日　《人民日報》發表《人民日報》《紅旗》雜誌編輯部文章:《七評蘇共中央公開信·蘇共領導是當代最大的分裂主義者》。

三月

一日　作《致陸嘯林》(書信),載中國當代文學研究資料《茅盾專集》第二卷上冊,福建人民出版社一九八五年七月出版。(按:陸嘯林,小學教師)。云「我祝賀您的工作是一件重要得很的工作,盼望你一定能把工作做好。」鼓助他為小讀者寫作,云「寫魯迅的故事,尚無人嘗試;這是件有意義的事,但也不大容易做。我以為如果不是寫成傳記形式,而把魯迅生平若干故事寫各自獨立的短篇,那就比較容易做好。」還隨信寄上照片一張。另外,還寄給《茅盾文集》幾冊。

七日　以《中國文學》主編身份,為《中國文學》法文版創刊,宴請幫助這個刊物工作的在京中外人士。應邀出席的有:巴農、戴妮絲、馬里安、阿娜·巴農、賈克琳、卡普拉斯、葛萊希貝、羅大岡、李鳳白、程永光等。出席作陪的有羅俊、嚴文井、葉君健等。(10 日《人民日報》)

十一日　晚,舉行宴會,歡迎由龜井勝一郎率領的日本作家代表團。出席宴會的有老舍、陽翰笙、趙樸初、謝冰心、林林等。(13 日《人民日報》)

十六日　作《致林煥平》（書信），載百花文藝出版社版《茅盾書信集》。云「承指示《讀書雜記》中分析『布穀鳥和黃鶯悠揚的鳴囀』句法有誤，甚為感謝。」又云「將來此書如再版，當據大教修改。」（按：林煥平，作家、廣西師範學院教授。）

二十日　上午，「寫《讀陸文夫的作品》約五百字。」（《日記》；葉子銘《十年浩劫中的茅盾》）

同日　下午，出席中國亞非團結委員會等八個人民團體在政協禮堂舉行的、支持巴勒斯坦和阿拉伯人民反對美帝國主義鬥爭的大會，並作了發言。出席大會的有廖承志等。（21 日《人民日報》）

同日　晚，出席對外文協為歡送龜井勝一郎為首的日本作家代表團舉行的宴會。出席宴會的有陽翰笙、廖承志、夏衍、老舍、周而復等。（21 日《人民日報》）

二十一日　晚，出席中國亞非團結委員會為招待正在中國訪問的巴勒斯坦朋友穆‧哈利勒和穆‧黑法特舉行的宴會，並在會上講話。（22 日《人民日報》）

同日　發表《在首都各界人民支持巴勒斯坦和阿拉伯各國人民反對美帝國主義鬥爭大會上的講話》（雜論），載《人民日報》。

二十五日　上午，「寫論文《讀陸文夫的作品》二小時。」「中午小睡一小時。下午續寫論文二小時。今日共寫二千字許。」（《日記》；葉子銘《十年浩劫中的茅盾》）

二十五日　發表《讀了〈火種〉以後的點滴感想》（評論），載《收穫》第二期。

二十七日　作《西江月‧感事（二）》（詞），載河北人民出版社版《茅盾詩詞》，收入人民文學出版社版《茅盾全集》第十卷。讚揚世界各國人民風起雲湧的革命鬥爭。

同日　作《致《周紹良》（書信），載一九八八年四月二十六日《人民日報》，收入百花文藝出版社版《茅盾書信集》。云周之《戀齋詩鈔的剪粘和它的編年》一文，多有新發見。《關於挽曹雪芹詩新箋》一文比吳箋（指吳恩裕的《曹雪芹八種》）更深一層。「我認為應當發表此二文以便引起討論，便

有利於問題之解決。」提到曹雪芹卒年這樣的學術問題,「我倒覺得充分展開討論比『冷一冷』更有利團結。」特別指出「四川飯店之座談會(按:指1963年,中國作家協會為確定曹雪芹卒年問題,由邵荃麟主持,在北京四川飯店召集壬午、癸未兩種不同主張的學者進行座談,結果並未取得一致意見)使我感到『冷卻一個時期』並未平息感情用事之處。」還告訴周,兩文的發表與否,「應請作協黨組決定」。

三十一日 下午,出席並主持文化部在首都劇場舉行的一九六三年以來優秀話劇創作及演出授獎大會,並致開幕詞,祝賀獲獎的全體劇作者和演出單位高舉毛澤東文藝思想紅旗,深入生活,參加實際鬥爭,成功地創作了一批優秀劇目,有力地發揮了話劇藝術的教育作用和戰鬥作用。會上有《第二個春天》、《霓虹燈下的哨兵》、《雷鋒》、《青年一代》、《千萬不要忘記》等二十一個劇目的三十九位作者、編劇和二十個演出單位,分別獲得了創作獎和演出獎。陸定一到會並作了講話,出席大會的還有夏衍、林默涵、田漢、邵荃麟、夏征農、曹禺等。(4月1日《人民日報》)

同日 晚,與周恩來、陳毅、夏衍、林默涵、徐平羽、老舍、曹禺等接見獲得一九六三年以來優秀話劇創作獎和演出獎的全體劇作者、編劇和演出團體代表。(4月1日《人民日報》)

本月

十八日 北京僧尼、喇嘛、居士舉行法會,紀念唐代名僧玄奘法師(?～664)逝世一千三百年。

二十六日 《人民日報》發表社論:《努力學好毛澤東思想》。

四月

一日 發表《為發展社會主義的新戲劇而奮鬥》(評論),載《人民日報》。這是茅盾三月三十一日在文化部舉行的一九六三年以來優秀話劇創作及演出授獎大會上的講話。著重指出:「我們文藝工作的基本任務,是為工農兵服務,為社會主義服務,為全世界人民的革命鬥爭服務。」

五日 晚,出席文化部、中老友協為歡迎以首相梭發那·富馬親王為首的老撾王國政府代表團而舉行的音樂晚會,欣賞了中央樂團交響樂隊、中央廣播文工團民族管絃樂團和首都歌唱家演奏和演唱的音樂節目。出席音樂晚

會的有周恩來、陳毅等。（6 日《人民日報》）

六日　「精神甚爲倦怠，不能續寫論文《讀陸文夫的作品》。」（《日記》；葉子銘《十年浩劫中的茅盾》）

八日　到首都機場，歡迎以安赫爾・瓦連特・羅德里格斯率領的古巴全國保衛革命委員會代表團。（9 日《人民日報》）

九日　上午，「續寫論文（約千字）完（按：指《讀陸文夫的作品》）。此文斷斷續續寫了二十多天，今始完成，共萬餘言。」（《日記》；葉子銘《十年浩劫中的茅盾》）

十日　作完《讀陸文夫的作品》（評論），載《文藝報》六月號，收入文化藝術出版社版《茅盾評論文集》。《日記》云「上午，通讀已寫之論文一遍，校正筆誤，即連同《文藝報》前所送來之資料送交《文藝報》編輯部。十個月之公案至此結束，頓有無債一身輕之感。然後尙欠《萌芽》及《鴨綠江》各一篇，只好過了五月再說了。」（葉子銘《十年浩劫中的茅盾》）本文細緻地分析了陸文夫二十多篇小說的成敗得失，全面而具體地總結了陸文夫一九五五年～一九六四年間的創作。指出陸之創作經歷了二個階段：五六年前爲第一階段。發表了九個作品，「創作態度是嚴肅的。他努力要從生活的各個角度去挖掘具有典型意義的新人新事，而且努力要用生動多彩的筆墨來歌頌這些新人新事」。「然而不幸，各篇在思想性，藝術性上頭，卻不能步步高升，而是忽起忽落。」特別是《小巷深外》「倒退了好多步」，「格調不高」，「有著相當濃厚的小資產階級色彩。」一九六一年發表《葛師傅》起爲第二階段。《葛師傅》「是一次躍進，也是一個里程碑。」《沒有想到》人物鮮明，結構嚴密，筆墨輕靈而閃閃發光」，「是難得的精品」，但《龍》由於「過分注意形式的新奇，卻不能補救人物描寫的概念化。」一九六三年的《二週周泰》「在題材和藝術構思方面別具一格」，《棋高一著》「顯示了陸文夫在藝術創造中自強不息的精神。」陸文夫創作的經驗是什麼？認爲一是堅持業餘創作；二是「從人生觀到藝術興趣的大變化」；三是「努力追求獨創性」，「他力求每一短篇不踩著人家的腳印走，也不踩著自己上一篇的腳印走。」在主題、表現形式上要求「出奇制勝」。「有意識地探索短篇小說民族形式的前進一步的道路。」覺得「作者頗善於用小動作刻畫人物的性格，也善於用前後呼應等方法構成層次井然，步步入勝的佈局。但是他夾袋中的人物還不太

多。」還指出「作者現在正處於向更成熟的藝術境界發展的階段。」「滿懷喜悅地期待著陸文夫的更多更大的成功」。

同日　晚，設宴歡迎以羅德里格斯爲首的古巴全國保衛革命委員會代表團。出席宴會的有周而復、鄭爲三等。（11 日《人民日報》）

十三日　下午，出席在政協禮堂舉行的、首都各界人民支持南非人民反對法西斯迫害和爭取民族解放的大會，並作了發言。出席大會的有丁西林、劉寧一等。（14 日《人民日報》）

十四日　發表《在首都各界人民支持南非人民反對法西斯迫害、爭取民族解放大會上的講話》（雜論），載《人民日報》。

十七日　下午，出席首都各界人民支持古巴和拉丁美洲人民鬥爭大會。出席大會的有郭沫若、黃炎培等。（18 日《人民日報》）

二十日　發表《爲發展社會主義新戲劇而奮鬥——在 1963 年以來優秀話劇創作及演出授獎大會上的講話》（評論），載《戲劇報》第 4 期。

二十一日　作《致夏康達》（書信），載百花文藝出版社版《茅盾書信集》。（按：夏康達是華東師範大學中文系學生。）針對來信所述「《火種》的主要不足似也在於未能把握好人物所處環境的典型性」說作補充說明，云「《火種》的缺點正在其所寫者，非典型環境中之典型性格。而所以有此缺點，在於作者對當時生活無親身體驗，收集材料亦不全面。舊時朋輩，親歷此過程者，今在京尚有四、五人，但都已年高多病，他們也沒有精神寫回憶錄了。」對其信中認爲茅盾《讀了〈火種〉以後的點滴感想》一文「複述原作的筆墨較多」的看法，作了說明，云「寫論文不得不述作品梗概，此爲苦事，亦爲不易討好之事。評論之作用，在於對廣大讀者介紹新作，此廣大讀者群中，大多數是未曾看到該作品的，故簡述作品內容，似爲必要。若流於枯澀，則責在評論者，不能因噎而廢食也。」

二十七日　作《讀〈兒童文學〉》（評論），載五月二十日《人民日報》，收入文化藝術出版社版《茅盾評論文集》。由衷歡呼《兒童文學》的出版「至少可以滿足孩子們部分的如飢如渴的需要」，云「作爲家長的我，對於兒童文學作家們表示熱烈的感謝」。

二十八日　下午，出席在政協禮堂舉行的、首都各界人民支持日本人民

要求撤除美國軍事基地、歸還沖繩大會，並講了話。出席大會的有郭沫若等。
（29 日《人民日報》）

　　同日　作《致翟同泰》（書信），載浙江文藝出版社版《茅盾書簡》。云「筆名錄看過了，您的注釋，大部分是對的，只有一兩處，和我原意有出入，已在紙邊加注。」並附答，指出《茅盾論》裡寫的《關於〈幻滅〉》一文「確實是澤民（時在莫斯科）寫給我的信」。

　　二十九日　發表《在首都各界人民支持日本人民要求撤除美國軍事基地歸還沖繩大會上的講話》（政論），載《人民日報》。

　　同日　以文化部部長身份接見印尼查禾多大使並作講話。

　　三十日　晚，出席全國總工會等為慶祝「五一」國際勞動節聯合舉行的招待會。出席招待會的有劉少奇、周恩來、朱德等。（5 月 1 日《人民日報》）

本月

　　三十日　第三屆亞非電影節評選揭曉，我國影片《紅色娘子軍》和《金色的海螺》分獲萬隆獎和盧蒙巴獎。

五月

　　一日　上午，與劉少奇、周恩來、鄧小平等黨和國家領導人，出席在天安門廣場舉行的、首都勞動人民慶祝「五一」國際勞動節集會。（2 日《人民日報》）

　　三日　作《西江月·感事（三）》（詞），載河北人民出版社版《茅盾詩詞》，收入人民文學出版社版《茅盾全集》第十卷。

　　七日　作《致王爾齡》（書信），載《聊城師範學院學報》（社哲）一九八六年第二期。（按：王爾齡是上海師範學院中文系教師。）云「『孟姜女』調是瞿秋白作的」，因為當時「秋白任上海大學教務長，我亦在上大教書，是很熟的。」又告訴他「我是桐鄉縣烏鎮人」。

　　同日　作《致吳海法》（書信），載《江蘇教育》一九八三年第八期。（按：吳海法是江蘇一中學的語文老師，就《風景談》向茅盾請教。）回答他來信所提《風景談》入選中學語文課本後產生的幾個問題。

　　九日　以文化部長身份接見哈桑·赫德和阿卜杜勒·法塔赫·尤納斯，

並作談話。

十一日　以文化部長身份接見瓦茨拉夫・克日斯特克並作談話；以文化部長身份接見柯爾特大使並作談話。

同日　下午，作《致康濯》（書信），載百花文藝出版社版《茅盾書信集》。云年內不可能到湖南觀光，因爲「各種牽掣，致成虛負，並不太閒」，「但最大原因則爲拙荊氣管支炎依然肆虐，出門不便，而又找不到可靠的女工，家中時時斷人」，不能一人遠出，妻子「亦不樂意也」。又云「今夏擬到青島或別處休假一二月，藉此讀幾部長篇著作，大作《東方紅》自在其列，屆時當以鄙見奉告。」

同日　晚，出席朱德委員長爲歡迎由崔元澤議長和康良煜副委員長率領的朝鮮民主主義人民共和國最高人民會議代表團而舉行的宴會。宴會之後，中朝友協舉行文藝晚會，由中國人民解放軍文藝工作者演出精彩歌舞招待朝鮮貴賓。（12日《人民日報》）

十二日　晚，出席文化部、中國文聯、北京市文化局等爲祝賀人民解放軍第三屆文藝會演大會勝利閉幕舉行的聯歡晚會，並講話。出席聯歡晚會的有周恩來、羅瑞卿、蕭華、劉白羽等。（13日《人民日報》）

十三日　晚，出席朝鮮駐中國大使朴世昌爲以崔元澤議長和康良煜副委員長爲首的朝鮮最高人民議會代表團訪問中國而舉行的宴會。出席宴會的有朱德、華羅庚等。（14日《人民日報》）

十四日　下午，設宴歡迎應中國作協邀請來華訪問的肯尼亞作家聯合會主席基圖・卡亨格里和他的秘書凱尼卡。（15日《人民日報》）

十七日　晚，出席文化部、中非友協爲歡迎蘇丹共和國武裝部隊最高委員會主席易卜拉欣・阿布德將軍一行訪問中國而舉行的文藝晚會。觀看了總政文工團、東方歌舞團、中央歌舞劇院和中國京劇院四團演出的精彩節目。出席文藝晚會的有劉少奇、周恩來、陳毅、丁西林等。（18日《人民日報》）

二十日　以文化部長身份接見朝鮮駐華大使朴世昌並作談話。

同日　發表《讀〈兒童文學〉》（評論），載《人民日報》。

二十五日　作《讀〈冰消春暖〉副題〈聖堂村史〉》（評論），載《作品》七月號，收入文化藝術出版社版《茅盾評論文集》。云作家杜埃「用文學形

式寫史」是個成功的嘗試。認爲這部村史「不但是四史（五史）中百花之一，而且在進行社會主義教育運動、進行階級和階級鬥爭教育運動的百花中，也是獨標異彩的」。他覺得《冰消春暖》有兩個最顯著的特點，即人物「是眞人，然而又是經過概括綜合的典型人物」；「故事集中，戲劇性強」。「就教育作用而言，我以爲《冰消春暖》的形式是可取的」。

二十六日　列爲蘇井觀治喪委員會委員之一。（按：蘇井觀是衛生部副部長，今天在北京逝世。）（30 日《人民日報》）

二十七日　下午，出席中國作協、中越友協舉辦的關於中文本《南方來信》的座談會，並作了發言。（28 日《人民日報》）

二十八日　發表茅盾在中文本《南方來信》座談會上發言的幾張照片，攝影陳子平，載《人民日報》。

二十九日　上午，往後海北河沿衛生部，出席蘇井觀公祭儀式，爲陪祭。（30 日《人民日報》）

本月

十五日　中共中央在北京召開的工作會議上作出估計：農村有三分之一的政權不在我們手裡，認爲修正主義已在我國出現，要全黨和全軍防止和警惕赫魯曉夫式的人物篡奪黨和國家的各級領導權。

六月

三日　晚，出席文化部、對外文協爲歡迎阿卜杜拉·薩拉勒總統和由他率領的阿拉伯也門共和國訪華代表團而舉行的文藝晚會，觀看了中國京劇院四團演出的京劇《鬧天宮》等精彩節目。（4 日《人民日報》）

五日　下午，出席在人民大會堂舉行的、一九六四年現代戲觀摩演出大會開幕式，並致開幕詞。指出：「今天這樣多的京劇團集中北京演出，舞臺上既沒有帝王將相，也沒有才子佳人，都是新時代的工農兵形象，這在京劇歷史上是沒有過的，也是戲曲歷史上所沒有過的。」出席開幕式的有陸定一、康生、郭沫若、江青、張春橋、周揚、陳荒煤、田漢、蕭長華、蓋叫天、周信芳、姜妙香、馬連良、尚小雲、荀慧生、俞振飛等。（6 日《人民日報》）

同日　參加國務院舉行的一百四十五次全體會議。（6 日《人民日報》）

六日　下午，出席瑞典駐中國大使佩特里爲慶祝瑞典國慶日在大使館舉行的招待會。出席招待會的有李先念、楚圖南等。（7日《人民日報》）

八日　下午，出席芬蘭駐中國大使托依拉爲慶祝芬蘭國慶日在大使館舉行的招待會。出席招待會的有林楓、王崑崙等。（9日《人民日報》）

十一日　下午，出席尼泊爾王國駐中國大使巴哈杜爾爲慶祝尼泊爾國王馬亨德拉・比爾・比克拉姆・德瓦四十五歲誕辰而在北京飯店舉行的招待會。出席招待會的有周恩來、陳毅、韓念龍、吳晗等。（12日《人民日報》）

十三日　晚，出席文化部、中非友協爲歡迎坦噶尼喀和桑給巴爾聯合共和國第二副總統卡瓦瓦和由他率領的政府友好經濟代表團訪問中國而舉行的宴會。出席宴會的有周恩來、陳毅、林楓等。（14日《人民日報》）

十五日　中午，出席非洲國家駐中國的使節爲坦噶尼喀和桑給巴爾聯合共和國第二副總統卡瓦瓦和由他率領的政府友好經濟代表團訪問中國而舉行的宴會。出席宴會的有周恩來、陳毅、林楓等。（16日《人民日報》）

同日　晚，接見並宴請智利著名詩人巴勃魯・德・羅卡及其兒子巴勃魯・弟亞斯・阿諾巴隆。出席作陪的有臧克家、張光年、杜宣等。（16日《人民日報》）

十九日　晚，出席外交部長陳毅和夫人張茜爲歡迎馬里負責計劃和財政事務協調國務部長讓——馬里・科奈和他的夫人以及由他率領的馬里政府代表團舉行的宴會。（20日《人民日報》）

二十日　晚，出席文化部、中非友協爲歡迎由讓——馬里・科奈部長率領的馬里政府代表團舉行的京劇晚會，欣賞了上海京劇演出團演出的京劇《智取威虎山》。出席京劇晚會的有陳毅和夫人、楚圖南、丁西林等。（21日《人民日報》）

同日　發表《1964年京劇現代戲觀摩演出大會的開幕詞》（評論），載《戲劇報》第6期。

二十三日　下午，與周恩來、張際春、周揚、齊燕銘、鄧拓等，接見參加一九六四年京劇現代戲觀摩演出大會的各演出團、觀摩團的負責人、主要演員和創作人員，並和他們一起進行了座談。（24日《人民日報》）

二十四日　晚，出席馬里駐中國大使特拉奧雷爲由讓——馬里・科奈部

長率領的馬里政府代表團訪問中國舉行的宴會。出席宴會的有周恩來、李先念、陳毅、丁西林、夏衍等。（25日《人民日報》）

二十五日　下午，出席首都各界人民紀念朝鮮祖國解放戰爭十四週年、支持朝鮮人民要求美國侵略軍撤出南朝鮮和統一祖國鬥爭大會，並講了話。大會結束後，放映了朝鮮故事片《不要忘記敵人》。出席大會的有李先念、郭沫若、廖承志等和朝鮮駐中國大使朴世昌。（26日《人民日報》）

二十六日　發表《在首都各界人民支持朝鮮人民要求美國侵略軍撤出南朝鮮和統一祖國鬥爭大會上的講話》（雜論），載《人民日報》）。

二十七日　下午，出席首都佛教界和文化界人士在政協禮堂舉行的、紀念玄奘法師逝世一千三百週年大會，並致開幕詞。出席大會的有郭沫若、趙樸初、丁西林、喜饒嘉措、吳晗、冰心等，和來自亞洲十個國家和地區的佛教代表團。（28日《人民日報》）

本月

二十七日　毛澤東在《中央宣傳部關於全國文聯和所屬各協會整風情況報告》的草稿上，又作了批示，指出大多數協會和刊物「十五年來，基本上（不是一切人）不執行黨的政策，做官當老爺，不去接近工農兵，不去反映社會主義革命和建設。最近幾年，竟然跌到了修正主義的邊緣。如不認真改造，勢必在將來的某一天，要變成匈牙利裴多菲俱樂部那樣的團體。」

七月

一日　下午，出席報告會，由彭真同志向參加一九六四年京劇現代戲觀摩演出大會的全體人員，以及首都部分文藝工作者作文藝形勢的報告。出席報告會的有郭沫若、康生、林楓、江青、周揚等。

二日　出席中共中央宣傳部由周揚、林默涵召開的中國文聯各協會和文化部負責人會議，傳達、貫徹六月二十七日毛澤東關於文藝問題的又一個批示，文聯各協會又據此進一步開展整風運動，並且成為正在展開的城鄉社會主義教育運動的一個重要組成部分。（《當代文學思潮史》）

同日　審閱莊鍾慶的研究專著《茅盾的創作歷程》初稿第二章「從提倡為人生文學到探索革命文學」，並指出《論無產階級藝術》一文是編譯的。（莊

鍾慶《茅盾的創作歷程》，人民文學出版社 1982 年 7 月出版）

三日　晚，舉行招待會，歡送以越南中共話劇團團長碧林爲首的越南話劇藝術幹部代表團，並講話。(3 日《人民日報》)

九日　作《致翟同泰》(書信)，載浙江文藝出版社版《茅盾書簡》。云黃果夫《記茅盾》一文「文字無聊，憑空捏造，不能採用他這篇文章。」告之「Y生不是他的筆名。」瞿秋白是文學研究會的發起人，由於一九二〇年十月到莫斯科去了，沒有參加「一九二一年一月文學研究會成立會」，也沒有列名發起人的名單，他正式加入文學研究會「是在一九二三年他回國以後，他的名字是收入文學研究會會員錄」中的第四十五號。還云「秋白是在蘇聯先參加聯共的」。信後附錄答翟五月七日來信中提出的十一個問題。

同日　下午，陪同毛澤東、周恩來、朱德、彭眞、陳毅、賀龍等接見一九六四年京劇現代戲觀摩演出大會的全體演出人員、觀摩人員。(18 日《人民日報》)

同日　晚，陪同毛澤東觀看了上海演出團演出的京劇現代戲《智取威虎山》。(18 日《人民日報》)

十八日　晚，出席中國和大、亞非團結委員等十三個人民團體爲歡迎由陳輝燎率領的越南保衛世界和平委員會、越南亞非人民團結委員會代表團，和由釋善豪率領的越南南方民族解放陣線代表團舉行的宴會。出席宴會的有賀龍、廖承志、老舍等。(19 日《人民日報》)

二十日　下午，出席並主持首都紀念日內瓦協議簽訂十週年和支持越南人民反對美帝國主義侵略鬥爭大會，致開會詞。會前，與周恩來、彭眞、陸定一、廖承志等接見以陳輝燎爲首的越南保衛世界和平委員會、越南亞洲人民團結委員會代表團，以釋善豪爲首的越南南方民族解放陣線代表團，以陳明爵爲首的越南新聞工作者代表團。(21 日《人民日報》)

二十一日　下午，出席中波友協爲慶祝波蘭復興節二十週年舉行的酒會，並致祝酒詞。(22 日《人民日報》)

二十二日　下午，出席波蘭駐中國大使克諾泰爲慶祝波蘭復興節二十週年，在大使館舉行的招待會。出席招待會的有李先念、陸定等。(23 日《人民日報》)

二十五日　下午，出席古巴駐中國大使桑托斯爲慶祝古巴「七‧二六」武裝起義十一週年舉行的招待會。出席招待會的有朱德、陸定一等。（26 日《人民日報》）

三十一日　下午，出席並主持一九六四年京劇現代戲觀摩演出大會閉幕式，並代表文化部向觀摩演出的二十九個劇團授予紀念狀。出席大會的有周恩來、彭眞、陸定一、羅瑞卿、周揚、齊燕銘、林默涵、徐平羽、還有京劇老藝術家蕭長華、蓋叫天、周信芳、姜妙香、馬連良、尚小雲等。彭眞、曹禺等講了話，周揚作了總結報告。康生、江青也參加了會議。康生在總結大會上，點名攻擊了影片《早春二月》、《舞臺姐妹》、《北國江南》、《逆風千里》、京劇《謝瑤環》、崑曲《李慧娘》等爲「大毒草」。（8 月 1 日《人民日報》）

本月

三十日　《人民日報》發表《應當嚴肅認眞地來評論影片〈北國江南〉》一文。自此，各地報刊紛紛發表文章批判電影《北國江南》、《早春二月》與瞿白音的短文《創新獨白》。

八月

六日　下午，出席中國和大、中國亞非團結委員會等八個人民團體在政協禮堂舉行的、首都各界人民支持第十屆禁止原子彈氫彈世界大會的大會。（7 日《人民日報》）

九日　下午，出席首都各界人民支持越南人民反對美帝國主義武裝侵略而在東郊工人體育場舉行的大會。出席大會的有周恩來、陸定一、羅瑞卿、郭沫若等。大會之後，茅盾同各人民團體負責人一起，集隊到街頭示威遊行，並前往越南大使館門前，同越南駐中國大使陳子平熱烈地擁抱，向越南同志再一次表示全力支持兄弟的越南人民反抗美國侵略、保衛祖國的正義鬥爭。（10 日《人民日報》）

十日　下午，與周恩來、董必武、陳毅、陸定一、郭沫若等，前往波蘭大使館，吊唁波蘭國務委員會主席亞‧薩瓦茨基。同時，以中波友協會長身份致電波蘭中國友協主席英德里霍夫斯基，對薩瓦茨基的逝世表示哀悼。（11 日《人民日報》）

十七日　下午，到首都機場，歡迎參加第十屆禁止原子彈氫彈世界大會

後，應邀來我國訪問的十三個國家和地區的代表及其他外賓，以及劉寧一、趙樸初率領的我國代表團。到機場歡迎的有廖承志等。(15 日《人民日報》)

十八日　晚，出席加納駐中國大使麥耶為慶祝中國加納友好條約簽訂三週年在大使館舉行的招待會。出席招待會的有陳毅等。(19 日《人民日報》)

十九日　中午，出席中國和大、中國亞非團結委員會為歡迎參加第十屆禁止原子彈氫彈世界大會後應邀來我國訪問的外國代表團和其他外賓的招待會。(20 日《人民日報》)

二十三日　以文化部長身份接見敘利亞大使，並作談話。

二十五日　晚，出席越南駐中國大使陳子平為慶祝越南民主共和國成立十九週年而舉行的電影招待會，放映了越南紀錄影片《勝利的十年》。(26 日《人民日報》)

本月

一日　《人民日報》發表社論：《把文藝戰線上的社會主義革命進行到底——祝京劇現代戲觀摩演出大會勝利閉幕》。

同日　《紅旗》雜誌第十五期發表《評周谷城藝術觀點的哲學基礎》。（按：即對周谷城所謂「時代精神匯合論」的批判）

三十一日　《紅旗》雜誌第十六期報導「哲學戰線上的新論戰」。（按：即對楊獻珍所謂「合二而一」論的批判）

九月

四日　以文化部長身份接見蘇丹駐中國大使穆罕默德並作談話。

五日　晚，出席欣賞了法國鋼琴家桑松·弗·朗奈瓦在民族文化宮禮堂舉行的訪華首次演出。演出結束後，和法國駐中國大使佩耶一起走上舞臺，同法國鋼琴家熱情握手表示祝賀。(8 日《人民日報》)

十五日　出席文化部為歡迎印尼電影檢查委員會主席烏塔木·蘇里亞達馬夫人舉行的宴會，並祝酒。出席宴會的有夏衍等。(16 日《人民日報》)

同日　以文化部長身份接見錫蘭駐中國大使德席爾瓦並作談話。

十八日　晚，出席中國亞非團結委員會、中國和大歡迎以團長陳文成和副團長阮明芳為首的越南南方民族解放陣線常駐中華人民共和國代表團而舉

行的宴會。(19 日《人民日報》)

二十五日　晚，出席越南駐中國大使陳子平爲歡迎以陳文成爲首的越南南方民族陣線常駐中國代表團舉行的宴會。(26 日《人民日報》)

二十六日　在山東省第二屆人民代表第三次會議上，當選爲第三屆全國人民代表大會的代表。(28 日《人民日報》)

二十九日　晚，出席文化部、中柬友協和中非友協爲歡迎柬埔寨國家元首西哈努克和夫人，和剛果（布）總統阿方斯‧馬桑巴——代巴而舉行的文藝晚會，觀看了大型芭蕾舞劇《紅色娘子軍》。出席文藝晚會的有董必武、周恩來、陳毅、李先念等。(30 日《人民日報》)

三十日　中午，出席印尼部長、總統軍事顧問蘇里亞達馬空軍上將和印尼電影檢查委員會主席蘇里亞馬夫人在印尼大使館舉行的宴會。(10 月 3 日《人民日報》)

同日　晚，出席毛澤東、劉少奇、宋慶齡、董必武、周恩來等爲慶祝中華人民共和國建國十五週年，而在人民大會堂宴會廳舉行的盛大招待會。(10 月 1 日《人民日報》)

同月　受周恩來委託，找江青談音樂舞蹈史詩《東方紅》的修改意見。周恩來強調反映抗美援朝戰爭一段，要突出表現志願軍和朝鮮人民的關係，可江青不肯修改。茅盾考慮到修改不修改關係到中朝關係的大問題，說：「你如果堅持這個意見，我就要去找毛主席反映。」江青不得不同意修改。(李標晶《茅盾傳》)

本月

十一日　《文藝報》第八、九期合刊上發表該報編輯部的《「寫中間人物」是資産階級的文學主張》和《關於「寫中間人物」的材料》。

二十一日　中國音樂學院成立，負責人是安波、馬可。

二十七日　毛澤東在中央音樂學院一學生的信上作批示：「古爲今用，洋爲中用。」

在周恩來總理的親自指導下，大型音樂舞蹈史詩《東方紅》開演。

十月

一日　上午，與毛澤東、劉少奇、朱德、周恩來等黨和國家領導人，出

席在天安門廣場舉行的首都各界人民慶祝中華人民共和國成立十五週年大會，並檢閱了遊行隊伍。（2 日《人民日報》）

同日　下午，與周恩來、陳毅、方毅等，會見摩洛哥王國哈桑二世國王的代表阿卜杜拉親王和由他率領的摩洛哥王國代表團員。（2 日《人民日報》）

二日　晚，出席國防部、文化部爲歡送印尼蘇里亞達馬空軍上將和夫人的宴會。（3 日《人民日報》）

三日　下午，出席摩洛哥王國哈桑二世國王的代表阿卜杜拉親王舉行的招待會。出席招待會的有周恩來、陳毅等。（4 日《人民日報》）

同日　晚，出席文化部、對外文協爲招待前來參加中華人民共和國十五週年慶典的各國貴賓（有越南總理范文同、老撾蘇發努馮親王等）舉行的文藝晚會，觀看了中央歌劇舞劇院芭蕾舞劇團演出的芭蕾舞劇《紅色娘子軍》。（4 日《人民日報》）

六日　早晨，到首都機場歡送以政治局委員、總理范文同爲首的越南民主共和國黨政代表團，以交通部長薩布爾·汗爲首的巴基斯坦友好代表團，參加我國十五週年國慶慶典後，離開北京前往各地訪問。出席歡送的有周恩來、陳毅、薄一波、李四光等。（7 日《人民日報》）

同日　上午，到首都機場，與劉少奇和夫人、朱德和夫人、周恩來、陳毅等，歡送柬埔寨國家元首西哈努克親王和夫人乘飛機離開北京回國。（7 日《人民日報》）

同日　上午，與賀龍、薄一波等，歡送由丁吳上校率領的緬甸聯邦政府代表團，乘專機離開北京前往武漢參觀訪問。（7 日《人民日報》）

同日　中午，出席波蘭駐中國大使克諾泰爲由波蘭統一陣線全波委員會主席團委員和書記雅羅辛斯基率領的代表團訪問中國舉行的宴會。（7 日《人民日報》）

八日　下午，到首都機場，與劉少奇、董必武、朱德等，歡送崔庸健委員長率領的朝鮮民主主義人民共和國黨政代表團乘專機離開北京回國。（9 日《人民日報》）

三十一日　下午，出席國務院全體會議第一百四十八次會議。（11 月 1

日《人民日報》）

　　同日 晚，出席文化部中阿友協爲歡迎阿富汗王國查希爾親王和霍梅拉王后而舉行的京劇晚會，觀看了中國京劇院二團演出的京劇《三岔口》、《秋江》、《虹橋贈珠》。出席京劇晚會的有劉少奇和夫人、董必武、朱德和夫人、周恩來、張奚若等。（11 月 1 日《人民日報》）

本月

　　十六日 我國在西部地區爆炸第一顆原子彈，成功地進行了第一次核試驗。

　　同日 赫魯曉夫被解除蘇共中央第一書記和部長會議主席職務。

十一月

　　七日 出席蘇聯駐中國大使契爾沃年科爲慶祝十月革命四十七週年在大使館舉行的招待會。出席招待會的有劉少奇、鄧小平、彭眞、李先念、陸定一等。（8 日《人民日報》）

　　十日 出席文化部整風會，聽林默涵的報告。

　　二十三日 晚，出席阿爾巴尼亞駐中國大使奈斯蒂・納賽爲慶祝阿爾巴尼亞人民共和國和中華人民共和國建交十五週年舉行的招待會。（24 日《人民日報》）

　　二十四日 出席文聯各協會整風報告會，聽周揚報告。

　　二十六日 下午，出席在民族文化宮禮堂舉行的全國少數民族群衆業餘藝術觀摩演出開幕式，並致開幕詞，說：「這次觀摩會演是中華人民共和國成立十五年來的第一次。」「希望參加這次大會的全體人員認眞學習毛澤東思想及黨的文藝方針和民族政策」，「積極傳播社會主義的革命的新文化」。出席大會的有陸定一、郭沫若等。（按：參加這次觀摩演出的，有來自全國各地的五十多個少數民族的六百多位代表帶來的二百五十多個節目）。（27 日《人民日報》）

　　二十七日 發表《在全國少數民族業餘藝術觀摩演出會上的開幕詞》（評論），載《人民日報》。

　　二十九日 上午，出席在天安門廣場舉行的首都七十萬人參加的首都各界人民支持剛果（利）人民反對美、比帝國主義武裝侵略鬥爭大會。出席大

會的有毛澤東、劉少奇、周恩來、朱德、郭沫若等黨和國家領導人。(30日《人民日報》)

本月

十四日　《魯迅全集》瑞典譯本在瑞典出版。

首都報刊發表一百多篇文章批判影片《早春二月》。

十二月

六日　晚,出席芬蘭大使托依拉和夫人爲慶祝芬蘭共和國成立四十七週年,在大使館舉行的宴會。出席宴會的有賀龍、郭沫若等。(7日《人民日報》)

七日　出席國務院全體會議第一百五十次會議,通過關於特赦一批確實改惡從善的戰爭罪犯的建議。(8日《人民日報》)

八日　作《致鼎生》(書信),載《福建日報》一九八一年四月二十九日,收入文化藝術出版社版《茅盾書信集》。(按:鼎生是福建作家,有長詩《土地》,請茅盾提意見)。云《土地》「寫閩西老區在抗戰初期之鬥爭史實,對讀者進行階級鬥爭之教育,作用極大;二、我讀時要一氣讀完,不能釋手(但事實上只能每天早上讀一小時至二小時),讀後深受感動」;認爲「書中幾個主要人物的英雄形象,非常吸引人」,「寫得有血有肉」。「三、全書佈局,極見匠心」;作品開頭「非常有力,氣勢蓬勃,以後各章,分寫各個方面,疏密相間,波瀾壯闊。四、環境描寫,也大都能襯托故事與人物;寫緊張場面與寫幽靜場面,同樣動人。」也指出該書的主要不足:「環境描寫時夾文言,時或稍多,有損於全書文學語言之統一。」

十二日　列名爲全國人民代表大會代表名單。同日,出席中國人民政治協商會議第三屆全國委員會常委會會議。

十三日　晚,與陳毅、張奚若、丁西林等,在首都劇場接見阿聯黎達民間舞蹈團團長、編導兼主要演員馬哈茂德·黎達等一行。接見後,觀看阿聯黎達民間舞蹈團的首次演出。(14日《人民日報》)

十四日　由中國人民政治協商會議第三屆全國委員會常務委員會公佈當選爲第四屆政協委員,爲中國文聯代表。(14日《人民日報》)

十七日　出席國務院全體會議第一百五十一次會議。討論通過了周恩來代表國務院向第三屆人大第一次會議作的政府工作報告。(18日《人民日

報》）

十八日　上午，出席劉少奇主席召集的最高國務會議。（19 日《人民日報》）

同日　以文化部長身份與緬甸駐華大使談話。

十九日　晚，出席越南南方民族解放陣線常駐中國代表團團長阮明芳爲慶祝該陣線成立四週年而舉行的招待會。出席招待會的有周恩來、陳毅、郭沫若等。（20 日《人民日報》）

二十日　上午，往政協禮堂，出席政協第四屆全國委員會第一次會議開幕式，被選爲主席團成員之一。（21 日《人民日報》）

二十一日　下午，往人民大會堂，出席第三屆全國人民代表大會第一次會議開幕式。聽取周恩來總理作政府工作報告，提出把我國建設成爲一個具有現代農業、現代工業、現代國防和現代科學技術的社會主義強國的號召。（22 日《人民日報》）

二十二日至二十三日　繼續聽取周恩來總理的政府工作報告，參加山東組討論。

二十五日　與郭沫若、巴金、許廣平、嚴文井、曹靖華、張光年、葉君健、李季等組成中國作家代表團，與亞非作家常設局訪問亞洲代表團今天在北京簽訂了聯合聲明。雙方簽字後，參加了中國作協與中國聯絡委員會舉行的招待會。（四川文藝出版社版《巴金年譜》）

二十七日　下午，與出席全國少數民族群眾業餘藝術觀摩演出會全體代表一起，受到毛澤東、劉少奇、朱德、周恩來等黨和國家領導人的接見，並合影留念。（28 日《人民日報》）

二十九日　下午，與周恩來、烏蘭夫、周揚等，出席全國少數民族群眾業餘藝術觀摩演出會閉幕式。（30 日《人民日報》）

三十日　上午，出席政協第四屆全國委員會第一次會議的全體大會。（31 日《人民日報》）

三十一日　上午，出席三屆人大首次會議全體會議。會上，討論了政府工作報告。（1965 年 1 月 1 日《人民日報》）

同日　晚，與毛澤東、劉少奇、周恩來等黨和國家領導人，出席首都軍

民擁軍優屬、擁政愛民新年聯歡晚會。晚會開始前，還參加了對各方面的英
雄模範代表人物的接見。（1965 年 1 月 1 日《人民日報》）

當月

美國文森 Y・C・史發表《批評家茅盾》，載倫敦《中國季刊》第十
九期。本文認爲作爲批評家的茅盾的一貫特徵是：「他爲文學青年和青
年作家提供指導，忠實於批評家職責的獻身意識；他關於需要隨著時代
而改變的認識」，是「一個文藝功利主義的倡導者」，「最後，他成爲一
個教條的馬克思列寧主義——毛澤東文藝學説的代言人。」

日本高田昭一發表《1932 年瞿秋白與茅盾之間關於文藝大眾化的論
爭——對現代中國文學的一點探討》，載一九六四年十二月《岡山大學外
國文學學術紀要》（21）

本月

十九日　亞非文學座談會在北京舉行，會上，亞非作家們一致強調，
亞非文學運動必須同當前反帝反殖鬥爭相結合。

康生、江青指令批判影片《林家舖子》、《不夜城》、《紅日》、《轟耳》、
《兵臨城下》等。

《文藝報》發表綜合材料《十五年來資產階級怎樣反對創造工農兵英
雄人物？》

一九六五年（七十歲）

一月

一日　去文化部參加新年團拜。（韋韜、陳小曼《茅盾的晚年生活》〔一〕，載《新文學史料》1995 年 1 期）

二日　出席第四屆政協首次會議全體會議。（3 日《人民日報》）

三日　下午，出席三屆人大第一次會議全體會議。（按：大會選舉劉少奇爲中華人民共和國主席，宋慶齡、董必武爲副主席；朱德爲人大常委會委員長；決定周恩來爲國務院總理）。（4 日《人民日報》）

四日　下午，出席三屆人大前次會議閉幕式，並與毛澤東、劉少奇、朱德、周恩來等黨和國家領導人接見了全體代表。被免去文化部長職務。（5 日《人民日報》）

五日　下午，出席第四屆政協第一次會議閉幕式，任執行主席。被推選爲政協全國委員會副主席。（6 日《人民日報》）

九日　與韋韜談起卸去文化部長、改任政協副主席的經過，說：「早在一個月前我就知道了。在一次國務院全體會議之後，總理把我留下來，談了這件事。總理說：『文化部的工作這些年來一直沒有搞好，這責任不在你，在我們給你的助手沒有選好，一個熱衷封建主義文化，一個又推崇資本主義文化。我知道你從一開始就不願意當這部長，後來又提出過辭職，當時我們沒有同意，因爲找不到接替你的合適人選。現在打算滿足你的要求，讓你卸下這副擔子，輕鬆輕鬆，請你出任政協副主席，你有什麼意見嗎？』我當然沒有意見，……我問總理：『我這個作家協會主席也已經當了幾十年了，工作沒有作好，可不可以這次也一起調換調換？』總理說：『那就不必了，作協的問題也不是你的責任，你不當作協主席還有誰可以當呢？』韋韜問：「不過這次文化部長的變動，恐怕與毛主席的兩個批示有關？」茅盾點頭道：「那當然。」（韋韜、陳小曼《茅盾的晚年生活》〔一〕）

約中旬　周揚來長談一次，主要是介紹文藝界學習和貫徹毛主席兩個批示的情形，也談了夏衍、田漢、陽翰笙所犯的錯誤，說：「主席對文化部

和各協會的批評，主要責任在黨員領導幹部，是他們馬列主義水平不高，犯了錯誤。聽說您要離開文化部，這樣也好，以後可以用更多的精力來領導作協和文聯各協會的工作了。」（韋韜、陳小曼《茅盾的晚年生活》〔一〕）

當月

捷克斯洛伐克馬立安・嗄利克發表《關於茅盾的作品的兩部評論》，載捷克斯洛伐克《亞非研究》（布拉迪斯拉夫）1965 年第 1 期。這是一篇國外研究茅盾作品評論的評論。（按：「兩部評論」指葉子銘著《論茅盾四十年的文學道路》、邵伯周著《茅盾的文學道路》）

本月

十四日　中共中央工作會議制定了《中共中央關於農村社會主義教育運動中目前提出的一些問題》，即「二十三條」，提出「這次運動的重點是整黨內那些走資本主義道路的當權派」。

二月

十日　上午，出席首都一百五十萬人民在天安門廣場舉行的支持越南人民反對美帝國主義武裝侵略大會。出席大會的有毛澤東、劉少奇、周恩來、鄧小平、彭眞、郭沫若等黨和國家領導人。（11 日《人民日報》）

十三日　下午，出席首都人民慶祝中蘇友好同盟互助條約簽訂十五週年大會。（14 日《人民日報》）

十五日　晚，出席蘇聯駐中國大使契沃年科爲慶祝中蘇友好同盟條約簽訂十五週年在大使館舉行的招待會。出席招待會的有周恩來、彭眞、陳毅、陸定一、郭沫若等。（16 日《人民日報》）

十八日　晚，出席尼泊爾大使凱謝爾・巴哈杜爾爲慶祝尼泊爾王國國慶十週年，在北京飯店舉行的招待會。出席招待會的有周恩來、陳毅、李先念等。（19 日《人民日報》）

二十二日　晚，出席外交部爲慶祝中華人民共和國和剛果（布拉柴維爾）建交一週年在人民大會堂宴會廳舉行的招待會。出席招待會的有周恩來、郭沫若、劉寧一等。（23 日《人民日報》）

本月

十六日　《文藝報》第二期發表文章，批評老作家陳翔鶴的歷史短

篇小説《廣陵散》與《陶淵明寫〈輓歌〉》。

三月

六日　出席摩洛哥王國駐中國使館爲慶祝摩洛哥王國國慶舉行的宴會。（7 日《人民日報》）

十七日　到首都機場，歡送由團長老舍、副團長劉白羽率領的中國作家代表團乘機離開北京前往日本進行友好訪問。到機場歡送的還有曹禺等。（21日《人民日報》）

十八日　上午，出席政協第四屆委員會第一次常委會會議。（19 日《人民日報》）

二十一日　與李四光等到羅馬尼亞駐中國大使館，吊唁羅馬尼亞工人黨中央委員會第一書記、國務委員會主席喬治·烏德治同志。（22 日《人民日報》）

二十三日　晚，出席巴基斯坦臨時代辦杜拉尼爲慶祝巴基斯坦日舉行的招待會。出席招待會的有鄧小平、李先念、郭沫若等。（24 日《人民日報》）

當月

日本尾坂德司出版茅盾研究專著。内含：1928 年的國内形勢——當時的郭沫若和茅盾／茅盾的現實直視／茅盾的歸國——《蝕》和茅盾的思想歷程／茅盾文學的形成／茅盾的態度轉變——從個人到社會過渡期／1931 年的作品——《三人行》、《路》／1932 年的佳作《小巫》、《春蠶》、《林家鋪子》——主人公舞臺的變化——中小農商——統治者和農民——耿直農民的追求《秋收》、《殘冬》——薰黑的革命動力——意味注意到社會結構問題——中間階層的活路——戰爭之時各階層的活動——勞農和愛國／雄心作《子夜》——規模宏大——寫了農村和都會關係——各階層的連鎖關係——金融資本家以及和產業資本家的關係——中國現代產業的前現代性——女工——小資本家——在交易所進出的人物——學生們／茅盾《兒子們開會去了》／茅盾的上海脫險——其後流亡——《第一階段的故事》／茅盾《腐蝕》新的手法、結構／茅盾《脫險雜記》／茅盾《清明前後》，載《續·中國新文學運動史》，日本政法大學出版局三月出版。這是日本學者系統研究茅盾、富有創見的一部理論專著。

本月

一日 《人民日報》轉載《戲劇報》第一期齊向群的《重評孟超新編〈李慧娘〉》的批判文章。編者按語中說，《李慧娘》「是一株反黨反社會主義的毒草」。

四日 蘇聯軍警橫暴鎮壓參加莫斯科反美示威的亞非拉留蘇學生，我國留學生黃照庚等四人身負重傷。

四月

九日 列為柯慶施治喪委員會委員，主任是劉少奇。（10 日《人民日報》）

十三日 上午，出席在勞動人民文化宮舉行的柯慶施公祭儀式。（14 日《人民日報》）

約四月 收到白峽自山城康定寄來的兩篇散文，讀後回信，對作家倍加關心。（白峽：《往事歷歷憶茅公》，載 1984 年 3 月 22 日《文學報》）

本月

五日 劉少奇主席為紀念萬隆會議十週年題辭。

五月

一日 晚，出席中華全國總工會等十二個團體聯合舉行的慶祝「五一」國際勞動節宴會。（2 日《人民日報》）

二日 出席全國政協為招待回國觀光華僑、港澳同胞和少數民族參觀團體所舉行的宴會。（3 日《人民日報》）

九日 下午，出席首都各界人民在政協禮堂舉行的、慶祝反法西斯戰爭勝利和德捷人民解放二十週年大會。出席大會的有賀龍、郭沫若、李四光等。（10 日《人民日報》）

十日 晚，出席中國人民外交協會為招待坦噶尼喀非洲民族聯盟中央委員姆旺吉西為首的坦噶尼喀非洲民族聯盟代表團舉行的招待會。出席招待會的有張奚若、姬鵬飛等。（11 日《人民日報》）

二十七日 晚，出席阿富汗駐中國大使米斯凱尼和夫人為慶祝阿富汗王國國慶日而舉行的宴會。出席宴會的有周恩來、薄一波、郭沫若等。（28 日《人民日報》）

當月

日本三寶政美發表《茅盾旅居日本時代——小說、隨筆所見》，載日本《集刊東洋學》〔東北大學〕（13）一九六五年五月。

二十九日　蘇南沅發表《〈林家舖子〉是一部美化資產階級的影片》，載《人民日報》。

同日　鍾逢松發表《電影〈林家舖子〉是一株美化資產階級的毒草》，載《中國青年報》。

同日　鍾聞發表《影片〈林家舖子〉必須批判》，載《光明日報》。

同日　關山、巴雨發表《美化資本家醜化工人階級——批判電影〈林家舖子〉》，載《光明日報》。

同日　淮揚發表《影片〈林家舖子〉是怎樣美化資產階級的？》，載《北京日報》。

同日　令華等發表《職工批判電影〈林家舖子〉》《〈林家舖子〉販賣的是什麼貨》等三篇，載《工人日報》。

同日　馬畏安等發表《影片〈林家舖子〉與社會主義革命的需要背道而馳》，載《大公報》。

三十一日　呂啓祥發表《宣揚奴才哲學，鼓吹階級合作——剖視電影〈林家舖子〉中的壽生》，載《光明日報》。

閔梁發表《同情什麼，宣揚什麼，影片〈林家舖子〉批判》，載《新建設》五月號。

本月

十日　首都文化界和在京國際友人集會紀念美國著名女作家、記者史沫特萊（1890～1950）逝世十五週年。

十四日　我國在西部地區上空又爆炸了一顆原子彈，成功地進行了第二次核試驗。

六月

一日　下午，出席中國印度尼亞協會為慶祝中國印尼友好協會成立十週年，在民族文化宮禮堂舉行的大會。出席大會的有朱德、郭沫若等。大會後，還出席了慶祝酒會。（2日《人民日報》）

三十日　中國亞非團結委員會調整組織機構，當選爲中國亞非團結委員會副主席，主席是廖承志。同時被選爲中國人民保衛世界和平委員會常務委員。（7月1日《人民日報》）

當月

一日　虞岳祺發表《〈林家舖子〉模糊人們的階級鬥爭觀念》，載《解放日報》。

王熾發表《林老闆是什麼樣的資本家？》，載《文匯報》。

顧根富發表《天下老闆都是剝削者》，載《文匯報》。

冀群發表《影片〈林家舖子〉掩蓋了資產階級剝削的本質》，載《遼寧日報》。

二日　巴雨發表《資產階級的辯護士——對電影〈林家舖子〉中林老闆形象批判》，載《天津日報》。

林志浩發表《在資產階級「兩面性」的幌子下》，載《工人日報》。

藝兵發表《〈林家舖子〉購買的是什麼「貨」？》，載《河北日報》。

三日　李風華等發表《天下烏鴉一般黑，哪有不剝削的資本家——店員工人批判〈林家舖子〉》，（《用我的遭遇駁〈林家舖子〉的謊言》等三篇），載《光明日報》。

《中國青年報》發表《不准替資產階級塗脂抹粉——財貿職工座談批判影片〈林家舖子〉》。

石珊發表《從根本上抹殺了資產階級的反動本性——林老闆形象的批判》，載《南方日報》。

馮光廉等發表《電影〈林家舖子〉的反社會主義實質》，載《大眾日報》。

文件發表《電影〈林家舖子〉是一株毒草》，載《四川日報》。

四日　石？發表《〈林家舖子〉是爲資產階級服務的壞影片》，載《四川日報》。

張萬里發表《資本家只認金錢不認親故》，載《人民日報》。

北文發表《壽生的形象說明了什麼？》，載《北京日報》。

史長旭發表《資產階級不剝削農民嗎？》，載《人民日報》。

蔡建平、鄭龍發表《一部和社會主義革命唱反調的影片——評電影〈林家舖子〉》，載《解放日報》。

張慈雯發表《〈林家舖子〉對青年十分有害》，載《解放日報》。

樓志斌發表《電影〈林家舖子〉販賣的是什麼貨色？》，載《文匯報》。

《天津日報》發表《商店好比活監獄，資本家好比土皇上——商業職工批駁〈林家舖子〉中對資本家和店員關係的歪曲》。

羅士丁發表《被美化了的資產階級形象——批判電影〈林家舖子〉》，載《天津日報》。

五日　尤于天發表《〈林家舖子〉是一部掩蓋階級矛盾的壞影片》，載《新華日報》。

文齊思、毛軍發表《不允許爲資產階級辯護——談林老闆塑造的思想實質》，載《羊城晚報》。

張哲、彭加錫發表《影片〈林家舖子〉歪曲了店員和資本家的階級關係》，載《吉林日報》。

六日　水雲發表《〈林家舖子〉爲資本家塗脂抹粉》，載《解放日報》。

郭硯承、郭其祥發表《世上哪有不剝削的資本家——店員批判影片〈林家舖子〉》，載《遼寧日報》。

七日　方澤生發表《奴才哲學的頌歌——從壽生看電影〈林家舖子〉的創作思想》，載《解放日報》。

端木華丹發表《電影〈林家舖子〉嘆的什麼苦經？》，載《文匯報》。

莫四妹發表《從〈林家舖子〉想到新亞酒店》，載《南方日報》。

八日　陳聯仲等發表《電影〈林家舖子〉是爲資本家説話的》，載《天津日報》。

毛軍？文齊思發表《壽生——一箭雙雕的人物》，載《羊城晚報》。

九日　周山發表《談影片〈林家舖子〉的幾個問題》，載《人民日報》。

鄭擇魁　蔣守謙發表《改編〈林家舖子〉的眞正意圖何在？》載《光明日報》。

于力發表《影片〈林家舖子〉是一株宣揚階級融合的毒草》，載《新華日報》。

十日　何家槐發表《反對美化資產階級、宣揚階級調和——批判影片〈林家舖子〉》，載《南方日報》。

十一日　文四野發表《掩蓋階級剝削，抹殺階級矛盾——批判電影〈林家舖子〉》，載《陝西日報》。

十三日　胡可發表《電影〈林家舖子〉宣傳了什麼？》，載《人民日報》。

石見寶整理發表《電影〈林家舖子〉必須批判——省和天津市文聯邀請工人店員等座談電影〈林家舖子〉》，載《河北日報》。

《河南日報》發表《影片〈林家舖子〉是一株毒草——鄭州市老工人、老店員座談〈林家舖子〉紀要》。

朱光榮發表《〈林家舖子〉替資產階級塗脂抹粉》，載《貴州日報》。

十四日　常秀桐發表《階級界限不容抹殺——批判電影〈林家舖子〉》，載《光明日報》。

孟瑞雲發表《在資本家的笑臉背後》，載《北京日報》。

蕭洪、于占德發表《林老闆是個什麼貨色？》，載《大眾日報》。

十五日　馬志春發表《影片〈林家舖子〉對青年的毒害》，載《文匯報》。

江山、濤民發表《堅決批判影片〈林家舖子〉的反社會主義思想》，載《江西日報》。

歐陽廣發表《〈林家舖子〉掩蓋階級剝削、抹殺階級矛盾》，載《廣西日報》。

師烽發表《林老闆值得同情嗎？》，載《陝西日報》。

十六日　劉耀林、賈建虹發表《三十年代初期的杭嘉湖農村——看影片〈林家舖子〉怎樣歪曲歷史真實》，載《浙江日報》。

陳瑞華發表《〈林家舖子〉掩蓋階級矛盾，抹殺階級鬥爭》，載《雲南日報》。

李培恩發表《一部為資本家塗粉，給工人階級抹黑的影片——電影〈林家舖子〉觀後》，載《寧夏日報》。

于憲亭等發表《揭露資本家的剝削本質——工人、店員批判電影〈林家舖子〉》（四篇），載《黑龍江日報》。

劉永年發表《影片〈林家舖子〉的危害性在哪裡？》，載《北京日報》。

十九日　楊樹林發表《從王老闆看林老闆》，載《人民日報》。

《廣西日報》發表《醜化了工人，美化了資本家——南寧市部分百貨公司職工座談電影〈林家舖子〉》。

《新疆日報》發表《世上哪有不壓迫工人的資本家——烏魯木齊市商

業系統老職工舉行座談批判〈林家舖子〉》。

二十日 鄭志新發表《資產階級的本質就是唯利是圖》，載《光明日報》。

林修發表《要把青年引到哪裡去？》，載《甘肅日報》。

劉棘發表《電影〈林家舖子〉是一株大毒草》，載《內蒙古日報》。

二十二日 《文匯報》發表《店員工人批判影片〈林家舖子〉——座談會紀要》。

林志浩發表《爲資產階級唱的什麼輓歌——從電影〈林家舖子〉的改編說起》，載《文匯報》。

二十三日 江聞發表《不許抹殺資產階級的剝削本質——評影片〈林家舖子〉》，載《新華日報》。

劉耀林，賈建虹發表《杭嘉湖集鎮上商業資本的剝削手段——看影片〈林家舖子〉怎樣掩蓋資本家的剝削本質》，載《浙江日報》。

《新疆日報》發表《剝削壓迫工人是資產階級的本性——十月拖拉機廠老職工舉行座談，批判電影〈林家舖子〉》。

二十四日 《江西日報》發表《不許替資本家畫眉貼金——南昌縣八一公社社員批判電影〈林家舖子〉》。

馬漢彥發表《壽生不值得歌頌——關於〈林家舖子〉中壽生形象的塑造》，載《廣西日報》。

張辛發表《〈林家舖子〉險些害了我》，載《內蒙古日報》。

劉大生等發表《不許坑害青年！》，載《內蒙古日報》。

二十七日 劉經嵐發表《爲什麼要美化資本家——評影片〈林家舖子〉中的林老闆》，載《青海日報》。

《湖南日報》發表《一部美化資產階級、醜化工人階級的影片——省會文藝界和部分工人、幹部、教師、學生舉行影片〈林家舖子〉的座談會》。

葉舟發表《這是用什麼歷史在教育青年》，載《湖南日報》。

二十八日 祝珊發表《〈林家舖子〉的倒閉值得同情嗎？》，載《南方日報》。

二十九日 佟日發表《剝削階級的本性掩蓋不了——駁〈林家舖子〉改編者所謂「階級分析」》，載《寧夏日報》。

三十日 華文發表《〈林家舖子〉是爲資產階級唱頌歌》，載《山西日報》。

楊耀民發表《反對美化資產階級，反對資產階級調合論——評影片《〈林家舖子〉》，載《文學評論》第 3 期。

張天翼發表《評〈林家舖子〉的改編》，載《文藝報》第六期。

孫茂林等發表《不許美化資產階級——長辛店機車車輛工人職工批判電影〈林家舖子〉》，載《文藝報》第六期。

望流發表《一部與社會主義革命唱反調的影片——評影片〈林家舖子〉》，載《電影文學》六月號。

聞岩發表《批判電影〈林家舖子〉的改編思想》，載《電影文學》六月號。

青峰發表《影片〈林家舖子〉是一株毒草》，載《電影藝術》第三期。

申均碩發表《跟社會主義唱反調，爲資產階級奏輓歌——批判電影〈林家舖子〉》，載《電影藝術》第三期。

吳立品發表《林老闆——一個被美化的資本家形象》，載《大眾電影》第六期。

閻煥東發表《在「階級分析」的幌子下——批判影片〈林家舖子〉的人生思想》，載《新建設》六月號。

華文發表《影片〈林家舖子〉是怎樣爲資產階級塗脂抹粉的？》，載《江漢文學》第六期。

子朗發表《影片〈林家舖子〉對店員和資本家的關係的歪曲描寫》，載《文史哲》第？期。

《山東？文學》六月號發表《牢記階級仇，堅決除毒草——老職工批判電影〈林家舖子〉座談紀要》。

文小耘發表《一部美化資產階級的影片——批判影片〈林家舖子〉》，載《山東文學》六月號。

本報記者發表《〈林家舖子〉替資產階級塗脂抹粉——北京東四人民市場西單商場的部分職工座談電影〈林家舖子〉》，載《新工商》第六期。

彭治平發表《影片〈林家舖子〉的錯誤傾向必須批判》，載《長春》第三期。

王紹璽發表《評電影〈林家舖子〉》，載《華東師大學報》（社會科學）

第二期。

本月

　　十七日　《人民日報》開始發表批判電影《不夜城》的文章。

七月

　　十二日　中午，到首都機場，與周恩來、陳毅、郭沫若等歡迎應邀來訪的烏干達總理阿波洛‧密爾頓‧奧博特一行。（13日《人民日報》）

　　同日　晚，出席周恩來總理爲歡迎烏干達總理奧博特而舉行的宴會。出席宴會的有陳毅、郭沫若等。（13日《人民日報》）

　　十五日　上午，到首都機場，歡送烏干達總理奧博特一行，由周恩來、陳毅陪同，乘飛機離開北京，到上海參觀訪問。到機場歡送的有羅瑞卿、郭沫若等。（16日《人民日報》）

　　二十日　上午，到首都機場，歡迎前國民黨政府代總統李宗仁先生和夫人郭德潔女士從海外歸來到達北京。到機場歡迎的有周恩來、彭眞、郭沫若等黨和國家領導人。（21日《人民日報》）

　　同日　晚，出席周恩來總理接見並設宴歡迎李宗仁先生和夫人的宴會。出席宴會的有彭眞、郭沫若等。（21日《人民日報》）

　　二十一日　下午，到首都機場，歡迎索馬里共和國總統亞丁‧阿卜杜拉‧歐斯曼前來我國進行國事訪問。到機場歡迎的有劉少奇、董必武、周恩來、彭眞、李先念等。（22日《人民日報》）

　　同日　晚，出席劉少奇主席爲歡迎索馬里共和國總統歐斯曼以及隨行人員，在人民大會堂宴會廳舉行的宴會。出席宴會的有周恩來、彭眞、李先念等。（22日《人民日報》）

　　二十二日　晚，出席波蘭大使克諾泰爲慶祝波蘭國慶，在大使館舉行的招待會。出席招待會的有董必武、陳毅等。（23日《人民日報》）

　　二十三日　晚，出席索馬里共和國總統歐斯曼在人民大會堂宴會廳舉行的宴會。出席宴會的有劉少奇、周恩來、陳毅等。（24日《人民日報》）

　　二十四日　到首都機場，歡迎前來訪問的甸革命委員會主席、革命政府部長會議主席奈溫。到機場歡迎的有周恩來、陳毅等。（25日《人民日報》）

同日　晚，出席劉少奇主席爲歡迎緬甸革命委員會主席、革命政府部長會議主席奈溫舉行的宴會。出席宴會的有周恩來、陳毅等。（25日《人民日報》）

二十六日　晚，行席緬甸革命委員會主席、革命政府部長會議主席奈溫和夫人舉行的盛大宴會。出席宴年的有劉少奇、周恩來、彭眞、郭沫若等。（26日《人民日報》）

二十七日　上午，到首都機場，歡送緬甸革命委員會主席、革命政府部長會議主席奈溫將軍和夫人，由劉少奇和夫人、陳毅和夫人陪同，乘機離開北京，前往瀋陽參觀訪問。到機場歡迎的有周恩來、彭眞、郭沫若等。（28日《人民日報》）

二十九日　中午，與郭沫若和夫人等，出席中共中央統戰部部長徐冰和夫人爲歡迎李宗仁先生和夫人舉行的宴會。（30日《人民日報》）

當月

三日　蘇謂發表《爲啥對資產階級的沒落大放悲劇——評電影〈林家鋪子〉》，載《青海日報》。

勤于耕發表《〈林家鋪子〉是賣的什麼貨？》，載《西藏日報》。

五日　潮江發表《違背工農兵方向的改編觀——從影片〈林家鋪子〉看夏衍同志的文藝思想》，載《文匯報》。

六日　《福建日報》發表《影片〈林家鋪子〉販賣的是什麼貨色？——福州百貨公司店員工人座談紀要》。

劉西芳發表《電影〈林家鋪子〉討論中的兩個問題》，載《雲南日報》。

七日　楊文志發表《青年不需要這種歷史知識——批判影片〈林家鋪子〉》，載《遼寧日報》。

葛銘發表《林老闆是個被剝削者嗎？》，載《遼寧日報》。

八日　吳岩發表《合二而一的藝術標本——從林老闆和壽生的關係看〈林家鋪子〉的錯誤實質》，載《重慶日報》。

十日　楊田清發表《資產階級的剝削本質是掩蓋不了的》，載《浙江日報》。

十一日　《福建日報》發表《天下哪有不剝削的資本家？——福州工人座談影片〈林家鋪子〉》。

十三日　吳訊發表《嚴重的歪曲》，載《青海日報》。

十四日　浦一冰發表《明辯「黑白、好歹、真偽」——談影片〈林家舖子〉討論中的幾個問題》，載《解放日報》。

應慶漢光發表《從〈林家舖子〉看夏衍同志的創作思想》，載《解放日報》。

十六日　聞聰發表《談影片〈林家舖子〉的思想毒害》，載《天津日報》。

二十三日　陸石發表《談影片〈林家舖子〉的所謂藝術手法》，載《解放日報》。

二十七日　《青海日報》發表《〈林家舖子〉是美化資產階級的壞影片——西寧市百貨公司部分職工批判〈林家舖子〉座談會紀要》。

武珞文發表《評電影〈林家舖子〉中的林老闆形象》，載《武漢大學學報》（人文科學）第二期。

孫中田發表《沉渣的泛起——批判影片〈林家舖子〉的人性思想》，載《吉林師大學報》（社會科學）第一期。

呂元明發表《一部和工農群眾唱反調的影片——評影片〈林家舖子〉》，載《吉林師大學報》（社會科學）第一期。

劉翹、倪玉發表《階級合作論的藝術標本——談影片〈林家舖子〉勞資關係問題》，載《吉林師大學報》（社會科學）第一期。

陳承滿整理發表《揭穿〈林家舖子〉騙人的假象》，載《大眾電影》第七期。

世杰等發表《經濟理論工作者批判影片〈林家舖子〉》（四篇），載《學術月刊》七月號。

亦平發表《一部美化資產階級的壞影片——〈林家舖子〉討論綜述》，載《解放軍文藝》七月號。

《廣西文藝》七月號發表《同社會主義唱反調的〈林家舖子〉——一個座談會的發言紀要》。

栗文秀等發表《揭穿電影〈林家舖子〉的謊言——商業工作人員批判〈林家舖子〉》，載《奔流》第四期。

齊平發表《影片〈林家舖子〉是一株毒草》，載《星火》七月號。

張果夫發表《一個被美化了的資本家——評〈林家舖子〉中的林老闆》，載《山東文學》七月號。

本刊記者發表《回駁〈林家舖子〉改編者提出的兩個問題——批判電影〈林家舖子〉座談憶要》，載《實踐》第 7 期。

何中文發表《電影〈林家舖子〉的錯誤傾向》，載《河北文學》七月號。

時鳴等發表《揭開影片〈林家舖子〉的畫皮——杭嘉湖集鎮調查紀要》，載《學術月刊》七月號。

上海永大渠織一廠工人業餘影劇評論小組發表《〈林家舖子〉美化了什麼人？》，載《萌芽》第七期。

本月

二十七日　第十一屆禁止原子彈、氫彈世界大會在日本東京開幕。

八月

六日　下午，偕孔德沚出席全國政協為歡迎海外歸來的李宗仁先生和他的夫人郭德潔女士、以及陪同李宗仁先生回來的程思遠先生舉行的宴會。出席宴會的有周恩來、陳毅、彭眞等。（7 日《人民日報》）

十九日　晚，出席中國人民外交學會會長張奚若為歡迎剛果（利）革命最高委員會主席加斯東・蘇米亞洛和由他率領的代表團舉行的宴會。出席宴會的有廖承志、丁西林等。（20 日《人民日報》）

當月

禾之發表《這是一面什麼鏡子》，載《新工商》第八期。

趙寶鑫發表《資本家哪會同工人親如一家》，載《新工商》第八期。

謝文杰發表《影片〈林家舖子〉是怎樣美化資本家的？》載《青海湖》第八期。

田師善發表《影片〈林家舖子〉宣揚了什麼？》，載《北方文學》八月號。

陳玉舜等發表《電影〈林家舖子〉是什麼樣的一面鏡子？》，載《中山大學學報》（哲學社會科學）第一、二期。

本月

十一日至十二日　美國洛杉磯和芝加哥先後爆發規模空前的黑人抗暴鬥爭。

九月

一日　上午，隨同劉少奇主席，接見以陳輝燎爲首的越中友協代表團、以越南交通運輸部長洪赤心爲首交通運輸代表團、以保定江和碧林爲首的越南電影戲劇代表團、以武光爲首的越南勞動青年團代表團。（2 日《人民日報》）

同日　下午，出席首都各界人民慶祝越南民主共和國成立二十週年大會。出席大會的有周恩來、朱德、郭沫若等。會前接見了越南的四個代表團。（2 日《人民日報》）

三日　下午，出席首都各界人民慶祝抗日戰爭勝利二十週年大會，聽取了羅瑞卿所作的《人民戰勝了日本法西斯，人民也一定能夠戰勝美帝國主義》的報告。出席大會的有郭沫若等。（4 日《人民日報》）

十一日　下午，出席在首都工人體育場舉行的第二屆全國運動會開幕式。出席開幕式的有毛澤東、劉少奇、周恩來、賀龍等黨和國家領導人。（12 日《人民日報》）

二十四日　作《致李西亭》（書信），載一九八一年四月十八日《長江日報》，收入文化藝術出版社版《茅盾書信集》。

二十八日　下午，出席在首都工人體育場舉行的第二屆全國運動會閉幕式。出席閉幕式的有周恩來、賀龍、榮高棠等。（29 日《人民日報》）

三十日　中午，出席印尼臨時協商會議代表團團長哈魯爾·薩勒舉行的告別宴會。出席宴會的有朱德、周建人等。（10 月 1 日《人民日報》）

同日　晚，出席周恩來總理爲慶祝中華人民共和國成立十六週年，在人民大會堂宴會廳舉行的國慶招待會。出席招待會的有毛澤東、劉少奇、宋慶齡、董必武、朱德、鄧小平等黨和國家領導人，和各國駐華使節、外交官等。（10 月 1 日《人民日報》）

當月

劉綬松發表《評電影〈林家舖子〉的改編及其反動思想內容》，載十八日《湖北日報》。

張廣明發表《沿著什麼方向提高——評夏衍同志〈電影論文集〉中的幾個錯誤文藝觀點》，載《武漢大學學報》（人文科學）第三期。

本月

六日　文化部黨組擬定《關於當前文化工作中若干問題向中央的匯報提綱》。

二十六日　李宗仁在北京舉行中外記者招待會，發表了長篇談話，強調愛國必須反帝、反帝必須反修。

二十九日　著名中國國畫家傅抱石（1904 年生）在南京逝世。

十月

一日　上午，往天安門城樓，出席首都五十萬人慶祝建國十六週年大會，並與毛澤東、劉少奇、宋慶齡、周恩來、朱德、鄧小平等黨和國家領導人檢閱了遊行隊伍。（2 日《人民日報》）

四日　上午，到首都機場，歡送由主席咯魯爾·薩勒和副主席阿里·沙斯特羅阿米佐約率領的印尼臨時人民協商會議代表團乘飛機離開北京，前往我國南方訪問。（5 日《人民日報》）

同日　下午，出席全國政協為歡迎參加國慶觀禮的海外華僑、港澳同胞、各地來京的少數參觀團和少數民族青年學習參觀團舉行的酒會。出席酒會的有黃炎培、徐冰、李宗仁先生和夫人等。（5 日《人民日報》）

二十四日　上午，出席由周恩來主持的政協常委會第三次會議，會議決定明年（1966 年）隆重紀念孫中山誕辰百週年。為紀念孫中山誕辰一百週年籌備委員會委員，副主任。主任為劉少奇。（25 日《人民日報》）

三十日　下午，出席孫中山誕辰一百週年紀念籌備委員會首次會議，聽取了劉少奇主席的重要講話。會議還通過了關於孫中山先生誕辰一百週年紀念的八條方案。

本月

十四日　英國著名哲學家羅素在公眾集會上譴責美國侵略越南和世界其他地區的罪行，當場撕毀他參加已有五十一年的工黨黨員的黨證，以抗議英國工黨政府屈從美國政策。

二十六日　著名戲劇家熊佛西（1900 年生）在上海逝世。

三十日　首都音樂工作者舉行紀念聶耳逝世三十週年，冼星海逝世二十週年音樂會。

十一月

六日 晚，出席蘇聯大使拉賓和夫人爲慶祝十月革命四十八週年、在大使館舉行的招待會。出席招待會的有郭沫若等。(7 日《人民日報》)

二十二日 上午，到首都機場，歡迎坦桑尼亞聯合共和國第二副總統卡瓦瓦前來我國進行友好訪問。到機場歡迎的有周恩來、賀龍等。(23 日《人民日報》)

同日 晚，出席周恩來總理爲歡迎坦桑尼亞第二副總統卡瓦瓦舉行的宴會。出席宴會的有賀龍、蔡廷鍇等。(23 日《人民日報》)

二十九日 上午，出席團中央、中國作家協會共同召開的全國青年業餘文學創作積極份子大會。周揚在會上作了題爲《高舉毛澤東思想紅旗，做又會勞動又會創作的文藝戰士》的報告。出席大會的有曹禺、老舍、曹靖華、張天翼、臧克家等。(12 月 1 日《人民日報》)

三十日至十二月十七日 出席全國青年業餘文學創作積極份子大會。

本月

十日 姚文元在《文匯報》發表《評新編歷史劇〈海瑞罷官〉》的批判文章，三十日《人民日報》予以轉載。

十二月

六日 晚，出席芬蘭駐中國大使約愛爾·托依伏依和夫人爲慶祝芬蘭共和國成立四十八週年在大使館舉行的宴會。出席宴會的有賀龍等。(7 日《人民日報》)

二十日 晚，出席越南南方民族解放陣線常駐中國代表團團長陳文成，爲慶祝越南南方民族解放陣線成立五週年、在北京飯店舉行的招待會。周恩來發表了重要講話，說：「如果美帝國主義要同中國人民再次較量，中國人民將堅決應戰，奉陪到底。」(21 日《人民日報》)

二十一日 列爲黃炎培先生治喪委員會委員，主任委員是朱德。(22 日《人民日報》)

同日 下午，與彭眞、郭沫若等向黃炎培先生遺體告別。(22 日《人民日報》)

二十四日　上午，前往中山公園中山堂吊唁黃炎培先生。（25 日《人民日報》）

同日　下午，出席黃炎培先生公祭儀式，與周恩來、鄧小平、郭沫若等爲陪祭，由朱德主祭。（25 日《人民日報》）

當月

聞潮發表《誰是歷史的創造者——批判四部電影中的「人情論」》，載《學術月刊》十二月號。

本月

二十一日　毛澤東在杭州同陳伯達談話時說：「《海瑞罷官》的要害問題是『罷官』。嘉靖皇帝罷了海瑞的官，一九五九年我們罷了彭德懷的官，彭德懷也是『海瑞』」。

二十四日　四川大型泥塑群像《收租院》在北京展出。

二十九日　《人民日報》發表方求的批判文章：《〈海端罷官〉代表一種什麼思潮？》

三十日　《人民日報》發表吳晗《關於〈海瑞罷官〉的自我批評》。